市民と芸術

総合篇

鵜飼宏明
日下四郎

まえがき

Ich stehe zwischen zwei Welten, bin in keiner daheim und habe es infolgedessen ein wenig schwer.
(Thomas Mann: "Tonio Kröger")
私は二つの世界の間に立っている。そしてそのどちらにもなじまない。それがいささかコトを面倒にしている。（トーマス・マン　「トニオ・クレーゲル」）

ここに取り出した一文は、知る人ぞ知るここ10年以内に私のウエブサイトを見た人ならシルエット姿の人間の冒頭イラストと並んで、必ず目に飛び込んでくる筈のキャッチフレーズである。

あらためて言うのもなんだが、これはドイツ人作家トーマス・マンが著わした自伝的小説からの抜粋で、ここで彼の言っている“二つの世界（zwei Welte）”とは、芸術家を志すおのれ自身の野心と、市民として果たすべき行動の両者の間の相克を指している。そしてこの作品はあのドイツ文学に特有なビルドゥングス・ロマン（Bildungsroman—成長物語、教養小説）の範疇に分類される小説である。

たまたまこのテーマは、中学三年生の夏に敗戦を迎え、それまでの軍国主義一色の教育から突然「自由」という名の“無”の宇宙へと放り出された私にとって、極めて身近かつ切実な設問であった。私は生来個と芸術に強い関心があり、そのためにモノを創る世界、すなわちアートに関わる人間になりたかったのだが、それは必ずしも日々の生活には沿わないもの、無益なもの、時としては反社会的な因子でもあり得る、ある意味きわめて危険な領域だと考えられなくもない。

それを反映してか、その後世に出てからの私のかかわった職種は、縁あってテレビ局に職を得、その報道部門に所属したジャーナリズムの時代と、その後前衛的な現代舞踊の世界に魅せられ、数々の創作と評論執筆に没頭するアートの期間、ある意味相反するこの世界を両断して生き続けた人生でもあった。

そして2年まえ、はからずも卒寿という齢九十の人生の卒業期に足を踏み入れることになった私は、この際過去に書き散らかしたエッセーや芸術論、また未発表の原稿などを掻き集め、もう一度ジャーナリズムとアートのそれぞれの界隈で仕事をしたおのれを見つめ、その足跡を記録しておきたいと思った。その結果生み出されたのが22世紀アート社のお力添えで陽の目を見た日下四郎著「市民と芸術」〔アート篇〕と鵜飼宏明の〔ジャーナル篇〕の2巻の電子本である。

そんなわけでこの2冊を私は心中ひそかに〔冥途の土産〕と名付けていた。文字どおり現世における最後の著作という心情である。ところが今回この出版社は、自らの手を経て生み出したオリジナルの刊行本を、さらに外国語に翻訳そしてより広い世界の読者層にぶつけてみようという意欲的な企画を打ち出したのである。そして私のこの2冊をとりあげ、あえてこの両冊を一本にまとめてみてはと誘いをかけてきたのである。

結果として私はその熱意に口説き落とされたことになる。ただ私は考えた、なぜトーマス・マンも峻別し、相容れぬ概念として対峙させたこれら別々の記録と記述を、今さらあらためて一本の本に纏めようとするのか。そこには全体の統合により、ある意味ひょっとして予期しない新規の面白さの発見を期待したのではあるまいか。それは一個人を全体として流れのままに把握した方が、その人間の生きざまと流れをなだらかに、かつより深く掘り起こす結果をもたらすことになると。おそらくそこがいちばんの落としどころだったのだ。

こうして英訳版「市民と芸術」の2冊は、いま新しい組み換えを新しい織布で包む意図の下に、ようやく陽の目を見ようとしている。日下＋鵜飼＝原作者でもある私としては、なにかこう二重の意味での期待と興奮に捉われているといった心境だ。その成果や如何、期して待ちたいと思う。

二〇二二年　春

著者　記

目次

第2ラウンド　昭和五〇年代……104

第4ラウンド　制作メモ……218

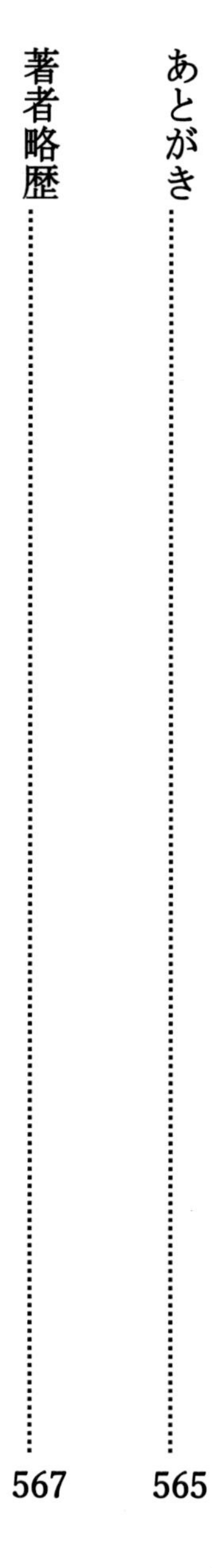

スタート　詩二題　敗戦とともに再出発した中学生

サイレンが鳴つてゐる

戦時中サイレンとは空襲警報の異名。あのいまわしい響きを耳にするたび、心身は反射的におののき打ち怯んだ。そして今また ―― いや待て、あの音はもはや存在しない。戦いは終わり、人々は貧しさに耐えながらも、平和の喜びをかみしめ新しい一歩を踏み出そうとしている。敗戦当時中学生だった私の人生も、またこのよろこびのサイレンと共に最初の一歩を踏み出したのだ。

サイレンが鳴つてゐる

サイレンが鳴つてゐる
聲をそろへて
あつちにも
こつちにも
聲をかぎりに鳴つてゐる。

だが
あれはもう
恐ろしい
警戒警報や
空襲警報ではない
太平を謳歌し
樂しい晝餉を知らせるサイレンだ。

工場のベルトは一せいに回轉を停止し
人々はたのしさうに辨當を提げて出て行く

學校の授業は中斷され
生徒はいそ〳〵と机のふたをあけるだらう
むつかしい會計の勘定も一先づ止められ
人々はほツとして引出しをあけるに違ひない
そして嬉しい樂しい晝餉が始まるのだ。

さうだ
味噌汁の湯氣は幸福さうに頬をなで
白い御飯が眼にしみる
そして
よろこびの話がかはされ
人々は幸福の園へ這入つてゆく。

さうだ！
うれしいサイレンだ
たのしいサイレンだ

幸福と感謝を知らせるサイレンだ。

曇ったガラスをふく

曇ったガラスをふく
霧がはれるように
向こうが急にはっきり見える
うれしくなって何度も何度もふく

校友誌「松籟」創刊号　一九四六

たった4行の短詩だが、敗戦によって打ちのめされた一中学生が、戸惑いと試行の裡に自由という新しい価値基準を模索し、物事にこれまでにない新しい顔を発見していくという、アレゴリー的価値の高い象徴詩だといっていい。

第1ラウンド

昭和三十年〜四〇年代

60年代にテレビ早朝番組の中でピカ一ヒット

第1ラウンド　昭和三十年～四〇年代

ラジオからテレビへ　昭和三〇年～四〇年代（一九五五―一九七四）

初期にはまだテレビがなくラジオの文芸部に配置されたが、この間に初めて接する寄席や民芸関係の番組づくりは貴重な体験だった。その後テレビが始まり、人形劇、子供ミュージカルなど児童番組に始まり、やがて担当する午後の帯番組「女性専科」で初の海外取材ハワイ行を体験、次第にジャーナリストとしての視野を広げて行く。

トルコになかったトルコ帽

かつて数世紀にわたって、西アジア一帯を制覇していた大帝国トルコ。だが、その国情はあまり知られず、日本からの訪問者も少ない。わたしはそこでいったい何を見てきたか。

二月二十八日　晴　時々曇　—

珍しく雲が出ている。もう半月ぐらい雨にあわない。いまが西アジアの雨季である。夜あたりそろそろ一雨みまわれるころか。

わたしの運転する日本製のランド・クルーザーは、そばにカメラマンを乗せて、シリア最後の都会ラタキアをあとにしていた。

東方十キロの地点はもう地中海、その海岸線とちょうど平行に、いまわれわれはシリアの北端を北上していることになる。予定どおり行けば、きょう中にトルコ入りである。

反乱と砂塵に追われる

シリアの印象はあまりよくなかった。まず一週間前に首都ダマスカスで、あいにくとクーデターにぶつかった。決起した軍の民族主義汎アラブ分子と政府首脳の争いである。結果、首相モハメド＝アミーン＝アル＝ハーフェズは国外に亡命。ようやく事態は収まったが、おかげで丸三日、ホテルに軟禁、文字どおりの罐詰の状態だった。外出禁止令のとけるのを待って逃げるように出発、人間くさい都会の紛争はまっぴらと、シリア砂漠のまん中に隊商都市の遺跡パルミラを訪れた。ところがここでまた、猛烈な砂あらしに出合う。何しろ三キロ四方にまたがる広大な遺跡である。どんなに撮影をいそいでも、まる一日はたっぷりとかかる。前夜から泊まり込んで、幸い午前中は何とか切りぬけたが、おひるすぎからもうかないません。砂のヴェールがまるで沈殿物のように大気中に次第に浸透してきて、視界がかすんでくる。

朝撮影した神殿部分は、くっきりときれいにぬけてとれているのだが、全体のフカン図は午後にまわった関係上うすぼんやりと、まるですみ絵である。帰国してから編集するとき、きっとベソをかくだろう。カメラマン泣かせである。

「急げ、急げ」

と無理を承知で尻を叩く。三時ごろ、何とか予定分の尺数をまわして切りあげる。スケジュールというものがあって、この日一日の余裕しかないのだから仕方がない。

ダマスカスのクーデターがうらめしい。

「それ逃げろ!」

である。砂あらしの〝目〟につかまったら、それこそランド・クルーザーぐらいふっとばされかねない。何のことはない、シリアへはいってから逃げてばかりいるようなものだ。次第に風が強まって来る。いや風というより文字どおり砂だ。砂が吹いて来るのである。砂漠の一本道を、東へまっしぐら。時速百キロぐらいで飛ばす。砂あらしの移動速度もちょうど同じくらいのスピードのようだ。うしろを振り返ると、すでに遠くパルミラのあたりは上空がおどろおどろと黒い雲におおわれている。砂あらしが収まるとそのあとは大雨がおしよせるのだろうか。それともぶ厚い砂あらしの、あれがその〝目〟なのだろうか。反対に東の方は、一望の広漠たる地平線上にまだ太陽の光さえ差しこんでキラキラと明るい。反対側と実に絶妙なコントラストを示している。まるでせまり来る巨大な地獄の奈落へおちまいと、もがきながら極楽へ必死に手をさしのべている図のわれわれだった。

幸いホムスへの一本道と、砂あらしの進行方向が少しずれていたのか、そのうち危機は去った。しかしその日の午後八時ごろ、アレッポへ着いてあらためて気がついたら衣服といわず、器機といわず砂でまっ白である。実に粒子の細かいサラサラした砂だ。ファスナーをキチンと閉めてあったはずのバックの底にまで砂が浸入しているのにはおどろいた。さらに一つ、ホテルへはいって鏡でおのれの顔をみて思わずプッと吹き出す。毛糸帽をかぶっていたのに、頭は浦島太郎さながら、完全な白髪。顔といえばおしろいをぬりたくった色気違いの年増女かと危うく見まちがえるところだった。

砂地から一変、アレッポからラタキアまでは主としてゴツゴツした不毛の岩石地帯だった。それがいつの間にかいまではところどころ視界に緑さえ見えて来る。やはり地中海気候圏にはいったせいであろうか。トルコまであと三十キロたらずである。と、行く手の路上に何か木製の踏み切りのようなものが見えて来た。おや、もうトルコとの国境かなといぶかりながら近づくと、そばに小屋が一軒建っていて別に人のいるようすもない。踏み切りの棒は上がったままだ。フト気がつくと、踏み切りと小屋の中間に明らかに通行者に見せるべく立てた大きな掲示板が目に入った。

「Welcome to green land」

と書かれてある。〝ようこそいらっしゃい、ここから先は緑地帯です〟というわけである。

気候に恵まれ、四季の変化に富んだ日本では、ちょっと考えられない風景である。いかに乾燥地帯に住む人々が〝緑〟や〝樹木〟に強い憧れを持っているかを、まざまざと見せつけられる思いがした。

看板にいつわりはなかった。いつの間にか視界には糸杉やカンラン、そしてところどころオリーブが生い繁るようになった。三日前のシリア砂漠から考えるとたいへんな変化である。けさほどから空に出ている雲が、けっして気まぐれな天候のいたずらではなく、この辺は平均して雨量が豊富であるからだということがいまやっとわかった。通りすぎるわれわれに土地の人が手を振って答える。何だか柔和な気候とともに、人情もそれだけ優しくなったようでうれしい。中に杖をつき、頭に赤いビロード風の帽子をかぶった老人がいる。

「あっ！　トルコ帽だ！」

まぎれもなく、はじめて見かけたトルコ帽だった。いよいよトルコが近い証拠だ。同時に私は日本の友人からトルコへ行ったら必ずトルコ帽をおみやげに買って来てくれるようにたのまれた約束をあらためて思い出した。

かつてのアジアの大帝国

トルコへはいって一週間目に、首都アンカラへ到着した。ここまでの道順は、アンタキア、アダナ、メルシン、シリフケ、コニア、アンカラとほぼ地中海南岸ぞいに走り、途中から急に北上してアナトリア高原にはいったことになる主要幹線だったせいもあるが、道路はアラブ圏と比べて問題にならないほどよかった。

通用しない英語

トルコ最初の町アンタキアにはいってまず私の目をなごませてくれたのは、急に視界にあらわれたローマ文字である。どうも私には蛇の這ったような例のアラビア文字は苦手だった。短時間で不勉強だったせいもあるが、一つには別に読めなくとも各地で何とかスピーキングつまり、英語が通じたからである。

ところがトルコでは事情はまったく逆であった。なるほどローマ文字は、何となくわれわれに近しい感じがする。事実、意味はわからなくとも何とかローマ字をたどってゆけば発音だけは不完全ながらできようというものだ。ところがアラブとは逆に、ここではスピーキングが駄目なのだ。つまり英語（仏語）のできる人がほとんどいないのである。現にいま泊まっているホテルでも、格からいえばまあ一流の下ぐらいだが、ここですら従業員で英語のできるのはフロントにたった一名いるきり。

これは日本よりもひどい。日本人の外国語へたも、世界に名だたるものがあるが、トルコがそれ以下だとは現地に来るまでまったく予想しなかった。これは何に原因があるのか。いわずと知れたトルコがかつて数世紀にわたり西アジア一帯に君臨する巨大なスルタン王制下の大国だったからである。

フランス人がドイツ語を知らないことを恥と思っているか、〝ノー〟である。アメリカ人でフランス語を知らないことが、無教養の証拠となり得るか、やはり〝ノー〟であろう。つまり世界にその覇をとげた国は、何も好んで外国語を身につけなくとも、おのれの国のことばさえ知っていれば、万事それで事足りたのである。世界のあらゆる事情はそのことばを通じてもたらされ、またそのことば自体が他国人には一種の権力と教養そのものの象徴とさえ受けとられたからである。ちょうど現今、英語に弱い日本人が、ペラペラとアメリカ人相手に自由闊達な会話を交わしている同国人の仲間を見て、一種のコンプレックスを心の中に感じるようなものだ。

かつて中国人は日本人と違い、語学力にたけた国民だといわれた。華僑はもとより、中国本土でも、彼らは器用に外国語を覚え込み巧みに外人相手に商談を成立させたり、仲間を作ってゆくというのである。しかし、あれはウソだ。先天的にそんな才能があるのではない。要するにその秘密は〝必要は発明の母〟の一言に尽きる。アラブ圏では、英語かフランス語のどちらかさえ知っていれば堂々とそれで万事通用し少しの不便も感じなかった。これもまったく同じ事情である。第一次大戦の結果トルコ大帝国が崩壊し、以来アラブ圏一帯はつい最近までどの地方も、イギリスかフランスのどちらかの委任統治下におかれて来た。だから英語（仏語）を知らなければ、人はなにごともできなかったのである。インテリということの別の定義が英語（仏語）を自由に読み書きし、話すことだったのである。否、それはだれにとってもあるいは生きることの最低条件ですらあったかもしれない。

アンタキア以来、われわれはたちまちことばの問題で面くらってしまった。私よりアラブ語に強いはずのカメラマン氏もここではまったく駄目である。前述の同じ理由からアラブ人がトルコ語を知っていることはあってもトルコ人がアラブ語に通じていることはまずないからである。せっかく、丁重なキングス・イングリッシュ（のつもり）の話し方をしてみても、ブロークン・アメリカンを用いてみても、あるいは片言のフランス語の単語を並べても、反応はなく、どこの宇宙語を話しているのだといった顔付きで、わるびれるようすもなくトルコ語で返してくる。

「お前の言っている毛頭語はトルコでは通用しないんだよ」

とでも言っているのだろう。口先で転がすような、子音の多い、早口に聞こえる独特のことばである。あくまでもトルコ語を知らないお前のほうがわるいのだといった態度だ。日本人のように英語ができないからとコソコソ逃げかくれするようすはない。

「フフーン、さすがは腐っても鯛だな」

などと一人で感心したりしていたが、そのうちにだんだんイライラして来た。このようすじゃ、永久にラチがあきそうにもない。

そこでわれわれは大急ぎで、町の本屋をさがしまわって、やっと「ポケット簡易英土―土英辞典」と「トルコ語会話の要点」という小さなパンフレットを見つけて来た。まさに生きるための、最低条件を確保したといったところであろうか。

以後、取材を重ねながら寸暇をさいて、少しずつトルコ語を勉強していった。その結果発見したことは、トルコ語が、実に日本語とよく似ているということである。

まず、センテンスを作る場合の、ことばの配列順である。たとえば日本語で、

〝私は　日本へ　電報を　打ちたい〟

という場合、英語なら、

〝私は　打ちたい　電報を　日本へ〟

であるが、トルコ語の場合、順序は日本語とまったく同じである。つまり、副詞句や、目的語が、全部動詞の前に来るのである。なお右の場合、とくに強調するとき以外、最初の〝私は〟（Ben）ということばを言っても言わなくてもよい。これまた、日本語の場合、いちいち〝私は〟を省略する場合と、よく似ている。二、三の例をあげてみよう。

〝Camileri ziyaret etmek istiyorum〟

（モスクを　訪問　して　みたい）

この場合、厳密にいうと最後の　istiyorum に〝私は〟の意味がはいっているのである。

〝Irgilizce kitaplariniz Uar mi ?〟

（英語の　本は　ある　か）

最後の〝mi〟などは、いつも質問のときにくっつく不変化の助詞で、まったく日本語の〝か〟だと思えばよろしい。

戦いに終始したトルコの歴史

まず、ことばに接してみて、私はトルコという国にはなはだ親近感を覚えた。ところがトルコと日本との近似性においても、もっとも決定的な要素はまだ他にある。何と言ってもそれは両民族の民族性だ。西アジアの最西端ヨーロッパの入り口にありながら、彼らトルコ人は、われわれ日本人同様、れっきとしたモンゴロイド（蒙古系人種）である。

色こそ赤黒いが、アラブ人は大きな眼、もり上がったような鼻、そして何となく脂肪質の体格をしていた。これに対し、一歩トルコ人の領域にはいると、明らかに彼らの顔は、ことばの本来の意味におけるアジア系だ。色の黒さも青黒く、眼が小さくなって、体格が筋肉質のやせ型になって来る。

トルコ民族は元来が中央アジアの出身である。彼らは何世紀にもわたってユーラシアの中央部から西進し、現在の地域に定住するまでその道路にあたった諸民族と混血して来た。

十世紀以後西アジア方面に姿をあらわし、十二世紀以後、アナトリアを中心に強力な帝国を出現せしめたオスマン・トルコのオグス族がその代表選手である。以後数世紀にわたりヨーロッパの一部をはじめ、広くアラブ圏の大半を征服して、イスラム世界に君臨、トルコ民族の名を高らしめる、かのオスマン・トルコ大帝国を作りあげた。

しかし華やかなりしサルタン制下のオスマン・トルコも、十八世紀アフメット三世（一七〇三―一三〇）治下でフランス文化をとり入れながら匂い出た〝チューリップ時代〟がその最後のなごりであった。すでにウィーン攻略の失敗（一六八三）以来、世界文明の主導権はヨーロッパ側に移りつつあった。こうして列強は次第に植民地南下政策の牙をあらわにむき出し始める。十九世紀、すでに「ヨーロッパの病人」と呼ばれていたトルコをついて、ニコライ一世下のロシアはバルカン、カフカズへの進出を策した。

一八五三年、ロシアはドナウ地方へ出兵し、イギリス、フランスがこれに抗して艦隊を送るのを契機に、トルコはロシアに対して宣戦を布告した。露土戦役（クリミア戦争）である。

しかし結果はみじめであった。二年半の歳月をついやし、トルコはとうとうロシアに勝つことができなかった。のみならず味方であるはずの、フランス、イギリス軍にも、さんざん領土内を荒らされてしまった。

これにとどめをさしたのが第一次世界大戦である。トルコは、ヨーロッパの新勢力、ドイツに期待をもち、最初から独墺側に加担した。戦いはドイツ側の敗戦に終わり、さしも強大だった大帝国もここに終末を迎えた。領土は処々方々に分割され、トルコ民族は涙をのんで小アジアのアナトリア半島に引きあげざるを得なかったのである。

それでもまだ国内は問題の山積みだった。勢いにのってギリシア軍が、小アジアにまで進出して来た。各地に反乱があい次いだ。

この有史以来の大混乱を収拾、民族の指導者として名のりをあげた英雄がムスタファ＝ケマル＝パシャ（アタチュルク）である。

一九二〇年四月、彼はアンカラに大国民会議をひらき、スルタン・カリフ政府を否認、ギリシア軍を敗って、ここに近代トルコ共和国を成立せしめた。

彼、ケマル＝パシャは初代大統領に選ばれた。だがなすべきことはあまりにも多かった。

政教分離、身分制の撤廃、男女同権の実行、西欧に範をとった諸立法、ローマ字の採用など、彼は精力的にあらゆる政策をおしすすめトルコ共和国の強化をはかった。

一九三四年、議会は彼にアタチュルクの称号をおくった。アタは父、チュルクはトルコつまり〝トルコの父〟という意味である。

すべて日本が〝お手本〟

アンカラをはじめ、どの町に出ても目につくのが、アタチュルクの銅像と「BANKASI（銀行）」の看板である。

前者は前述の歴史的背景から容易に想像がつく。「建国の父」としてトルコ国民が指導の象徴として仰いでいるからであろう。

後者は、実はこれは政府の企業公団なのである。つまり民間に充分な産業資本がなく、有能な経営者もいないため、政府と民間が協力して産業開発を行なっている特殊銀行なのである。単に金を貸すだけでなく、会社の経営をすべてがっちりと管理している。ちょうど日本の明治維新の産業・経済開発と同じやり方、同じ段階にある。

トルコ共和国の発足は一九二〇年、いまから四十七年前である。つまり日本の明治維新が大正十年に起こったと考えればよい。アタチュルクなきあともトルコはもっか懸命に近代化の途上にあるのだ。だからまだまだ工業化も遅れているし、町を走っているのはアメリカの車ばかりだ。この点日本はうらやましいというわけである。

トルコは元来親日的な国だと聞かされていたが、現地に来ていろいろなことを見たり聞いたりしているうちに、ようやく私にはその原因がはっきりつかめた。つまり何かにつけて日本がお手本なのである。

ことばの問題、人種的親近性についてはすでに述べた。近代化の歴史的背景やシチュエーションまでが、実によく似ているのである。トルコにとって近代化とは、すなわちそのヨーロッパ化を意味した。それを日本は五十年ほど早く始め、そして彼らに言わせると〝実にりっぱに〟やりとげて来たという次第だ。

アジアの英雄〝トーゴー〟

私は、アダナでも、アンカラでも町の中に「トーゴー」という名の店舗を見かけた。いずれも日本製のおみやげ品、東洋風の美術品を売っている店舗である。「トーゴー」というのは他でもない。日露戦争で宿敵ロシアのバルチック艦隊を日本海で撃破したかの東郷元帥のことなのである。トルコ人と話していると、よく「ノギ・トーゴー」の名前が出てくる。かつて露土戦争であれほど痛めつけられ、どうしても勝つことのできなかったロシアを見事破ったアジアの英雄というわけだ。

第二次大戦で、アメリカやイギリスを相手に戦った日本の評価も、われわれが考えるよりはるかに高いようだ。第一次大戦の失敗にこりてこんどの場合トルコはまことに慎重を期した。最後まで戦禍の外に立って中立を守ったのである。やっと枢軸側に宣戦を布告したのは終戦、つまり昭和二十年の二月だった。これはいわばヤルタ協定に基づき、国連加盟の資格を所得するためで、あるいは案外心の中では最後まで日本の勝利を願っていたのかも知れない。

戦後、国のおかれた政治態勢もまた同じだ。トルコはCENTO（中央条約機構）の中心国であり、エーゲ海に面したイズミールにはNATO（北大西洋条約機構）東南軍司令部がある。国内には四十八の米軍基地があり、核ミサイルが配備されていることは、公然の秘密で、アメリカがトルコの陸、海、空、三軍に注ぎ込んだ軍事援助は二十億ドルを上回る。つまりアラブと違って形の上で完全にいわゆる西側体勢に組み込まれた国である。日本もまた然りだ。しかし日本はもう少し工業力と経済的実力を兼ねそなえ、政治と軍事力の間隙をぬって結構うまくやっているようだ。それが証拠に、トランジスタやカメラ、船舶や車両などの日本製品がこの西アジアに戦後ドッと進出したではないか。どうも日本という国は、不死鳥のようによみがえる。エネルギッシュな不可知な国民である。

いろいろな思いをめぐらしながらホテルで飲むトルコのビールは、お世辞にもうまいとはいえなかった。国産でたった一種類、ラベルも張ってないビン詰めである。まだまだ自由競争や、外国品と勝負して行くほど、国に実力がないのであろう。たったひとつのとりえは安いこと。一本二・五トルコ・リラ、つまり約百円。アラブ圏ではサービス料とも四百円ぐらいに付いたことを思うとまるでウソのようであった。

愛国心の強いトルコ人

地理的にも、歴史的にもイスタンブールはヨーロッパとアジアのかけ橋である。イスタンブールとは〝イスラム人が多い〟という意味だそうだ。しかしこの都市が、文字どおりイスラム教徒、オスマン・トルコの手におちたのは十五世紀の半ばで、それ以前は紀元三九五以来、東ローマ帝国の首都として、ビザンチン文化の華を咲かせた。

アンカラに強い対抗意識

美しい夕焼けで名高いゴールデン・ホーンを中にして、市街には何と大小五百のモスクが聳え立つ。ブルーモスクの称号で知られるスルタン・アハメット寺院、セント・ソフィア寺院、トプカプ宮殿ｅｔｃー汽笛が鳴り響き、豪華な外国観光船の出入りする波止場を前景に、モスクのドームがばらまかれた無数のミナレット（せん塔）が天をつくさまは、ちょっとオーバーにいえば、目のくらむような美しい一幅の絵画である。

しかし市街や目抜き通りの外観は完全に近代化されて、さすがにヨーロッパの匂いがプンプンする。ここへ来て気がついたのだがイスタンブール市民のアンカラに対する対抗意識は相当なものだ。たいてい、初対面で、

「アンカラと比べてどうだ」というから、

「イスタンブールのほうがはるかにいい」

というと、そりゃそうにきまっていると、うれしそうな顔付きをしたあとで必ずのように

「アンカラは人口六十五万、ここは百五十万」

とつけ加える。だから、

「東京は一千万」とついでに説明すると、へえーと心からおどろいて、

「ほんとうかね」

と一瞬信じられないような表情をみせたあと、ちょっとがっかりするが、やがて忘れてしまってイスタンブールがいかにりっぱな町であるかを、あれが有名なイエニ・ジャミ、あれがガラタ橋とまめまめしく解説してくる。きっとアタチュルクが共和国の発足とともに、首都をアンカラへ持って行ったのがよほど口惜しいのであろう。

"スバラシイ、ニッポン"

午後、タクシーに乗ったらわれわれが日本人であることを知って、運転手がひとりで独演をはじめた。

「東京　ビッグ　ビッグ　すばらしい町　わたしの友人　三年前東京行った　ビックリして帰って来た　日本人(と運転しながら右手の指先で自分の頭を指さして)　ここ　すばらしくよい　オール　オール　インテリゲンチャ　みな　頭よろしい　一人残らず　だから日本復活した　リッパになった　友だち　たまげて帰って来た　トルコ学問足らぬ　だめ」と、求めもしないのに一

人で日本のことをほめちぎるのである。もちろんわずかな片言の英語、（職業柄少し知っているのだろう）とそれにトルコ語をまじえてである。その態度には別にお客にこびを売ってお世辞を並べているようすは少しもなかった。むしろ同じアジア人の仲間である日本のことをかえりみて、一人のトルコ国民としておのれに言い聞かせ、反省している風にさえ私にはとれたのである。こういう気持ちをもっている間は、その国民はきっとだいじょうぶだ。むしろ朝鮮戦争やベトナム特需にうまく乗って、経済繁栄を招来し、太平ムードに酔いしれている感のある日本のほうこそ、いささか心配になった。

夜、東京の繁華街を思わすベイヨール街のとあるバーへ、久しぶりにカメラマンと一杯飲みに出かけた。この町はさすがに土地柄、ギリシア系や混血など、女の顔かたちも、衣服ともどもヨーロッパ風の美人が多い。

そんな女性の、これはまだ二十歳に手のとどかないと思われるトルコ美人をそばにおいて、私は最初の一杯からもうかなりいい気分になっていた。「おい、煙草を吸うか」

ポケットに手をつっ込みながら言うと、彼女の返事は意外にも、

「ノー」である。珍しく達者な英語である。

「どうして？　吸わないの」

と思わずいぶかると、

「吸うけれども、アメリカ煙草はダメ」

という返事。しかしそのとき私のポケットにあったのはトルコのフィルター煙草「ヒッサール（城）」であった。

「アメリカ品じゃないよ、ヒッサールだ」

と言いながらとり出すと何ともうれしそうな顔になって、彼女は私の申し出を受け入れた。そしていわく、

「ここに来る人はどうしてか、こっそりアメリカ煙草を手に入れて吸っている人が多い。私は絶対吸わない。だってそれだけ国のお金が外国に流れて行くわけでしょ、トルコは貧乏なのよ」

と、私は銀座裏のバーの光景を思い浮べていた。洋モクをすすめて、果たしてことわった日本女性がかつていたかと。


明日はトルコを去ってギリシアへ向かう日である。トルコ帽はとうとうどこをさがしても売っていなかった。第一かぶっているトルコ人を一人も見かけなかったのである。

あとで聞いたらアタチュルクがすでに四十年前、国法をもってその着用を禁止したのだそうである。まさしくそれは日本の断髪令だった。私は代わりに現代のトルコがおかれているさまざまな状況、エピソードなどを話して友達にあやまろうと思った。

旺文社刊行「時」　一九六七

体験的テレビ瀬戸際論

テレビに朝放送が編成されるようになり、その開拓期に「ヤング720」を成功させた勢いでJNN系列のニュースショー「モーニングジャンボ」を担当させられることになった。ところが思う酔いに視聴率が取れず、スタート直後のプロデューサーとしての苦悩がにじみ出ている一文である。だが説いている内容は今日でも正しいのではないだろうか。

ウィルヘルム・マイスター的願望

あれは正確な意味でTBSの最初のニュース・ショウ「土曜パートナー」をスタートさせる少し前だったから昭和四十年の夏ごろだ。その時分私は所属の教養部から報道局のニュース職場へ移りたい気持がしきりだった。これはごく短視的に分析するとニュース・ショウと名のつく番組を手がける以上ぜひニュース部に在籍して勉強しておかなければというごく現実的な必要を感じていたからであろうし、もうひとつはやや気負って巨視的に解釈すると、ひとたびテレビの制作現場に身を投じた以上、いつか〝これがテレビだ〟と言える総仕上げ的なテレビ番組を担当することになるだろう、そのためにはすべての職場を経験しておくことが必要だという潜在的予感からウィルヘルム・マイスター的願望を抱いたのだといえないこともない。

なぜこのことをはっきり記憶しているかというと、現編成局長である宇田さんがテレビの教養部長に赴任して来られて、その時スタッフである部員のひとりひとりに社員としての将来の希望、またこの際教養部を出たいと思うものははっきりと言うようにという要請があったからである。その時私の番が来て言ったことは「ここを出て報道局ニュース部へ行きたい。それは私にはまだ報道番組を手がけた経験がないからだが、将来はまた教養部へもどって、映画のイミテーションではなく、もっともテレビ的な番組を作ってみたい。ついてはテレビ局には報道部でも教養部でもなくテレビ部とでも称される制作現場があってもいいのではないか」といった趣旨のものであった。

失敗した「おはよう・にっぽん」

当時テレビ界がほぼどういう状況にあったかというとニュース・ショウの先駆である「木島則

夫モーニング・ショウ」の開始が一年以上前の三十九年四月、スタート後半年ばかりの苦難期を経てようやく世の中にニュース・ショウの真価がみとめられ、木島則夫の人気はいやが上にもたかく、いわば同プロは絶頂期の花かざりにあった。そしてこのブームのあと追いとして各局にはすでに「小川宏ショー」とか「八木治郎ショー」また「高島忠夫ショー」など同種の朝ワイドプロが続々と組まれており、文字通りニュース・ショウならでは一日が始まらぬといった情勢にあった。ところがＴＢＳはというと、それまでのドラマサイドでの他局に対するリードをいいことに全日帯に対する開発意欲はあまり積極的ではなく、冒頭に述べた芥川也寸志の「土曜パートナー」がようやく週一回の一時間プロとしていわばおつき合い程度に週末に組み込まれたにすぎなかった。それでも当時ワイドプロへの計画が全くなかったかというとそれはウソで「木島ショウ」の成功は無視すべくもなく、局内では準備委員会が発足して「土曜パートナー」をいわばリトマス試験紙にしてその調子を見ながら、年あけにはワイドプロの決定版を打出そうという秘かな作戦が練られていたのである。

これの具体化したのが小林桂樹をメインホストとするＴＢＳ系列のニュース・ショウ「おはよう・にっぽん」であった。スタートは翌昭和四十二年二月、「木島ショウ」、開始におくれること一年九ヶ月であった。しかし番組の成果はどうであったか、最後を受けて立った王者の貫禄は、小回りの効かぬ巨体という悪い面ばかりが目立って、キャスティングの誤算ともども半年たち一年たっても少しも面白味が出ない。結果は低視聴率に社内上層部、営業サイドから小言をちょうだいし放しで、とうとう二年半ばかりでダウンしてしまった。そうして以後TBS系列は再び朝の時間帯に対しては劇場映画の再映でお茶をにごし、カニのごとく甲羅の中にわれとわが身をひっ込めてしまったのである。

「モーニング・ジャンボ」の意図＝情報ミニ社会の主たる特権と喜びを

さてその後の私はといえば結局報道部行きは実現せず教養部に在籍のまま「土曜パートナー」を担当することになった。（もっとも私は最初の一クールで他の番組へ移ったが）ここでちょっと私自身の放送界での経歴を述べさせてもらうと、入社したのが昭和二十八年三月、もちろん当時はまだテレビのない〝ラジオ東京〟時代で、有楽町のビルに約五年、文芸部の演劇課と演芸課に在籍して新劇から新国劇に至るドラマ、寄席中継のいろものなどを手がけた。テレビに移ったのは早朝放送の始まった昭和三十三年である。以後テレビ教養部で「テレビ幼稚園」「ロボッタン」「インスタント記者」「女性専科」そしてワイド・プロの「土曜パートナー」「ヤング720」「ベルトクイズQ＆Q」などそれこそあらゆる種類の番組制作にたずさわった。但しニュース部門のそれを除いてはということになる。もちろん私に一個の生活人としてのニュース感覚がないとは思わない。しかし放送という作業は想像以上にヒューマン・リレーションを主軸とする労働的要素が強く、特に報道番組では組織と人間の二つ柱は殆んど仕事の内容そのものと言ってさしつかえない位だ。

今回「モーニング・ジャンボ」の話を受けたのは昨年の十月である。その時の本部長の話はこうだ「今やいたずらに過当競争の泥試合をくり返し、テレビの本質を忘れかけた制作態度というものは必ずやテレビの滅亡を招くだけだろう。現に今日では例えば夕方の七時台などはいくら視聴率が高くてもスポンサーがつかないという現象があらわれ始めている。量よりも内容だ。情報化時代の生活状況に密着したヴィヴィッドなプログラム、同時性、即報性、参加性など、つまりはVHFだけが持つ特性を生かした民放の番組づくりを考え、今からその準備に入ってもらいたい。目標は四月」一点非の打ちどころのない正論である。組織化は上層部の仕事ということで私を含め制作・編成・報道・ニュースの各セクションからピックアップされた六名の準備委員が直ちに企画の検討に入った。一番初めにぶつかった問題はニュースの扱いについてであった。新しい番組作りではニュースもまた新しくディスプレイされるべきだという制作部委員の意見がニュース部委員にはカチンと来たらしい。いやニュースの価値体系そのものに手ごころを加えようというのではない。ただ他のコーナーとの並べ方を工夫しようというだけだといくら言ってもその見せ方、並べ方がすでに価値付与に大きな関係があるのだということで断じて従来の放送形式をゆずろうとしない。結局ニュース部分は神聖にして犯すべからずということで、ブロックで囲って一時的妥協を見せたが、この問題は今でもまだ尾を引いている。そして、このあたりの論争が発火点となって合理化反対運動のようなものが報道局内に発生し、このためあとで人事発令のおくれと、制作現場の所属・配置などに大きな影響を残した。

基本的な考え方の概要を述べると三時間五分を、大きくサラリーマン向け、ヤング学生層向け、そして後半を主婦層向けと時間的に三分し、特に七時台は情報をベースとして出勤前の朝の生活リズムにあわせて小きざみに各コーナーが編成されている。出来るだけ多くの情報をそれも多種類に家庭から会社へと持ち運ぶことによって情報ミニ社会の主たる特権と喜こびを各人に味わってもらおうという仕組みだ。それから全般に今まで〇〇〇ショウというタイトルに見られるキャスターやホストのパーソナリティにおんぶする制作方法を廃止した。これは三時間五分という長時間の放送をひとりで毎日持ちこたえることは不可能という物理的な制約の他に、情報伝達という基本姿勢を考えた場合、番組の進行にはもっとも正確なアナウンス技術を身につけている正規のアナウンサーの登場が好ましいということで鈴木（TBS）玉井（ABC）両アナが隔日に起用されることになった。対照的に各コーナーにはそれぞれ担当のホスト・ホステスを置いて彩りと親しみを添え全体としてみた場合、グループ・キャスターシステムがとられているという形式をとったのである。尚セグメントスタイルは今までのモーニング・ショウを体質・形式の両面から否定すると同時に、突発事故の時にはいつでもコーナーをとりはずせるという点で、むしろ便利な積極策を採用したという確信を持っている（そのためのセールス・フォーマットの問題はまだ必ずしも解決していないが）。それともうひとつの特質は同時性を尊重して「朝のグラフ」「おはようサテライト」「チビ中訪問」と三つの中継車を動員したが、これらがJNNワイドの広がりの中でお互に有機的なつながりを持つこと、また、有時の際の機動性をフルに発揮することを強く期待している。更に「チビ中」はテレビの小回り、軽量化を計ってカメラ一台運転手ともスタッフ四名という今までにない編成でその日その日の事件を追っかける役割りだ。

総じて言うならば私たちの意図したものは〝おはよう・にっぽん〟の再版でもなく、また数あるワイド・ショウの掉尾をうけたまわる総決算でもない、それは情報時代に即応したテレビ的な全く新しい番組の出発である。もちろん放送開始後のいろいろな不備や欠点は謙虚に反省し、これから手直しを加えていかなければならないだろう。

しかし完成にはまた時間が必要だ。〝見つめるポットはなかなか沸騰しない（A WATCHED POT NEVER BOILS）〟とにかく四月には何が何でもスタートさせよという部長の命令に応えて、悪条件の中でとにかくその要請にだけは応えたというのがいつわらざる実感である。新しい番組としての課題はむしろこれからだ。番組が出た途端に根本的な問題点がすりかえられ、またもや視聴率だけが云々され、そのためにはパンティを何枚脱いでもいいといった俗論が横行してはたまらない。情報文化時代に突入して今日テレビはきびしくそれ自身のせとぎわに立たされている。だからこそいま私たちの生活にとって本当にテレビは必要かというべきいわば根源的な問いかけが試みられているのだ。そしてもしその答えがイエスなら、道はおのずから開かれる筈だ、私はそう信じている。

「放送批評」一九七一

「批判」と「制作」の幸福な握手

新番組「モーニングジャンボ」の視聴率低迷は、本文の説明にもあるように、スタートから二クール（13週×2≒5ヶ月）にして早くも各コーナーの内容手直しを迫られた。プロデューサーの苦悩がにじみ出ている寄稿だ。掲載はＮＨＫ発行の月刊誌『放送文化』。この後まもなく私は移動で、報道制作部からスポーツ局へ飛ばされることになる。

ＴＢＳ制作部「モーニング・ジャンボ」担当　鵜飼　宏明

六月十五日現在の予定で、四月五日にスタートした系列朝ワイド生番組「モーニング・ジャンボ」は二クール目に入る七月五日から第一回のかなり大巾な手直しを行う筈である（より正確にはヤング層対象路線の一コーナーである七時三十五分前後の〝おはようコータロー〟が〝君はどう生きる〟に、また八時十四分からの〝愛情うらない〟がほぼ同じ路線の〝お名前拝見〟に、六月七日からすでに入れかわって放送されている）。

これら番組改変の動機は一体何であるか一口に言うならばそれこそ番組に対する「批評」というものの存在だろう。例えば〝おはようコータロー〟、この場合ではソルティ・シュガーの解散という事情はあったにせよ、それでも視聴者から惜しまれて泣く泣く終了というものでは決してなかった（もしそうなら同グループの解散日である六月三十日ぎりぎりまで放送されていた筈である）。事実は逆でこのコーナーに対する批評ははなはだかんばしからず、いわばソルティ・シュガーの解散という現実に便乗した形で早期終了が実現したというのが真相だ。〝愛情うらない〟についてもほぼ同様である。

テレビというメディアが茶の間と番組制作者との交流という形で成立している以上、視聴者の「批評」が番組を左右して行く重要なモメントになっていることは動かしがたい事実である。では番組「批評」はどんな形で存在しているのか。まずふつう大ざっぱな概況を伝えるレポートとしての「視聴率」というものがある。（〝鬼よりこわい視聴率〟というやつだ）。しかしこれはよく言われるようにマッスとしての視聴者の動向を伝えているだけで「質」の反面を殆んど含んでいない。視聴数字が単に〝多々ますます弁ず〟という形で「批評」の機能を果す場合、そこから出て来る結論は例えば、かつての〝野球拳〟のように〝ドンドンズロース下ろしましょう〟みたいな形でのアクションでしかないだろう（それでも民間放送の営業サイドは大いに多とするかも知れない）。しかしこれでは制作現場はたまったものではないのである。

次に「質」の面を含んだ直接参加方式としてのモニター制度というのがある。視聴者を代弁する形で選ばれた特定の一般者が週単位、あるいは月単位にモニター批評を放送局へ送りとどけ、これが社内でプリントされて制作者のデスクへと配布される仕組みだ。この種の「批評」で警戒しなければならないのは特定の一般者という形容がいみじくも表現しているように、いわゆるモニター族としてのやや特異化したかれらの姿勢だ。一般の声が全く反映されていないとは思われないが、モニターで評判のいい番組はズッこける、または毒にも薬にもならないといった実績としての傾向がたしかにあるのである。原因はいろいろに分析されようが、ひとつには良識、教養人種をきどったＰＴＡ的発言が多いせいではあるまいか。これには同じくセミ・プロ化した新聞紙上への放送投書族という常連にもあてはまることである。

第三にこれら批評立方体のいわば頂点に立つプロとしての放送ジャーナリストの存在がある。新聞、雑誌に掲載される専門「批評」の担い手であるがこれがまたくせ者なのだ。ある批評家は批評のための批評スタイルを模索するあまり、肝心の番組を単なる手がかりとしてまこと巧妙に私物化しているし、また他の批評家きどりのジャーナリストはほんの瞥見と聞きかじりの材料から、のうのうと印象批評を作りあげ、あとは活字メディアをかくれみのにこっそりベロを出しているというていたらくだ。

文明批評では番組は作れないし、恣意的感情を権威化した活字の魔力でスタッフ全員がばっさり傷ついてはたまらない（大体この人たちは一回の批評を書くために三時間五分という長ったらしい〝モーニング・ジャンボ〟を本当に何回見たのかなあ……おねぼうのジャーナリストにとってはおそろしく朝早い番組でもあることだし……）。

まだあるのである。これはいちばん身近で、いちばん厄介な存在だ。いわば「批評」立方体をとりまく環状部分に相当する「社内批評」というやつだ。ことに権威と結びついた「お偉ら方批評」ほど手におえないものはない。また今回の〝モーニング・ジャンボ〟はいわゆる系列ワイドの共同開発番組ということで、番組内容はもとより、スタッフにもネット局から何人かの参加を仰いでいることもあって、このルートから来る「批評」体裁をとった苦情・注文のたぐいは文字通り溢れんばかり、これがまた予期せぬタイミングでビシャビシャと作業中のわれわれの顔に泥をはねかける仕末である。

本当の「批評」ヤーイ

さて以上がわれわれをとりまく「批評」スペースの概況である。そしてこの宇宙には水素、ヘリウム、アンモニウム、窒素などの諸元素が渦巻いており、酸素は希薄で息苦しいばかりか、これを見分ける作業は大変に困難である。かつて私は同種のワイド番組の先行型ケースを手がけたが、例えば〝ヤング七二〇〟のときは〝おはようにっぽん〟の露払い、また〝ベルトクイズQ&Q〟の時は全日帯開発の第三陣としてのスタートという事情があったせいかこれほど周囲がかまびすしくはなかった。ところが、〝モーニング・ジャンボ〟は離陸直後から一斉に四方からの集中射撃を浴びながらの空中飛行である。

さて今回七月五日からの改変がこれら「批評」を慎重吟味した結果に立脚していることは先に述べた。その要点は次の三つである。まずひとつには前後十いくつかのコーナーによって構成されていた内容をいま少しブロック化の方向に持って行って結果的には二分から四分ぐらいの細かいコーナーを捨てたこと、次にジャンボの別名のように思われているらしいおびただしい数のグループ、キャスター群を二ヶ月の成績を手がけりに半分ぐらいに減らし、またコーナー別の毎日通しのキャスターにかえるようにしたこと。第三に当然のことながら弱体企画の廃止と新企画の採用、そしてこのことには第二部（八時二十分以降）の冒頭バッターに音楽ものを当てたことに対する反省、またこれに替えるにスタッフを強化した〝ジャンボの目〟を繰り上げこの難時間帯にあたらせるという作戦が含まれていること、大体以上の三つである。

右に述べたのはいわばさまざまな「批評」を受けとめての結論みたいなものでこの稿が出る頃にはすでに実施に移されている筈であるが、結果が吉と出るか凶と出るかはこれまた別の問題である（一般に制作者が「批評」に対してかたくなな所以のものは実にここにある）そしてこの二ヶ月を振りかえって一番多かった批評は何だったかというとあまりにもコーナーが細々と多すぎて番組としてのユニティと親近感に欠けるという意見であった。

これに対する反省は先ほどの改変案に述べた通りだが、もともとこのような編成の仕方にはそれなりの企図があったわけで、それは何かと言うと三時間五分を通して視聴する人は六時五十分発の新幹線にテレビを持ち込んで道中ズーッと見つづけるならともかく、あとは病人か老人、そしておそらくは番組制作関係者だけであって、一般視聴者というものはおのれの生活視聴時間に合せてこの番組の一部分を見るだろうという予想と、仮に何か事件があったときにはいくつかのコーナーを連続あるいはとびとびに速報に切り換えれば便利だろうという配慮からであった。この考え方は基本的には今でも正しいと思っているが、生活状況のリズムを考えあわせて八時半以後の後半は今までよりもコーナー移行のサイクルを大きくしたという次第である。ホスト・ホステスを横ならびに整理し、コーナー別の定着化を計ろうとしたのも同じ考えに帰省する。

次にけんけんがくがくだったのは七時二十六分から八時前に至るヤング路線の部分である。ここには今までNHK系列が開発して来たヤング視聴層をそのまま対象として残し、手法としても〝ヤング七二〇〟の中から情報としての先端的風俗部分を主としてとりあげたものだから中高年層との感覚的断絶がはげしく、キー局を含めて各社のトップ層からの拒否反応のすさまじさはなかった。ヤング・イメージを標榜するあまり少し毒が効きすぎたかなという反省と、今までとりあげなかったヤングの硬派部分をも流入することで新企画を用意しているが、例えば長髪、ロック風潮をいみ嫌う高年層の単純反応は、軍歌、ユニフォームを好まない若年層のそれと本質的には同じで、単に年代的断層現象にすぎないと、私は考えている。若し新企画がそれこそモニター的PTA感覚に迎合するだけのものに変質するならそれにある意味で（「批評」に対する）われわれの敗退である。

総じてわれわれの意図したものは最後陣をうけたまわったワイド・ショーの再出発ではなく、逆に新らしい状況と時代に即応した今までにないテレビショーの開発である。巨体は飛び上ったものの視聴率が低いものだから早くも給油とかエンジン交換だとか勝手な表現をされているようだが、今こその真の意味での「批評」と「制作」の幸福な握手が（仮にそんなものがあるなら）実現されねばならない時だと考える。しかしそのためにはわれわれの側でそれこそ賢明さ、適確な判断、そして何を言われても動じないいつらの皮の厚さ、その他もろもろの努力が必要だが、いつも番組のまわりには一見慈悲深げな観音像の千本の手がさしのべられている。しかしそれがみんな仲間だと思ったら大まちがいだ。

ここのところ「批評」顔をして絶えず出て来るアンチ・テーゼの中でいちばん多いのがやっぱり従来のワイド・ショーを範としてしか物を考えられない反動的思考法である。視聴率的にも制作方法論としてもたしかに具体的な既存の手がかりであり安直な比較のよりどころだろう。しかしわれわれはあえて従来のパーソナリティ・ショウを否定し、情報をベースとする新しい形でのテレビの生番組を目ざして努力を重ねているのだ。歯ごたえのある正真正銘の「批評」ヤーイである。（そんなもの果して本当に存在するのかなと心の中ではたえず疑いつづけながら……）

「放送文化」　一九七一

『民族の祭典』は生きていた—リーフェンシュタール会見記

ヒットラーを狂喜させた女流映画監督レニー・リーフェンシュタールを、ミュンヘン・オリンピック開催の直前に彼女の自宅へ訪ねた。

ベルリン大会のときの記録映画「民族の祭典」「美の祭典」の二部作は私が小学校二年生のときに見た映画である。暁の超特急　吉岡選手の力走、前畑がんばれのシーン、また西田・大江両コンビの深夜に及ぶ棒高跳びの決勝の場面、それに序曲として作られたアテネからの美しい聖火リレーの風景など、不思議と強烈な印象で今でも脳裡に焼きついている。

四十歳以上の方ならこう言っただけで、ああ、あの時のと、このフィルムのもつ独特の熱っぽい雰囲気がわかってもらえるだろう。単に勝負のスリルがもつ興奮だけではない、日本が勝ったか負けたかだけの小さなナショナリズムでもない。「民族の祭典」「美の祭典」というタイトルの言葉が持つイメージそのままに澎湃（ほうはい）としてもり上る民族の力、美がそこにはあった。当時ドイツは第一次大戦による敗北にもめげず、戦後二十年という短期間のうちに驚くべき勢力をもりかえしていた。その指導層こそがナチズムであった。右手を高くかかげて獅子吼する総統（フェーラー）ヒットラー、集結し狂熱する群衆、一糸乱れぬ親衛隊・突撃隊のパレードーいやそんなシーンが実際にあったかどうか定かではない。しかしナチはある時期までは精神の昂揚をかかげて、混迷するヨーロッパに出現した新しい時代の担い手であった。そして私が、この映画から冒頭のヘレニスティックな美の世界ともどもその種の衝撃的迫力を感じとっていたこともまた間違いない。

戦後のナチに対する罪状告発は周知のとおりである。ユダヤ狩り、強制収容とガス殺人、アウシュビッツの悲劇は誰ひとり知らぬ人とてない。生き残ったナチの指導層は残らず刑に処せられた。その中にあって、この映画の女流監督リーフェンシュタールも映画界から追放処分にあったまま、久しくその消息を聞かなくなってしまったのである。

シワのない若々しい手

私はミュンヘンオリンピック番組のひとつを担当することになって、この映画の一部を是非テレビで放映したいと考えた。さて、その著作権は今一体どこにあるか。配給会社、ドイツ大使館、また他のテレビプロダクションと、あらゆる手づるを通してたどって行く中に、なんとそれはこの映画の監督を担当したリーフェンシュタール女史であり、さらに彼女が今なお他ならぬミュンヘンに健在であることを知ったのである。

これは私にとって大きな発見でありおどろきであった。著作権の問題もあり、取材で現地に行くことになっていた私は、ぜひとも女史に会ってみるつもりだった。いや会うだけではなく、私の番組企画では積極的に彼女に画面登場してもらうコンテまで立てていたのである。

ところが制作進行中、企画が全面的に変更を余儀なくされた。彼女に積極的に会う理由がなくなったのである。しかしそのため折角予定させたこのアポイントメントを放棄することは何としても惜しい。とにかくミュンヘンへ入ったら会うだけでも会ってみよう。

かくして八月十四日の夜、指定された午後九時ちょうどに、私は通訳の人とテンクシュトラーセ二〇番地にある彼女のアパートのベルを押したのである。そこはミュンヘンの大学地区にほど近い、東京で言えば本郷通りの一郭あたりの雰囲気である。

レニ・リーフェンシュタール　六十九歳と十一ヵ月　一九〇二年（明治三十四年）ベルリン生れ。家は商家で暖房を扱う大きな会社を経営していた。そこの長女として生れ、はじめは踊り子、次いで女優となり、三番目に運命の女流演出家……。

現れたレニは思ったより小柄であった。襟のついた淡い三色の花模様のワンピースをつけ、髪はブリュネット、淡褐色のカラーグラスをかけている。歩き方や手をさしのべる態度が年齢を超越して実にキビキビしている。「本当に遠いところからよく来てくれました」。心から言っている実感がヒシヒシとこちらに伝わって来る。この人がそうなのだ―あの「民族の祭典」を撮ったリーフェンシュタールその人なのだ。殆どシワのない若々しいその手をにぎり返しながら私は心の中であらためてそう繰り返した。彼女は私の横のソファに腰をおとした。「では、始めましょう」。淡いオーデコロンの上品な香りが私をつつんできた。

レニは語る

そう、私の体験では人生は十年をサイクルとし、そのまん中のところ、つまり五歳、十五歳、二十五歳……という工合に、いつも五の数字の近辺で大きな転換や事件にぶつかるように思えて仕方がありません。

十五歳になった時、突如、ヨーロッパに勃発した第一次世界大戦は一九一八年ドイツ帝国の崩壊と共に終りを告げました。戦争中の思い出は何でも大人たちの顔がやたらきびしく、国民全部が必死に窮乏に耐えていたという印象だけが強く脳裡に残っています。

窮乏と敗戦は私に一種のショックを与えました。今までボンヤリしていた娘の心の裡に、その反動からか、にわかに〝より高いもの〟〝より美しいもの〟への憧れが何か泉のように彷彿（ほうふつ）と湧き起って来たのです。幸い私は小さいころから母の理解ある配慮でバレエのレッスンに通っておりましたが、戦争中はそれも中断し勝ちでした。しかしこの時から私は私の強い意志のもとにこの舞踊の世界に取り組むことを始めたのです。

手痛い敗戦にも拘らずベルリン市そのものは一九二〇年、周辺部を吸収していわゆる「大ベルリン」が形成され、今や人口四百万以上を擁するヨーロッパ最大の都市に成長しました。その中で舞踊の世界での精進を続けた私は、幸い一九二五年の頃からロシヤバレエおよびノイエタンツ（モダンダンス）の踊り手として国際的な舞台を踏み始めることが出来たのです。同時に私はあの有名な演出家、マックス・ラインハルトの指揮下にあったベルリン・ドイツ劇場にも籍をおいていました。

一九二五年最初の幸運が私を訪れました。映画の世界における大先輩でもあり、また直接の先生でもあったアーノルド・ファンクさんが数ある舞台の踊り手の中から特に私に目をつけられ、私を抜擢して彼の初期の作品「聖山（DER HEILIGE BERG)」で主演女優に使ってくれたのです。私の喜びは大へんなものでした。

しかし私にはその時の彼の意図がはっきりとわかりました。自分で言うのも何ですが、若い時分の私は仲々の美貌でした。また停滞的な美は私の心をとらえませんでした。いつも自然を目標に〝より高く〟〝より美しいもの〟への前進的な行動と決意の中にこそ真の意味での芸術が存在する、というのが私の持論です。この考え方は、しかし人生の初期において最初に出会った男性であり、芸術家であった彼ファンクさんの思想と傾向からかなり影響された部分があることは否定出来ません。ただ最初から私たちはお互いに相呼び相応える同じ型と気質の芸術家同士でしたし、このたぐいまれな詩人の心を持った映像作家を私は心から尊敬し、また彼アーノルドも、私を芸術家として、又女としてこよなく愛してくれました。ところで彼との出会いとこれら一連の作品の制作は私の第二回目の中間年齢、二十五歳を契機に展開したのです。

ヒットラーがやってきた

山岳映画制作に関係する六年間の共同作業ののち、私はファンクさんと別れました。しかしその間に私は彼からシナリオ、演出、制作、編集、撮影とあらゆる必要な技術上の知識とコツを学びとれるだけすべて体得しました。サアこうなると、私の性格としてはどうしても自分自身の手で、はじめから映画を一本完成してみたくてたまりません。ちょうど偉大な映画芸術界での大先輩チャーリィ・チャップリンさんのようにです。

そこで私は、自分ではじめてプロダクションを設立しました。だからもうその頃には、自分が世界的なバレリーナになることはすっかりあきらめて、ドイツにおけるアンナ・パブロワになる夢は楽屋うらのどこか片すみに惜しげもなく捨ててしまっていました。

「そこで最初にお作りになったのが〝青の光〟という作品ですね」

そうです。これは一九三一年から向う二年間をかけて作った山のバラード映画です。経済的な準備はもちろん、アイディアの発想から、台本、演出、編集と主だった役割は全部私ひとりが担当しました。そうして幸いなことにこのフィルムは一九三二年ヴェニス・ビエンナーレで銀賞を獲得しました。そしてまた一九三七年パリで開かれた世界芸術祭でも、映画部門で金賞をもらう栄誉を担っています。ドキュメンタリィ映像詩における作家としての私の名声はこれによって一挙に高まりました。

「そのころのドイツの社会情勢はどうだったでしょう。つまり一九三〇年代のはじめのころのです」

このころーそう、たしか一九三三年だったと思いますがーというのは、今述べた私の作品「青の光」がビエンナーレで受賞した次の年の一月だったことをよく憶えているもんですからーヒンデンブルク大統領の任命で、とうとうナチの党首ヒットラーが一国の首相に就任しました。前年ナチは国民議会で第一党となったのです。おわかりかと思いますが、私たち映画人はどちらかというと政治の世界には弱くて、ましてやナチのニュールンベルク党大会の記録だと称される「意志の勝利（TRIUMPH DES WILLENS）」という映画など、撮ることになるなんて、その時には夢にも考えていませんでした。もちろんヒットラーが首相になったことは、ドイツ国民の誰にとっても大きな事件でした。そして芸術家であり、しかし政治に弱いひとりの女性にすぎなかった私にも、何かこう彼の首相就任が歴史的に大きな一歩をグイと踏み出した感じは充分にありました。大方の予感は的中しました。たちまち半年もたたないうちにナチの一党独裁が成立してしまったのです。有名な国会放火事件もこの年の春でした。こんな情勢でしたからナチと私の関係は、いわば時代の波がそれぞれ政治の世界、芸術の世界でおのれのサイクルを広げていくうちに、いや応なく波紋を共有する部分を作ってしまったのだと考えざるを得ません。

ゲッベルスは生涯の敵

おわかりいただけるでしょうが、私の作品の上での表現目的はおよそ彼らとは別であり、何らイデオロギーや政治の要素などあり得ないのです。映画美の追求と創造、これが私の目的であり、生きがいなのです。ですからこの年の暮れにトービス映画社からこのフィルム制作の打診があったとき―そうそうトービスで思い出しました。世間では私がこの映画を作ることになったことについて、私が自分をナチに売り込んだなどと悪口する人がいたようですが、これはとんでもない邪推で、口をかけて来たのはトービスです。私はナチズムのプロパガンダとしてではなく、人間の行為と思考における集団美学、マッスとしてとらえる映画的ポエジィを表現することが許されるならやってみたいと答えました。

いよいよ核心にやって来た。私は思いきって訊ねた。「ヒットラーについてどうお考えですか」彼女はあまり積極的に話したがらない様子だったが、それでも意を決したように、淡々と暗い時代へさかのぼっていった。

だいたい世間ではアドルフ・ヒットラーと私の事を友達だとか、いやそれ以上の寵愛を受けた仲だなどと、好き勝手なことを言いふらして来たようですが、みんなデタラメですよ。これらの推測や好奇心はみんなライバルや私の反対派が故意に作ったおとぎばなしなんです。なるほどヒットラーは「意志の勝利」以後、女の芸術家である私の存在に興味を示しましたし、何かと私に近づきたがりました。でもそれは彼にとっては結局一種のプロパガンダであり、また私にとってはどちらかと言えばわずらわしい儀礼とおつき合いでしかありませんでした。御存知でしょう、ヒットラーは若い時、絵描きになろうとしてウィーンを放浪した青春の一時期があり、特に一般大衆へおのれが芸術への理解を持っていることを示そうとしたゼスチュアだったと、私は思っています。

どちらかというとヒットラーはむしろ男性としての落着いた魅力を持ちあわせておらず、小心翼々と、しょっちゅう周囲に与えるおのれの印象の方に気を配っていて、何か偉大に見えないような手落ちはないだろうかと、ソワソワしていることが多々ありました。これが映画「意志の勝利」の制作をきっかけに彼ヒットラーに接した私の感想です。ですから世界から言われたのと反対に、人間としてお互いにゆっくり話し合ったこともなければ、ましてや個人的な彼の偏愛を受けたことなどあり得ないです。

「他のナチの閣僚についてはどんな印象を持ちましたか？」

ヒットラーですら小心翼々でしたから、他のナチの閣僚に至ってはみんな推して知るべしです。ゲーリングしかりヒムラーしかり。ゲッベルスはですって？　ああ、あの顔は思い出しただけでもゾッとする。冷たい能面のようなあの細おもては、彼が私の友達や知己だなんてとんでもない。それどころか生涯の敵ですわ。いわばゲッベルスの宣伝に乗せられて、私たちの戦後の生活というものは全くひどい目にあったんですから、本当にそれはひと口には言えないつらさだったんですから。

もっともナチも最初はそれほど残酷でも狂信的でもありませんでした。いえ、それはほんとうです。別に弁護するわけではありませんけれどもね。しかしまあ今から思えば、当時ドイツという国は一九一八年の敗戦と革命への反動から何かまっしぐらに国をあげての右翼化ーいわゆる国粋主義につき進んで行ったような気がします。反対するものは殆ど誰も、どんな党もありませんでした。これがドイツ人気質のいい面であるか、わるい面であるかはまた別の問題でむつかしいと思いますが……ですから組織的なナチへの反抗は、結局あの一九四四年七月二十日のスタウフエンベルクらによる体制内からの反乱まで待たなければなりませんでした。失敗に終ったあの有名なね。しかしこの七月二十日という日は私個人にとってもまた忘れ難い悲劇の日だったんです。ああ、今思い出しても、私は泣き出したくなってしまう……しかし話を元へもどしましょう。映画「意志の勝利」は私にとっても新しい映像美へ一歩踏み出した忘れ難い作品となりました。何度も申しますが、それは素材をナチにとってはいますが、私の一連の作品系列の上での、より前進的な試みだったのです。これが完成したのは三四年ですが、翌年ヴェニス・ビエンナーレにおいて直ちに最高賞を獲得しました。

「で、次の作品が〝民族の祭典〟ということになるわけですね」

唯一の独裁政権としてのナチ政府はドイツ民族昂揚を旗じるしに第十一回オリンピアード、ベルリン大会の開催を一九三六年に決定していました。そしてこの大会を今までになく大きな規模で盛りあげると同時に、この大会の記録の方もより負けないスケールで準備し、達成したいと望んでいたようです。「意志の勝利」の時の縁と評判のおかげで、この記録映画の担当の話が私のところへもう一度舞い込んで来ました。くり返しますが、私はあくまで芸術的な意欲に燃えていました。今までにない大きな予算と壮大なスケジュール、そしてその動員力、正直なところ芸術家としての私にとって実際ワクワクするような魅力でした。今まで私が獲得し、追求して来た映画芸術における総決算として、私のすべての技術、すべての力を結集して雄大な人間叙事詩（Ｅｐｉｋ）を唱いあげること。今までの私の仕事がそうだったように、単なる記録、単なるドキュメントではなく、映像美学と自然な人間性、その力と豊かさをぴったりと結合させてみせること。ここにすべての私の目的があったのでした。

ネライは壮大な人間序曲

そのためにはある特殊な政策やイデオロギーに奉仕を強いられてはたまりません。ですから先ず私は、ドイツ・オリンピア・フィルムという私自身の会社の設立を、ここでもう一度しっかりと確認いたしました。そうして先ず私は、私のこの記録映画に対する制作意図を政府にくわしく話し、その了解を求めました。「意志の勝利」の出来栄えには、彼らは彼らなりに大いに満足しておりましたし、ナチ政府は芸術家としての私の意図を充分尊重すると返答して来ました。かくして一カ年の準備、二年間の編集、仕上げだけでも一万フィートを越す、かつてない芸術的ドキュメント作品の制作が開始されたのです。今回は私は制作総指揮という重任にありましたから、いわゆるプロデューサーの役割以上にオーガナイザー（組織担当）としても飛びまわる必要がありました。何しろすべてが今までに例のないことばかりでしょ、一年という準備は長いと思われるかも知れませんが、私にとって、あれもこれもと指示を与え、連絡をとり、撮影の方法論をねっている中に、一年という月日はたちまちのうちにすぎてしまったという感じでしたね。オリンピックの聖火を直接発祥の地から採火し、開催地まで運んでくるというのもこの時が初めての試みでした。当然、ギリシアまで何人かの担当カメラマンを派遣しました。私ももちろんです。こうしてオリンピアから当時のヨーロッパに至る道程を、私は単に地理的な距離の問題としてだけではなく、むしろ歴史的な時の流れの足跡として、壮大な人間序曲を構成してみようとしたのです。

実際の開会式は八月の中旬でした。競技の記録に際しても、私は今までの経験と技術をフルに発揮出来るあらゆる最善の道を慎重に選び、つみ重ねました。覚えていますか、人間の美しい筋肉のより芸術的な表現のため、スローモーションをこの種の映画で初めて試みたり、また当時技術的に可能だったすべての方法を用いて、完全な水中撮影を見事にやってのけたのを。そのため人間の肉体は時にはオリンピアの空に舞う夢幻のような流れの玉であったり、また時にはエーゲ海を遊泳する王女のような魚のバレエであったりしましたね。こうしてこのオリンピックの記録映画「民族の祭典」「美の祭典」（オリンピア二部作）は単なるニューズ・リールではなく叙事詩としてドキュメント・フィルム映画史上画期的なものであり、金字塔ですらあったと自負しています。それは今では殆ど、歴史そのものが証明していると言っても過言ではないでしょう。そしてまたこの時からその時々の大会の記録をフィルムに収めることが、競技の実施と同じように欠かすことの出来ない慣例となり、またその芸術的な方法論と出来栄えを競い合うようになったんですね。この映画の完成は私の三十年代のターニング・ポイントつまり三十五歳のまっ盛りの仕事でした。

彼女の熱っぽさは圧倒的なものであった。私はほとんど息苦しさを感じたほどで、そのためであろうか、私はとんでもない素朴な疑問を口にだした。「あなたは結婚したことはないのですか」

いいえ、あります。たった一回、一九四四年のことです。私の仕事の方から言いますと、三九年、戦争の勃発のおかげでそれまで大分進んでいた映画、ギリシア悲劇「ペンテジレーア」は中止のやむなきに至りました。またもうひとつのオペラに題材をとった作品「平地（ＴＩＥＦＬＡＮＤ）」も未完成のまま、激化した戦争の難を避けて私はオーストリアのキッツビュール（ＫＩＴＺＢＵＥＨＬ）へ疎開いたしました。この年の六月にはノルマンディに連合軍が上陸し、戦局はあらゆる意味でドイツ軍に不利に傾いていていました。

スレ違いだった夫婦生活

信じられないかも知れませんが、こんな状況の中で私はたった一回の結婚式をあげたのです。相手はピーター・ヤコブという三十をすぎたばかりの山岳将校でした。なぜ、よりにもよってその状況の時にですって？　サア、それは私にもよくわかりません。しかし不足がちの食糧、頻発する空襲、仕事をとり上げられて暗澹たる気分の雰囲気の中では、人間はかえっておだやかな日常性、互いに与え、求め合ういたわりと優しさに飢えるものではないでしょうか。それにひとつにはナチの政策で人口増殖が奨励され、結婚するものにはさまざまな日常生活上の特典が与えられるということもありました。

しかしピーターと私の結婚生活はさすがに戦時下のおかげで、それこそすれ違いの夫婦そのものでした。彼は休暇で一週間も私の傍にいたかと思うと、翌日からはもう戦役で国境をとびまわり、次の休暇が一体いつなのか私たちには少しもわかりません。ああ毎夜毎夜、今にも私のところへ連絡があって、翌朝駅頭へ私が彼を迎えに出ることになり、キッツビュールのプラットフォームで強くしっかりと彼に抱きしめられることを何度夢みたことでしょう。突然、真夜中に職務の途次、私たちの家の前を車で通りかかることになった彼が、ほんの一時間、三十分をぬすんでベッドの中に私をキスしに立ち寄るかも知れない。いやいや、そんな甘い夢などとんでもない。この次ピーターと逢えることになるその前に、果してキッツビュールの街そのものが完全に壊滅をまぬがれているかどうか。当時、必死のドイツ軍は戦力を二分して東部および西部の両方面で敵を防がねばならず、それに比べるとオーストリア戦線は比較的安全度が高いとされていましたが、しかしあの時あの状況の中で、一体誰が明日の安全を保証し得た人がいたでしょうか。

ところが皮肉にも不吉の運命はピーターでも私でもなく、ベルリンにいた私の父、そして何と同じ日、東部でソ連兵を相手に戦っていた弟ハインツの身の上に降りかかったのでした。忘れもしません。それは正しく運命の一九四四年七月二十日でした。

こう言ってリーフェンシュタールは私がメモとして持っていた紙をとりあげながら〝二〇　July　一九四四〟と黒のボールペンで書き記した。

知っていますか、この日を。すべてのドイツ人なら誰ひとり知らぬものはない悲運のレジスタンスの記念日なのです。伯爵スタウフェンベルク将軍ら政府機構内の反逆分子はヒットラーの圧制とドイツ国の将来を憂慮し、ひそかにヒットラー暗殺を計画、この日を期して決行に踏み切ったのです。だが不幸にもこのクーデターは未遂に終りました。そして反逆分子は全員逮捕され、刑に処せられたのです。ほとんどが銃殺でした。この同じ日、父はベルリンの寓居で病死し、またベルリンから数百マイル東の対ソ戦線では、陸軍に在籍した弟が敵の銃弾を受けて三十八歳の若い身空で散り果てたのです。

私のすぐ横に坐っていたレニは、彼女の右手で私の肩と心臓部をドンと突き、弟が銃弾を受けたことを表現して、外人らしく大きなゼスチュアで悲嘆の情をあらわした。しばらくの沈黙が流れた。

「ナチ協力」で投獄

それからあとの一年、運命はドイツにとって加速度的な破壊への一途をたどりました。一九四五年五月、この世のものとも思えぬ殺戮と狂気の末にベルリンは陥落し、ヒットラーは愛人ブラウンと共に自ら命を断ちました。五年間全ヨーロッパ、全世界を荒れ狂わせた高価な死の戯れ、第二次大戦は完全な終りを告げたのです。たちまち世の中は一変しました。フィルムでたとえて言うなら、今までこれがポジ（陽画）と教えられていたものが、実は全部ネガ（陰画）だったというたようなものです。白いものは黒に、黒として通用していたものは全部白、ということになりました。ユダヤ狩りならぬ大量のナチ狩りが連合軍の手によって始まりました。戦時中ナチ政府の下にあって指導的な、また公的な地位にいたものはすべて検挙され、投獄されました。私もまたナチの国策映画を作ったという事績でキッツビュールで手錠をかけられ、戦犯容疑者として連行されたのです。戦争が終ってやっと夫が帰って来る日が来たというのに！　今度はピーターと入れ違いに私の方が家を外に囚われの身となってしまったのです。運命のすれ違い夫婦！　私たち二人のことをそう形容するより他にどんな呼び方がありまして。こうしてピーターと私は折角入籍までしながら、とうとう最後まで数えるほどしか夜を共にしたこともない奇妙な夫婦でした。子供も出来なかったことですし、彼の申し出で結婚は二年後私が牢獄を出て来た時、半ば自動的に解消されました。

たった一回の結婚経験でしたが、私にとって家庭生活はそれでもう充分でした。私の愛しようが足りなかったわけでなく、彼もまたそれを望まなかったわけでもないのにー。憔悴と失念の裡に私はオーストリアをあとにしました。これが私の五度目の曲り角、例の運命の数字、四十五歳の時でした。

明らかに彼女にとって一番つらく暗い数年のはじまりである。しかし女史はあえて個人的な苦しみをうったえ、人に理解と同情をうったえようとはしなかった。それは自分ひとりだけのことでなく、いわば戦後すべてのドイツ国民が引き受けねばならなかった重責であり、苦難だったからだと言うのだ。この考えは私の心を打った。

ピーターとの離婚を含め、戦後数年間は全く死ぬほどの苦しみでした。筆舌に尽し難い苦労と受難の時期―それ以外当時の状況を言いあらわす言葉は、見つかりません。その日その日の生活を何とかつないで行くだけでも大へんなのに、この期間中、何と私は五十以上の法廷に立って新聞の論告と戦わねばなりませんでした。何と五十以上もですよ。しかもそれらに私は全部勝ったのです。そのほか日々の生活上の困難さについては、今更いちいち申し上げますまい。いわばそれはすべてのドイツ国民にとって、或る意味では全く同じ状況だったのですから。ですが、ナチの政策に捲き込まれておのれの意志に反した容疑を受けた大ぜいの人には尚一層気の毒だったと言わねばなりません。まあ私もそのひとりであり、しかも完全に私が無実であったことは、今申し上げた裁判の結果がはっきりとそれを証明している筈です。しかし私の場合、もっともつらく、且つ耐えがたかったことがほかにありました。それは私の子供にもかかわると考えていたフィルムや撮影器材がこれらのドサクサですべて盗まれたり、もち去られて行方不明になってしまったことでした。キッツビュールに疎開し、使用していた器材やカメラはフランスに持ち去られ、行方不明になっていましたが、私はこれを見つけ出すのに殆ど十年間の日時をかけねばなりませんでした。一九四九年、やっとこれら撮影器材の所在を発見してとり戻すことの出来た私は、欣喜雀躍し、もう一度芸術家として戦後の私の人生を再スタートするべく、ミュンヘンの街に入ることを決意しました。

それは四十七歳の半ばでした。普通の結婚をし、家庭を持った女性ならそろそろ老境に入って、孫の誕生を待ちわびても決しておかしくない年齢ですわね。でも、私にはそんな気持は毛頭持ち合わせがありませんでした。第一私にはそんな係累がありませんし、今は大切なフィルム器材が大ぜいのわが子のように私のまわりに舞い戻って来たのですから。

でも五十に近い年齢になってからもう一度人生をやり直すことは、口で言うほど簡単なことではありません。第一仕事を軌道に乗せるのに、かなりの時間を要しました。過去の栄光はすでに別世界の夢物語同様でしたし、どちらかと言うと、それは私にとって誤解のたねでしかありません。ナチー戦争協力者ー白い眼で見られようとどうされようと、もう過去のことにはとにかく触れまい、私はそう決心して昔の仕事や生活に関しては一切口を閉ざし続けました。同時に暗い心になることは出来るだけ避けようと、スポーツや自然に身をゆだねたのです。いまでも私はスキーやアクアラングを楽しんでいるのですよ。

「もうそのころは、公職につける身分になっていたわけですか」

だから、今申しあげた五十の裁判に勝ってからです。一九五〇年以後は一応自由の身分になっていました。嘆かずあせらず努めたせいか、少しずつ少しずつ仕事が見つかりました。それも持ち前の器用とねばりから、ムービーではなく、スチールカメラ（写真）でイギリスの新聞・雑誌に寄稿したり、またローマでは「青の光」のイタリア版を吹き替えで作ったりしました。ついでですが、この時期にデ・シーカやロッセリーニなどの、あの国の映画作家たちと知り合いになれたことはとても幸せでした。政治家と違って、彼らは本当の心をいつわりなくフランクに打ち明け、そして殆ど利害にこだわったりしませんものね。この当時イタリアで、私はシナリオを三本ばかり書きました。

「戦後のあなたの主な仕事は、アフリカに関したものが多いようですが」私は手元のメモをのぞき込みながら言った。「そうそう、そうなの」レニは飛ぶようにドアの外へ出て行ったかと思うと、一冊の本を手にしながらすぐピンポン玉のように戻って来た。それは〝ヌバ〟と書名のついた分厚い写真集だった。「まあごらんなさい、みんな、すばらしい人間たちだと思わない。どう、迫力あるでしょう」彼女の眼が生き生きと輝き、言葉がはずんだ。そこには三十センチもあろうかと思われる、たくましい男根をたらしたまっ黒い土着民が、今殺したばかりの獲物を片手にヌーボーと土壁の家屋を背につっ立っていた。

戦後、私が新天地を得て、私の新しい領域ともいうべき仕事に入ったのは、何といってもアフリカを発見した時からでしょう。一九五六年、私はフィルム遠征隊を組み、東アフリカは遠くケニアにわけ入りました。これは「黒の荷物（DIE SCHWARTZE FRACHT）」というタイトルで、テーマはアフリカにおける現代の奴隷の悲劇を描こうとしたものです。私は制作と演出を担当し、別にカメラマンを引きつれていきました。ところがケニヤの北部でロケをしている時、大へんなことが起りました。自動車が河床へジープもろとも転落し、私は全身と頭に大怪我をして意識不明のまま数日間生死の境をさまよったのです。二ヵ月後、病院から出たとき、人々は口口にこれが奇蹟でなくて何だと言い合いました。引きかえにこの事故とスエズ危機のおかげで、フィルムの完成は結局あきらめねばなりませんでした。考えて見ると、この事故はまたまた私の運命の数字、五十五歳になったばかりの時の出来事なんですよ。でも同時にこの時からというもの、アフリカは私の映像の世界に、全く新しい魅力となって目の前に立ち現れ、その強烈な太陽光線と同じように私の後半生をギラギラと照らしつづけているのです。

もう五輪映画は撮らない

一九六二年の末から一九六三年の夏にかけて、今度はスーダンへ入りました。私にとっては、アフリカへの夢が耐え切れぬほどに激しかったのです。私は土着民と寝起きを共にし、南スーダンやマサイ族の写真をいっぱい撮って引き揚げました。一九六四年の十一月から六五年の三月にかけて、今年はスーダンの南へ入り、ここで映画「ヌバ（The Nuba）」を撮り始めました。この年、私にとって悲しい事件がまたひとつ起りました。それは八十五歳の高齢を迎えた私の母親が天寿には勝てず、この三月にとうとう亡くなったことです。スーダンにいて「ハハ・キトク」の電報を受けとった私はクランク・アップもそこそこに、飛行機を乗りついで急遽ミュンヘンに戻って来ましたーが、ああ、母親はそのたった一日前に亡くなっていたのです。大声を挙げて泣きました。涙は二日も止まりませんでした。いえ、ほんとうです。それほど私は母を心から愛していたのです。妙な言い方を許してもらえるなら、私にとっては自然そのもののようにいとおしく、自然そのもののように尊敬し、愛し続けることの出来るたったひとりの分身だったのです。
今度の八月二十二日で私はちょうど満七十歳の誕生日を迎えます。それで最初に申しあげた私の持論からしますと、今は比較的何事もなく、順調に私の人生が進行している時だと思います。

彼女の長い反省の物語も終りに近づいた。最後にどうしても今回のオリンピック・ミュンヘン大会に触れないわけにはいかぬ。何からはじめよう。そう、何といっても今度の大会の記録映画が世界の各国から十名の監督を呼び集め、それぞれの好みの分野を自由にとらせてまとめあげるというやり方だ。その監督のひとりに加えられる可能性を、女史は考えたことがあったろうか。

いいえ、一度も考えたことはありませんでしたわ。新しい作品は当然、新しい現代の若い作家によって撮られるべきものです。負け惜しみでも何でもなく、むしろ選ばれなかったことに感謝しています。誰だって、もう一度同じ素材を別の観点から撮って前の作品を否定したり、汚したりしたくはありませんものね。それに私はちゃんとムービーではなく、フリーのスチールカメラマンとして私なりの斬新なアングルから、大会の記録を撮る仕事を引受けていますものね。そう、各国の担当といえば、日本からは東京大会のあの優れた監督コン・イチカワ氏が来るそうですね。

彼は百メートルの陸上を撮るんですか、いえね、私の言いたいのは彼が東京大会のとき、最初に作った美しい抒情的映像作品は没になって、政府の命令で世界各国へ輸出されたものはもっと別のニューズ・リール的なものだったんですってね、サタデー・レビューを読んだ人から聞きました。どうしてそんなことをするんでしょう。ナチの政府ですらもっと私を尊重しましたよ。

最後の皮肉は身に沁みた、しかし、その通りなのからどうしようもない。時計は、いつの間にか、午前〇時をまわっていた……。

「あなた　ユサに似てるわ」

つい一ヵ月ほど前ですが、ロンドンのＢＢＣ放送で一時間ものフィルム番組で私の半生記が放送されたのよ。とても評判を呼びました。ディレクターはコーリン・ニアスという優れた人です。

それから近いうちに私の自叙伝を出版する予定で、今準備を進めているの。今夜のお話は何だか、そのアンソロジィみたいになってしまったみたい。でも私の半生と生き方はざっとこんな調子なの、ただひとつちょっと気になってることがありますわ、何だとお思いになって？　それは五年後の一九七七年が、私の七回目のマジック・イヤーに当るってこと、どんな大きな事件が起るか。それは私の人生にプラスかマイナスか。ひょっとしたら、それは私の天寿を示唆しているのかも知れない、ええ、つまり私が死ぬ年だっていうことよ、そしたら今進行している私の仕事のあるものは完成し、あるものは未完成で終るでしょう。結局、人生はそのようにいつかは未完成のまま、ある日プツリを切れるものだと私は思っています。それでいいんじゃありませんか。シューベルトの音楽も未完成のまま〝未完成交響曲〟の名で立派な作品として後世に残りましたもの。そして私の好きな〝山〟は、一度のぼりつめればいつかは下りなければなりません。とにかく当分ーが、いや、死ぬまで私は私の仕事を続けて行きたい、その気持でいっぱいです。ではおやすみなさい。あした朝早くまた仕事で出かけるものですから。

日本を発つ前に現在のレニ・リーフェンシュタールに対して抱いていた想像には、かなり大幅の狂いがあった。私は勝手にもっと暗い影を予想していたのである。だが、あの戦後の暗い思い出にも拘らず、なお自然を愛し、文明に汚されない未開の世界を撮りまくりながら、ちゃんと大地に足をふまえながら立っている。まちがいなく、これからも一仕事するだろう。大したファイトとバイタリティである。レニはおみやげに持って行った日本の扇子が余程うれしかったと見えて、帰るまでに三回も礼をいった。

帰りぎわ、戸口のところで私のことを秘書に「あの時のユサに似ているわね」とささやくのを耳にした。ベルリン大会のとき、百メートル自由型で銀メダルをとり、さらに八百メートルに競泳リレーで優勝した日本チームのスターター・遊佐正憲選手のことである。ベルリン大会の思い出は、さすがにいつまでも彼女の記憶に鮮明で、忘れられないものなのであろう。

月刊「文芸春秋」　一九七二

L・リーフェンシュタールと　1972

新しいドキュメントの誕生を目指す

鵜飼宏明（東京放送）

「パスポート4」はJNN系列のニュース・ショー、いわゆる「モーニング・ジャンボ（第一部）」（月曜〜金曜、午前七時〜八時）のうち、三菱グループの提供枠である七時二十分以降の「おはよう地球さん」の中心部を占める海外取材のフィルム番組である。スタジオでの処理部分を含め、一回およそ前後十五分。現在日本の放送界での唯一のデイリーの海外レポート番組である。この十月から二年目に入り、編成フォーマットと取材ルールに若干の修正を加え、レポーターも四人に固定した。東京放送の場合、ディレクター八人がまわり持ちで諸外国を駈けずり回っているが、JNN各局のうち北海道放送、東北放送、中部日本放送、朝日放送、中国放送、RKB毎日の六局がおよそ三分の二の割合で制作を回数分担している。

毎週金曜日の朝、週五日の放送をおえてスタッフは会議室で反省と検討の班会を開く。

以下は最近出ている問題点を抽出し、制作状況の一端を知っていただくために筆者が意図的に構成してみた架空の議事録である。

〔出席者〕

P　（プロデューサー）
A、B、C、D、E、F　（ディレクターたち）
G、H　（取材出張中）

ナマ感と迫真性追求が番組の真上

A　何といっても問題は他局制作の場合だな。今週なんかちょっとひどかったよ。ひどいというのはもちろん出来、不出来のことよりも番組の制作姿勢のことをいってるわけだがね。これが先週まで東京放送制作で放送されていた同じ「パスポート4」かどうか、スポンサーならずともちょっと文句をいいたくなるね。
B　どうもまだわかってないということか。
A　例えば珍らしい動物のカットをいっぱい撮って編集してるわね。たしかにそれ自体おもしろいし結構なカットです。だけれどもレポーターの方はどうかというと、オフでただ一生懸命画面の解説をしているだけだ。同録でやる意味もなければ現地へ出向く必要もない。従来のフィルム構成ものならもっとキメ細かく立派に仕上がるわけだからね。
C　最後になってやっと取材陣が画面にあらわれますね。現地の案内人もいっしょに紹介し〃

やれやれ大変だった。これだけのものを撮るのに朝くらいうちから始めて十時間もかかったんですよ〟とジープを降りながらいっせいにため息をつく。あれですよ、そのたいへんさをこそレポートにしてほしかった。プロセスにおける進行形のナマ感と迫真性、それがこの番組の身上であり、ねらいなんだからね。

レポーターと同録撮影方式が武器

D　レポーターと同録方式という二つの武器がそのためにこそ用意されているんだ。

P　そこで問題がひとつ浮かび上がって来る。この「パスポート４」におけるレポーターの役割というのをひとくちにいうと何だろう。

B　コメンテーターでもなければ、いわゆるタレントでもない。現実をあるがままに生々しく反射する〝鏡〟といったら一番いいんじゃないかな。

P　〝鏡〟ね。

B　従って安物の〝鏡〟は逆にだめですよ。物を写さないばかりか、時にはかってに歪めて見せたりする。かといってパーソナリティというのとも違うんだな。パーソナリティはある意味でおのれの意見の方から現実を選択し拡大してみせる。だが、このレポーターは静止の状態ではいわば何の役にも立たないデクノボーだ。ところが、あるシチュエーションに放り込まれると俄然キラキラ反射しはじめるという不思議な代物でね。

E　われわれのいうドゥーイング・レポーター（Doing Reporter）というやつでしょう。

P　そのドゥーイングなりアクティングーつまりレポーターを作動さすためにどんなシチュエーションを選択し、設営すべきか、このことが次に重要なモメントとなってくる。そしてこの点に今度はディレクターの任務があり、能力がかかわってくるんだな。

F　そういう意味ではDさん、あなたは前回に随分楽をしましたね。

D　どういう意味だよ、それ？

F　あんな珍らしい辺地へまわされて、何を撮っても合格点をパスした。

D　皮肉だね、そいつは。

C　いわゆる開発途上国だから素材にたよることが出来たということでしょう。それはありますよね、たしかに。Dさんの方法論がどうだったかは別として、文明国というのはいかにも作りにくい。それに比べると例えばイスラム圏とか、アフリカ奥地なんかは何をどう撮っても一応珍らしいものばかりだから、強いてテーマとかねらいとかを定めなくても何となく通用してしまう……。

P　それをもう少し敷衍するとこうなる。この番組で一番困るのは同時録音方式の軽便カメラを使用しているところから、ともかく形だけはそれらしいものを作り上げられることだよね。ところが実はまわし始めるまでのいわばため込みといったものに一切の勝負がある。何を、どのようにやるか、そしてそのために必要な一切のものを準備したかどうか、物心両方の意味でね。ところが始まればいわば一挙に十五分ですべては終ってしまう。

B　実際にはフィルムもチェンジするし、シークエンスもひとつじゃないことがあるから、十五分ということはあり得ないにしてもね。

F　外見は一見同じ形で仕上がっていても、内容には一歩の千里みたいな微妙な、しかし決定的な違いがあるということね。イージーゴーイングなやり方で結果としての駄作が多いと、このやり方は間違っているということで、せっかくの新しい試みも保守派の大勢論によって水泡に帰しかねない。

E　スポンサーあたりからそんな意見が出ているようにも聞きますしね。

大切な制作者集団のコンセンサス

C　われわれはこうして毎週番組をたたかわしているから、まあ一種のコンセンサスがあって基本的には大丈夫なんだけれども、問題は最初にもどって各局制作の場合だ。この新しい

P　理念と方法をどのようにして番組に反映させ徹底させるかですよね。

P　ネット系列まわり持ち制作の泣きどころだよね、これは。海外出張の頻度が低い局ではどうしても恩典的人事がとられて番組中心に考えてもらえないし、ましてや担当の固定化は大へんむずかしい。まあ行くスタッフが決まった時点で可能な限り本人たちと膝を交えて話し合うしかない。

D　行くまでに何回ぐらい接触がありますか。

P　プロデューサーとレポーターがその局へ出向くのが一回、先方が上京するのが多くて二回、せいぜい三回程度かな。

B　二回といっても出張の大変の時間は、渡航手続きとか大使館への書類提出とかでつぶれてしまいますからね。

P　余剰の時間は許される限り番組論で終始しているつもりだけどね。ところが、これが言葉の上だけで了解し合えたと思ったらとんでもない容易な考えでね。そもそも番組作りというのは、どんなにメカニズムが発達してきても、所詮経験的で、個人的なつみ重ねの作業だと僕は思っている。だから頭だけでわかっただけでは駄目、本人ですらわかったと思い込んでいて実はちっともそうじゃない場合がいっぱいある。

だから例えば作品が出来あがって放映されてから、色々と批判が出てきた時点ではじめて、ああ、あの時キー局のプロデューサーがいっていたことはこのことだったのかと一種の追体験のようなことを経てはじめて本当の意味が理解されるんだ（笑）。ところがこの経験が次の機会に生かされるかというと必ずしもそうではない。別のディレクターが担当を指名されて、またまた最初からやり直し……。

E　いっそ毎週金曜日のこの会議に各局に出席してもらったらどうですか。

D　そのためには担当が固定されてないと意味ないわけだよ。

B　恩典的人事じゃ望みうべくもないね。

P　第一他局にそう頻度高く人間を出張させてくれませんよ。もうひとつのとり得る手当ては、他局制作の場合、必ず男性レポーターを組み合わせて送り込むというやり方ね。二年目のスケジュールは大体そのように編成してあるわけだが……。

C　制作参謀本部の主張なり考え方を、いわば体ごと代弁してもらおうという魂胆ですね。何といってもレポーターはこちらにいて、いちばん問題点を把握していますから。

狙いは海外におけるローカリズムの発見

P　ところでもうひとつの制作ポイントであるシチュエーションの選定なりねらいだね。ずばりいってこの番組の志向しているものはなんだろう。

A　やっぱり海外における〝ローカリズム〟の発見みたいなものだろうね。

D　観光でもなければニュースでもない第三の部分……。

B　僕は僕なりにそれを〝等身大〟のレポートと呼んでいるんだけれどもね。きどったり、ためにすることのない日常周辺の素材の発見と表現。つまりそれはテレビが特質とするところの同時性と日常性を生かしたこの番組の同時録音という方式に支えられて成立しているわけだ。

P　こんどE君は取材先でそういった目標のために、あえてペンションを借り切って住み込んでみたんだね。フラットといいましたかね。

E　そうフラット。家具つきの同一階の何室かを一家族で使用する割り貸間というやつです。取材期間も五週間にのびたことだし、なるべくキメ細かいところをじっくり発見しようとして試みてきた方法なんだ。

P　一年目は二十六回取材だったのを、二年目は二十回取材に減らしたからね。今回のはいわゆるステイ・イン方式というやつだが、具合はどうだった。

E　部屋が三つありましてね。そのうちのひとつは居間、ひとつを女性リポーター用、残りのひとつを男性スタッフ三人が使いました。このフラット生活は共同生活のためのチームワークがまず大前提なわけですが、家賃の方は週に六五ポンド、ホテルで個別に部屋をとるより経済的にも割安です。

D　六五ポンドというと約四万五、六千円ぐらいか。ひとり割りにして日に千五、六百円の宿泊代だからな。食事の方も自炊だね。

E　そう、ロンドンっ子の生活なみにいろいろ食糧をまとめて買い込んでね。

C　うまく行ったの、いろいろと。

E　強く感じたことは、先ずたえず好奇心と工夫をこらして発見につとめないと逆に生活が単調でつかれてくるということですね。日本人のくせとして閉鎖社会を作ってしまうんですよ。一方チームワークの方はすこぶるうまくいったと思うな。

P　それに放送予定の例えば〝ローンドレッド（共同洗濯屋）〟とか〝老人ホーム〟などはいわば新しい住み込み方式が発見したネタだといえるんだろうね。

E　そう、ふつうストレンジャーとして短期のホテル住まいの場合なんかは、つい見のがしてしまう素材ですね。フラット住まいを忠実に生活していたら自動的に見つかったという感じです。

C　タクシーでオーストラリアへ行く婦人の話は？

E　やっぱり地方紙のゴシップの中から探し出したわけですよ。

A　〝ネッシーちゃんよ、深くもぐれ、イエロー・サブマリンがやって来る〟という例のネス湖の記事がのった新聞を使えたのもまあ新生活の功績のひとつだね。

P　民放としてはこの種の社会教養ものはNHKの金と時間の大物量作戦には到底かないっこない。勢い独自の発想を生かし、サイド攻撃をかけざるを得ない。この番組の制作姿勢もそのあたりの必要性から生れてきたんだが、これで約一年、何とかそれらしい体質が出来つつあるといえるかな。

B　少くともそう信じて今後とも刻苦勉励いたしましょう。

一同　（かなり素直な笑い）

修得した方法を他の番組にも反映

P　二年目から始まる「金曜スペシャル」の第一回目のテーマ〝物価〟という素材もだね、単に三チャンネル式の統計表を見せるだけのやり方じゃ何の面白味もないんだし、そうかといって「海外の話題」ともまた違ったものを作りたい。要はヴィヴィットな庶民感覚を大事にしたアプローチの仕方がなければつまらない。

P　だから場合によってはフラット生活を経験したスタッフが出演して証言者となることもあ

りじゃないかな。

P　スタジオへ主婦を呼ぶのも決してワイドショーパターンの単なるイラストが目的じゃない。それだけは絶対やめよう。

A　だから僕はEにすすめているんだ。主婦たちに五百円なら五百円の買物をしてもらった上で、その品物をもってスタジオへ来てもらったらどうかとね。

F　というのは？

E　ロンドンでの同じ金額で買った品物が用意されているんですよ。牛乳とか卵とか果物とかがね、例えば牛乳ならロンドンで二十本買えるといった具合に、それを目で見てもらうようにディスプレーして日本の品物と比べてもらうんです。しかし日本の物価は高いね。安いといわれている卵でも向うは五百円で三十一個買えた。日本なら二十二、三個ですか。牛肉なんか倍ぐらい大きさが違うな。

P　同じ事項を扱うにしてNHKは国民に何かを見せて知らせる。民放は国民の知りたいものを代って見せる。この違いを徹底して番組を作っていくことだね。ところでF君。一年にわたってご苦労さまでした。今度再びニュース部へ移ることになったわけだが何か感想を……。

F　このグループで得たことはテレビの表現ということだね。ニュースは何を、どれほど速く、正確にという目標で万事動いているわけだが、その上に彼らが表現という力を得たらテレビはもっと面白くなるんじゃないか。そういう意味で勉強しました。

C　仲間同士で生意気なようだが、Fの手がけた一回目のインドへ篇と、今回のスイス篇とを比べると表現力で格段の前進があると思うな。

F　それは外交上の餞別の辞ですか？

P　まあそういわずに素直に受けてその辺の感想なり、秘密をひとつ。

モノを見つめ、表現を探し出す闘い

F　（少し考えてから）強いていわせてもらえば、僕は〝人間が大好きだ〟などというタワケタ心境では一回も取材しなかったことですよ。このキャッチフレーズは毎回スポンサーのCMに出てくる謳い文句だけれど、そしてそれに願望としてのひとつの理想を述べていることはわかるんだけれど、しかし方法論としてもしこれをとり入れたとすれば、これはこんな甘っちょろいことでは仕事は一歩も進まない。事実またそういうにがい目に何度もあいながら取材してきた。

〝地球はひとつ〟なんてウソです。そしてある意味では僕は人間なんか大きらいです。そういうにがさに耐えながらモノを見つめていく。表現を探し出していく、そのたたかいです。これは今後とも僕の生きていく指針だし「パスポート4」が飽きられないで続いていくためにも絶対必要な心がまえだな。

D　きびしいね、相変わらず。

F　つまりあらゆる表現もおのれを見つめるところからスタートし、それを除外してはあり得ない。大好き、大好きだけで物事を進めていけるのは女性だけだ。

A　シーッ、今のは失言の疑いあり、幸いここに女性はひとりもいないからいいようなものだけど……。

B　おなじみF君の〝悪女論〟の一節だね。

P　もうひとつ今後の課題のひとつは社会主義国家や領域への取材の拡大だ。今までソビエト連邦とか、北朝鮮の取材の話は何度かあったし、現在も進行している部分もあるが、ネックはその取材条件、検閲の問題をも含めて果して「パスポート4」の制作姿勢とうまく折り合っていけるかどうかだ。インスペクター、カメラマン、撮影対象など、それぞれ要求される条件がいろいろときびしいようだしね。

ひとつの方法は、今度新たに設定した年四回のゲストシリーズの中にはめ込んで消化してみることだ。フィルム部分で何かをギブアップするかわりに、スタジオ部分でのゲストの発言とパーソナリティに期待する……。

激動する世界をみつめて

A　捨てる部分と拾う部分とどちらが大きいか、一種のカケみたいなもんだね。

B　でも一度は手がけてみたいですね。何とかうまい方法を見つけて。

C　ゲストシリーズの第一回目は秋元秀雄さんの担当で〝石油〟というテーマでしたね。サウジアラビアやリビアへの入国手続きはうまく進んでいますか。

P　それが突然の中東戦争の勃発で、予定通り行けるかどうかちょっとあやしくなってきた。状勢次第だが……。

F　かえって面白いじゃないですか、多少の無理なら思い切って敢行すべきですよ。

D　しかし世の中思わぬ事態が次々と発生するもんだね。

P　まあそれがテレビの活性源みたいなもんだがね。

B　天の配剤か、また何をいわんやだね。

一同　（さまざまな笑い）

月刊「民放」　一九七三

ジャーナリズムの正統とは？

わたしの現場時代における最後の受け持ちは、テレビドキュメンタリー番組の制作だった。それもキー局としてJNN、すなわち世に言うTBS系列局のディレクター連中を統括する立場にあり、しばしばこの種の列島会議を招集するチャンスを持った。当時の優れた若きテレビマンたちの真摯な振る舞いと情熱。それがいまあらためて熱く思い出される。

十月二十一日、TBS伊豆下田寮にJNN系列のドキュメンタリー番組「テレビ・ルポルタージュ」のディレクターたち十四名が集った。毎月デスク次元の連絡会議は東京、大阪の交互主催で開かれているが、直接現場のディレクターを引き合わせる集りを一度持つべき必要を感じ、多忙の全員が顔をあわせることは殆んど不可能を承知で第一回を企画したのだが、まず半数に近いこれだけのメンバーが集った。

だがホストとしての私にとってはこの会議をいかに運営するかは大問題だった。以後お見しりおきをと名刺を交換して名乗りをあげ、あとは世間話に花を咲かせながらゴルフでも楽しむというやり方にはおよそなじまない連中ばかりである。

考えた挙句になにか適当なドキュメンタリーフイルムを上映し、それを足場にわれわれの制作論をたたかわすが結局いちばん性に合っていると思い到り、外信部に相談してアメリカＣＢＳのドキュメンタリー番組「ニューヨーク（前・後篇）」を借り受けた。ひとつには外国もので殆んど誰も見ていないだろうということと、更に主題が大都会というとらえどころのない厄介な代物でこれをどのようにこなしているか、例えばわれわれが「東京」なり「大阪」なりを対象としてテーマに選んだ場合を考えると、大変参考になるだろうと思ってえらんだ。

作品は前後各三〇分でＣＢＳの二人の記者がひとりは悲観論的立場―ニューヨークはいわゆる都市問題をいっぱい抱え危険でよごれた街であるという観点から、そして他のひとりはいやそうではない、あらゆる面から見て世界中にこんなに活気に溢れ、解放的で且つ厳粛な都市はないのだという肯定的立場からそれこそニューヨークのあらゆる顔を絵にしてみせるという趣向になっている。対象があまりにも巨大ゆえ総花的で突っ込みは足りないものの、全体として多くの正確な、データと統計数字を用いながら客観的によくニューヨークという大都会を紹介した作品になっている。

ところがわれらディレクターの採点は甚だ辛くＲＫＢの木村栄文氏を除き殆んど全員一致でこの作品をつまらないときめつけた。曰く映像にディレクターの内面を通過した主体的迫力がない。

記者の発言にこれといった才気や個性が感じられず結局これこそニューヨークだといった新しい視点と意見を持たない。つまる処、日本人であるわれわれですら知っているデータ列記にすぎずこれこそわれわれドキュメンタリー作家が番組をつくるときにもっとも忌否し避けるべきと主張しつづけて来た見本のような作品だという次第である。でもあの空中撮影の挿入や、シークェンスの多様さ、またショート・カットのつみ重ねによる音楽とシンクロさせたミュージカル的編集のうまさや演出はどうだろうという声に対しては、それは金と量の問題で、われわれでも制作条件さえもっとよければいつでもやってみせられる技術上の問題にすぎず本質ではないと一蹴される始末で、とんだ反面教師のテキストになってしまった。

食後二、三のグループにわかれ、部屋でアルコールをのみながらの放談になった。（どういうわけか会話が機微に触れ生彩を放って来るのはいつもこういった祭りのあとの時間帯である）誰かがわれわれは自主規制の名人であるとつぶやき、文芸春秋の「田中角栄研究」のような企画がどうしてテレビに出ないのだろうとぼやき、それを受けてどうせ企画がパスする筈もない、もし作ったとしてもどこかの局の何とかいう作品のように放送中止がせいぜいだろうと誰かが自嘲する。その時私は文春のあの記事の内容が、今まで国会でもとりあげられ週刊誌でも扱われていて内容的には何ら目新しさのないこと。ただしそれらのデ、ー、タを正確且、つ、丹念、に、集めながらひとつにまとめあげたものである事に更めて気がついた。

映像メディアの特性をさぐるかに見せかけながら喃々として繰り返されている「テレビ映像論」また「テレビ的であること」の論議は、実はある時期以後ある状況の中で隠花植物のように派生して来た製作者の裡なる屈折した心理そのものと事実上の双生児なのではあるまいかと、フトそんな悪魔的なことを想像してみた。

それと比べるとかつて物議をかもし今も尚ドキュメンタリー番組のスタンダードナンバーとされるCBSの「ペンタゴンの売り込み作戦」や「大企業」などの作品はすべてわれわれの、「テレビ映像論」などとはあまり縁のないいわばデータや事実をいかに多く正確にその中にもち込んだかという正に客観的レポートそのものの強みに勝負があったのではなかろうか、そしてそれこそ言葉の正確な意味でジャーナリズムの正統そのものであろう。

とここまで考えた時、酔い痴れた私の網膜で周囲にいる仲間たちの姿がまるでJ・メカスの映像のように急にぐらりを傾斜した。　（TBS報道制作部）

TBS「調査情報」一九七四

第2ラウンド　昭和五〇年代

中近東の砂漠に眠るローマ遺跡バルミラ

第2ラウンド　昭和五〇年代

ジャーナリズムの内外　昭和五〇代（一九七五―一九八四）

地球の上あらゆる国、あらゆる地点に

DOING REPORTER（ドゥーイング レポーター）という耳なれない言葉のささやかれた一時期がありました。ふつういわれる番組のレポーター――マイク片手に、カメラが写す風景や出来事を片隅から説明し解説する、そんな従来のアナウンサーとは違って、いわば現実と格闘する覚悟で、ストレートに状況の中に潜り込み、その接点に飛び散る火花のうちに凝縮された小宇宙を表現しようという、極めてアクティブなレポーターです。

物量・人材を誇るNHKの「海外レポもの」に対抗して、これが四七年秋からスタートしたJNN（TBS系列全局）の海外取材番組「パスポート4」の精神でした。地球上のあらゆる国、あらゆる地点に、現に今進行しつつある生活の一齣を、可能な限りのアクチュアリティをもって、粉飾なく視聴者に伝達する。それはいわば言うは易く、しかし実体の極めてつかまえがたい「テレ

ビ的」という概念を、番組の上で執拗に追究することにほかなりませんでした。
この「パスポート4」の成果の上に、さらに試行と冒険を試みたのが、この「キャラバンII」です。それはそれまでの考え方にもう一つ音楽性を加味し、そしてプログラミングに大陸走破という一貫した継続性をとり入れた企画でした。こうしてすでに「ビューティフル・サンデー」「カントリー・ロード」など、このレポートを媒体に、日本中を沸かせる大ヒット曲を生み出す結果をも獲得しています。テレビが誇りうる独得の勝利です。今や「キャラバンII」は若者たちだけでなく、日本中のあらゆる人々にとって朝の生活に欠かすことのできない風景として定着しました。

この本はそうしたわれわれのねばり強い努力のうちの北米編の足跡です。人間と人間のやさしい触れ合い、自然との対話やその赤裸な脅威、何気ない生活の挿話に潜むハッとする一瞬、そしてまた取材陣の苦労など、われわれ民放マンが目指す独得の発見と祈願をこの本の中にかぎとって下されば、こんなうれしいことはありません。
ここにレポーターをはじめ、JNN各局の今日に至るまでの理解と努力に心から感謝の意を表したいと思います。

「テレポート4」　一九七七

日本民族の過去をたずねて

十五世紀末、航海者バスコ・ダ・ガマは国王マヌエル一世の命を受けて、二十世紀後半日本のテレビ・クルーは、ＪＮＮの実力をバッグに、それぞれポルトガルの都リスボンを出発、一路東方への旅に出た。

前者は高らかに鳴りわたるヨーロッパ近代文明の進軍ラッパであり、後者は映像時代の到来を告げる晴れやかな独立宣言であったといえば、チトおおげさな対比にすぎるかもしれない。しかし、五世紀前の先人たちの体験を、いま新しい手段と方法で感覚的に追体験してみようとした、いわばこれは情報化時代ならではの、野心的アバンチュールであったことはほぼたしかなようである。

ヨーロッパ大陸―それは十六世紀半ばの日本に限りない衝撃を与えた。明治維新以降、わが民族はまちがいなくこの大陸の制度、学芸、風俗、道徳などあらゆる点にわたってはかりしれないほどの影響を多々受けてきた。

いま、キャラバンⅡ、リスボン⇒東京は、いわばその申し子が、二十世紀の眼と若いエネルギーをもって、もう一度原点から自らの出自をたしかめてみようとした、優れてテレビ的な旅であったといえようか。

「ビューティフル・サンデー」のヒット・メロディーに乗って、行く先々で繰り広げられた人間どうしの裸のふれあいと交流ーそれこそ、堅苦しい理論や哲学ではとらえることのできない、現在に内包された歴史そのものであった。

本書はその前半、リスボンからトルコにいたる地域をまとめた、ユニークな報道番組の成果であり記録である。

刊行に際し、今日までにたまわった関係者各位の数知れぬご協力とご支援に、いまあらためて厚い感謝の念を捧げる次第である。

「テレポート４」　一九七七

プロデューサー待望論

ニュース部の組織縦割り発想と違って、報道局になんとか個の存在としてのプロデューサーの役割を持ち込みたい。それが優れた番組根幹だと信じるわたしが、それまでの苦労の末に部長職にありながら，あえて一存で民放の関連誌に投稿した原稿である。現今の放送局なら果たしておとがめなしで済んだかどうか、少々心もとない。

幻のオリンピック特別番組

のっけから私事にわたって恐縮だが、私は昭和四十七年の春、それまでいた制作局関係の職場から報道局へ移籍したとたん、プロデューサーという肩書をはずされた。といって別に強制とか剥奪とか暗い因果関係があったわけではなく、報道局には慣例上プロデューサーという呼称がないからというそれだけの理由からである。

この機構・組織上の呼び名や発想は、各放送局によってバラバラで、特に統一された考え方はないが、TBSの場合、制作局には辞令や名刺にも刷り込んでいい、認知された職能兼身分としてのプロデューサーなる呼称がある。ところが報道局関係になると、部長、副部長、課長という、いわゆる組織ライン上の職位に従った正式名称があるだけで、他の人はみなそれぞれの職場の部員にすぎない（朝ワイド部だけは別）。ただし実際に職場では慣習的にデスクだの班長だの、それにちゃんとプロデューサーという呼び方さえ（例え正式ではないにしても）用いられることすらあるのだ。

私の場合、プロデューサーではなくただの副部長となってからの最初の仕事は（私は運動部へ配属された）、ゴールデン枠に組まれたボウリングの番組担当と、その年の夏ミュンヘンで行われる国際オリンピック開幕式がらみの番組を作ることであった。これは皮肉なことにある意味ではそれまで担当していたワイド番組の全体責任者としての立場より、もっとプロデューサーとしての力量と手腕を問われる仕事だった。

当時ボウリングは一種ブームの絶頂にあり、諸々の競技を企画・承認するプロボウリング協会や個々のプレイヤーとの接触も仲々面倒なプロデュース作業であったが、更にもうひとつの方、オリンピックの開幕式宇宙中継の直前に組まれた一時間特プロについて言えば、当時の運動部長から一切をまかせるからと下駄をあずけられた時は、これはおもしろいぞと正直大いに燃えたものである。私の考えたことは、それまでの私の経験と能力を思い切りつぎ込んで、従来の報道局では考えられない、立体的な特プロにしてみようということであった。題して曰く「歌とビールとオリンピック」

いまでも手元に残っている黄表紙の部厚い台本の見開きには、進行司会・関口宏、杉葉子、音楽・小野崎孝輔、歌・アイジョージ、日本合唱団七名を筆頭に、出演者欄には、小野清子、中村（河西）昌枝、寺内大吉、てんやわんや、西田修平、朝隈善郎、川本信正、兵藤（前畑）秀子、G・フィルシャー（在日ジャーナリスト）など三十名に近い人人の名前が列記されている。これらのメンバーからもある程度類推が可能かと思うが、私の考えではCスタいっぱいに昭和十一年（一九三九年）のベルリンオリンピックの舞台を再現し、これにマジックシーンと舞踊、それにミュンヘン派遣のアナウンサー渡辺謙太郎さんを現地からからませながら、スタジオに招いた往時の名選手たちに思い出ばなしを語らせる。更にその間を縫って、ババリア地方の歌や音楽を紹介、ドキュメンタリーペースに異色の大ページェントを展開する仕組みになっていた。それにもうひとつ、この番組の制作をきっかけに手わけしてその生存と所在をたしかめたドイツの映画監督リーフェンシュタール女史に、彼女の歴史的名作「民族の祭典」のフィルム挿入とともにインタービューをする手筈までちゃんととりつけてあったのだ。

ところがこの企画は、綿密なコンテとスケジュールをぎっしり書き込んだ百数十頁に及ぶ台本まで出来上がっていながら、直前になって突如中止がきまり、全く別の内容の番組に作りかえるよう、上からの指令でつぶれてしまったのである。

理由は簡単であった。三週間ぐらい前になって最終決定したスポンサー四社のうちの一社が、番組内容を気に入らず、東京やメキシコオリンピックの記録を基にした、従来の報道形式のフィルムものにしてほしいと希望したからであった。

しかし、これは今でも私はおかしいと思っている。最初運動部が編成を通じてこの時間の制作をひきうけた時、内容は自由にということで、まだスポンサーも決まっていなかった筈だ。いや民放の番組でスポンサーの意向もきまらず枠がとれる筈がないと思われる外部の人もあろうかと思うが、この場合は別だ。オリンピックの開幕式の時間とりは、国際的イヴェントであるから、当然早くから決まっており、従ってその直前に、露払い番組として一時間の特プロを組むことも、編成のその期の最初からの計画であった筈だ。引きうけた時、かなり思いきっていきたいという意向の諒解もとりつけてあり、それなのに、さて商品を売り出してからこれは買う方でどうも内容が気に入らないから品物をかえよでは、まるで順序があべこべだ。要は買い手の方で手をひいてもらうより仕方がない話だ。

ダメを出して来た一／四スポンサーは一流のビール会社だった。タイトルにビ、ー、ルという言葉がとり入れてあったところから、うまくセールスに乗せたに違いない、さすがはわが社の営業マンだわいと、ひとり悦に入っていたのはとんでもない現場プロデューサーのオプティミズムだった。編成を通じてまずはじめに来たチェックは、ビール会社の提供にビールの文字が用いられていることは、他の三社の手前エコヒイキがあってよくない、かえてくれとの事。この意見の出どころがどこであったか、今となってはつまびらかではないが、スポンサーがらみの大小の注文には出来るだけ応ずべしという民放訓は百も心得ているつもりだったから、些末にはこだわらず、早速「歌と踊りとオリンピック」ではどうでしょう。いっそハードタッチを強調して「ベルリン・東京・ミュンヘン」ではいかがと折衝を重ねている中はまだよかった。どうも雲行きがおかしいと思っている中に、次に来たのは晴天のへきれき、突如企画の全面変更要求だったのである。

それは話が違うと俄然態度を硬化して私はひらき直った。部分修正ならいざ知らず、今から番組の土台を根本からひっくり返してしまえとはなにごとか、ましてや人選や出演交渉も九割り方終っているのである。しかし、相手は一流どころの大切なスポンサーであり、正規のいい料金で話が決まったのだから、どうしてもその意向を尊重してほしいという。私は部長ラインにも企画変更の気持のないこと、また許されるならスポンサーにもあって制作意図を説明したいと申し入れたが、結局は駄目だった。そうして報道局所属の非公認プロデューサーとしてはそこまでが限度だったのである。

小さな改革〈タイトル表示〉

結論は局内のトップラインの意見調整の結果きまった。私はプロデューサーを交代し、新しい担当者の手によって、スポンサーの希望する内容で新規に仕込みを開始するよう命令が下されたのである。

こうなればスピード勝負の報道にとって早撮りはいわばお手のもの、ライブラリーに残る東京、メキシコの記録フィルムを再編集し、それと適当な人選による従来指向の報道局番組は、またたく間に一週間の日時を必要とせず準備完了した。あとは放送日を待つばかりである。

そもそも私の試みた二ヶ月、三ヶ月前からの仕込みなど、どだい民放にはぜいたくすぎ、報道にはのんびりしすぎていたのであろうか。同時に私はたった一言の口頭命令で、営々と準備し築き上げて来た制作者の努力と夢を瞬時に破棄することの出来る報道局の体質に唖然とした。ああ、もう二度とこの職場では番組など創るまいと、ヘナヘナその場にくずおれてしまう思いが、いまでも生々しく私の身体に残っている。そうしてもうひとつ言わせてもらえば、その番組を提供しようとしたスポンサーは（件の一社をのぞいて）、結局内容などどうでもよかったのである。彼らに必要だったものは、オリンピック関連の番組を提供するという他社に優先するプレスティジだけで、逆に言えばわれらが営業・代理店は、番組の内容ではなく、ただ特定の時間枠を優良地として売りつけたにすぎなかったのだ。

もちろん組織の中では、すべての制約から全く自由なプロデューサーなどはあり得ないと思う。しかし、プロデューサーはその本質から言って、ある条件の下に番組を引きうけた瞬間から、中味を如何に作るか（w・i・e）については、すべては彼の権限下と発想の下におかれ、反対にその中味の結果については、全面的責任を負うものでなくてはならない。

これに対して組織は何を作るか（WAS）を決定し、命令を下すものだと思う。だから報道局のニュースにあっては、如何に作るかよりも、何をめざし、何をえらびとるかの方がはるかに重要な課題だ。ところが同じ報道番組でも、いわゆる企画ものは違う。如何に作るかが俄然クローズ・アップされて来る。昨今情報・報道番組の解釈もまちまちだが、映像ジャーナリズムにあっては少なくともニュース番組以外は、この如何に（wie）－すなわち、映像表現の問題を避けて通ることは多かれ少なかれ出来ないのが、現今のテレビ状勢ではないか、というのが私の意見である。

もうひとつ私の経験と、ある小さな制作現場の歴史を述べておこう。

運動部を出た私は、そのあと現今の報道制作部へ移り、四十九年のはじめから同部の副部長として「テレビ・ルポルタージュ」というドキュメンタリー番組のデスクを担当した。二年半の在任期間、プロデューサーとして果たした役割りと成果については忸怩たる思いあるのみだが、それとは別に着任後試み、なんとか成功した一つの制作上のルール改定の思い出がある。それは「テレビ・ルポルタージュ」の番組終了部分に、それに関与したプロデューサー、ディレクターなどの、いわゆるスタッフ名を明記うるというとりきめである。たったそれだけの小さな改革だが、このことが実現するにはいろいろな苦労と時間がかかった。

現在では、多くのドラマや娯楽番組ではあたり前の慣例だが、当時、報道局関係の番組ではこれが一切なされていなかった。ニュースは論外として、ドキュメンタリー番組に関して言えば、プロデューサーは何をえらび、そして如何に表現するかの二つながらを同時に引受けている重要な役割りである。その全責任を－内容の出来・不出来も含めて－明示するのが、一枚のテロップに記載された署名のほとんどすべての意味なのだ。

従来の考え方はそうではなかった。ドキュメンタリーのテーマをさがし、素材を手に入れ、機動力を駆使して番組を完成させるのはすべて局という組織であって、そこには個人の恣意が入り込む余地はない。いや入ってはならない。集合体としてのスタッフは、すべてジャーナリズムとしての放送局の総意の一代表にほかならない。だから番組に個人名を記入することは根本的に誤りである、というのだ。

この考え方は、実に堂々としていてたしかに一理ある。また、局の意志表明としてもまことに結構な話だ。しかし、番組というものをあまりにも画一化し、力と正義の側からだけ見すぎているきらいがある。第一局の意志とは誰の、どういう決意を言うのか。

ここには映像ジャーナリズムを表現媒体としてとらえる場合、如何にという重要な問題が脱落している。同じ素材、同じテーマが決まったとき、二つ以上の番組の優劣はその瞬間から並列的に決まってしまうものであるか。断然否である。そして如何に（表現するか）の中に、すでに何を（言いたいのか）がふくまれてしまうという、それこそが映像ジャーナリズムが今日おかれている状況であり、その本質ではないのか。

かくして、当然私のとった社内根まわしは次のようであった。すなわち私は社にあって、以前にドキュメンタリーに関係のあった先輩や責任役職者に私の考えをのべ、スタッフ明記の許可を求めたのである。いいだろうという肯定派、首をかしげる人、説明に多くの時間をさいたにもかかわらず、結局は態度を保留する上役など、さまざまだったが、幸い最終的なコンセンサスは条件つきの次のような意見であった。すなわち、この番組の制作に関与している全員（制作五社　ネット局二三局）の満票を得られるならば、実施に移行してもいい、ただし一局でも異論のあるうちは駄目だというのである。

次の機会に私はこのことを制作関与の五社にはかってみた。それぞれが本社にもち帰って正式な返答をかえして来たのだが、果たせるかな関西のA局はこの提案にやはり反対だった。もっとも同局のドキュメンタリーの担当であるSプロデューサーは個人的には全く賛成なんだが、ラインが承知しないんでね、と残念そうに私に伝えた。くどいようだが、報道局にあっては組織がプロデューサーに先行するのだ。

こうして一見小さなーしかし、その意味するところはかなり本質的な番組スタイル上の小改革は、条件であった満票を得ることが出来ず、当分延期されることになってしまった。

その少数の〈創造者〉

ところが一年三ヶ月後、思わぬ状況の変化が起こった。昭和五十年四月、田中内閣時代以来の意向によってあの新聞・放送の系列一本化が強行されたのである。TBS系列では、いわゆる腸捻転ネット解消の結果、関西ネット局がA局からM局へとかわった。そして、ドキュメンタリーについてのM局の考え方は、従来のA局とはかなりニュアンスにおいて異なるものがあった。ニュースとは一線を隔し、メディア独自の表現を重視する姿勢である。その結果、私のかねてからの持論は、ここにはじめて満票という初期からの条件を満たすことが出来、ようやくスタッフ名の明記という約束をルール化することに成功したのだった。

実際、報道局に属するある人たちには、今でもこの署名システムが、一種の売名行為とか自己顕示にしか見えない向きがあるようだ。しかしそれは違う。何十万、何百万の視聴者に向かって、自ら名乗りをあげて作品を見せるのだから、反対にあらゆる面からの攻撃や異論にさらされねばならない、はるかに厳しいせまられ方だととる方がむしろ自然だ。番組は局であり組織であるという発想は、充分真理を含みながら、一見無私をよそおった形式の庇護の下に、作り手は巧妙に責任回避をとることすら出来る。それはまたパターン化した番組の氾濫をも許したりするのだ。局の力を借りずにはどんな番組も制作されないと同等に、若し無私というものが作れる番組があったら私はお目にかかりたい。一方、プロデューサーなりディレクターがおのれ自身のボキャブラリーや表現法をもたないなら、放送局はただの素人の集団といわれても仕方ないだろう。

かくして私の論旨はここではじめてその端緒につくことが出来る。プロデューサーという名称は別にあってもなくてもよい。しかし、ひとつの番組がどのような個人をもち、またその結果、生きるか死ぬかは正にかかってプロデューサーの両肩にあると私には思えるのだ。なぜなら前述したように、プロデューサーは番組のために何をえらびとり、如何に表現するかの基本部分までをそっくり引きうけている役割りだからだ。ドラマであれ、ドキュメンタリーであれ、プロデューサーによって選ばれた素材や台本を、いかに表現するかに専念出来るディレクターはある意味では幸せだ。何人かのプロデューサーに番組を与え、その複数進行を管理している職制責任者は悠々自適だろう。だが、少なくともその名に値するプロデューサーは、一本一本におのれを賭けて勝負を望む。その結果、彼の発想、彼の情熱、彼の人間が番組の出来上りに影響しない筈はないのだ。

そもそも放送集団というものは、大多数のサラリーマンと、少数の創造者によって成立しているものかも知れない。その少数の創造者こそが、ある意味ではすべてプロデューサーなのだ。そして、くり返すがそれは組織ではなく個人である。N局のドキュメンタリー番組の歴史をふりかえるとき、私たちはそこにU氏の存在を決して見おとすことは出来ないだろう。ドラマを看板とするT局の今日は、O氏やI氏の個性と情熱に負うところが大きい。H氏のねばり強い放送への執着と才能こそがTユニオンの誕生をうながした。地方局でありながらR局が燦然と輝く所以は、ドキュメンタリー分野における映像表現への熱い傾倒そのものの結果である。

必ずしも表街道を走っているとはいえないわが社のドキュメンタリー番組の歴史をふり返るとき、あきらかに現在はその第二世代の時期だと言えるかと思う。「成田」以前、この種の番組にたずさわっていた人たちは、すべて部署をはなれるか、社外のプロダクションへと去った。当時「カメラ・ルポルタージュ」をはじめとして、一時期隆盛を誇った何本かのドキュメンタリー番組も、現在では「テレビ・ルポルタージュ」ただ一本である。「成田」の余波で、ドキュメンタリー番組の存続すら危ぶまれた当時、この「テレビ・ルポルタージュ」の誕生については、関西A局のSプロデューサーの熱意に負うところが大きいのだが、放送時間も日曜日の朝ということで、スタート以来番組の当面の指標は、視聴率と明るい話題の二本立に限られていた。よきにつれ、あしきにつれソフトドキュメンタリーと批評され続けて来た所以である。

昨年春、この番組はタイトルを「テレビ・ルポルタージュ」のまま、日曜日の午後十一時四十五分に移行した。〝テレビが時間帯〟であるとするあんら、当然テーマやレパートリーにも少なからぬ変化が起こる。しかし、それにも増して近来無視し得ないことは、情報・ドキュメンタリー番組に対する視聴者側の期待とニーズが増大して来たことだ。わが社のこの夜への編成がえが、それを意識してなされた措置であったかどうかは、今は問わない。しかし、視聴者側の確実な、そしてテレパシーのように伝播しつつあるこのテレビに対する真摯な要請は、各局この種の番組に少なからぬ影響を及ぼしている。従来〝（総論的）鳥瞰〟と〝（客観的）中性〟を身上としたNHKのドキュメンタリー番組すら（因みにNHKは現在もスタッフの署名制をみとめていない）、「水俣病」や「安宅産業」の例に見られるような、制作姿勢と手法上の大きな変革を呼びおこしているのだ。

昨今かまびすしいスペシャル番組の発生もまたそうだ。視聴率を意識した過当競争の裡で、いささかショーアップがすぎる場合も見られるが、それらの番組は概してドキュメントに基盤をおき、テレビ機能を生かしながら情報と事実を追いかけることをその骨幹としている。ストレートニュースではなく、いわば個性化されたイマジネーションの解放を、ノンフィクションの世界に求める視聴者のニーズにそのまま呼応したものだといえよう。

因みにここで附記させてもらえば、いささか時期尚早が一因であったかも知れない私の流産番組「ベルリン・東京・ミュンヘン」は、つい半年前の七月三十一日、日本テレビ系列から日曜スペシャル「ベルリンオリンピック」と題して見事にその花を開いた。ことわっておくが、この企画はテレビマンユニオンのオリジナルで、今回の制作に関して私が関与した事実は一切ない。しかし、西ドイツからリーフェンシュタール女史を招き、「民族の祭典」の一部や村社、前畑、孫などのOB選手をスタジオに呼んで、御対面をはじめさまざまな演出を施したこのドキュメンタリーショウは、あまりにも私の企図したものと近似性が強かったため、私にはとても他人事とは思えなかったのだ。突然妙な機会に恐縮だが、紙上を借りてユニオンとNTVに対し一同業者として心からの拍手と謝意を表させていただきたい。

とまれ、昨今におけるテレビの流動方向、一般視聴者の志向といったものを眺めるにつれ、あらためて再認識の要を痛感させられるのが、プロデューサーという存在だ。それは単に職位や名称の問題ではない。精神論として、否、創造論としてのプロデューサー待望の声なのだ。

個人の創造力なくしては、革新や前身はおろか、人を動かす一ケの番組もあり得ないという真理をいまいちどかみしめよう。そして、同時にそれら真のプロデューサーをひとりでも多くあらしめるもの、それこそ組織が問われるべき若さと能力であり、その至上の義務ではなかろうか。

「テレビ映像研究」　一九七八

チムールの魂の色

国内線といってもたっぷり四時間。三等列車を思わす猥雑な機内のイリューシンにつめ込まれ、モスクワからタシケント空港に到着したのが朝の七時。もはやここは正確にはロシアとは呼べないウズベク地方、中央アジア臭芬々たるイスラム宗教圏である。心残りながらここへは一日だけを割いて翌朝の一番機で更にサマルカンドまで足をのばす。今回の旅行の公的目的はたしかにモスクワにあったが、私的な心の眼は最初から二〜二千五百年の歴史の都サマルカンドへと飛んでいた。余暇をぬすんでのわずか三日間の自由行動である。

だが限られた時間内で見るべきものはあまりにも多すぎた。ビビ・ハヌィム寺院、レギスタン広場、ウルグ・ベクの天文台、ペンジュケントそして回教学校メドレセの建物やいまもかわらぬバザール（市場）のたたずまい等々。

そして数ある遺跡のうち私の心を最高に打ったのはアフラシャブにあるシャーヒ・ジンダ廟――その見事な回教建築にちりばめられたいわゆるペルシャンブルーの鮮かなアンサンブルの迫力であった。アフラシャブとはシャブ川のほとりという意味だそうで、ゼラフシャン河の支流に沿ったサマルカンド市の旧城壁内にあたる地区をそう呼んでいる。またシャーヒ・ジンダ（生ける王）はかってこの街を首都として栄えたチムール王族たちを葬った中世の群廟に他ならない。

紀元前ギリシャ人によってゾグディアナのマラカンダと呼ばれたこの古代都市は、アレキサンダー大王、アラブ人、ジンギスカン、サマン朝、チムール、ウズベク、ブハラそしてロシアとめまぐるしくその政治地図を塗りかえるが、中でももっとも輝かしく且つ強烈な足跡を残したのが十四世紀から十五世紀にかけて中央アジアに君臨したかのチムール大帝国の時代であろう。

ただチムール自身の墓はここにはない。それは彼の孫で偉大な天文学者であった三代目の王ウルグ・ベクと共に市中のグール・エミル（エミルすなわちチムールの墓の意）に収められている。後者のドームの暗緑色も魅力的だったが、私としてはここの廟のほぼ水・緑・青・碧に近い四種の色あいの美しさとその対比の妙にほれぼれと見とれるばかりであった。それは今までに見たどんなモスクのブルー・エルサレムの岩のドーム、ダマスカスのオマイヤド寺院そしてイスタンブールのアヤ・ソフィアのいずれよりも強烈で、その誇り高き群色を燦然と天空に輝やかせながらそびえ立っていた。そしてその四色の青はそれぞれ例えようもなく鮮明流麗であると同時に何故か一種の妖しいはげしさといったものを内に秘めている。これこそかって巨大な流星のごとく忽ちのうちに大陸を席捲した不世出の英雄チムールの魂そのものの色であったとでも言うより他に私は形容のすべを知らないのである。

「目の眼」一九七九

第一二回テレフォラムに出席して

一一月一三日から一九日の一週間にわたって恒例の第一二回国際テレフォラムがモスクワで開かれた。会場は市の東北ソコリーニキ公園に近いテレビ劇場、ギリシア風の円柱にかざられた古典様式の建物だが、フルシチョフ時代につくられたテレビ専用の施設とのこと。

入ると正面がインフォメーションデスクになっており、その脇にちゃんと劇場式のガルデローベ（衣服あずかり所）がある。二階へ上るとセンターが天井までぶちぬきのロビーで、その中央に立って見あげると三階部分のまわりを回廊式のてすりがスクェアにとりまいている（その壁側は社会主義主要テレビ局のいくつかのキャビンで仕切られていた）。

今回外国からの参加者は、西側・アジアを含む二八ヶ国から集った四八人の放送関係者、計二五〇本のプログラムが期間中放映された。ソビエト、チェコスロヴァキア、ブルガリア、フィンランド、東ドイツの八理事団がその主たる番組の提供者だが、そのほかとび込みで蒙古人民共和国、ベトナム、キューバからのものも公開された。ほとんどがカラーだが、ルーマニアのものなど一部ではモノクロも大分あった。それらの情報や予定はロビー中央の黒板に記載されると同時に、インフォーメーションデスク横に設けられている参加者各個人あてのボックスの中へ毎日印刷物となってくばられる。

見せ方であるが一、二、三の各階にフィルム用の映写室ひとつずつ、ロビーを利用したビデオ観賞用空間、更にリクエストによって自由にかけられるカセット専用ルームなどがあって、同時に一〇本近くの作品がパラレルに常時放映されているわけである。従って全作品を見つくすことは物理的、時間的に到底不可能で、事前に目的にかなったプログラミングを立てておいて計画的に見ることが賢明。

その点今回日本から参加された毎日放送（ＭＢＳ）の長井次長が、動物の記録もの一本にしぼって視聴されておられたのには感心した。私はといえばその点無計画の劣等生であったが、この方法（？）の唯一のメリットは全体をやや鳥瞰図的に把握出来たことかと思う。

いちばん最初に気がついたのは、〝ドキュメンタリー〟という概念の使われ方の相違で、ドキュメンタリーというふれ込みで映写室へ入ったら俳優さんが演ずる何かシリアスなテレビドラマであった。ただし題材はたしか五〇年ほど前に起った歴史的事件で、法廷場面の応酬などを記録を忠実にたどりながらリアルに演出している。三時間二〇分に及ぶ大作だ。（「消えた足跡―白色テロ」ブルガリアの作品）わが国で近ごろはやりの長時間歴史ドラマの先例をこの会場で発見したのがおもしろかった。

一方ふつうドキュメンタリー番組という場合は教育もの科学ものでなければ、自然や動物などのごく素直な実写もので、われわれがイメージするようなテレビの同録機能を武器とした問題提起の作品とは全然違う。小型カメラによるいわゆるＥＮＧ番組も見あたらなかったようだ。

トータルな私なりの鳥瞰図については目下整理中といったところだが、とりあえずソビエト放送国家委員会の熱心であたたかいもてなしに心からの敬意と感謝を表したい。

「インタービジョン」　一九七九

インタービジョンとソ連邦のテレビ

一、インタービジョン主催モスクワテレ・フォラムについて

一九七八年十一月十三日から一週間にわたってモスクワで開かれた第十二回テレ・フォラム展に参加する機会を持った。ソビエトを中心とする、いわゆる東陣営だけのこのテレビ番組エギビジョン（フィルムとビデオ）は、インタービジョン加盟国ー友好社会主義体制国とフィンランドが中核をなし、ブルガリア、ハンガリー、東ドイツ、モンゴル、ポーランド、ルーマニア、ソビエト、フィンランド、チェコスロヴァキアの九ヶ国が組織委員会のメンバーである。このうちモンゴルは前回からの新メンバーで、番組を出品している国は以上のほかにユーゴスラビア、キューバ、ベトナムと全部で十二ヶ国を数え、総数はビデオとフィルムをあわせて三百本を上まわった。

会場はモスクワ市の東北区、ソコリーニェ公園近くのスラヴリョーバ広場に面したテレビジョン劇場。ギリシャ風のエンタレス石柱をもった一見古典的な建物だが、実はフルシチョフ時代につくられたテレビプロパーの建築物の由。中に入ると一階の正面がインフォメーションボックスになっており、その脇には大きなガルデローベ（衣服携帯品預り所）も用意されている。作品上映

用のホールとして一階、二階、三階に夫々客席二、三十から百五十ぐらいまでのフィルム上映用の試写室が設計されていて、そのほかロビーや廊下サイドにビデオ用のセットを並べたモニタースペースが二ヶ所、更にリクエストによっていつでもビデオカセットが見られるＶＣＲ（ビデオ・カセット・ルーム）の小部屋が八つ設けられていた。おもしろかったのは二階、三階をくりぬいた中央ロビーをとりかこむように、四方の壁に理事九ヶ国の出店がちょうど野球場における放送局のゴンドラのようにはめ込まれていることで、それは社会主義諸国の団結力の示威であると同時に、その顔ぶれが今日ただ今におけるソビエトを中軸とした東側そのものを現わしていた。放送活動自体が国家事業であるソビエトらしい単純明快なディスプレイでありデモンストレーションである。それかあらぬか開会レセプションのパーティー席にわれわれのところへわざわざ近づいた第一副議長のマメードフ氏から、「日本ソビエトは政治レベルでは最近とみに仲がわるいが、われわれ放送人だけは仲よくしたいですね」と声をかけられた時は、折しも日中平和条約成立の直後だったこともあり、単なるユーモア以上のものを感じてギクリとした。ただこの催しへは、世界の二十八ヶ国から来た四十八のテレビ関係機関の代表者百五十五名が足をはこび入れており、そのうち日本を含むフランス、イタリアなど、いわゆる西側勢は半数をこえる八十四名を占めていた。これはインタービジョンが制作した番組を出来るだけ西側にも見せたい、そして、出来るだけ売り込みたいという、このエキシビジョンのもうひとつの意図を明確に示している。ここに十一月十三日付の《プラウダ》紙にソビエト中央テレビ国際局副議長アケシュケビッチ氏がインタビューされた記事が出ているのでその一部を転載してみよう。

「モスクワのテレフォラムは、いわゆるフェスティバルではありません。つまり関係者はどの番組がよいかを審査するためにここへ来たのではない。彼らはインタービジョン加盟国が新規に準備した作品を購入し、自分たちの国で放映するために選びに来たのです。同時にわれわれの課題は社会主義友好国の手によって作られた番組をいわゆる西側の人たちのフィルム・ビデオの愛好者にまで押しひろげ知ってもらうことにある。ソビエト人民並びに社会主義国の生活や精神世界に関して、真実が地球上の何億という人たちによりよく理解されるように、今日から一週間さまざまなジャンルの番組が上映されるのです」

また、モスクワテレ・フォラムが占める位置については

「インタービジョン加盟国によるこのモスクワ国際フォーラムは、カンヌ、ミラノを含む世界三大テレビ市場の中に数え上げてもいいでしょう。このエキシビジョンでは社会主義の友好国ならびにフィンランドで構成する、いわゆるインタービジョン加盟の国が、自ら制作した番組だけが展示されますが、われわれの願いは、これらのよりよい番組を西欧諸国の仲間たちにも、ぜひ紹介したい点にあります」

と二度にわたって西側への接近意図を表明しているのは興味深い。

作品展示は朝九時半から夕方の六時半まで、昼休みの一時間を除く毎日八時間を、午前午後それぞれ二ブロックづつ四ブロックのタイム枠にわけて放映された。いつどこの国の何という作品を、どのホールで見ればよいかは、一階インフォメーションデスク横に作られた個人別百五十ケのボックスの中に刻々予定表がほうり込まれる。同時に解説のパンフレットなども置いてあって、参加者はそれらの書類に目を通しながら、自分の見たい番組へアプローチを試みればいいわけである。その他に、冒頭でも述べたVCRが随時スクリーニング可能の状態におかれていた。

さて、肝心の作品の内容であるが、まず全番組はすべてドキュメンタリー、フィクション、音楽、児童ものの四大ジャンルにわけて整理されている。大部分はカラーだが、ハンガリーの作品やドキュメンタリーのうちの歴史ものは一部白黒であった。また、フィルムのサイズは八割方が三十五ミリワイドで十六ミリはむしろ少ない。興味深かったのは、ドキュメンタリーの範疇に分類されている作品のテーマで、科学もの、教育もの、歴史もの、自然記録、伝記など多彩だが、中に社会の矛盾や個人との間に生ずる桎梏やあつれきなどを扱う、いわゆる社会派ドキュメンタリーに類する作品が皆無だったことである。むしろドキュメンタリーという言葉は、ある種歴史ものの別のジャンルの中に生きていた。それは例えば、ブルガリアのシリーズ作品「消えた足跡ー白色テロの記録」などで、これは一九二三年から一九二五年に至るブルガリアのいわゆる〝白色テロ〟を扱ったもので、詩人のG・ミーレフやジャーナリストのI・ヘルプストなどが蒙った迫害や犠牲を戦後の裁判記録を忠実にたどりながら、当時を再現したものである。

〝ドキュメンタリー！　ドキュメンタリー〟という呼び込みにつられてホールの試写室へ足を運んだのだが、たしかに過去にあったノン・フィクションレベルの事件とはいえ出演しているのは全部ブルガリア演劇界の俳優さんである。長ったらしい裁判場面などは、たしかにドキュメンタリータッチそのものだが、いわば昨今、わが国放送界で流行のスペシャル歴史ドラマだと思えばよい。しかし考えてみれば社会主義体制国のテレビ番組に、いわゆる社会派ドキュメンタリーがなく、それ以外のドキュメンタリーだけが存在していること自体、ある意味で体制の実態を忠実に反映しているのだから、なるほどドキュメンタリーというものはおそろしい。むしろ私の見たところでは子供ものや動物記録、アニメなどの方に秀作があった。なお、フィルムを通しての通訳の方法だが、これがはなはだ原始的で、原則としてその国の言語に通暁していなければ、まず作品の完全な鑑賞はおぼつかない。オーディオ・マシンもスーパーインポーズもなく、たとえばホールの片すみで必死に映像を追っていると、その国の人が近づいて来て「英語をおわかりになりますか」とか、「フランス語で御説明いたしましょうか」などと声をかける。そして画面を見ながら逐次ダイアローグの即時通訳をしてくれるのである。何だか気の毒のような、おちつかない気持になってしまう。この点に関する限りテレ・フォラムが世界の三大フィルム市場のひとつだとは、おせじにも申しあげかねた。

次に、参考までに各国の出品番組の一覧と国別の参加者数などを掲げておく。

参加者国別表

加盟側　　計七十一名

ブルガリア　　六名　ブルガリアTV
ハンガリー　　九名　MTV
ベトナム　　二名　TV　SRV
東ドイツ　　七名　G・D・Rテレビジョン
キューバ　　三名　キューバ・ラ・テ放送
モンゴリア　　一名　TVモンゴリア
ポーランド　　七名　TVポーランド（POLTEL）
ルーマニア　　二名　TVルーマニア
チェコスロバキア　　十一名　CST
ユーゴスラビア　　九名　TVベオグラードほか
フィンランド　　十四名　ユレイスラジオ

招待側　計八十四名

英　国　四名　テームズ・テレビジョンインターナショナルほか
オランダ　五名　NOS
デンマーク　五名　デンマークラジオほか
スペイン　三名　RTVE
イタリア　十三名　RAIほか
アイルランド　二名　RTE
トルコ　一名　TRT
カナダ　一名　CBC
ノールウェー　四名　NRK
フランス　四名　アンテーヌ二ほか
西ドイツ　二十一名　ZDFほか
スイス　一名　SSR
スウェーデン　九名　スベリゲスラジオ
日　本　五名　TBSほか
フィンランド（非加盟の）　六名　マイノステレビほか

以上　大計百五十五名
（開催地ソビエトを除く）

「テレビ映像研究」　一九七九

第3ラウンド　人と芸術

スタジオで日本人にバレエを教えるローシー

第3ラウンド　人と芸術

ニューヨークの古美術街

マンハッタンの中心を南北につらぬく五番街は、グリニッチの北辺に位置するワシントン・スクエアから始まっていることはニューヨークに多少の知識を持っている人なら誰もが知っているところだが、この附近これと平行してすぐ東側をユニバーサル・プレイスという通りが走っている。ニューヨーク大学の建物に沿ったところからこの名称があり、直訳すれば文字どおり大学広場というわけだ。

ところが飲食店と本屋の多いわずか数百メートルほどのこの通りを東西に横切って、どういうわけか集中的に古美術卸店が軒をつらねている。特に十丁目から十三丁目にかけてそうである。さまざまな工芸美術品や家具をウィンドウにのぞかせて、店の入口にはフランス、イタリア、イギリス直輸入などと大書した看板がかかって人目をひく。更に東へ二、三百メートルも行くとそこはタイムズ・スクエアなどとはすっかりたたずまいの違うダウンタウンのブロードウェイで、この辺にも散在する小売店を勘定に入れると、実に五十数軒がこの一角に固まって商売をしていることになる。

そもそもニューヨーク市にはマンハッタン、ブロンクス、クイーンズ、ブルックリン、リッチモンドの五区にまたがって約千軒ほどの業者がディラーとして登録され、それとだぶって卸売り専門の問屋は百軒弱である。だからその約半分がこの地区に集中していることになる。大学街と古美術がどんな因果関係にあるのか、何だか喰いあわせのような組合わせだが、わたしの勝手な推測では、歴史の浅いアメリカ人の心理には古来半ば無意識に古いものに対する畏敬の念があり、それが大学のアカデミズムとどこかで結びついているのかも知れない。

二番街・五十五丁目附近

一方小売りを本業とする店舗の方はマンハッタン全域に散在しているものの、やはりここと別に一カ所この種の店が密集している場所がある。それは二番街、三番街の五十二、三丁目から五十九丁目あたりにかけて、ここには約百軒のディラーが看板を出しているから、ニューヨーク市全域のほぼ十分の一が密集していることになる。特に二番街の五十五丁目附近は、同一番地に数軒の業者が登録しているケースもあり、これは何か税金の査定納入と密かな関係があるのかも知れない、広告や呼び込みには、「宝石・美術品・鑑定と即時キャッシュ買入れ」とか「少数手付けで保管します」また「最高級品廉価にて四六時中とりそろえ」などと問屋街とは違った文字が見える。明らかに一般客相手の呼び込みである。金に困った旅行者なども一見で飛び込んだりするのだろう。地下鉄ならE線又はF線の〝レキシントン・アヴェニュー駅〟で下りて、地上に出るとすぐ目の前がそうである。

千軒の古美術・古物商のうち八割方はマンハッタン区に集っている。しかし一口にアンティクス（Antiques）と言ってもこの名称に該当する品目は実に広範囲で、また各店舗はそれぞれおのれの店が扱う品目に特色を付与している。いわゆるスペシャリティというやつである。発掘品、建築部品、武具鉄砲、アールヌヴオ又はアール・デコ、眞鍮用品、ブロンズ専門、陶磁器、時計、コイン、人形、家具、骨董、東洋工芸、ガラス、象牙、宝石、照明装飾、ミニチュア、絵画、ポスター、玩具、じゅうたん類、彫刻、衣裳、はては自動車部品や台所用品まで対象に入れるとパリの三千軒（本誌五月号の記事による）には及ばぬにしても、その境界はあいまいで、とても千軒ではおさまらないかも知れない。事実この数字にはいわゆる摸造品製造業者や画廊、写真業の類はふくまれていないことをおことわりしておく。

ウォーマンの古美術品とその価格

古美術品の値段だが、これは今更言うまでもなく、そもそもあってなきが如きもの。その日の挨拶のニュアンスひとつで値が動き出すという、その点は世界に共通するおもしろさだが、これはまたいかにもアメリカらしく、この国には「ウォーマンの古美術の値段」(Warman's Antiques and Their prices) という品物と値段を書き入れた権威書が二年おきくらいに発行されている。一九八〇年度版を見るとA5版の六〇〇頁で、物件を種類・用途によって分類した上、写真入りで大きさ、重さなどを明記し、横に売買基準としての値段が書きそえられ、副題に〝あらゆるコレクターとディラーのための書物〟とある。例えば「クジラの歯で出来た北極熊三インチ半三五〇ドル」「水差し、高さ一四インチ　重金でサインあり、二九五ドル」「ヴイクトリア時代のキャビネット、四八インチ、マホガニー製、二六五ドル」「花瓶九インチ、青と白のデザイン、一二五ドル」などといった具合である。一般愛好家レベルの品目が殆んどで、実際にオークション又は手元で扱ったものの記録をもとに作製したものかと思われるが、因みに著者は〝アメリカ鑑定協会(Appraiser's Association of America)〟の有力メンバーだそうである。

その他に参考になりそうな本としてやはり値段入りの「アメリカの古美術カタログ(The Catalog of American Antiques by Allain Mogel 1977 New York)」などもあったが、古美術は物件の次元が高くなるに従って眞贋の問題もあり、究極は体験と感性にもとずくおのれの勘にたよって判断を下し、愛着度によって金を支払うしかない世界だから、単なる学問と知識だけでは一向に役に立たないところが特長である。

一方古美術に関する定期刊行物や雑誌は目下少くともニューヨークでは発行されていないこともわかった。かつて地方の州で短期間、継続して発行された例が一二あるにすぎない。複製の文字が見られるサカイ氏の広告

「目の眼」一九八二

江口博氏を悼む

海の向うでは昨年一〇月〝舞踊界の叔父さん〟(DANCE's FAVORITE UNCLE)と呼ばれたウォルター・テリーが亡くなり、これでジョン・マーチンに始まるアメリカ舞踊批評の古典期がようやく終焉したなどと言われたものだ。処こそ違え一一月、日本ではあとを追うように斯界の権威江口博氏が急逝された。誰からも慕われ、尊敬され且人徳のあった点、また共に舞踊界に占めた位置など何かと両者に共通したものを感じるのは私だけではあるまい。

しかし彼我におけるその出現と役割りには甚だ対照的なものがある。わが国にあって舞踊批評という職業は殆んど昨今始まったばかりで、終焉も何も江口氏こそはその名に値するただひとりの、そして最初のプロであった。

批評ひとすじ――　経済的基盤の不安定なこの世界にあってその長い活動をつらぬいた一本の太い線、それは舞踊全般に対する巾広い理解と深い情熱であり、人はいいものを指摘され、ほれられることによって開花し育って行くという殆んど教育者の考えに近い強い信念であった。同氏の文章にはおのれの個人的な趣味を押し出したり、自己顕示に根ざす小我など薬にしたくもなかった。長所はこれを心から率直に賞讃し、欠点はオブラートにつゝみながらそっと、しかしはっきりと指摘することによって常に次なるよりよき成果を期待された。私は同氏にとって批評とは愛情のシノニムに他ならなかったと思う。

もちろんその時批評行為の裁断の基になるものは、おのれの美意識以外にはない。だからその為の勉強もたいへんなものだった。特にさまざまな試みや感覚の転移のはげしい現代舞踊に対しては、あるときなど殆んど絶望に近い疑問を投げかけながら、次の機会にはもうその本質を見ぬき、いい作品とにせものをちゃんと見わけておられる柔軟で自由な精神には屡々脱帽させられたものである。生前その頑固さは時としてエピソードものだったが、頑固と硬化とはもちろん違う。自らを律するためには鉄のかたくなが必要だろうし、作品のふところへ飛び込むには天使のやさしさを欠かすことが出来ない。

私個人としても先生には事あるごとに随分はげまされたし、またあるときなど大へん御迷惑をかけた事件もあった。もう少しまとまった仕事をさせてあげたかったという声もあるが、批評家という存在のあるべき範を示された先駆者としての功績は余人をもって代え難い。今その礎の上に立って実り豊かな舞踊芸術の未来をあやまりなく指向することこそ、創るもの、評するものを問わず、われわれに課せられ、また故人をなぐさめることの出来る唯一最大の供養ではなかろうか。心から御冥福をお祈りする。

現代舞踊協会誌　「芸術舞踊」　一九八三

どこにもあって、どこにもない『エレホン郷』

●舞踊を非言語芸術と決めてよいか

水玉模様シリーズ第一回を見た。「九〇年代の日本の荒野に、自分体の感性から」手づくりでマルチカラーなダンス・ステージを送り出そうと、ふたたびみたび池宮信夫が放つ強烈な演舞パンチである。開場が前回の押しおしでおくれ、サミットがらみの警官が十メートルおきに監視に立つという異常の街頭にさらされて待つのは、いささかの不快ではあったが、ナニそれも二十世紀のエイリアンこと、マザーグース九〇のボスがはやくも仕掛けた演出のうちと思い直せば、何やら頬のあたりがニヤニヤほころびて来るから不思議、不思議。

さて、地下におり立つや、水玉模様の衣装をヒラつかせた白面の黒犬が舞台に登場。開演前のあいさつと見せかけて、ボソボソ遅延のワビと劇場機構の説明を始めた――と見る間に、周辺は何やら次第にナゾめいた雰囲気を帯びて来て、日常次元からの離脱が顕著となる。何処からともなく洩れ来るウメキ声。機関銃のごときフランス語風鼻性音の発射。言葉のシュールレアリスト池宮信夫の独壇場だ。

かくしてそのタクトによって巧みにヴォカリゼされた屋内空間は、異様に緊迫した沈黙の一瞬ののち、突如三々七拍手という意表をついたエヴォカシオン・ア・ラ・ジャポネーズ＝和風喚起と共に、かのなつかしきライムライトのメロディが小屋いっぱいに拡がって、たちまち観客は夢と狂気の別世界へと拉致される。どこにもあって、どこにもない『エレホン郷』だ。

肉体と言語は、いわばシャムの双生児である。頭部が別々である以上、二個の存在ではあろうが、癒合した臀部を通じて同じ血が循環するのだから、同時に単一生命体でもある。その共通項は、夫々が内包する動き――パフォーミング性にある。言語はリズムと肉声を得て言葉となり、重なり、手をとり合って並んだ言葉は、いわば音が織りなす詩的舞踊である。一方、手足をのばしておのれを唄い始めた肉体は、すなわち踊りであり、踊りは形姿化された音声の一表現であろう。

かくしてこの両者が所有する属性は、すべての舞台作家にとって、光や衣裳、音楽又はセット共々完全に同次元の魅力あふれる創作素材に他ならない。ところが、今日に至るも、言葉をとり入れたダンス・ワークで批評家サイドからその機能に着目し、認められた例はほぼ皆無である。創る側より、把える側にまず問題がありはしないか。なぜ言葉を、意味伝達というよごれた手段でしか聴きとろうとしないのか。なぜ舞踊は頭からノンバーバル＝非言語の芸術だときめつけて、バイアスをかけてでしか、この種の作品を見ることをしないのか。音、つや、色、リズム、そしてそこから拡がるイメージと狂気の世界——、柔肌のその熱き血潮に触れて見もせでである。

昨今の世界的トレンドである舞踊の演劇性も、この一点を除外しては成立不能である。ベジャール然り、ピナ・バウシュ然り。そして欧米からの試供品の前には迷わず香を焚くこの国の通弊に従えば、これを機にあるいは事態が改善されるかと一抹の淡い期待を抱いてみたりもするのだが——。ともあれ芸術家にとって、道はひとつ、のろわれたタンタロスの挑戦以外にはあり得ないのだ。

かつて「モワティエ・モワティエ」シリーズで、日本の舞踊界に華麗な波紋を呼びおこした永遠の青年池宮氏が、今あらためておのれの「踏み絵」を問いかけつつ、まっ正面からこの問題にとり組んだ。世界を共有するものの一人として、ダンス・ヴォーカリーズに熱いまなざしを送りたい。

＊『エレホン郷』は、イギリスの小説家、思想家、S・バトラー（一八三五〜一九〇二）の著作。原タイトル〝Erehwon〟は〝Nowhere〟の逆つづり。社会を風刺したユートピア物語で、日本語訳も〝エレホン〟で知られている。

池宮信夫　公演　「マザーグース」　一九八六

石井漠に見る三つの舞踏態

私見によれば、石井漠の舞踊へのかかわり方には、芸術家としてのその形成期において、三つの大きな変化がみられると思う。

その第一のものは、いうまでもなく処女開眼期に体得した表現法。その時期とは、郷里から上京した文学青年石井忠純が、ふとしたきっかけで、本人はもちろん、それまで日本人の殆ど誰もが見たこともなかったバレエという西洋舞踊に縁づき、その技術修得にいそしんだ帝国劇場「歌劇部」時代の五年間[*1]である。この時期指導に当たったのは、最初の一年がミス・ミクス女史、その後はイタリア人バレエマスターG．V．ローシーだが、石井ら歌劇部員は、当時赤坂三年町にあった帝劇のスタジオに連日通いづめて、五つのポジションや、パの組み方などバレエの基本技術を初歩から教わった。そして同時に並行して『生ける立像』や『金色鬼』など、ローシーが創った作品に出演して帝劇の舞台で踊っている。テクニックはだからすべてダンス・クラシックか、または動きの約束事としてのパントマイムである。この時期の舞踊表現のスタイルを、いま仮りにここで〈バレエ・モード〉と呼んでおくことにする。

ところで彼が舞踊の世界に入ったきっかけは、かなり偶然に近かった。なぜならこれ以前、漠は同じく帝国劇場付属の「洋楽部」[*2]に在籍し、ほぼ一〇ヶ月前後を、日々ヴァイオリンの練習にいそしむ楽士の卵であって、舞踊とは直接には何の繋がりもない存在だったからである。そして偶然というなら、そもそもこの「洋楽部」に応募した動機のほうだって、同じく似たり寄ったりの、かなり衝動的なものだったと言う他はない。

漠の生家、秋田県下岩川村の石井の家系は、祖父の代から酒屋を営み、彼の父は村長を勤めた人だったから、その環境は地方では進歩的な知識階級に属していた。また中学時代の師、青柳有美は文壇では多少とも名を知られた存在であり、彼自身も田山花袋の「文章世界」を読んで投稿していたというから、少年時代から書物には相当親しんでいた筈である。だから漠が二〇才を過ぎて上京を志した時、その動機の筆頭には明確に文学というものがあった。東京に出た彼は、大町桂月を訪ね、小説家小杉天外に師事、後には三島霜川のもとへ寄宿している。実際、漠の筆力は舞踊家のなかにあってはほぼ一級クラスといってよく、その著作の数もさることながら、数年後に発生した新劇場運動論争*3における論駁文ひとつをとっても、自ら山田耕筰を代弁して論客伊庭孝と渡り合っている位だから立派なものだ。それに比べると、彼が弦楽器をよくしたという話は、若い時木のお椀に馬の尻尾の毛を張って胡弓を楽しんだというエピソードが示唆するように、余技のまた余技の域を出なかった。そして東京へ出た漠は、文学では容易に食っては行けないことを知らされ、なんとか定収を得たいとあせっていた。そんな時たまたま見かけた帝劇「洋楽部」員募集の広告に、彼は一も二もなく飛びついたのである。ヴァイオリンの練習をしながら、しかも月々のお手当てがもらえる！ ―明治四三年夏の出来事だった。

その彼が短期間の楽士生活から、こんどは「歌劇部」へ転向したきっかけはなにか？シリアスに見れば、一度は文学をあきらめた漠が、歌劇の中にともあれ〝言葉を媒体とした〟もうひとつの自己表現の可能性を見出したという考え方が出来る。次にこれは半ば伝説化した挿話だが、ある日漠は三島家にたむろする文士仲間にそそのかされ、酒代を浮かす目的でヴァイオリンを質屋に入れたところ、それが引き出せなくなって「洋楽部」を追い出された。だが当時たまたま募集を始めた「歌劇部」[*4]へ、帝劇の役員に泣きつくことによって、かろうじてもぐり込むことが出来たという言いつたえである。ともあれ、またしてもこのような偶発的きっかけから、彼の歌劇部時代は始まった。そうして今度は柴田（三浦）環らに歌の指導を受けながら、帝劇の創作オペラ「熊野」や、四月後の「釈迦」で、脇役ながら役者としての初舞台を踏む。もっとも、この二つの作品はいずれも舞踊ではない。彼がはっきりと舞踊と関係するのは、明けて翌大正元年（一九一二）の夏を待たねばならない。なぜならこの時ようやく念願だったローシーの来日が実現し、歌劇部のカリキュラムの中に、規則的なバレエの訓練が正式に取り入れられたからである。

しかしながら〔バレエ・モード〕との蜜月は四年で終わった。「歌劇部」を卒業し、正式に帝劇専属歌手になったものの、一方的にたたき込まれ、なんら内的必然を伴わない〝形だけの西洋舞踊〟を強制されることに、ほとんど苦痛を覚え始めた漠は、ローシーとの感情的もつれもあって、ついに帝劇を飛び出し、そのころ紀尾井町にあった東京フィルハーモニーの稽古場へころがり込む。そしてここで遭遇した山田耕筰との出会いは、舞踊家石井漠にとって、根本的な変革をもたらした。当時山田はヨーロッパで学んだ新鋭の作曲家であったが、ドイツで見たダルクローズの〝ユーリズミック〟に異様なまでの強い関心を寄せていた。すなわち音楽という聴覚作用を、系統的かつ創造的に視覚要素へと置き換えたもの、更に言うなら肉体の律動的運動によって、音楽を視覚化する新しい可能性として、この芸術を何らかの形で是非日本に紹介したいとかねがね考えていたのである。一方石井にしてみると、これは逆に与えられた音楽を、自由な発想の下に肉体化してみる実に興味ある創造的行為であった。二人は意気投合し、これを〝舞踊詩〟と呼んで小山内薫の「新劇場」で発表することになる。こうして、漠の〈ダルクローズ・モード〉の時代がここに始まった。そして、『日記の一頁』『ものがたり』『明闇』以下たて続けに発表されたこの期の一連の舞踊作品は、日本の現代舞踊の最初の作品と目される、実に歴史的産物となったのである。

だが、この〝新劇場運動〟は不幸一年を待たずして中断した。そしてそれから七年を経た大正一二年（一九二三）、石井漠の作品に、さらに第三の舞踊態とも呼ぶべき変化が現れる。この間、〈ダルクローズ・モード〉はすべての漠作品を通じて、完璧に適応され続けた唯一のメソードだったわけではない。それはその後数年間、彼は主として生活上の理由から〝宝塚少女〟や〝浅草オペラ〟の仕事に、その大半の精力と時間を割かねばならなかったからで、それらの舞台作りに、漠が〝形だけの舞踊〟、すなわち、かつて身につけた〈バレエ・モード〉の手法を混在させ、商業的な、いわゆる〝大向こう受け

〝を狙った仕事が少なかったことは想像に難くないからである。しかし彼は結局、浅草は「芸術の不具を残すばかりだ」[*5]という言葉を残して、欧米への舞踊行脚へ出掛けてしまう。

ヨーロッパへ入った漠は、巡演のかたわら熱心に各地の舞踊を観てまわり、更なる研修に励んだ。だが現地の状況は、すでに一〇年前山田らが体験した第一次大戦前の一〇年代と同じではなかった。当時のドイツは表現主義芸術の上昇期にあり、舞踊界ではヴィグマンやラバン[*6]らが、いわゆるノイエタンツを標榜し気を吐いていた。そのヴィグマンの舞台を観た漠は、「在来の舞踊は多くの場合、舞踊が音楽の下におかれ舞踊の奴隷になっていたのを、反対に音楽を舞踊の下において音楽を舞踊の奴隷あつかいにしている」と述べ、更に「このことは、ぼくにとり非常に愉快に思わせた。ぼくも長い間このことを考えていた」と述懐している。[*7]無伴奏舞踊はノイエ・タンツにしばしば見られた造形上の特色だった。〝舞踊詩〟を中心とした肉体の音楽化時代はようやく終わりを告げ、後に三〇年代以後、江口隆哉が本格的に我が国に持ち込むことになる〈ノイエタンツ・モード〉の先駆的開眼とでも言うべきものが、すでにこの漠の態度には見られる。帰国から晩年に至るその後の石井芸術は、さまざまなヴァリアントを含みながらも、以後発想における根底的転換を見せることはなく、いわばこの〈ノイエタンツ・モード〉を基本に、ねばり強い独自の発展と深化をなし遂げていった過程だと見なすことが出来るだろう。

＊1　歌劇部時代の五年明治四四年（一九一一）八月～大正四年九月

＊2　帝劇付属の洋楽部明治四三年（一九一〇）九月から、ユンケル、ウェルクマイスター両名指導の下に一五名の部員が練習を開始した。漠は石井忠純の本名で在籍した。

＊3　新劇場論争「新劇場」の第一回公演（大正六年二月〜四日帝劇）に対し、「演芸画報」七月号に伊庭孝が質問と疑義を提出、八月号に石井が「山田氏に代って伊庭孝君に与う」と題して反論を書いた。

＊4　帝劇歌劇部は、同劇場開館後五ヶ月を経た明治四四年八月に設けられた。

＊5　「をどるばか」山野辺貴美子著P．一二七　昭和三七年宮坂出版

＊6　一九二〇年にドレスデンに舞踊学校を開いたヴィグマンは、この頃ドイツ各地を巡演していた．漠はその舞台をベルリンとミュンヘンで見ている。またラバンの方は、この時期（一九二三〜二五）ハンブルグ劇場でバレエの主任ディレクターを勤めている。

＊7　「石井漠とささら踊り」池田林犠著P．三四〜四〇昭和三八年（一九六三）生活記録社

舞踊学会誌「舞踊学」　一九九〇

マーサー・グラハムの偉大とモダン・ダンスの古典

～アメリカ文化のアイデンティティとは～

なかば寓話めいた教訓としてこんな話を聞いたことがある。アメリカ人相手のパーティで、どうかしたはずみでその場の空気が気まずくなった時は、かまわず話題をジャズかモダン・ダンスのことに転じるのがいちばんいい。そうすれば必ず相手の御機嫌はよくなるだろうと。いったいこれはどういうことだろうか。

いまさらで、いささか気はずかしい説き起こしだが、本来文化（Culture）とは、耕作（Cultivate）と言語学的に同系の語彙であり、このことは文化が生まれるためには、どうしてもその耕作のための、それ相応の日時と労力を必要とすることを示唆している。「ローマは一日にして成らず」とは古い諺だ。一八世紀をピークに近代世界に君臨したかのヨーロッパ文化も、あらためてそれをさかのぼる何世紀かの歴史を前提としなければ、とうてい成立しなかったであろう。

この点、ありていに言って、数年前ようやく建国二〇〇年祭を祝い終えたばかりのアメリカという国は、数多くの独自の文化遺産を残すには、何といってもまだ歴史が浅すぎるのだ。

しかしながら仔細に点検してみると、この新生近代国家にも、やはり固有の文化産物なるものはあった。それがジャズとモダン・ダンスだというわけである。ニューオルリンズを拠点とした黒人ジャズは、白人との混血クレオール文化としてヨーロッパに逆上陸、古典音楽の世界に消しがたい楔を打ち込んだ。一方、サンフランシスコ生まれのイサドラ・ダンカンによって敢行された、バレエ芸術に対する果敢なる反抗は、ここにモダン・ダンスという新しい一ジャンルを生み出すに至った。こうしてこの二つのカテゴリイは、いわばアメリカ文化のアイデンティティとして、世界中のどこへ出しても恥ずかしくない市民権を獲得したのである。アメリカ人にしてみれば、社交界でこれが話題になって、自尊心をくすぐられない筈はないというわけだ。

さて、話をそのモダン・ダンスに絞ると、アメリカに始まったこの二〇世紀の新しい舞踊ジャンルには、ダンカンからほぼ一五年ほどおくれて、いま一人の不世出の才能があらわれた。これがマーサー・グラハムである。そうしてアメリカ人が誇らしげに、いわばおのれの腹を痛めた正統嫡子としてのモダン・ダンスを語るとき、その脳裏に浮かぶ芸術家は、まず間違いなくこのマーサー・グラハムの肖像だという。何故か。

一八九四年生れというマーサー・グラハムは、この五月一一日に九六歳の誕生日を迎えた筈である。筆者の手元にある彼女の最新肖像は、昨年八月オーストーリーアのザルツブルグ祭公演のカーテンコールでダンサーたちにエスコートされながら舞台で花束を受けているスナップであるが、あの小柄で優雅な身体をラメのローブにつつんで、嬉しそうに祝福されるその表情には、いまなお創造者としての確たる精悍さをよみとることが出来た。まことに感動的である。

　このマーサー・グラハムをアメリカの社会では、今世紀ピカソやストラビンスキーと並ぶ最高の革新者とする声が高い。たしかに芸術家としてのマーサーの仕事には、革新の名に恥じないいくつかの創始点がある。その一つは、七五才でダンサーとしての現役を退くまで、もっとも長期に及ぶ舞台活動を続けたこと。次に、振付家としても現在まで、二〇〇に及ぶ他に類を見ない多くの作品をつくり上げていること。一方、一九二六年の創設以来、ひとつの舞踊団におけるただひとりのリーダーとして、これを六五年も維持してきたという記録。そうして何といっても、彼女の手によって開発された斬新な舞踊手法―よく知られたあの〈収縮と解放〉（Contraction&Release）をはじめとする明確な表現ヴォキャブラリーと体系化された一連の手法が、欧米のモダン・ダンス界のみならず、ここ近年バレエ芸術にも広く採り入れられていちじるしい貢献を果たしたこと。それと関連して、早くからニューヨークのネイバーフード・プレイハウスで舞台や映画人に表現法を教え、彼らの演技に大いなる影響を与えた実績、等々である。

　この点マーサーの大先輩イサドラ・ダンカンは、旧体制の象徴としてのバレエに対し果敢な反旗をひるがえしたものの、表現手法に関しては、これといって一貫したメソードを残さなかった。バレエというとらわれた舞台芸術は、彼女にとって旧大陸の宮廷制度が生んだ技術万能の忌むべき様式であって、そのすべての約束を無視し、おのれの内なる感情をギリシャ的美と精神の下に、肉体を通して自由・奔放に表現してみせること。これがダンカンの目指した理想であり、いわば方法論のすべてであった。だからこの天才的な先駆者が生涯をかけてやったことを要約してみると、それは、半ばは身体表現者としての舞踊活動でありながら、同時に、あるいはそれ以上に、半地球的規模にまたがる公演による、人間性解放への訴えと、女権拡張論者としての実践に他ならなかったとも言える。その結果、芸術家としてのダンカンは、その人格に立脚した一回性の性格をぬぐいさることは出来ず、その死とともに消滅せざるを得ない運命にあった。

これに対し、マーサー・グラハムという個性は、まさに生まれながらの芸術家であった。彼女は行動によって運命を切り開いていく質ではなく、逆にその運命の何たるかを、おのれが獲得した表現メディアとしての舞踊を通して、どこまでも追及し、確かめようとする型の人間だったからである。

しかもこれを仔細に見ると、マーサーにとってあらゆる芸術素材はすでにその出生時から、彼女の身のまわりに過不足なく備わっていたといってもよい。その血筋は一七世紀の末、アメリカに理想の新天地を求めて渡ってきたアイルランド・スコットランド系移民の正統末裔であり、かのメイフラワー号に乗っていた開拓期の英雄、マイルス・スタンディッシュ（Miles Standish 一五八四―一六五六）は、母方の直系の祖先にあたる。マーサーはそれから数えてちょうど一〇世代目のアメリカ国民として生まれた。ピューリタンの一派の、かの厳格な長老派主義（Presbyterianism）の雰囲気の中で育ちながら、一方では父が青年期にミゾリー州の祖母に預けられ、カソリックの世界に馴染んでいたという事実、あるいは幼児期に、熱烈な信者であった乳母から聞かされた幻想に満ちた霊話やおとぎ話の数々、その後ほどなく一家は、東部のピッツバーグからカリフォルニア州のサンタ・バルバラに移り住み、そこで彼女は日系人の庭師や中国人の召使から、初めて東洋的なものの一端にふれ、太平洋の波の彼方に異教の国々を夢みながら暮らしたという。芸術家タイプの人間にとって、このような生いたちや記憶は願ってもない、主題に満ちみちた、理想的環境とさえいえる。

そんな人格形成期の体験のなかでも、ひときわ彼女の人生に深い影響を与えた事件は、その当時今で言う精神病治療医だった父からきき知った教訓、「人間はウソをつくとき、必ず挙動のどこかにそれが現れる」という職業的報告だったという。この言葉はマーサーの心のなかに〈動きは心を偽らない〉という得がたい確信を植えつける結果となった。これは未来の舞踊芸術家にとって、貴重な啓示であり、あるいは見えざる手による、天職への導きであったかもしれない。

その後、ロスアンゼルスのデニション舞踊学校に入って本格的にダンスを習い始めたマーサーのキャリアーは、いわば後日これらの豊富な体験と環境をあらためて舞踊によって再現するための全過程だと考えてもいいぐらいだ。一九二三年、デニションに暇を告げ、二〇年ぶりに東部へもどった彼女は、一時グリニッジ・ヴィレッジ・フォリーズで踊ったり、学校で教えたりした後、一九二六年四月ニューヨークでの念願のデビューを果たすとともに、翌年おのれ自身の舞踊団を結成、以来今日に至るおおいなる業績のスタートをきったのであった。

「ダンスは演劇であり、人生よりも大きい」とマーサーは、昨年の春その九五才の誕生日を前に行われたインタビューの中で答えている。彼女によれば「人は心の中の時間を生き続け」、それゆえ「過去は死なない」。従って「時間を超えた感情こそが、わたしたちみんなにとっての唯一の共有財産」と彼女は言う。これらの発想は、いわば一種の芸術至上主義であって、古典的なものへの全幅的な信頼を前提として成立している。それはまた、マーサー芸術のレパートリーの選択においてもはっきりと読みとれる。四〇年代以降、デッケンズやブロンテの文芸作品に始まった舞踊団の劇的なものへの指向は、その後数多くのギリシァ神話の舞踊化を生んだ。モダン・ダンスにつねに革新と反抗を求める新しいゼネレーションに好まれる筈はない。一九六八年以後、一部の批評家の中からは「グラハムは死んだ」とか、引退を促す声も聞こえ、一九八七年一〇月のニューヨーク公演批評でも「すでに輝きを失った古い作品を早く整理しないかぎり、グラハム舞踊団の栄光は危ない」とさえ指摘された。ポスト・ベトナムやエイズの時代にギリシァ悲劇が何の関わりをもつのかという考えもわかる。だが、開拓者魂を歌いあげた『アパラチアの春』(Appalachian Spring―一九四四―)を起点として、いまアメリカの一芸術家が、おのれの内なる真実を探りつつ、更に文化のアイデンティティを求めて前進を続けようとしたとき、彼女のとった道が、必然にも近いひとつの可能注であったことを認めないわけにはいかない。しかも、マーサーは、「変化は恒常」(The only constant is change)を信念として、いまなお『ペルセポネ』(Persephone―一九八八―)『夜の歌』(Night Chant―一九八九―)など、旺盛な創作活動を中断しない。モダン・ダンスのスピリットでなくて何であろう。明らかに時代は移る。しかしそれを理由に、アパラチァ山中の霧の彼方に、しかと立つこのアメリカの巨峰を、誰も一蹴し去ることは出来ないだろう。

＊マーサー発言の引用は〔DANCE MAGAZINE—May 一九八九—〕に掲載された〝Graham at 95 speaks out〟by Marian Horosko の記事による。

雑誌「Dance Now」一九九〇

「モダンダンス　ベスト3」

ダンス・クラシックの様式や発想に比べるとき、モダン・ダンスの芸術がその技術・主題においていかに多様であり、かつアーチスト個人の世界観に立脚したものであるかは、洋の東西を問わずいまさら論を待たない。それゆえ、その現状を海外に知らしめる目的で、「日本のモダン・ダンス」という総称にもっともふさわしい、アーチストと作品を選ぶほど、プロデューサーにとって頭を悩ます作業はないと、推察される。

その点、今回白羽の矢をたてられ、アメリカ公演に赴くことになった舞踊団の実質上の担い手である三人の舞踊家は、その名を一瞥するだけで、まことにこの目的にかなった、これ以上ない理想的なトリプレット（三面鏡）を形成していることは、誰の目にも殆ど異論の余地がないほどだ。

石井かほるは、そのシャープな現代感覚で、自らのリサイタルや合同公演において、毎回のように前衛的かつ今日的なテーマを提供、常に観客と批評家の話題をさらって来た。その作品の内容は、しばしば男女の心理を中核に据えながら、彼らをとりまく社会的環境へ、鋭く、根源的な問いかけを発することを、決して忘れない。

西田堯のレパートリーに見られる風土的土着性は、このアーチストが自らの肉体に宿る血の由来、またその精神を形成した伝統と環境へ、常に真摯な洞察を続け、それらが芸術創造にとって、いかに本質的で不可欠なものであるかを、明確に認知している証左である。それらは、テクニックがモダンであればあるほど、尚更になおざりに出来ないものなのだ。

創造空間の大きさ、その音楽的スケールの迫力に関して、現在、渥見利奈の右にる日本の現代舞踊家は、まず見当たらないと言ってもいい。まして女性として、アジア人として、ヨーロッパの重厚な交響曲や、アメリカのアプ・テンポなミュージカルを、一見いとも容易に、肉体レベルの芸術へと転換・視覚化してみせる才覚は、並みのものではない。

三人は同時に、日本の現代舞踊史の源となった、三つの分水嶺の渓流に位置している。石井は我が国モダン・ダンス界の草分け、石井漠のもっとも若い愛弟子であったし、西田はドイツからノイエ・タンツを持ち帰った江口隆哉の直属、また渥見は、日本アバンギャルドの先覚、哲学舞踊の津田信敏の門下生として、それぞれの道を歩いて今日に至った。

「日米文化　交流シート」　一九九一

「成りあがるアルトゥロ・ウイの〝わが闘争〟」への期待

ブレヒト的ブレヒト演劇祭二年目

昨年〝シアターカイ二年がかりの「ブレヒト的ブレヒト演劇祭」〟の初年度プログラムの一つとして、「アルトゥロ・ウイが往く、追え」が上演された。今年度の全訳通し上演を予定しての露払い版だったが、原戯曲の心を巧まずして抽出して見せた井田台本と演出の、まことに軽妙洒脱な換骨奪胎ぶりには感心した。時空を今日ただ今のこの国にもって来たパロディ的手法、同時にそれを通して似た状況を生み出しつつある社会的危機を、観客の意識に強く訴えたタイミングなど、これぞシアターXならではのプロデュース作品と、興奮のあまり返す刀で「批評通信」に一稿を投じることで、ようやくに内なる感情の波を抑え終えたことを今でも覚えている。

いや、換骨奪胎というのは正確でない。それは決して〝焼き直し〟などではなく、言葉の正確な意味での〝敷衍・展開〟であり、ブレヒトが自作に込めた意図を的確に、かつ活力ある動きと味わいを添えて提示し得た快作であった。ヒトラーという独裁者は、どのようにのしあがってきたのか。まじめで一徹なドイツ市民は、どういう心理の、なにがゆえにほぼ万票に近い協力の末、ナチ政権の毒気に当てられてしまったのか。

戯曲の標題《Aufhaltsame Aufstieg～》（充分押しつぶせた筈の成り上がり～）に込められた作者の無念を、いかに後日の上演にあたって強く前面へ押し出し、臍をかむブレヒトの悔悟の想いを晴らしてみせることが可能であるか、その問いかけと具現こそが関係する演劇人に課せられた最大の目標であり、上演の目的でなくてなんであろう。

井田邦明氏は長らくイタリアの地にあって、演劇の修業に身を投じてこられた方である。戦前までの新劇界なら、こと海外の戯曲に関しては、もっぱら現地にあって国や社会の実態に触れ、異国の人々と交流のあった演劇人だけが有権の合格者だとされ、それが理由で直ちにさまざまな文献・研究・データを集め、厳密だが繁文縟礼きわまりない原作の舞台化がいそいそと開始されたものである。しかしそんな翻訳至上のモノマネ時代はとっくに終っている。またブレヒトがこの作品に込めた願いも、時代考証や技術的トリビアリズムとはまったく関係のない、もっと時代を見つめた大きいものだったことは言うまでもない。

われらが演出家の最大の強みは、長期にわたってイタリアに住み、その演劇的修行を通じて、もっぱらヨーロッパ人の発想や視点を肌で感じ取り、返す刀でおのれの祖国日本や民衆の本質を、人一倍鮮明にしかも自らの納得する眼で検証し終えた点にあるのではなかろうか。ブレヒト流に言うなら正にひとつの異化（VERFREMDUNG）作業がなされたのである。その逆照射による日本人論こそが、この戯曲〝アウトゥロ・ウイ〟の全訳上演にあたっての、今回もっとも目指されるべき照準であると思われる。

同氏のミラノからの通信に曰く

「イタリア、日本、ドイツ（中略）、第三次世界大戦といわれるイラク戦争に、どのような形でこの三国を含む様々な国が参戦しているのか～云々」（チラシより）。

取り返しのつかない戦争と荒廃へと滑り落ちた三〇年代ヨーロッパに見る悲劇。着想やよし。あとはコメディア・デラルテの哄笑、カバレットの鋭い風刺、そしてダンス・シーンや歌謡など、あらゆる多彩な手法を織り混ぜながら、ひたすら観客を楽しませ、うならせ、そして考えさせる井田演出へ期待しよう。

という言葉の下から、ホレ、そこを往くウイとやらよ、お前はいったい何者であるのか？

シアターX　公演パンフレット　二〇〇四

コンテンポラリーという名の猥雑性
―ダンスとパフォーマンスの間―

日本の舞踊界で「コンテンポラリー・ダンス」という用語が用いられるようになったのは、いったい何時ごろからだろうか。私の記憶ではそれはどうやら、この国にあの〝ヌーヴェル・ダンス〟という現代舞踊の一ジャンルが、有形無形にフランスから輸入されるようになってきた八〇年代がきっかけであったように思われる。

ご承知のように、それまでは一八世紀この方フランスのブルボン王朝を地盤にヨーロッパ一帯に広がりを見せ、そのフィニッシュを一九世紀末のロシアで実現した〝宮廷バレエ〟が、いわゆる芸術舞踊としての一枚岩的存在だったことは争えない。これは二〇世紀に入ってその近代化とともにフランスへ逆遠征を果たしたディアギレフの〝バレエ・リュッス〟に関しても同じである。

この根強い古典のダンス芸術に最初の反旗をひるがえしたイサドラ・ダンカンは、れっきとしたアメリカ人だ。これまで用いられた舞踊の約束をすべて無視したその奔放な身体表現は、当初ヨーロッパで〝フリー・ダンス〟と呼ばれた。そしてそれを受け継いだ形で本国のアメリカにおいて、ひとつのメソードにまで高め練り上げた近代舞踊家が、マーサ・グラームである。

ところでこの頃になると、この新しい形式の舞踊芸術はいつしか〝モダン・ダンス〟と呼ばれるようになっていた。クラシック（古典）であるバレエに対し、明らかに近代（モダン）を意識した強い目的意識が感じられる名称だ。

一方海を隔てたこちら側、二〇世紀の一〇年代にスタートした日本の現代舞踊は、太平洋戦争に至る戦前の一時期、ドイツ表現主義の影響を受け、〝ノイエ・タンツ〟の名で親しまれたこともあったが、戦後はもっぱらアメリカ式の〝モダン・ダンス〟が、非バレエ舞踊としての一般的な名称として使われるようになっている。

さてここ日本においてバレエ芸術に対置され、ふつうジャンルの呼称として使用される〝現代舞踊〟という邦語表現だが、実はこれは戦前早くからこの世界に存在していた。ふつうこの四文字を逐語的に英語に置き直すと、そのまま

〝Contemporary Dance〟となる。そのせいかこの言葉を昨今の〝コンテンポラリー〟〝ブーム〟にあ

わせて作られたごく最近の新しいダンス・タームだと思っている向きもあるやに聞くが、とんでもない誤解であり無知という他はない。実は〝近代舞踊〟か〝現代舞踊〟かをめぐるはげしい論争の末に生まれたこの日本語。今からすでに七〇年もの前の出来事であるその前後のいきさつについては、何度か別述したこともあり、ここでは紙面も限られているので省略する。しかしいずれにしてもカタカナで表示される〝コンテンポラリー・ダンス〟という用語は、冒頭でも述べたように〝ヌーヴェル・ダンス〟以後の出来事なのである。そしてこの言葉が示唆する内容は、少なくともこの国では、以下に述べるような少々厄介な、そして入り組んだ説明を加える必要があるのだ。何世紀にもわたるバレエ王国であったフランス（今もそうだが）に、非バレエとしての具体的なダンス作品が登場したのは、ごくごく最近の話である。国是としての文化の地方化（デサントラリザシオン）が図られ、アンジェに《国立フランス現代バレエ団》が発足したのは七〇年代のことだが、その後パリ・オペラ座にも現代舞踊部門が設置され、その指導者にアメリカから来たカロリン・カールソンに白羽の矢が立てられた。この前後フランスにはようやく彼女の師であるアーヴィン・ニコライやマース・カニングハムなど、いわゆる大西洋の向こうから来たモダン・ダンス舞踊団の公演が上演されはじめる。そもそも英語でいうところの

Modern Dance を、字句を崩さず正確にフランス語に言いかえるとすれば、それはさしずめ〝Danse Moderne〟ということになるだろう。ところがこのままだと実はバレエの DanseClassque

に対する一種の新しいダンス技法を意味するだけであって、パやポジションを説明するテクニック・タームでしかないのだ。

機関紙「PLEXUS」所載　二〇〇五

劇場のレパートリー入りを果たすブレヒト戯曲

おととしの春、〝二年がかりのブレヒト祭〟の掉尾を飾った「母アンナ・フィアリング」の舞台はすばらしかった。もともと舞踊系の評論をベースとしている私だが、これは入念に仕上げられた一種のダンス作品ではないだろうかというのが、とっさに受けた私の強い印象であり、同時になぜこれほど胸打たれたか、その感銘を解くネタ明かしでもある。

こんな演出があったのかと、イスラエルからやってきたルティ・カネルさんの手法には手もなく参った。早い話が一例として、原作のブレヒト戯曲の目玉でもある例の幌車だが、天井から垂れた一本のロープに、いっさいの家財と商品をぶら下げ、これを自在にあやつりながらドラマが進行する。つまり〝肝っ玉おっかー〟の人生と時代の環境が、これ以上ありえないほど象徴的に、そしてティピカルに繰り広げられるのだ。まぎれもなくこれ舞踊がもっとも得意とする手法ではないか。

ただ本来ダンスには言葉がない。いかに鋭意かつ明確に主題を伝え得ても、時にデテールのニュアンスや〝弁証法〟の細目に欠ける。そこは演劇の独壇場だろうが、〝じょうずの手から〟のたとえ通り、いたずらにトリビアリズムの陥穽にはまり込んで、時に生気のないお説教ドラマを見せ付けられるケースも少なくない（先生方ゴメンナサイ！）

その意味でブレヒトがこの国に紹介されてからかなりの歳月が経ち、そしてこの作家に対する敬意とブームには、それなりの確とした根強さがあるにもかかわらず、これまで日本人の手になる、これほど生命を吹き込まれた斬新で切れのある上演には、ついぞお目にかからなかった。写実主義をニシキの御旗としてスタートし、社会主義的リアリズムなる、いたずらに冗長で重苦しい古典しか残せなかったこの国の、いまは昔の《新劇》の歴史！

もうひとつ舞台作品の成否は、いうまでもなく俳優の演技力にかかっている。この点に関する限り、演劇と舞踊は間違いなく〝運命共同体〟だ。第一次の公演で、母アンナ・フィアリングの生きざまを、あれほどしたたかに演じてみせた女優、吉田日出子。その形姿はいまも脳裏に新しい。今回はこれに挑戦して新たに二代目大浦みずきが名乗りを上げる。いかにおのれ固有の色彩で、アンナの「生き抜きハジける」（カネル）サマを現出せしめるか。これは演出家にとっても、いまいちどの生々しい挑戦に違いない。そしてその晩にこのブレヒト戯曲は、めでたくシアターXの筆頭レパートリー入りを果たすことになるのだ。

シアターX　公演パンフレット　二〇〇七

ローシーの帝劇歌劇部と舞姫たち　高木徳子／沢モリノ

すらりと伸びた四肢、その素早い身のこなし、そのくせ一転するや次にはクネクネと身をよじらせて踊るエロティックなスネークダンス。そんなトゥ・ダンサー高木徳子（一八九一―一九一九）の出現を、後世多くのダンス・ファンは、それまでの伝統舞踊のイメージを一変させた、代表的な帝劇ダンスのシンボルとして捉まえているのではないだろうか。しかし現実にはそれは一つの錯覚に過ぎない。ローシーの手がけた、着任以後前後三年にまたがる二八本の創作（※註一別表）の中で、彼女が実際に舞台に出て踊った舞台は、大正四年（一九一五）二月のプログラムの一つである「夢幻的バレエ」一本に過ぎない。このとき高木徳子は帝劇幹部が直接に契約を交わし、ローシーに押しつける形でバーレスクに組み込ませた、初手から海外で育った日本人ダンサーだったのである。

東西の舞台芸術を毎月一堂に並べて上演するという目標を掲げ、千代田のお堀端にヨーロッパ風の白亜の殿堂帝国劇場がオープンしたのは、一九一一年明治四四年春のことである。それから半年後の八月になって、今度はあわてたように三浦（柴田）環と清水金太郎の両名を指導者とした歌劇部が新設され、応募者をテストした結果、男子八名女子七名の研究生が採用された。そして半年に亘る模索と稽古の末に、翌年の二月になってようやく最初の創作歌劇「熊野（ゆや）」（作曲：ユンケル）が上演される。しかし出来映えはさんざんだった。歌はともかく演技が必要なオペラで、それらしい動きをこなせる俳優はほとんどおらず、主役のソプラノまでが、着慣れぬ長袴の裾を踏んで、舞台のど真ん中で横転してしまうという失態をやらかし、満場はただゲラゲラ笑うしかなかったという。

いくら素材は和物でも、オペラはオペラ。西欧の舞台芸術にはそれらしい洋風の身のこなしがどうしても必要である。そのことに気がついていまさらのようにあわてる劇場の責任者たち。これが急遽西野専務をロンドンへ派遣することへとつながり、ヒズマジェスティ座を介しての交渉の結果、バレエ・マスターイタリア人、G．V．ローシーに白羽の矢が立って、半年後の来日が実現したというわけである。

同氏の着任は翌大正元年（一九一二）八月の初旬だった。……　たまたまその週は明治天皇が崩御した直後の喪中期間で、一切の派手な行事は禁止されていたが、待望久しい本場からの助っ人の到来に、帝劇のトップを含む関係者たちは、みな総出でローシーを駅頭に迎えた記録が残っている。今からカッキリ一〇〇年前の話である。

社会の改革はまず政治・行政に始まる。そして文化がその後を追いかけて果実を実らせるのである。二六〇年にわたって続いた列島ニッポンの鎖国。新しい時代の始まりとともに、もろもろの血なまぐさい出来事や戦争が続いた明治の治世も、今ようやく四〇年有余の歳月を経て、文化的維新の香りが立ち始めた。われらが帝国劇場の建立は、いわば文化創造の中枢に立った、新しい時代のシンボルであったと見ることができるだろう。

こうしてローシーは新しい舞台芸術のリーダーとして、文字通り翌日から精力的な動きを開始する。麹町三年町のスタジオに歌劇部の全員を集め、連日バーレッスンを課して、部員たちの身体を鍛え直すこと。次にそれと平行してできるだけ早い機会に、西欧式の新しい作品を実際に舞台に上げること。こうして二ヶ月後の帝劇一〇月公演には、早くもその第一作が登場することになる。岡本綺堂や松居松葉と並んでプログラムされたローシー作の無言劇「犠牲」である。準備期間が短く、とりあえず主役級はローシー夫妻と七代目松本幸四郎の三人、そして奴隷役の群舞に多くの歌劇部の生徒たちが動員された。

因みにローシーが舞踊レッスンを必修科目に取り入れた歌劇部のカリキュラムは、全修業期間が二年であり、そのため大正三年（一九一四）の九月になって、規定のコースを終えた第一期生（男：七人／女：七人）たちに修業証書を授与している。リストの中には石井林郎（漠）、柏木敏（小森敏）、原勢伊子（高田せい子）、沢美千代（モリノ）らの名が見える。後々までダンスで活躍することになる人たちだ。翌年には同じく第二期生の一一名（男：五人／女：六人）が終了したが、ダンスにつながる生徒は高田春夫（雅夫）のみ。ただこの頃すでに歌劇部は洋劇部と改称して規模が縮小されており、第三期生はたまたまローシーが翌年で、帝劇との四年に亘る契約が切れたので、それを契機に経営者たちは同部を解散してしまった。

以上の説明でおわかりのように、高木徳子というダンサーは、日本人ではあるがデビューまでの期問、この国の洋舞の発展とは直接の関わりを持たない。そもそも彼女は内閣印刷局に勤める技師永井胆一の四女として神田三崎町で生まれた江戸っ子である。一六歳の時宝石商の家の息子である高木陳平と結婚するが、すでに在米体験のある夫の誘いで、そのまま新しい自由の天地を求めてアメリカへ渡った。以来九年の歳月を、さまざまな生活苦をかいくぐりながら芸能界へ進出、マンハッタン・オペラ劇場の女優マダム・サラコに就いて古典バレエを正式に学ぶなど、いつしか確実にトゥ・ダンスをショーアップした一人前の舞台アーティストに成長する。そしてニューヨークを皮切りに、ロンドン、モスクワにまで巡業を続けているとき、ここで第一次世界大戦が勃発したため、急遽日本へ帰る決断を迫られる結果となった。

その間の事情と帰国してからの活動、その裏で数知れず夫陳平から受けた暴力沙汰や離婚を巡る争い、そしてついには巡業先で発狂に似た精神錯乱の裡に死を迎えるという、ある意味悲痛なその生涯については、今では何冊かの単行本や記録にまとめられている。さらにその先の彼女の人生に興味を持たれる向きは、そちらをお読みになっていただきたい（※註二　吉武輝子「舞踏に死す」一九八五文藝春秋社／曽田秀彦「私がカルメン」一九八九　晶文社など）。

一方ここにもう一人の帝劇第一期のダンサー、沢モリノ（一八九〇―一九三三）がいる。サンフランシスコ生まれの彼女についてはかなり資料が少なく、浅草オペラのブームが終わった後は、昭和八年（一九三三）の初夏に朝鮮のとある劇場で「白鳥の湖」を踊っている最中に倒れたというが、その前後の細目などについてもよくはわからない。ただひとつ帝劇との縁で言うと、彼女はれっきとした歌劇部のコースを終えて世に出たダンサーのひとりであり、モリノという芸名も、彼女を気に入っていたローシーが、イタリアの名舞踊家になぞってつけたこともよく知られている。いわば根っからのローシー配下のダンサーで、その点は高木徳子と比べて、前半の人生は全く違っている。

さて、大正五年五月の舞台「昇る旭」を最期に、こと志に反して帝劇を追われたローシーは、そのあと赤坂に映画館を買い取り、そこを拠点にいわゆる〝ローシー・オペラ〟と呼ばれる一〇数本の歌劇を上演する。自費のすべてをつぎ込んで情熱を傾けること一年四ヶ月。しかし結局は客を呼べず経営難に陥って、大正七年（一九一八）の春にさびしく日本を去って行った。

ところが皮肉なことに、これと入れ替わるように東京の下町では、次にあの〝浅草オペラ〟の全盛期（一九一七—一九二三）がやってくる。伊庭孝と組んだ歌舞劇協会では、立役者高木徳子が「女軍出征」や「カルメン」で評判を呼び、佐々紅華の東京歌劇座では、石井漠と踊る沢モリノが、「海辺の女王」や「カフェの夜」で、連日河合澄子と男性ファンの人気を二分する。その他旭歌劇団、七声歌劇団、新星歌舞劇団、根岸歌劇団などなど。この和製オペラへの熱狂は、あの関東大震災の発生による崩壊まで、夜も日も措かぬ勢いで満都のファンたちを魅了しつづけたのだ。

その頃ローシーは遠くアメリカにあって、なんとか再出発のチャンスをねらいながらカリフォルニアの僻地を彷徨う境遇にあった。その彼がもしこの浅草オペラのブームのことを耳にしたら、果たしてなんとつぶやいたか。これはなかなかに興味ある設問である。

ダンスカフェ「DANCART」二〇一二

ダダと即興、そしてダンス

即興／インプロヴィゼーション無形の力

〔即興〕という言葉はどこから来たか

もともと〔即興〕という漢語の二字が意味するところは何だろう。〔興に即す〕、すなわちその場の気分や雰囲気に従って、即時的に行為する人間のアクション、また時にはその結果生れ出たモノ自体を指す。ではいつからこの言葉は使われるようになったのか。これがまた漢字としての古い文献は一切ない、それこそ即興的に発生した日本語らしいのだが、一方即吟（即興吟唱）、即詠（即興詩歌）などという類似の用語はかなり古くから見受けられ、この国の知的生活の領域で、比較的早くに登場していることが分かる。

ところでここに明治以後に輸入された横文字のひとつに、IMPROMPTU（アンプロンプテュ）なる語がある。こちらは古くローマ時代に由来するれっきとしたラテン語で、それもヨーロッパでは主として音楽分野で特化された用語。シューベルトやショパン、あるいはフォーレらの器楽曲に、広く用いられていることは周知の通り。これに当時この国の関係者は〈即興曲〉という訳語を当てた。だからひょっとしたら〝即興〟は、この時の必要に応じて開発された新しい日本語かもと思ってみるが、ただしこれは保証の限りではない。

しかし造語は決して笑いごとではない。三〇〇年近い鎖国ののちに、どっと極東の島国に押しかけた新種のヨーロッパ文明。今では普通の日本語と思われているおびただしい数の翻訳語が、漢字という表意文字に、苦心惨憺次々に移し変えられたのである。自転車しかり、電気、機械はもちろん、造作、外套、概念、百貨店など片っ端からそうだ。おなじみのダンス、すなわち舞踊という語ですら、従来からこの国にあった舞いと踊りという二つの身体芸を、あえて一語に凝縮した新語であったことは、案外一般に知られていない。名付け親はあの博学の演劇人坪内逍遥である。

ここで問題のIMPROMPTUだが、この文字を言語学的に分析してみると、冒頭のIMは否定を示しており、それに続くPROMPTUは「いつでも用意のできた」の意味。したがってこれを英語で表わせば、NOTREADYということである。つまりあらかじめの準備やルール、すなわち練習や音符なしで楽器を演奏し、その結果生まれた作品を一括してそのように呼んだ。古典の世界ではあるまじき無頼の表現形式だ。

〔即興〕がダンスに及ぼす内外二つの意味

これを舞踊の場合でみてみるとどうなるか。ダンス・クラシック、すなわちバレエ芸術の世界にあっては、まず一八世紀中にイタリアからフランス経由で、パとポジションの基本技法が確立し、それがロシアに移って一九世紀末に古典期の完成をみた。チャイコフスキー×プティパのマリインスキー劇場いらい、今日に至るまですべての正当なバレエ作品は、みな厳密に規定されたテクニックと形式によって上演されねばならない。

このヨーロッパの一枚岩ともいえる芸術舞踊の牙城が揺らぎ始めるのはいつか。ひとつの流れは、カリフォルニア生まれのアメリカ人だが、成長過程での一切のバレエ修行を嫌い、一九〇一年パリに渡って、ガウン一枚のソロ・ダンスを披露してデビューしたあのイサドラ・ダンカンの出現だ。ギリシャ精神への回帰を呼び掛け、一切の形式をはぎ取って、魂への飛翔を唯一の理念としてヨーロッパ中を席巻、死後その精神と方法は、そのまま故郷のアメリカで、デニショーンやマーサ・グラームの手を経てモダンダンスの発展に繋がるのである。

いま一つのダンス芸術史上の大きな出来事は、第一次世界大戦のさなかに、スイスで産声を挙げたダダイズムの発生だといえる。当時ヨーロッパで唯一中立不戦の立場をとったこの国へは、少なからぬ芸術家が逃げ込んだが、一九一六年詩人のフーゴ・バルは、チューリッヒ市中にキャバレ・ヴォルテールを開業、これまでの芸術上のルールを一切無視した、ダダと呼ばれる作品を次々に発表、この風潮はトリスタン・ツァラ、ハンス・アルプらの手を経て、直ちにヨーロッパ各地へ広まり、ひとつにはあの表現主義芸術の発展への確たる礎となって花を咲かせるのである。

この出来事は必ずしもダンスに特定した運動ではなかった。しかし大戦初期にスイス南部のアスコナ近く、マジョーレ湖畔の〔芸術村〕(MonteVerita)に結集していたルドルフ・フォン・ラバンのグループも、ほどなく北上してキャバレ・ヴォルテールの演目に加わっており、何よりその精神はそれまでヨーロッパ文化と芸術の覇者をもって任じていたフランスから、文学、絵画、音楽の各ジャンルに渡って、ゲルマン民族がリードする、うねるような表現主義芸術運動へとその裾野を広げていったのである。このことの意義は小さくない。ダンス界においてもE・J・ダルクローズ、M・ヴィグマン、K・ヨースらが台頭、ここにはじめて非バレエ芸術としての、新しい身体表現の潮流が実現することになる。

ダンス芸術にとって〔即興〕は創造の原点である

二〇世紀の初頭に起こった、以上二つの流れは、たまたま近代芸術としての新しいダンスが所有すべき二つの特質、心と形における必須の条件を明白に示しているといってよい。ダンカンのフリー・ダンスの根底には、表現に至る唯一のテクニックとして即興が大きな座を占めている。あらゆる作品の完成に当たって、彼女はまず人間解放と自由の魂に基づく何らかの主題を決め、そこからの一歩はすべて、生命の躍動としての即興を唯一の方法として選択した。

いっぽうその即興の概念を外見と形式に当てはめ、許された唯一の創造活動として許したのが、ダダイスムの場合だと言えるだろう。あらゆる定型と法則の破壊を目指しながら、それを定義としてかかげるなど、前後撞着もはなはだしいと見られそうだが、ルールがないというルールをあえて選択したのだと説明できなくもない。いずれにしてもそこには即興という芸術上の新しい表現行為が、それまでのすべての古典芸術に宣戦を布告して、これ以後いわば白昼おもて道へと、ストレートに裸の足を踏み入れることになる。

結論としては次のような指摘が可能だろう：芸術活動とは内なる生命力の発露を謂い、その表現はさまざまなジャンルによって生み落される。中でダンスはその生命が宿る身体そのものを媒体とし同時に目的とする、ある意味もっともストレートでユニークな芸術だ。したがってその生産のプロセスにおいて、もっとも有効でインパクトの強い表現メソード、それが〝即興〟であると。

また二〇世紀初頭に発した芸術上の出来事〝ダダイスム〟については、これが伝統的芸術規約のすべてに対するアヴァンチュール宣言ではあっても、明らかに非バレエである表現主義芸術ダンスと強い繋がりがあり、その場合にみる〝即興〟の精神は、マリー・ウィグマンの有名なソロ「魔女」はもとより、ダンサー個々の動きを空間の群舞へと自由に拡大して作った先駆者ルドルフ・フォン・ラバンや東独のゲルト・パルッカ、あるいは今日に至るピナ・バウシュの作品など、いわば振付・演出上の姿勢に与えた場合の芸術タームだと解釈しても許されるのではないか。

再度言おう；〝即興〟はダンス芸術にみる根源の、そしてもっとも強力な創造の泉である、と。

＊人物の元名スペルと短い脚注（筆者作成）

デニショーン：Denishawn：ルース・セント・デニス Ruth StDenis（一八七九―一九六八）がテッド・ショーン Ted Shawn（一八九一―一九七二）と共に、アメリカ各地に開設した学校名として用いられるが、また時に二人を一体とした呼称としても。

フーゴ・バル：Hugo Ball（一八八六―一九二七）：詩人、美学者、ジャーナリスト。一九一六年スイスのチューリッヒにキャバレ・ヴォルテールを設立してダダイスムを宣言、事実上その創始者とされる。著書として日記を編纂した「時代からの逃亡」を刊行。

トリスタン・ツァラ：Tristan Zarra（一八九六―一九六三）：ルーマニア出身。雑誌「ダダ」の創刊など、実践レベルで多くの寄与を果たしたのち、ベルリン・ダダの設立者となり、その後さらにパリへ入ってアンドレ・ブルトンらと共に、シュールレアリスムの発展に貢献する。

ハンス・アルプ：Hans Arp（一八八七―一九六六）：チューリッヒ並びにケルン・ダダ創立者のひとり。詩人、画家、彫刻家。カンディンスキーの『青い騎士』に所属、後にシュールレアリス運動にも深くかかわる。

ルドルフ・フォン・ラバン：Rudolf von Laban（一八七九―一九五八）：ドイツ表現主義ダンスの第一人者。ヒトラーから逃れ、イギリスでダンス学校を設立、ラバノテーションと呼ばれる舞踊譜を生み出した。

エミール・ジャック＝ダルクローズ：Emile Jaques―Dalcroze（一八六五―一九五〇）：スイス生まれの音楽家。リトミックと呼ばれるリズム体操を案出、現代につながる新しい舞踊の発展に強い影響を与えた。

クルト・ヨース：Kurt Jooss（一九〇一―一九七九）：ドイツのダンサー、振付家。ラバンに学び、パリの国際コンクールで一等賞を獲得した「緑のテーブル」は有名。ナチに追われて戦時中は世界を巡演、戦後帰国してエッセンに『フォルク・シューレ』を開設、ピナ・バウシュ、スザンナ・リンケなどを生んだ。

グレート・パルッカ：Gret Palucca（一九〇二―一九九三）：ミュンヘン生まれ。ヴィグマンと共に学んだが、ドイツ分裂ではドレスデンにとどまり、東側の現代舞踊家として、指導的立場にあった。

現代舞踊家たちの一九七〇年代

現代舞踊協会の設立

この章で取り上げる舞踊家は若松美黄／志賀美也子／藤井公／芙二三枝子／石井かほる／アキコ・カンダ／奥田敏子／折田克子／泉閣士／五木田勲の一〇人である。これはこの企画の編集主任である長谷川六氏からの直接の指名によるものだが、その選考基準は「ダンスワーク」のバックナンバーから、一九七〇年代にその公演を取材した舞踊家と、その時代を通して活躍の目立った才能をピックアップした顔ぶれだという。

もともと芸術は個の産物であり、しかもその評価はおおかた主観の上に成り立つものである。したがってそこにはさまざまな見解が成り立つし、また斬り口如何によって出来あがる人選もおのずと違ってくるはずだ。芸術評価の難しさもそこにある。しかし上記のダンサーたちが、すべて一線を越える才能の持ち主であり、優れたコレオグラファーであったことだけは間違いようもなく、したがってここではすべての異論を無視して、そのまま編集者のラインに沿って話を進めることをはじめに一言おことわりしておく。

さてここに「芸術とは時代のしずく」という所見がある。敗戦で打ちひしがれ、食うや食わずの貧乏暮らしだった日本も、六〇年安保闘争のあとを受けた池田内閣の、いわゆる〝所得倍増〟政策が実を結び、ようやく右肩上がりの経済繁栄期に突入した。それと共に、文化や芸術の世界でも豊穣で余裕のある作品が、あちこちのジャンルで実を結ぶようになるのだ。そんな中で基本的には身体ひとつで成り立つダンスの世界は、他の芸術に比べて復興も早く、戦後における個々の活動は前章でもあきらかだったと思うが、一九五六年にはそれらのなかの主だった舞踊家たちが集まり「全日本芸術舞踊協会」を結成、さらにここから「日本バレエ協会」が独立する。そしてその結果として、七一年には現代舞踊家だけにしぼった「現代舞踊協会」が成立する。さらにそれが翌年には社団法人の資格を取り、ここに斯界の中軸を占める確たる体制が出来上がった。記録によると当時すでに七五七名の会員を擁し、さらに七〇年代の後半には一二〇〇名を越える大台に達した。

ただ問題は、この組織のメンバーとなるためには、条件として最低二名の先輩、既会員の推薦が必要で、そのため各地からの舞踊指導者層を除けば、ほとんどがその門下生が構成する、いわば模範生の集合体の感が無きにしもあらずだった。それがかれら会員の生み出す芸術作品に、微妙な影や無形の制約を落としていたことは否定できない。しかし一方ではこの時期、上記したようなこの国の経済的発展の機運に乗って、文化行政の上でも舞踊の芸術祭や助成公演などが組まれるようになり、そのぶん制作上の予算にも幅が出来て、一見はなやかでスケールの大きい舞台作品などが見られるようになってきた。すでに六〇年代の後半に世に出た庄司裕の振付・演出の「聖家族」（’六七）や「祭礼」（’六八）などの作品は、その線上に生まれたモダンダンスの一里塚としての傑作であり、この種の完成品のさきがけであったと見なすことが出来るだろう。

その後を受けた続く七〇年代の活動だが、ここで注目すべき点はすでにこの時期にはクラシック期としてのモダンダンスのスタイルは影をひそめ、六〇年代にアメリカで生まれたポスト・モダンダンスや、一方その後ヨーロッパのフランスで台頭したヌーヴェルダンスの影響が、この分野に少なからぬ影を落とし始めるといういちじるしい環境の変化がある。そのほかこの前後に派生した日本の身体ダンス、いわゆる〝ブトー（Butoh）〟の出現も見逃すことは出来ない。そんなわけで七〇年代の中核を担った上記一〇人の作家たちは、その複雑な流れとバックグラウンドを背に、彼らの師——すなわち西欧舞踊の開拓者である先輩から受け継いだテクニックを武器としながら、それぞれ自らの個性を取り入れたオリジナルな作品の創造に打ち込んだとするのが、この時期の正しい位置づけだろう。以下にそれぞれのダンサーが持つ特色とバックグラウンドをまとめて概観してみる。

鬼才をうたわれた若松美黄

まず若松美黄は北海道札幌市の出身。北海道大学の法科を出たインテリだが、アブストラクト派の画家であった父がその作風に黄色を多用したところから美黄を名乗った。はじめてのダンスの師は砂原聖子・篠原邦幸だが、早くから奇才をうたわれ、単身上京して津田信敏の近代舞踊へ入団、かたわら六五〇エクスペリエンスの会を通じて土方巽、三島由紀夫らにも接近した。自ら名乗ったフリー・ダンスが示す通り、モダンダンスを凌駕する奔放な作風とアイディアで、「ふり」（’七一）、「村へ帰る」（’七六）、「暗黒から光へ」（’七六）など、この期間だけでも多くの受賞作をものにしている。行動範囲は国際的にも広く、二〇〇八年以後協会の理事長もつとめたが、最後まで創作家であることをやめなかった。

文芸路線の志賀美也子

志賀美也子は大正八（一九一九）年生まれで東京の人。共立女子専門学校を卒業したあと、はじめは三木一郎・春日陽子の東京舞踊座に在籍した。その後縁あって平岡斗南夫に師事、たまたま終戦を中国で迎えるが、苦労して引き揚げた後、一九四七年に同氏と平岡・志賀舞踊団を結成する。その活躍は「ビルマの竪琴」（’六三）、「破戒」（’六五）にはじまる、一連の文芸大作の舞踊化で、七〇年代に入っても「婉という女」（’七一）、「情話」（’七三）などの力作を長期にわたって発表している。なお平岡はその後舞踊協会の会長に就任、さらにその死別（一九八九）後も、志賀本人は自らの手で「酔うて候」「青鞜」「冤罪」など、このひとらしいつやっぽさを前面に押し出した、読み切り創作を何本か世に送り出している。

独自の舞踊美と空間造形を探究し続けた藤井公

藤井公は長年にわたり利子夫人と苦楽を共にした東京創作舞踊団のリーダーである。師はこの世界の開拓者のひとりであった帝劇出の小森（柏木）敏だが、さいしょこの人の兄で音楽家の小森譲に声楽を学んだところからこの世界へ繋がった。一九六六年の「芽むしり仔撃ち」で舞踊ペンクラブ賞を受け、その後芸術祭優秀賞を獲った「メディア」（一六九）、七〇年代に入って「癒えぬ川」（一七〇）、「鶏舎」（一七三）と、立て続けに芸術祭優秀賞を獲得、以後石井漠賞、江口隆哉賞、ダンスワーク賞など、ほとんどすべての賞を手にしている。その作風は群舞を生かした詩人風の手触りが巧みで、一九七四年ごろからは野外の敷地や美術館のホールに進出、独自の舞踊美と空間造形を探究し続けた。

群像美・芙二三枝子

おなじ群像美でも次の芙二三枝子の場合はやや印象を異にし、その作品にはリトミックへの傾斜度が強い。それは若い頃トモエ学園の小林宗作に学び、その〈保母科〉に籍を置いて勉強した影響だ。小林はこの国での斯界の先達で、幼児にリズム教育が必要であることを実感して、自らヨーロッパに渡ってダルクローズ舞踊学校でユーリズミックを修得、それを日本へ持ち帰った人である。芙二の「土面」（’七二）に始まる「巨木」（’七三）、「青坐」（’七六）などは、その種の技法を持ち込んだモダンダンスの力強い作品で、その改作や抜粋をふくめ、その後もしばしば再演もされている。また近年は日本舞踊の花柳千代、バレエの小林紀子と組み、〈目白三人会〉の定期公演を披露して活躍している。

知性のダンス作家・石井かほる

石井かほるは一九三二年の生まれ。斯界きっての知性派であり国際派である。中学二年生の時、ヴァイオリン・コンサートを観て感激、音楽と身体を二つながらに駆使するジャンルの表現者になりたいと思い、石井漠の門をたたいた。さらにバレエのテクニックをS．M．メッセレルに学び、続く一九六四年にはフルブライト交換留学生として渡米、ニューヨークのジュリアード学院を卒業する。帰国後〈石井かほると東京モダンダンスグループ〉を結成、七三年には一カ月半をかけて世界一周の公演旅行も果たした。その他七〇年代の作品としては、「静かなる点」「律」（’七〇）、「CatchWave」（七二）、「私」（’七五）、「ひとりのための三つの話」（’七六）など。その後も常に知的冒険と情熱を投入した創作活動を続けている。

めざましいアキコ・カンダ

七〇年代に見るアキコ・カンダの活躍はめざましかった。一九五六年にアメリカに渡り、六一年に至る五年間をマーサ・グラーム・メソードの修得に励んだが、帰国後芸術祭優秀賞を獲った「フォーシーズン」(-六九)を皮切りに「智恵子抄」(-七一)「オフィーリア」(-七二)などの力作を日比谷の芸術座で発表、続く「マリー・アントワネット」(-七四)では、ついに待望の芸術祭大賞を手に入れた。しかもこの時期には、渋谷の地下空間〈ジャンジャン〉を占有して、「女を踊る一二ヶ月」(-七三)や「アキコ・カンダが踊る四人の女」(-七五)などのシリーズを継続している。さらに戸板康二や梅原猛など文壇人材の協力を得て、「三井の晩鐘」(-七七)や「小町」(-七八)「多毛留」(-七九)を完成したのも、この七〇年後半の産物であった。

早逝を惜しまれる奥田敏子

名古屋を中心とした中部日本地方で、現代舞踊に隠然たる勢力をふるった存在が奥田敏子である。大正九年(一九二〇)名古屋市中区の生まれで一七才の時上京、当時ドイツから帰国したノイエ・タンツの巨星江口隆哉に就いて一〇年間をみっちり修業、その間師の大作「麦と兵隊」にも出演しているが、終戦を経てすぐに故郷に研究所を開き、念願の奥田舞踊団(のちにオクダ・モダンダンス・クラスター)を設立した。常に人間の内面を追求する、いかにも現代舞踊らしい斬新な作風だが、七〇年台はそのあぶらの乗り切った期間で、「マンダラ」(-七一)、「白い家」(-七六)、「旅・心の中へ」(-七八)などの秀作がある。当地で教えた弟子は実に数千人に及び、五九歳の早世(一九七九)はなんとも惜しまれる。

天才肌の折田克子

折田克子は石井みどりの愛娘。父は音楽家でチェリストの折田泉である。一九三七年の生まれだが、この芸術的環境のせいでダンス界へのデビューはすこぶる早く、一一歳の少女のとき早くもリサイタルを持ち、さらにその二年後の第七回全国舞踊コンクールで踊った「マズルカ」(一五〇)で堂々第一位の栄誉を果たした。奔放にして斬新な天才肌の表現は生涯キャリアを通しての特色だが、初期の作品にはそこへ不世出の美術家前田哲彦の協力を見逃せない。「NOW」(一七〇)や「女・憑依祀」(一七三)、「憶の市」(一七八)など、記憶やマインドの深層に迫る斬新でオリジナルな振付が生まれた。それが八〇年代に入ると「夏畑―エンドレスサマー」(一八六)など、次項に述べる泉閣士との共演が次第に多くなってくる。

ユニーク肌のダンサー泉閣士

泉閣士(かつし)石井みどり・折田克子門下の逸材で、一九四三年に石井の故郷である栃木県で生まれ見出された。別名に泉勝志または泉克芳を用いたこともある。七三年に現代舞踊協会の新人賞をとった「風景」でデビュー、翌年の全国舞踊コンクールでは「鳩を放つ」(一七四)を踊って第一位文部大臣賞を手にした。そのあとヨーロッパへ旅立ち、ベルギーはブラッセルのベジャール・スクール〈MUDRA〉で二年間の修業を終えて帰国する。その身体表現には「レダ」「ヴィーナス」「薔薇の精」（いずれも’八三）などに見られるように、エロティックで人を引き込む不思議なオーラがあり、それを発展させたかたちでダンスオペラ「空中庭園」（’八五）、「黒い乳母車」（’九九）などのユニークな作品を生みだした。

孤影の前衛派・五木田勲

ダンサー五木田勲は、泉閣士よりさらに一歳若く敗戦の前年、昭和一九年（一九四四）満州の生まれである。石井みどり／折田克子一門の出であり、直接の師はその弟子であるあの厚木凡人だと聞けば、ある程度この舞踊作家のスタンスは想像できるだろう。しかり、この人にまつわる空気は一貫して前衛派の匂いが強く、そのテクニックとスタイルは、ポスト・モダンのあとをうけ、フランス・シュールレアリズムの手法まで取り込んで人目を惹いた。そのためデビュー後舞踊批評家協会賞（’七〇）、音楽新聞新人ベストテン（’七二）などの栄誉を一手にさらい、その後の創作「コスモス」（’七二）、「微笑」（’七六）などを対象に現代舞踊協会特別新人賞を受けるなど、一時期異端児の名をほしいままにした。

以上のほかに冒頭で触れた主旨から、編集者のいう〈現代舞踊協会派〉に分類されるかと思われ、かつ七〇年代に見逃すことのできない功績のあったダンス・コレオグラファーとして、西田堯、石井晶子、本田重春、金井芙三枝、正田千鶴、柳下規夫、池宮信夫らの名を、ここでおわりに付記しておきたいと思う。

さらなる締めくくりとして最後にひとこと。現代舞踊、モダンダンス、およびコンテンポラリー・ダンスが示唆する芸術概念と、その時系列的発生についてのエピソードをここで紹介しておきたい。ちかごろは〈コンテンポラリー・ダンス〉という言葉が半ば市民権を得た傾向もあり、ごく若い人たちはそれをストレートに翻訳した日本語が〈現代舞踊〉だと思っているようだ。しかし実際の順序はまったく逆で、前者はフランス／カナダ圏のヌーヴェルダンスが、八〇年代に入って発展的に改称された言葉だ。〈モダンダンス〉がバレエに対する自由な身体表現レベルの用語だとすれば、こちらはさらに電子音楽・ビデオ・照明などの最新メディアを身体ともども取り込んだ新しい空間造りを意味する場合が多い。

では〈現代舞踊〉という日本語はいつどこで生まれたのか。実はこれを最初に使用したのは先駆者のひとり津田信敏である。彼は戦前の一九三七年にドイツへ渡り、テルペスやフォン・アルコなどに就いて、当地のモデルネ・タンツと呼ばれた表現主義芸術舞踊を学んだが、帰国後これに〈現代舞踊〉の名を当て、おのれの活動の指標としたのであった。ところが一九七一年一一月、それまで彼の所属していた〝全日本芸術舞踊協会〟が組織を一新して、これに〝現代舞踊協会〟という名称を付けた。憤慨した彼は直ちに協会を脱退、以後自らの作品・創造のすべてに〈近代舞踊〉という新しい名称を冠すると共に、かまわず独自の探究を続けて行ったのであった。

季刊誌「ダンスワーク」二〇一六

ロンドン、ウェスト・エンド時代のG・V・ローシー

まず今日まで全く不明とされているローシー（Giovanni Vittorio Rossi）*一の生没年についてであるが，大正七年（一九一八）に書かれた松居松翁の一文『日本歌劇の犠牲者』*二の中に，以下のような一節がある。「〝君，僕は十六才の時に東洋へ来たことがあるのだ。僕は当時四十三人から成るコミック・オペラの座員の一人で，ジャバの立派なオペラ座で興行した。それからスマトラ，シンガポール，彼南，バンコック，コロンボと巡業してイタリアへ帰った。爾来ここに三十有七年，東洋の盟主たる日本の首都でコミック・オペラが時機尚早の誤り……　云々」。これはローシーが六年間にわたる日本での芸術活動*三に敗れ，アメリカに再起の地を求めて横浜から出航する時，見送りに来たただひとりの

日本人松居松翁にもらした述懐の一部である。ところがここにメモされた数字（……の部分）をもとに，この日から年月をさかのぼって行くと，彼の生れは大体一九六五年であることが算出出来る。とすればこの非運な芸術家が来日したのは，彼が四十七才のときであり，離日したこの年にはもはや五十三才に達していた。そもそもローシーはイタリア派バレエメソードの巨匠チェケッティ（Enrico Cechetti 一八五〇―一九二八）の高弟のひとりだったとされており，従ってこの年齢推定は，のちにニューヨークメトロポリタン・オペラのバレエ・マスターにもなった彼の同門アルバチェリ*四（Luigi Albertieri）の生年が一八六〇年前後とされている*五ことからも無理なく納得出来る年次であろう。

次に来日以前のその経歴であるが，日本では直前までロンドン，ウェスト・エンドにある伝統的な劇場ヒズ・マジェスティ座*六ならびにアルハンブラ劇場*七のバレエ・マスターをつとめていたというのが定説となっている。ところで今回私が一八九七年から一九一三年に至る前者の全プログラム*八に目を通したところローシーの名はどこにも発見出来なかった。この当時ヒズ・マジェスティ座は専らシェイクスピア作品を中心にプログラムを組む硬派の劇場として，有名な沙翁俳優トリー（Sir Herbert Beerbohm Tree 一八五三―一九一七）の経営・支配するところで，かつてイギリス最初のオペラ劇場として知られた一八六七年*九までとは，すっかりその性格・方針を一変していた。一方，アルハンブラ劇場での動向については，イギリスのジャーナリスト兼文筆家ペルージィニ（Mark Perugini? 〜一九四八）の手による同座の劇場史*一〇があり，その文中一九〇一年に上演された『The Handy Man

(便利屋)』という作品のスタッフに初めてローシーの名が現れる。以来その来日まで，同じミュージックホール系の劇場エンパイア・シアター*一二ともども，バレエ，オペレッタ，パントマイムなどの軽演劇系列の作品にダンサー及び振付家としてかかわっていたというのが事実らしい。

それならば何故彼のキャリアにヒズ・マジェスティ座の名が出て来たかである。それは当時歌劇部の指導者を求めて帝劇の西野専務が日本からロンドンへ渡ったとき，ローシーを推薦したのがヒズ・マジェスティ座主宰であったトリーであること(その間の事情については同じく『日本歌劇の犠牲者』に詳しい)，それともうひとつは同座の名がスカラ座一派*一三のイタリア人芸術家たちにとって，もっとも名誉ある職場として神聖視されていたからに他ならない。*一三その歴史的事実が，心理的なものとしてローシーの心の中にあって，在日中その口吻から不正確にもれたことも充分考えられる。

この裏付けとして例えば以下の記事に注目したい。その第一。「ロンドンのエンパィア及びアルハンバレー両座にあり，かたわら英人にダンスを教授しいたるイタリア人ローシー氏を二ケ年雇入の契約をもって……」(『都新開』明治四五年八月六日付)その第二。「この人がアルハンブラやエンパイヤのバレーマスタアであったからと言って，劇のことが解ってたまるものかと罵しる人もあるが……」(『〈エレクトラ〉上演覺書』大正二年松居松翁)。これらローシー来日直後の記述中にはヒズ・マジェスティ座の文字はどこにも現れない。反対にアルハンブラ及びエンパイアの両座がはっきり彼の前歴として説明されているにすぎない。ところがそれから数年たった大正七年に，雑誌『音楽界』が「ローシーオペラ没落史」[*一四]という，記事を掲載し，その冒頭で，「…… 彼の熱烈な気性，頑固な性癖は経る処の人と合わずに，いつも終りを完ふしなかった。彼がラ・スカラ座を追われ，ヒズ・マジェスティ座を追われたのも云々」と初めて同座の名を彼のキャリアとして引用している。三回にわたるこの連載は，前述の『日本歌劇の犠牲者』が書かれたすぐあとの時期に始まっており，従って同文中に松翁が明らかにしたトリーがらみのロンドンでのローシー推挙の件りを，うっかり読み違えてヒズ・マジェスティ座にいたと書いたこともあり得る。いずれにしてもこれがさそい水のように，以後ローシーの経歴説明にはいつしかヒズ・マジェスティ座の名称が付随するようになり，戦後出版されたいくつかの関連書や伝記にも[*一四]疑問視されることなく採用されて来た。

＊一、Rossiはイタリア語で正確にはローシーと発音されるべきである。

＊二、『日本歌劇の犠牲者』大正一五年（一九二六）中央美術社発行単行本「劇壇今昔」所収。文末尾に大正七年三月九日という日付サインがある。

＊三、日本での芸術活動は大正元年（一九一二）八月五日の来日に始まり，大正七年三月一九日の離日に終る。

＊四、アルバチェリがチケッティ門下でローシーと共に学んだことは，故高田せい子が無産党の闘士片山潜の娘やす子（彼女はニューヨークでアルバチェリに学んだ）から聞いて知っており，その

ため大正一一年アメリカへ渡ったとき，スタジオにアルバチェリを訪ねたが，一週間違いで当地を訪れたローシーと違うことが出来なかった。（筆者の高田氏からの直接取材による）

＊五、一八六〇年の数字は「The Dance Encyclopedia」by A・Chujoy & P・W・Manchester, Simon & Schuster 社版所載。His Majesty's Theatre.

＊六、この劇場の歴史は古く，一七〇五年四月，アン女王の治世下に創設され，当時の名はクィーン・シアター（Queen's Theatre 一七〇五〜一七一四）であった。その後キングス・シアター（King'sTheatre 一七一四—一八三七），ハー・マジェスティ座（Her Majesty's Theatre 一九三七—一九〇一），ヒズ・マジェスティ座（His Majesty'sTheatre 一九〇一—一九五二）時代を経て，現在もエリザベス二世女王の治下，再びハー・マジェスティ座の名のもとに健在。

＊七、「The Alhambra」一八五四年創設当時は円型の科学工芸展示館だった。一八六〇年に舞台を加えミュージックホールとなり，更に一八七〇年正式に劇場として登録されるようになってから，一九三六年九月に閉館されるまで，バレエ作品やオペラ・ブッファの上演で有名だった。現在はオデオン・シネマという映画館になっている。

＊八、トリーの釆配下，硬派の劇場として第四次のスタートを切った一八九七年四月，その幕開け作品として上演された「Season」「The Seats of the Mighty」に始まり，一九一三年三月の「The Happy Island」に至る計四八作品のプログラム（British Museum Library, Enthoven Collection）。その

中で「Tempest」（一九〇四年九月），「Anthony and Cleopatra（一九〇六年一二月），「Attila」（一九〇七年九月）及び「As you like it」（同年一〇月）の四作品に劇中バレエが挿入されていて夫々振付担当者が明記されているが Rossi の名は見あたらない。

＊九、この年同劇場はヴクトリア女王治世下大火にあって焼失，オペラ劇場としての盛名と共にその第二期を終える。第三次は六九年に再建，七七年に劇場として復活したがふるわなかった。

＊一〇、「The Story of "The Alhambra" 一八五四—一九一二」雑誌『The Dancing Times』一九一五年二月号～六月号所載。同文中 Rossi の名は「The Handy Man」（一九〇七年一月），「Les Cloches de Corneville」（一九〇七年一〇月），「The Two Flags」（一九〇八年五月）などの作品と共に見える。特に「コルネヴィーユの鍾（Les Cloches de Corneville)」は七ケ月の日延べ，二年後の再演という人気を博した作品で，守銭奴コルネヴィーユに扮した Rossi は筆者ペルージーニも絶讃しており，これが後年彼の来日後，帝劇での上演につながっていることは明らか。尚後にローシー夫人となった女優ジュリアの名は一八九三年ごろから見える。

＊一一、Empire Theatre．一八八七年に建てられ，一九一四年第一次世界大戦勃発と共に閉鎖された。アルハンブラ劇場と並んでロンドンの軽演劇劇場として知られ，Ｅ・チケッティもここでイギリスでのデビューを果している。

＊一二、「〈エレクトラ〉上演覚書」。大正一五年中央美術社発行『続・劇壇今昔』所収。

＊一三、「ローシーオペラ没落史」。河野良助。雑誌『音楽界』大正七年五月〜七月号（一九九〜二〇一号）三回にわたって連載。Rossi に対する感情的攻撃態度が見える。
＊一四、「赤坂ローヤル館とローシーオペラ」松本克平著『新劇貧乏物語』筑摩書房一九六六年所収 P. 五八四．内山惣十郎著『浅草オペラの生活』雄山閣一九六七年 P. 二一・日下四郎著『モダン・ダンス出航』木耳社，一九七六年 P. 四〇．その他の百科辞典類など。

舞踊学会　「舞踊学」　一九八四

※　右の文章は一九八〇年代に執筆された拙文だが、その後アメリカで勉強中特にローシーに強い関心を持たれた舞踊ジャーナリスト上野房子氏が、現地取材の熱意が実ってその生没年が今まで一八六七〜一九四〇であることが認定されている。なお同氏はローシーの晩年における私生活や逸話などにも言及、ここに貴重な労作が生まれた。（森話社「浅草オペラ　舞踊芸術と娯楽の近代」二〇一七発行）

世紀のプロデューサー「ディアギレフ」が教えるもの

数年まえのことになるが、オーストラリアのシドニー市で、たまたま同市を巡演していたアメリカの、ハーレム・ダンス・シアターの舞台を見る機会があった。この舞踊団はその後わが国を訪れたこともあって、今は御存知の方も多いと思うが、ダンサーがすべて黒人だけで組織されているニューヨークのバレエカンパニーである。

その夜の出しものに、代表的古典作品のひとつ《白鳥の湖》第二幕が組み込まれた、幽玄な湖畔のシーンで踊られる王子ジークフリートとオデッタのアダージオ、四羽の白鳥、コール・ド・バレエの群舞などおなじみのパが集中したさわりの景である。

ところがそれまで内外いくつかのバレエ団によるこのチャイコフスキーの古典をすでに見て来た私だったが、この日の舞台からは、今までに経験したことのないある異和感を抱いた。ところがそれが何であるかどうもはっきりしない。

そのことが心にひっかかりながらホテルへ帰る途中になってハタと気がついた。私がこだわったのは、テクニックの優劣とは別に、黒人ダンサーたちが表現する白鳥のイメージが何としてもピタリと来ないその異和感にあったのだ。私は決して彼らの皮膚の色のことを言っているのではない。黒人としてはダンサーの殆んどはうす褐色程度の人で揃えられており、同色が並ぶと舞台の上で有色は、いわゆるグラデーションだけで、かえって意識されないものである。また頭部の飾りやチュチュの白さは、全体としてバレエ・ブランとしての清楚な印象を与えるには充分だった。問題はそれと関係なく、彼ら黒人の身体的プロポーションにあった。それが私に白鳥ではないある別の生物を連想させたのだ。

帰国後、私は雑談のついでに、友人のひとりにこのときの体験を話し、ついでに私が思い当った白鳥以外の動物が何であるかをためしに当てさせてみた。彼はニヤニヤして「カンガルーだろう」と答えた。もちろんこれは私の旅行先がオーストラリアだったことをからかっての当意即妙だが、実は私の思い当った生物というのは、あの〝蜘蛛〟だった。

黒人特有の発達した四肢、肩の中央にちょこんと乗った長頭窄顔の小さな頭部とちぢれ髪、そうして頸は一般に短かく、心もち前掲してつながっている。この身体構造が、殆んど長さにおいて優劣のないひょろ長い手と脚を上下左右にまわしながら、バレエの特色であるシンメトリカルな動きをくり返すと、どうしても白鳥のイメージからは微妙にくい違ってしまうのだ。そうしてこの夜のジークフリート王子の方もまた率直に言って、アフリカ新興国の青年将校よろしく、中世ヨーロッパの貴公子というには何かが欠けていた。

このちぐはぐな効果はいったい何を意味するのか。結論から言うと、そもそもバレエというヨーロッパで作られた舞踊の一形態は、どこをどう押してみても、白色人種固有の表現芸術だという一事だ。

そもそもバレエは一五八一年にイタリア、フランス両王家の縁結びの慶事として催された「王妃のバレエ・コミック」がその濫觴とされ、以後四世紀の年月を経て、ヨーロッパ一帯に今日の隆盛をつくり上げた。ボーシャン、ノベール、ブラジスなどの頭脳と、ロマンチックバレエの名花タリオニヤエルスラーは、その最盛期に生れた文化的遺産である。

こう言うと、一般の人はちょっと違った印象を持っていて、次のように反論してくるかも知れない。「いやバレエという舞台芸術はロシア人のものではないのか。バレリーナの多くはロシア名だし、近年ソビエトからの舞踊家の亡命は、その度ごとに芸術上の大事件だった。そしてスラブ人は決してヨーロッパ人種ではない筈だが」と。たしかにバレエの古典作品の多くもまたロシア製である。あれほど人口に膾炙し親しまれる《白鳥の湖》《くるみ割り人形》《眠れる森の美女》は、チャイコフスキーの三大バレエ作品だし、今世紀に入って《ペトルーシュカ》や、《春の祭典》を創ったのもバレエ・リュス、すなわちロシアのバレエ団だった。今日モスクワのボリショイ劇場や、レニングラードのキーロフ劇場が、世界を代表するバレエの本拠地であることを否定する人もまたいないだろう。だがこのようにバレエに関してロシアのイメージが断然高いことについては、もう少し複雑な歴史的事情がからんでいる。

話をわかりよくするために、やはりこゝでも《白鳥の湖》をとりあげてみよう。いくつかのヴァリアントがあるが、ふつうこの作品のスタンダードとされるのは、一八九五年に四幕ものとして完成されたいわゆるプチパ＝イワノフ版である。この振付演出をうけもったマリウス・プチパという人物は正真正銘のフランス人である。マルセーユで生れ、今日古典バレエの父とされるが、ロシアへやって来たのは一八四七年にペテルブルグの帝室舞踊学校から、一年の契約で出演と指導をたのまれたのがきっかけだった。それがあまりに待遇がよく居心地がいいところから結局死ぬまでの六十有余年をロシアですごし、生涯を舞踊芸術にさゝげた。イワノフの方はロシア人だが、その先生のジュール・ペローというのはやはりリヨン生れのフランス人、三十七才からの十年間をペテルブルグでバレエの指導にあたり《ジゼル》や《海賊》の実作者として有名な人物だ。また一方このマリンスキー劇場での初演のとき、オデット・オディールのダブルロールで主役を踊ったのが誰かというと、これまた決してロシア人ではなかった。ピュリナ・レニャーニ、名門ミラノスカラ座出身のイタリア女性である。彼女は、ロシアで初めて例の三十二回のフェッテを演じてみせたバレリーナとして知られている。やはりこの前後十年間を帝室劇場で指導に当った。

ついでに作曲したチャイコフスキーについて言うなら、もちろん彼はロシアの国籍だが、中味は人も知る徹底した西欧派―その作風には、そのあと抬頭するいわゆる国民楽派に見られるスラヴ民族色が殆んどない。だいたいこの《白鳥の湖》という物語の素材からして、ムーゾイスというドイツ人作家の編纂した「ドイツ民話集」の中から〈ぬすまれたヴェール〉という一篇をとりあげて台本と作ったものだ。

　こうしてみると、この古典バレエはまるでヨーロッパ人が大挙してロシアまで出張して作り上げたみたいなもので、果してロシア人の手になるロシアの作品といえるかどうかさえあやしくなって来る。もっともこれにはそれなりの理由があって、当時のロシアの貴族社会における強烈なフランス色は、むしろあたり前の現象だった。ペテルブルグはピョートル大帝の〝ヨーロッパよりもヨーロッパ的な都市〟というようなイデオロギーによって建設された人工都市でこの精神は歴代のロマノフ期のツアーたちにとって、引続き彼等の政策上の最大の目標だった。ヨーロッパ文化に〝追いつけ、追いこせ〟というわけである。この〝フランス崇拝とスノビズム〟は、例えばトルストイの小説〈戦争と平和〉などの頁をくるだけでも、いたるところでその雰囲気の一端を知ることが出来る。かくして一七八三年には、ペテルブルグに西欧式舞台芸術の殿堂としてのボリショイ劇場が建立された。これが一世紀後のマリンスキー劇場へとうけつがれて行く。その中にあって特にバレエは彼らがもっとも力を入れた舞台芸術だった。フランスから、イタリアから金に糸目をつけず、次々と舞踊家、振付家が招かれ、数多くのロシア人実技者の養成にあたった。その努力の蓄積が次第にボルテージを高め、ついにヨーロッパに向って逆輸入の形をとって爆発する。二十世紀初頭の事件である。そしてそれは不世出の興行師、ディアギレフと、彼のひきいるロシア・バレエ団の出現を待って初めて可能となった。

　実際パリにおけるこの舞踊団のデビューがいかに関係者の耳目をおどろかし、衝撃的なものであったか。三十年後、アカデミー・フランセーズの会員であり、美術史家のL・ジレは次のように述懐する。

「私の人生は誇張でなくはっきり二つの時期にわけられる。バレエ・リュスの出現の前とそのあとだ。一九〇九年から一九一二年に至る真に記念すべきあれら一級作品の数々。《シェラサーデ》《プリンス・イゴール》《火の鳥》《バラの精》――バレエ・リュスの到来に文字通りのショック、おどろき、渦巻き、そして新しきものへの接触だった。それ以後われわれの考えは一変してしまった」と。以来二十年間、第一次大戦ではそのロシア的エキゾチズムとエネルギーによって、戦後はフランスやドイツの前衛的芸術要素と固く手をとり合うことによって、次第にヨーロッパ文化の地中深くへとわけ入って行った。

この期間、新規に創作された六十余のバレエ作品を通し、ディアギレフによって紹介または発見されて世に出た才能は、舞踊家でニジンスキー、カルサビーナ、バヴロヴァ、クシェシンスカ、ルビンシュタイン、ソコローヴァ、ダニロヴァ、ドーリン、リファール、振付家でフォーキン、マシーン、ニジンスカ、バランシン、音楽家でストラビンスキー、ラヴェル、サティ、ドビュッシイ、プーランク、ミヨー、マルケサビッチ、プロコフィエフ、画家ではバクスト、ブノワ、ゴンチャローヴァ、レーリヒ、ピカソ、ルオー、マチス、ローランサン、キリコ、そしてコクトーとざっとみても各ジャンルを代表する錚々たる芸術家たちが顔をつらねている。こうしてバレエ・リュスな存在は、そのまま二十世紀初頭におけるヨーロッパ文化そのものと化した感があった。その仕掛け人が天才的デレッタント、セルジュ・ディアギレフなる人物である。

人は彼の中にたしかに創造者のにおいを嗅ぎ、芸術的才覚をよみとる。その勘はするどくかつ明晰で、美の選択と判断において生涯誤ることがなかった。しかし彼は個人として、バレエ団を作った以外何ひとつおのれの作品を残してしていない。いったいこの芸術史上の巨人を、われわれは何と呼びどのように解釈すればいいのか。

セルゲイ・P・ディアギレフは一八七二年近衛連隊に在籍した父の勤務先、ノブゴロド近郊の官舎で生れた。ウラル山脈に近いペレムに地盤をもつ地方貴族の末裔である。ペテルブルグへ出て法学を学んだが、もともと詩や絵画などの芸事が好きで、一時期作曲の勉強に熱中する。しかしある日、リムスキー＝コルサコフに作品をみせたところ「きみにはその才能がない」と言われ音楽家になることを断念したという。一方語学の方はギムナジウム（中学校）時代から「フランス語もドイツ語もよどみなく喋れた」と学友の記録にあるから、よほど人にぬきん出ていたらしく、これはもちろん後年彼が全ヨーロッパを股にかけて活躍するとき、大いに役に立った。

生れつき「頭が異様に大きい」この早熟児は、二十三才のとき、義母に宛てた手紙の中で、おのれの性格を次のように分析している。「わたしは第一にホラ吹きで、活力に満ちています。第二に人を魅了させる能力があります。第三には横柄であること。四番目に理屈ぬきであるが、しかし事に当ってはためらわない。第五にこれは悲しいことだが、どうやら才能が全くないらしい。しかしながら私はやっと私の天賦を発見しました。それはメセーヌ、すなわち文芸の守護者となることです。そしてそのために必要なものは、金以外は何でも揃っています。まあ、それもそのうち何とかなるでしょうが」

メセーヌとして彼が最初に手がけた仕事は展覧会と雑誌〈美術世界(ミール・イスクストヴァ)〉の発刊だった。二つは連関をとりながら平行して企画され、その視野や規模はディアギレフらしく最初から国際的な広がりと色彩を帯びていた。例えば一八九九年にペテルブルグで開かれた「国際絵画展」ではロシア側からレーピン、セーロフ、レヴィターンなどの十五作家のほかに、フィンランド、スウェーデン、ノルウェー、ドイツ、ベルギー、アメリカ、イタリア、英国、フランスと汎ヨーロッパ的な作品が出揃い、ルノワールの《桟敷席》やドガの《騎手》またモネの《冬の景色》などが人々の話題を集めた。また一九〇五年の「ロシア歴史肖像画展」では、皇室から借りうけた数々の逸品のほか、ディアギレフ自ら「地方貴族の屋敷に押し入り、屋根裏からも探し出した」という計二五〇〇点もの作品が会場のタウリーダ宮殿を飾った。

一方〈美術世界〉は一八九九年の創刊号から一九〇四年の十二月号まで年二十四回、六年間にわたって続く。その内容は美術のページのほか、各地の展覧会評、芸術書の紹介と書評、コンサート評などの他に「情報欄」があって、こゝには毎号ロシア本国のみならず、西欧の美術界のあらゆるイヴェントが詳細に報ぜられていた。今日、この雑誌全十二巻は、世紀の転換期にまたがるロシア美術を語るとき、欠かすことの出来ない貴重な資料とされている。

さて、一九〇五年はたまたまパリ万国博覧会の年であったが、このときロシア展示館をデザインした画家コロウヴィンの民族色が、人々の強い反響を呼んだ。機を見るに敏なディアギレフは目を西方に転じ、翌年それまで用いた資料を用いて、パリ大宮殿のサロン、ドトンヌに「ロシア美術展」を開催する。ヨーロッパへの記念すべき最初の楔であった。更に一年後今度は「ロシア音楽の夕」を企画、この時お目見えした歌手シャリアピンへの評判を知って、一九〇七年矢つぎ早に彼を主役に立てたボロディンの歌劇《ボリス・ゴドゥノフ》を上演する。評価は決定的だった。〈テアトル〉誌は「今まで見たどのオペラよりもすばらしい」と絶讃を惜しまなかった。どのオペラよりということは、つまりそれまで数多く上演されて来たイタリア、フランス、ドイツのどの本格的な正統歌劇を凌いでいるという理窟になる。

俄然、パリにロシアブームが渦巻いた。そうしてこのような熱気の中へ、生来の世紀の興行師であるディアギレフは、一九〇九年五月十九日に始まるあの歴史的なロシアバレエ団のヨーロッパ投入という大冒険を試みたのだ。

イギリスの評論家R・バックルはこの公演を実現させた背後の芸術的要因として次の三点を指摘している。その第一はマリンスキー劇場の若き振付家フォーキンが、ペテルブルグを訪れた革命的舞踊家イサドラ・ダンカンに影響され、帝室舞踊学校のアカデミズムからの脱皮に苦慮していたこと。第二に美術家ブノワがフォーキンと共同で新しいバレエ作品《アルミートの館》を制作し、ディアギレフがそれをパリで演じたいと思っていたこと。第三にロシアで生れ、ロシアで育った踊り手パウロヴァとニジンスキーの技術が、従来のバレエに到達した以上の何かをそなえているように考えられたこと、以上である。だがそれを実施させたものは、明らかにディアギレフの強い意志であった。

三週にまたがる第一回公演のバレエは、シャリアピンのオペラ《イワン雷帝》をはさんで、《アルミードの館》、《イゴール公》から韃靼人の踊り、バレエ場面を抜粋した《饗宴》、《レ・シルフィード》、そして《クレオパトラ》の五作品だった。人々はブノワやバクストの手になる華麗でエキゾチックな美術、ボロディン、ムソルグスキーの酔い痴れるような民族的旋律、そしてとりわけカルサビーナとニジンスキーが見せた野趣あふれる迫真の演技に熱狂し、「客席は火のついたような騒ぎ」だったという。

「なんという夕べ、なんというホール、なんという観客!」〈ル・フィガロ〉は絶叫した。

こうして一九二九年旅先のヴェニスで病没するまで、ヨーロッパ、アメリカを股にかけたディアギレフの長い世紀の旅が続く。その期間《牧神の午後》や《春の祭典》がまきおこしたスキャンダル、あるいは前衛造型家たちとの協同制作時代に生まれた数々の興味あるゴシップなどについては今はふれない。ただひとつ彼はかつて芸術の守護者たらんとした若き日の夢を見事に果たしたし、一方そのためにバレエというジャンルを選んだことはもうひとつの鋭いひらめきであったと言える。なぜならこの舞台芸術こそは、詩、振付、音楽、美術、建築とおよそミューズの神が統轄するすべての領域をかゝえ込み、これを「舞踊によって支配し秩序づける、止場された集合体としての新しい芸術(P・ミショー)」であったからだ。

しかしながらわが国にあっては、まだこの世紀のプロデューサー、ディアギレフについては殆んど知られていないといった方が当っている。肥満型で片眼鏡をかけ、山高帽をかぶったこの人物像は、ふつうべらぼうなお金持の芸術愛好家かパトロンぐらいのイメージでとらえられている。豊富な資金にものを言わせ、好みの芸術家を金でやとい、道楽半分に踊り子たちにとりまかれながら、桟敷と楽屋を自由に出入りしていたというわけだ。

だが事実は逆で彼は一生金のために苦しめられた。なるほど成年に達したとき、ディアギレフは死んだ母親から六万ルーブリの遺産を相続した。そのため六週間を外国ですごし、好きなシャバンヌやリーベルマンなどの絵を数点買い込む余裕もあった。しかしその金は三年間で使い果している。以後はなまじ劇場界へ足をふみ入れたばっかりに、借金の連続だった。なにせ舞台というのは金を喰う。いくら皇室の援助や、貴族たちの協力をとりつけても不慮の出来事や一回の公演の失敗はただちに破産と準天文学的な債務につながる。現に大成功とされる第一回のパリ公演のときも、裏の事情はまるっきりちがっていた。直前になってそれまでも強力なパトロンであったウラジミール大公が他界し、また同じ舞踊界の仲間だった筈のクシェシンスカが、女心の狭量から皇室側に怨嗟したことから、折角とりつけてあった経済援助が急にとりやめになってしまった。彼女は皇帝の従弟アンドレイ大公の愛妃として知られたバレリーナである。プログラムは（オペラの部分が）縮小され、ついには開催すら危ぶまれた。しかしフランス側のプロモーター、アストリュックの奔走と、その後ディアギレフの一生を通じての協力者となったグレフェール伯爵夫人の援助で、やっと初日の幕をあけることが出来たのである。公演の結果はしかし完全な赤字だった。ディアギレフはアストリュックに二万フラン前後借財をつくり、その衣裳と装置をさし押さえされられている。

一九二一年のロンドン公演のときもそうだった。このシリーズでディアギレフは《眠れる森の美女》を復活させ、莫大な経費をかけてその完全上演を試みるが、結果は全くの裏目で、もっと新しいものを期待して集って来たロンドンっ子を失望させただけだった。このためイギリス側の事業主ストールに、一万一千ポンドの借りをつくり、その返済に四年近くを費している。今日このレパートリイはコヴェント・ガーデン劇場の最大の収入源のひとつになっていることを考えると、まるでウソのような話だが、実際このときの「経済的ロスは、私の外国での活動に、あやうく終止符を打つところだった」と彼は当時をふり返って述懐している。

興行師――イタリア語のインプレザリオ（ＩＭＰＲＥＳＡＲＩＯ）の同義語で、ふつうディアギレフの肩書きとしてもっとも多用される職業名である。事実、国際的には英語やフランス語でもそのまゝ原語で用いられている。マネージャーと異なるところは、劇場の設定、人と材料の交通や運搬から、作品の選定、オーケストラのやとい入れまで、いわば舞台作品のハードとソフトの両面にわたっての責任を、しかも自らの経済的リスクの下に請け負う点にある。従ってこの職業は投機的要素が強く、その目ざすところは何といっても成功のあかつきにころがり込む金銭の魅力にあった。

ここのところがディアギレフの場合には少し違っている。お金はそれ自体が目的ではなく、すべて見事な舞台成果を生み出すためにだけあった。しかし上演する作品は必ず彼の芸術的感覚に見合ったものでなくてはならない。また自らよしと信じた作品のためには多額の借金は欠損をいとわなかった。そしてその穴うめのために、更に次なる作品の冒険に賭けた。どんな状況にあっても〝美〟の前にはすべてを犠牲にする、これだけがこの天才ディレッタントが生涯守りぬいたただひとつのルールだったのである。

だが、その種の唯美主義、〝美への傾倒〟だけで、人はあのような大きな事業をなしとげることが出来るだろうか。否である。そのためにはディアギレフの性格の中にあるもうひとつの側面、すなわち長年の仲間であったブノワの言う「彼の特別の天分である意志力」が不可欠だった。そして更につけ加えるならそれは常に「彼の熱狂的な理想主義と無欲」に裏づけされていた。「ディアギレフは怒り狂ったライオンだった」とペテルブルグ時代彼をやとい入れたことのある帝室劇場長ヴォルコンスキー公爵は回想している。「彼は敵をつくる才をもっていた。しかし私は彼の達成した芸術的成果は、その傲慢さ、駆け引きのなさをも充分許すものであると思う」。折角もえた劇場年鑑作製の仕事はディアギレフの「理想を追ったやりすぎ」のため、周囲と意見があわず一年あまりで自ら職を辞した。

すでにバレエ・リュスそのものが、あらゆるロシア的なものを武器とした異国への果敢な切り込みに他ならなかったが、つね日頃「他人に追従するものは、他人を追い越すことが出来ない〈美術世界〉のマニフェスト)」というのが、早くからの彼のモットーだった。一九一五年、はじめてヨーロッパをはなれて、ニューヨークへ足をふみ入れた日、ディアギレフは並みいる記者連中を前に「わたしたちはみんな革命主義者でした……　わたしたちが色と音以外についても革命家にならなかったのはほんの偶然でした」とその姿勢を説明している。〝美〟が〝意志〟と結びつくとき、〝前衛〟が生れる。「世界の芸術のアヴァンギャルドであるディアギレフのロシア・バレエ団は決して停滞しない（一九二四年《青列車》公演時インタビュー）」「今日は危険そうに見える実験も、明日にはきっと必要不可欠なものになることを、社会はみとめざるを得ないだろう（一九二九年〈タイムズ〉紙宛　公開書簡）」と常に一歩を先んずる。コクトーとのつき合いは一九〇九年当時からだが、ディアギレフは事あるごとに「ジャン、もっと僕をおどろかしてくれ」とこの前衛詩人に声をかけ新しい仕事に意欲をもやした。それに応えるようにコクトーの口からは「ウイットが何時間もとどまることなくあふれつづけた」とオーケストラの指揮者アンセルメは証言している。

ディアギレフのロシア・バレエ団が純粋に外国で結成され、そのまま一度も祖国で公演したことがない事実は、案外一般に知られていない。だが、長年にわたる外国での活動を通じて、ただひとつ頑としてつらぬかれたロシア的様子がある。それは作られた六十数曲のバレエが、すべてロシア人の振付師の手になるものであること、そして彼らはリファールを除いて（彼もまたキエフで生れた生粋のロシア人であることには少しもかわりはないが）、揃ってマリンスキー劇場の出身者だった。おそらくそこにはバレエ団の主宰者としての、ディアギレフの強い意志が働いていたに違いないが、これこそは同時に、この大胆で賢明な実践家が、最初ロシア的なものから出発し、そのアイデンティティをまもりつ、しかもおのれの創造を、ついに国際的な西欧文化の水準にまで高めた、何よりの具体的な例証ではあるまいか。

しかしながらここに彼の成功にはどうしても欠落してはならない、もうひとつ大事な要因がある。これは洋の東西を問わず、天才の出現に必ずついてまわる「時」という外的条件だ。それは単なるタイミングといった偶発的なものではなく、むしろ「機の成熟」とでも称すべき文化の質の問題である。バレエ・リュスの最大の成果のひとつである《春の祭典》の上演が、ヨーロッパ文化の中心パリにおいて、決定的な勝利と評価を得た一九一三年は、かつてロシアという文化の遠隔地において、かのピョートル大帝が即位をした年からちょうど二百二十五年目にあたっていた。そして彼の治世下に、フランスからロシアにとって初の正式なバレエ教師として、ジャン・ランデがペテルブルグへ招かれたのは一七二四年である。これを、明治四十四年（一九一一）に、帝国劇場の招聘でイタリア人のＧ・Ｖ・ローシーが、西洋舞踊の指導のために着任したわが国の歴史と比べると、すでにそこには二世紀の差がある。

それだけではない。舞踊は元来が、人間の肉体を手段とし目的とする芸術である。そして肉体には、文化というものが浸み込んでいるのだ。短足で黄色い肌の日本人の体が、たかが十年、二十年の訓練で、あのパウロヴァやプリセツカヤの白鳥の巧芸をそっくり表現出来ると思う方がどうかしている。

それはちょうど肩巾の広い長足の白色系女性が、キモノを着ても、どこかちぐはぐで似合わず、また欧米の男性がいくら本式の日本の衣裳をつけて《勧進帳》や《暫》を演じてみても、所詮はまねごとのおあそびであり、似而非（にせ）ものにすぎないのと軌を一にしている。「能」や「歌舞伎」は日本民族が、何世紀もの歳月と心をかけて育てあげた、文化の同質性の結晶だからである。

パとポジションを基本とするバレエは、いわば肉体から文化をぬき去り、抽象化された法則とテクニックで一定の様式美を追究しようとする。果して純粋にそれが可能かどうかは問題だが、その点は一歩譲るとして、いま仮りに理想的に均斉のとれた日本の若ものを集め、何年かダンサーとしての訓練をつんだ暁に、かれらの全身をお白粉で塗りかため、豪華な装置と衣裳を惜しまず、バレエの古典作品を上演したとする。日頃、この種の西洋芸術の舞台に接する機会の少ない子女たちは、その絢爛さに酔い痴れてひたすら盛大な拍手を惜しまないだろう。いま、カーテンコールでスポットライトに映し出されているのは、外国の舞台の経験もある一流バレリーナだ。大人たちの一部は、心ひそかに思うかも知れない、あゝ日本という国は芸術においても、その経済力と同様、ついにいま世界を征覇しつつあるのだと。こゝで終ればハッピーエンドだ。しかし、もしすぐそのあとに、例えばボリショイ・バレエ団が登場し、全員彼らだけでそっくり同じ作品を、同じ観客の前で踊り始めたとしたらどうだろう。そこに見えてくるものは何か。

たしかに、一般的水準は向上した。最近ではわれわれの周辺から、世界のコンクールにも入賞し、また晴れの舞台で外国人ダンサーとペアを組むバレリーナもあらわれている。身体的ハンディキャップを乗り越え、テクニックというバレエ界の普遍的規準に懸命に挑戦した努力の賜だ。しかしもしバレエを、そのような個人の芸の競合の結果としてではなく、ディアギレフがそうしたように、トータルな文化の綜合型態として捉えるならば、問題はたちまち一変する。日本のバレエ団が手をつけたと信じられる領域は、まだまだ点と線以下の段階にあるだけでなく、たとえば外国作品のいわゆる古典ものの上演は、二重の意味で、悲観を通りこして、殆んど絶望にすら近いのではあるまいか。すなわちイミテーションという文化的ナンセンスと、身体表現レベルでの本質的な異和性という二点においてだ。

もう一度バレエ・リュスの場合にもどって考えてみる。ロシア人はたしかにヨーロッパ人種ではなかった。しかしアーリアン系の白色人であることにはかわりはないのであって、肉体的に言えばいわば同種の系列下に入る。またこれを文化的にみても、ロシアというヨーロッパの外縁文化が、いわば自らの独自性を楯に「堕落していたフランスのバレエ（ブノワ）」に起死回生の刺戟を与えることによって、いわば本家帰りを果たしたと形容することも出来る。ディアギレフはたしかに今世紀初頭におけるヨーロッパ文化の正嫡性をおのれの手中に収めた。妙なたとえだが、野球で補欠としてブルペンをあたゝめていたロシア人投手が、ピンチにあってマウンド上で息ぎれしていたフランス人投手の救援を急きょ買って出たことで、見事ヨーロッパチームを勝利に導いた。ところで補欠のまた補欠である日本人選手はというと、もともとがお相撲さんの出であるところから、ユニフォーム姿がはなはだ似合わない。いやそれどころか試合が終るまで出してもらえる資格があるのかどうかもあやしいといった工合だ。

冒頭でふれたダンス・シアター・ハーレムのことだが、その芸術監督のA・ミッチェルは、最近、古典バレエのひとつ《ジゼル》の台本の内容を書きかえ、これをアメリカ南部で奴隷と白人の間に起った悲話として上演した。黒人バレエ団のリーダーとしてのその苦悩は大へんよくわかる。因みに同じニューヨークでもうひとつの黒人カンパニーであるアハウィン・エーリィ舞踊団のレパートリィには、古くから《リベレーション》とか《ブルース組曲》などの感動的名作がある。これらの内容はいずれも彼ら黒人の魂を主題としたもので、モダン・ダンス界の集団として、当然だがバレエの古典などは最初から無視している。

この点、ちかごろ日本のさるバレエ団が、「歌舞伎」に想を得た作品をもって、いささか鳴りもの入りでヨーロッパ各地の劇場巡演を果たした。それ自体は大いに結構な壮挙である。しかし今少し仔細に点検すると、題材こそわが国のものだが、振付けたのはフランス人、主役もまたオペラ座のエトワールが踊った。ちょうど十八世紀から十九世紀にかけて、ペテルブルグで進行していたやり方とそっくりで、何だかがっくりしてしまう。劇場がはねたあと、ヨーロッパ各地の観客の口の端から、大ぜいの日本人ダンサーが「黄色いバッタかあひるを連想させた」などと、陰口をたゝかれていなければ幸いというものだが。

Accomplished in spring　一九八五

第4ラウンド　制作メモ

創作ダンスの制作にいどむある日のスタジオ

第4ラウンド　制作メモ

①　評論

現代舞踊家の創作過程で、スタッフなどからのかかわりを持った作品・人物についての記述をプログラムなどに寄稿、それらの小論を集めた

上演まえの短い DISCOURS

この春、初演のあとで寄せられました批評の中に「原作とイメージが違う」とか「宗教的イデーが欠如している」というご指摘がありました。ちょっとこの問題について述べてみたいと思います。

〃原作との違い〃について

初演はもちろん今回のも、あくまでもG・ロルカ作「イエルマ」より作られた舞踊作品〃死と婚姻〃の上演でありまして、ロルカ作品そのものの紹介ではありません。

しかし、その前にいったい読者はどういうイメージで原作をお読みになっていらっしゃるのか。言

うまでもなく「イエルマ」は、現代スペインの単なる風俗劇でもなければ、封建的制度に返逆する嫁と姑の社会劇でもありません。

そもそも日本においてロルカのデビューはもう古い話ですし、受けとるイメージがどうあれ原作の忠実な再現という意味では、原作である戯曲形式以外の上演は、正確な意味では考えられないわけであります。

もっとも〝わかりやすく、たのしく〟という舞踊協会の要請から、初演では原作に基づいた半具象の線をかなりの程度に残しました。

だが問題はロルカの精神です。生殖と死という人間根源の激しいたたかいにドラマを見た大地の詩人の情熱的なそのまなざしです。観客氏の御指摘がその点で主題の抽出に徹底を欠いていたということならありがたくこれを認めたいと思います。

だから今回はむしろあらゆる具象をふっとばして、更に前衛に徹することになりました。なぜなら根源的なものほど、いやそれだけが真の意味で前衛たりうるただひとつのものだからであります。

〝宗教的なイデー〟について

なるほど「イエルマ」はスペインというカトリック風土に咲いたいわば悪の華であります。こういう作品自体がすでに反逆であり、そのうらには明らかに反逆されるものとしてのキリスト教的な世界があります。

人はロルカの作品を評して、二言目には〝本能の暗い昇華〟という表現を与えます。当然です。人を殺しておいて何が明るいことがあるものですか。そこには異教的な要素としてのギリシャ的な天真爛漫さや明快さはすでにありません。

しかし、だからといってこの悲劇に原罪の臭いをかぐのは明らかにあやまりだとわたしは思います。ロルカが若し長生きしていたら、もっと彼の体内から血のざわめきが消えて行った晩年には或は彼がジャンセニストにでも転向していたかも知れないと想像することは勝手です。

しかし当時三十五才のロルカにとってそれは彼のあずかり知らないことでありました。あらあらしいこのスペイン生れの詩人の魂はわれわれを日常的現実から〝脱出〟させる神秘の力の大きさにただ忙然とおののいただけなのです。官能と血と死の世界のはげしさにたえ入るほどにめくるめいたのです。

ですから今回もバックグラウンドに宗教的ヒントを挿入することはやはりやめにしました。なぜならこの作品「死と婚姻」は、ロルカの精神に基づいて生れて来た、日本人、われわれの手による今日における作品だからであります。

藤井公　作品［死と婚姻］一九六八

《旅》よ　よみがえれ！

旅……　それは人間の彷徨であり、あこがれへのこころみでもあります。
しかし今日、旅は脱「都会」のロマンテスムか、観光資源のルートに乗って行く経済消費の一方法に堕しているようです。

旅よ　よみがえれ！
そんな願いからこの作品は、振付者のもつ旅の心を、原詩〝《旅》の唄〟をもとに、イメージとムードをふくらましながら、舞台化しようとしたものです。

はしけは動かない
それはまるで死んだ古代の遺跡のように
ただ水の上に浮いている
だが今宵若しもあなたが
地球の横隔膜にさわってみたいのなら
こっそりとちぎったあなたの耳たぶを

はしけの下へと沈めてごらん
重く沈んだアブクが
かすかな音をたてているのが
　わかるだろう

……

……

そんなときだ
こっそりと夜陰に乗じて
《旅》が旅立つのは
それはすえた匂いの港町の
河口からとき放たれて
血まみれの一本の縄のように
地球の傷あとをなめながらすすりながら
沖へ沖へと動いて行く
ボンヤリと白い歯をむき出しにして
……

……
季節(とき)よ帆柱よ
《旅》といい《運命》という
心あらばこの煩悶の溶岩を
せきとめておくれ
……
……
ああ霧の中から浮かび出る
――《旅》の聖処女

（日下四郎作《旅》の唄より抜萃）

池田瑞臣　作品　［《旅》の唄］の原作　一九七三

傍白

祇王が出家して居着いたという京都祇王寺の仏間には、本尊大日如来と並んで、祇王以下祇女、母刀自、仏御前それに平清盛ら五体の木像が安置されている。

いずれも入信したときの年齢に応じて彫られた鎌倉彫刻だそうで、それによると祇王二十一才、仏十七才、そして浄海清盛入道は五十一才の時の姿だという（彼の出家は仁安三年、この物語の十五年あと）。

またそのとなりの墓地入口には石碑があり、これは明和八年（江戸中期）に建ったものらしいが、右腹に「性如禅尼承安二年（一一七二年）壬辰八月十五日寂」という文字がよみとれる。祇王の事らしい。

そしてこゝの住人のはなしだと、その時彼女の行年は三十七才か、また一説には三十九才のどちらかだという。仮りに中をとって三十八才だとしよう。逆算するとその生れは一一三四年（長承三年甲寅）ということになり、従って祇王は十八才の仁平年間から久寿二年（一一五五年）にかけて清盛に愛されたことになる。

一方、清盛の方はその人生のどういう時期に相当していたかというと、いわゆる保元の乱が一一五六年だからまさにその直前で、三年まえに父忠盛が死んで、当時名実共に平氏の總師の立場にあった。年齢で言うと三十五・六才の肉体的にも男盛りである。

周知のようにそのあとの宮廷内乱で、後白河帝の側につき、以後とんとん拍子に出世するのだが、正式に従一位太政大臣となるのは一一六七年、彼が五十才のときだ。だから祇王と関係があったこのころは正確にはまだ一国の宰相とはいえない。

しかし左大臣藤原頼長も評したように、〝その富は巨万、奴僕は国に満つ〟ほどの遺産を手中にし、同時に平家一族の最高権力者であったから、正にこの世にこわいものはなにひとつないといった勢いだったに違いない。台本では名を捨て、実をとって宰相という文字を時に応じて用いたゆえんである。

それにしても、日本ものの素材で組み立てるバレエ台本のむづかしさを今回あらためて知った。衣装や振付、音楽など様式上の苦労はその責にあらずと半兵衛をきめこむことは出来ても、文字通りふみ台となる台本の中に、いかにわが国独自の精神風土を誰にも納得出来る自然な形で織り込むか。筋としては古今東西どこにでも起りそうなラブ・ストーリーに、ただそれらしい和製的粉飾をほどこせばそれで創作バレエが出来上るというものでもあるまい。全体の構成を出家してからの祇王の回想という枠組にしたこと、話の展開に、冬から始まって冬に終わる四季のニュアンスを挿入しようと試みたなどは、その工夫の一例である。

次につまずいたのは、祇王と仏御前のウェイトの振りわけである。

その心理や出没のタイミングから言って、劇的にはむしろ仏という女性の方が、このものがたりではおもしろ味がある。素材としてのドラマ性が高いのだ。初稿で「妓王ものがたり」としたのは、妓女の中の王たち——すなわち祇王と仏という陰陽ふたりの傑出した女のストーリーというこころであった。そのため仏の中の女や二人のからみ合いに今少し枚数を割き、両者の間に一種特別な愛情のようなものすらおいてみた。あまりにも宗教的要素を除き、すゝんで目の前の榮華や富をすてて、仏門に入るという反合理的な行為を、今の若い人たちや外国人が見た場合も少しでも理解されるようにとの配慮からである。

だがこれは所詮バレエという芸術ジャンルでは内面的にすぎ、適性の限界をこえる試みだったようだ。台本をごらんになった橘秋帆さんの申し出られたテキスト・レジは、やはり人口に知られた祇王の側からの立場から一本化したコンテへの再整理だった。そのため内容は少々単純化されたようだが、それだけ祇王もすっきりとフィーチュアされ、はなしのわれも消えて明確な悲恋ものに修正されたと思う。同時にタイトルも「祇王うたかた」という固有名詞にかわった。

なお最後にひとこと。

安部資成という人物は「源平盛衰記」巻十七に出て来るごくふつうの家臣の名だが、これをいわゆる三枚目の悪におきかえたのは作者の恣意である。

牧阿佐美　作品［祇王うたかた］一九八〇

現代舞踊とジェンダー

ダンスについてのイメージといえば、一般の人にはどうしても女性と呼ばれるジェンダーと無関係には成立しにくいのではないか。そしてこれは今と昔、洋の東西を問わない。バレエなら『白鳥の湖』

のオデット／オディールや、ロマンティック・チュチュをつけた優雅なマリー・タリオニの姿、バレエ・ブランの『ジゼル』などが先ず脳裏に浮かび上がるだろうし、日本の歌舞伎舞踊では『藤娘』『娘道成寺』などが、その代表的映像だということになる。出雲のお国はもちろんのこと、そもそも神話でこの国のダンスの始祖とされる天鈿女命（あめのうずめのみこと）もれっきとした女性であった。（なになに、女形の中身は男性じゃないのかって？　それは発想が逆。女性美にあこがれ理想の容姿を追い求めた男性が、苦心惨憺のすえ産みだした様式が女形である。バレエでも男性は長らくバレリーナを抱え上げるためだけの脇役、ただの介添え役に過ぎなかったではないか！）ところが二〇世紀に入ると、この序列に一種の狂いが生じ始める。そしてこれは何も舞踊界だけの現象ではなく、前世紀までは芸術の各ジャンルでそのゆるぎない牙城を誇った古典の世界が、音を立てて崩れはじめるのだ。

その発火点のひとつが一九一六年の初冬、チューリッヒ市で起こったダダイズムである。作家のフーゴー・バル（一八八六―一九二七）や詩人トリスタン・ツァラ（一八九六―一九六三）、画家のハンス・アルプ（一八八七―一九六六）など、戦火を避けて中立国スイスに集まった数人の芸術家が市中の酒場〈キャバレー・ヴォルテール〉を拠点に、それまで通用したあらゆる芸術上の規範やルールをひたすら破壊することに情熱をもやした。これが二〇年代をピークに全ヨーロッパに広まる表現主義、さらにその後第二次世界大戦を生き延びることになるシュルレアリスムへとつながって今日に至っている。

ところで一般にはほとんど知られていないことだが、このチューリッヒでの運動には近代舞踊の祖ルドルフ・ラバン（一八七九―一九五八）が一枚加わっていた。これはバルの「ダダ日記」にも記されていることで、彼は開店の準備期から顔を出し、パフォーマンスに手を貸しただけでなく、翌年春には駅前の〈画廊ダダ〉で、仲間らと積極的に作品も発表している。

そもそもラバンはそのころ毎年夏になるとマジョレ湖畔のアスコナで、イコザイダーと呼ばれる新しいトレーニング器を用いながら、熱心に身体表現の可能性を追求していた。ここでの一番弟子が、かの有名なマリー・ヴィグマン（一八八六―一九七三）である。

その後ヴィグマンはドレスデンに出て舞踊学校を建て、ここから錚々たる世界の現代舞踊家が輩出されることになるが、そのひとりが今回の出演者である西田堯の師、日本人江口隆哉（一九〇〇―一九七七）であったことは興味ぶかい。

ここで面白いのは西田が江口の門をたたいた動機が、上に述べたイコザイダーを用いた師の作品『イコザイダー』を見たことだった点だ。それは昭和二五年（一九五〇）二月の帝劇公演であるが、ここで彼は生まれて初めて男性舞踊手だけによる群舞を目にしたのである。同時に上演された『プロメテの火』もまた、およそ女性的なロマンティック・バレエには程遠い知的で男性的作品である。

「舞踊は女性だけの世界ではない」ことを知ったというのは本人による述懐だが、ここには舞踊におけるジェンダーの問題が内包されている。つまり古典期の芸術舞踊にはなかったもの、いわば近代舞踊が初めて前面に押し出した男性的要素や主題が、西田堯という一人の芸術家を誕生させたのだとも言える。なにも私はトランスベスタイト（異装）で評判の《トロカデロ・デ・モンテカルロバレエ団》などをイメージしているのではない。バレエの世界でもベジャールが、舞台に男性舞踊手を多用することは周知の事実だし、フォーサイスの創作する作品にあえて女性だけの主題を見つけようとしても無駄な努力というものだ。

夢から現実へ。ダンスは二〇世紀に入ると共に女性というジェンダー優先の枠を取り払うことによって、ようやくその近代化に成功したと説明しても、決してウソにはならないだろう。

新国立劇場　上演プログラムより　一九九九

神を見据えたヒューマニスト

西田作品の魅力は何よりもその劇的構成のうまさにある。ややもすれば単調な感覚主義に走りがちのモダン・ダンス界にあって、先ずちゃんと人に判らせる振りをダンサーに与え、それらを巧みに西田式ドラマツルギーに乗せることで、ほとんど間違いなく観客に深い感動を与えて舞台を終える。『ゼトの時代に起こった』（一九七二）から近年の『祖国』（一九九二）に至るまでみんなそうだが、この劇場での前作『世界はバッハのように』（一九九七）のような音楽主導の作品でも、その長所は遺憾なく威力を発揮している。

一方これを内容の側から見ると、神の問題と社会的コミットメントの姿勢が浮かび上がる。これには少々解説が必要だが、一口に要約すればこの作家はおのれの捉えた事象を神と人間、天と地、精神と肉体という西欧思考式の二元論で捉える型の知識人である。これは彼がキリスト教受難の地、長崎で生まれ育ったことと無関係ではない。加えて二十歳の夏、故郷で目撃した生々しい原爆体験――。『亡者どもの円舞曲』（一九八三）から『朱夏の黙示録』（一九八八）、『黒い伝説』（一九八九）まで、もろもろの社会悪に対する根強いプロテストに貫かれた一連の作品、そして今回『神曲』を取り上げた動機もまた、その秘密はすべてここに帰趨する。

西田堯 ［神曲］ 一九九九

台本作者のつぶやき

「世紀末」という言葉に特別な意味合いが付与されたのは、一九世紀も終わりに近づいた百年前のヨーロッパにおいてであって、それ以前には存在しなかった通念である。停滞、荒廃、没落つまりはデカダンスの語がイメージするあらゆる冷笑的現象は、しかし二〇世紀末を迎えた今日の日本に、なんと怖ろしいほど照合し合っていることだろう。

そんな不快な社会現象を、四年前のある日たまたま本田重春さんと語り合ったことからこの台本は生まれた。ペシミストの点ではより重傷を自認する私だから、その内容は最終章においても、わずかな光線が天窓から洩れてくるだけという、甚だたよりないものでしかなかった。それを出演者の全エネルギーを収斂し、見事新しい世紀への希望と誓約へと継げて見せたのは、振付・演出者本田さんの功績である。

人間は明日を信じずには生きて行けない。だから私たちは観客がこの舞台作品から、その種の夢と鼓舞を心に受け止めて劇場をあとにすることを切に願う。

ただひとつ、再演に当たって故・前田哲彦氏の不在だけは全く予期せぬ出来事だった。でも君はいまその斬新なデザインと空間の美術をもういちど差し出すことで、きっとあの世から手を振りながら声援を送ってくれているに違いない。伏して冥福を祈る。

本田重春　作品［世紀末の憂鬱］一九九九

江口・宮がこの国の現代舞踊に遺したもの

ちょうど今から一〇〇年前に当たる一九一一年の春、東京は日比谷のお堀端に、白亜の殿堂と呼ばれる第一次帝国劇場が完成した。ここから和洋両様の新しい舞台芸術の黎明期が始まるのだが、こと正統の洋式ダンスに関しては、翌年ロンドンから劇場へ赴任したイタリア人のバレエマスターG・V・ローシーが、日本人の洋舞家を基礎から育て上げようと、歌劇部の全員にダンス・クラシックのレッスンを課した一事に始まる。それから三期三年。厳しい修業を終えて卒業証を手にした部員の中に、石井漠（林郎）、小森（柏木）敏、沢モリノ、高田雅夫（春夫）、原勢伊子（高田せい子）ら、この国の洋舞開拓期を担う五人の人物がいた。中で高田と原の二人は結婚し、その後いわゆる浅草オペラ時代が到来するが、江口・宮の両人はそのころ高田夫妻の門下生として舞踊家のキャリアを踏み出す。従って時系列的にいえば、いわゆる第二世代族に該当する人たちだ。しかしながら今日、直接に教えを乞うた年配の舞踊家はもちろん、その後この系列に関係した後輩のダンサーにとっても、この派の舞踊地図はおどろくほど列島のすみずみにまで広まっており、したがってこの二人こそが現代舞踊の開拓者という実感が、あちこちで想像以上に強いのではあるまいか。それには門下生の数だけでなく、当然それ以上の重要な裏付けがあることを見落としてはなるまい。筆者に言わせれば、帝劇時代の日本人ダンサーが受けた西欧舞踊の素養は、多かれ少なかれまだ〈形〉（カタチ）の域を出なかった。いわば日本舞踊が西洋舞踊に入れ替わっただけの話で、斯界の大先輩石井漠が帝劇を飛び出した理由の大半もそこにある。その点一九三一年に自ら決意して、宮操子ともども祖国を後にした江口のケースは、最初から何かが違っていた。時はすでにドイツ表現主義の末期ではあったが、現地でヴィグマンらに就き、二年間にわたって修得した貴重な成果は、帰国後日本では当時ノイエ・タンツの名の下に大勢の関係者らの心を射止めた。というのも江口・宮の踊りは、それまでのいわゆる形姿の〝振り写し〟から、画期的な前進を見せていたからだ。そこにはまず方法論としての理論があり、そこから必然の形でダンスが生まれた。正に創作の質的変換である。その具体的な教えと方法は、一九五三年以来、二〇年もの長きにわたって江口が編纂した月刊誌「現代舞踊」、またそれをまとめた単行本「舞踊創作法」などに詳しいが、同時に今回の舞台で、ひろく一門の枠を跳び越えた大勢の現役ダンサーが一堂に集まり、たちまちのうちに「プロメテの火」「日本の太鼓」など、貴重な代表作を再現させ得た一事をもってしても、そのセオリーの正しさと実効性を、充分に証明していると言えるのではあるまいか。

宮操子　三回忌メモリアル公演　二〇一一

劇薬の効果と副作用

このシリーズ、CDAJ（現代舞踊協会）の前会長だった石井みどり氏が亡くなり、娘であり現役ダンサーでもある折田克子が、両方のイニシャルを取って発足させた一門の発表会だと最初は思っていた。ところがそれがいつの間にか自己増殖し、独自のカラーを持った年次企画にまで発展している。そしてそこへ個性の強い外からの人材が、勇んで加わるようになってきた。今回の例では、ささきさよこ（「赤い蔵」）、池田素子（「fraiming／reframing」）、ハンダイズミ（「ハコニハニワトリ」）、坂田守（「雪解」）などがそうで、他流育ちとはいえみな逸材だ。それらの顔触れが集まってくるのは、おそらく折田克子というもうひとつ高い次元の才能が、なかば見えない紐のようにその参加を促しているのに違いない。これこそ〈監修〉折田克子が果たしている強烈な役割。妙な比喩だがそれはちょうど医療の分野で、治療のためにはいくばくかの劇薬が必要なように、彼女の放つ毒素がダンサーたちの作品に、有形無形にプラスしたと見る。

ただこれが過度にきた場合は、必ずしも成果は保証できない。手柴孝子（「内なる旅へ」）の場合は、その毒素が身体に宿る演者の細胞を吹きとばして、逆に内燃の火元を消しているし、阿部友紀子の作品（「Waltz」）では、あたらダダとシュールレアリズムの美しい境界を破壊、身体表現から立ち上る、固有の可能性を見えなくしてしまった。師があまりにも身近な存在で、毒素が毒素に火をつけ、いきおい手に負えなくなってしまった一例だと言えなくもない。

石井・折田　制作　［I.O DanceFlame］　二〇一二

②　省察

一九七七年に設立したダンスシアター・キュービックは、計一三回の年公演を続けたが、ここにあるのは各上演に際してメモしたその狙いや分析を時系列に再録したものである

《演出ノート》から　「ジ・アビス〈深淵〉」

☆　〝いまごろは半七っあん　どこにどうして〜〟今もなお観客の涙をしぼるのは、非人間的なまでに自己犠牲に徹した処女妻おそのの憐憫だ。だがこの作品の主眼は、自己の欲望追求にどこまでも正直であろうとする茜屋半七のエゴと、彼の世界観を問うことにある。

☆　半七、三勝、おそのの〈個・内〉に対し、それをとりまく世間としての〈群・外〉。この相違を

形の上でより明確に立証するため、意図的に二人の振付者をおく〈前者を三輝、後者を本田〉──キュービック的演出のひとつ。

☆文楽人形のもつリアリズムと、舞踊芸術が特色とするシンボリズム。その組み合わせとつかい分け。そして同一空間における一体化。

☆半七は言葉の十全な意味においてイノセントな存在である。イノセンス（INNOCENCE）──純粋、幼児性、天真、お人よし、無罪。だが彼は女に溺れ、二度までも殺人を犯す。結果におけるその反社会性、非道徳。昔も今も、そしておそらくは永久にかわらぬ矛盾とイロニー。

☆第三章「大尽あそび」を三人のヴェテラン・ダンサーを用いてコミカルに扱うこと。シンフォニー構成で、アンダンテのあとに往々スケルツォを挿入するように。たとえ全体の標題が〈悲愴〉であり、〈深淵〉であったとしても。

☆南北から玉三郎に至るほとんどフェティズムに近い日本人の美的感性。肉体を含む、ものに対する極度に洗練された感受性と異常なまでの耽溺。古典文楽の現代化は、だから思弁よりもむしろ感性を主たる武器とする舞踊芸術においてこそふさわしいと考える。

☆おそらくは宇宙と対峙したとき、全地球の重さに耐えておどりきる唯一のダンサーが日本にもいた。彼が表出しなければならない凄絶な美しさという感情の質。

☆半七――陶酔と意識とをあわせもつ反社会的人間。芸術家。泉勝志

☆おその――やさしさ、世俗と生活、そして忍従と母性。本間祥公

☆三勝――誘惑する人、非情の美、女、そして空華。竹屋啓子

☆たしかに芸術は今日までその発生の根元をたずねることによって蘇生をくり返して来た。だが昨今ある種の舞踏に見られる呪詛的魔力によってこれを行おうとするのは、表現という芸術の根本条件を無視した原始への退行に他ならない。

☆台本が地平線上の指標であり、それへの軌道（Rail）だとすれば、舞踊作品において、演出とは何だろう。Amender?　Modifier?　Finisher?　特に振付との創造的な噛み合いの必要性。舞踊舞台制作において演出の位置が占める特殊性。

☆　日本のモダン・ダンスが、同人誌的自閉状況から脱出するにはどうすればいいか。舞踊を核とする劇場作品（Theatrical　piece）をさがし求めると共に、制作過程にみられる一種アナーキーなもち寄り主義を是正すること。そのため演出家の設置とそれに対する周囲の正しい認識。

第三回公演［ジ・アビス］一九八〇

レフレクション「信田の森の物語り」

▲〝むかしむかしあるところに……〟洋の東西、古今を問わず、たいていの伝奇はそんな出だしで始まります。そのヒソミにならえば、この「信田の森の物語り」の冒頭はこうです。〝むかしむかし和泉なる信田の森に、一匹の白狐が住んでおりました。ある日、猟師悪右衛門に追われ、危い命を安倍の保名に助けられたところから……〟あとは浄瑠璃の諸本が伝えるとおりですが、ただ後段の発展は全く異なります。

▲何世紀もの年月を経て、義太夫に語られ、節付けされ、そして歌舞伎に集大成されたこの古譚を、こんにち現代舞踊の作品としてあらためてとりあげるためには、主人公葛の葉姫もまた〈くの一

的〕日本女性から華麗なる変身をとげなければなりません。すなわち、こゝでは忍従とあわれの感情は、一転男性や人間に対する不信と反抗の炎となってもえ上ります。そして〝恋しくば尋ね来て見よ……〟の歌の文句も〝口惜しくば尋ね来て見よ……〟のタンカにとってかわられるのです。

▲「信田の森の物語り」というタイトルに因み、前後はシュトラウスの円舞曲「ウィーンの森の物語り」を配しました。もちろん、リズムや演奏法は換えてです。これは、原典に対するこの作品の狂文的姿勢を表明するものですが、同時にわたくし達の先輩が、彼らの舞台創造において信じがたいほど変幻自在のパロディ精神を発揮して来たことにいまあらためておどろいています。「信田妻もの」また然り、すべての劇作品を狂言と呼んだ所以です。

▲かといって「信田の森の物語り」を単なるパロディとして仕上げるつもりはありません。そもそもパロディなるものの基本精神はその批評性にあると思っています。事物を客体化して、これを自由な精神で眺め、扱うことです。二〇世紀の〝葛の葉〟とその心を舞踊と舞台空間を用いて、こゝに更めて正当的に再創造してみたいのです。

▲かくして蕭々ないし陰々滅々たる〝葛の葉姫〝道行の秋の情緒は、こゝにはるかにかわいた、力強いウーマン・リベレーション大合唱となって信田の森にこだまします。若し安倍の童子が今日生れかわってこの風景を眺めるとしたら、彼は決して陰陽師晴明ではなく、女性解放闘士のリーダーとして真価を発揮、広く天下にその盛名を馳せたに違いありません。

ほされた日常の風景

現代――なかんずく昨今の日本は、いわばドラマを喪失した時代である。経済至上を指針にひたすら無事と繁栄を追い続けて来た三十数年、その結果われわれの眼の前にしれっと拡がった一見もっともらしい社会は平和そのもの、結構この上ない毎日と見えながら、実は奇妙に乾き切った、いわば荒涼たる地平線ではあるまいか。

今日的日常を描いてみようとしたこの作品には、だからこれといったストーリーは何もない。高度の技術革新の結果、がんじがらめにされてあえぐ地球の表情と平行的に、そこに嵌め込まれ、干された日常の風景が展示されるだけである。

ビデオ・アイというメカニズムを唯一の窓口として、かろうじて外界へとつながる大都会の一隅――そこに棲息する一組の男女は任意のあなた――すなわち今日を生きるアノニムなわれわれに他ならない。何かが起りそうで何も起らない日々の連続――。くびすを接して発生するかに見えるすべての事件やニュースも、彼らにとってはひたすらテレビや活字を媒介とした疑似的な代理体験にすぎず、自ら傷つくことは殆んどない。フレームの画像がかわればそれで彼らの短かい情緒反応ももうおしまいだ。いまいましい複製技術のこの時代め――！

そこで一念、彼らはありあまる情報、なくもがなのコピーの山をはねのけて、ほんものの香気、生ける体験を求めて立ち上ろうとした。その甲斐あってか、ブラウン管の虚像はたちまち水々しい肉体と化してみごと眼前に再生したかに見える、しかと抱き合うふたり――　だがその瞬間、胸の奥を得体の知れぬはげしい痛みが走った。見れば地球がなだれを打って――。

幸い崩壊は一瞬の幻覚にすぎなかったらしい。しかしそれと同時にお互いが熱烈に愛し合ったと思ったあの至福の瞬間も――？

きょうもまた、砂を噛むような時間がすぎて行く。ビデオ・アイからは地球を等時闘差に裁断した世界各地の風景が何ごともなかったかのように流れている――。おぞましい夢――　あれは一体何だったのか!?


第五回公演［地球は汗をかいている］一九八二

影のうら側

この作品は題名、成立の動機そしてストーリーの半ばをH・ホフマンスタール原作、R・シュトラウス作曲によるオペラ「影のない女」（一九一九年ウィーン初演）に負っています。その世界ではあまりにも有名なナンバーですが、どうしてだかわが国ではまだ上演されたことがありません。その内容は東洋風で神秘的なある王国で、霊界の娘であるがゆえに影を持たぬ王妃が、夫が石になることをおそれ、人間界から影を盗もうとして、最後には自らの行為の非をさとることによって、すべてが宇宙的調和のうちに大団円をとげるというういかにもドイツ浪漫派の精神に満ちあふれた作品です。今回はこれを現代の話におきかえ、おのれの欲望を深追いした女事業家が最後には〝影〟によって報復されるという筋に置き換えてあります。つまりこゝでは〝影〟は人間にとっての大切な心とか教養というメタファーとして扱われ、主として群舞がその表現にあたります。パトロンの力を踏み台に野望をとげた女が、〝金と権力〟で〝心〟を買おうとして失敗し、愛の尊さにめざめた貧しい夫婦が再び幸せをとりもどすといった幕切れです。そのため原曲中のリフレイン〝王は石にならねばならない（Der Kaiser muß versteinern）〟は〝男は石に……（Der Man muß sich versteinern）〟に、また歌詞にうたわれた〝Engel（天使）〟と〝Falke（鷹）〟という言葉はいずれも〝Schatten（影）〟におきかえてあります。

もっとも影に復讐されるという発想は他の文芸作品の中にもないわけではなく、例えばA・シャミッソー作「シュレミール奇談（影を売った男）」の主人公は影を失って孤独と不安に苦しみますし、また年配のお客さまの中にはきっと往年のドイツ映画「プラーグの大学生」という影を殺しておのれも死ぬストーリーを覚えていらっしゃる方もおいでかと存じます（この作品はわが国で伊庭孝氏の手によって浅草オペラとして上演され、舞踊界からも故高田せい子さんも出演しておられます）。具象でありながら非実体という〝影〟の持つ特殊性が、形而上学好みのドイツ人の体質にピタリらしく、屡々文芸作品に登場して来るのは充分うなずけるところです。

しかしわれわれ日本人にとってもニュアンスこそ違え〝影〟との関係は因縁浅からぬものがあります。〝ワビ〟〝サビ〟好きの国民性はどちらかというと、おもてよりうら、直截より余韻を尊ぶからです。思えば高度経済成長の波に乗って戦後まっしぐらに金品を求めて来たわが国も、世界的不況や対外摩擦の壁あるいはロッキード裁判のような事件にぶつかって、ある意味ではいま〝日向〟から〝影〟の時代に突入したとも言えるでしょう。谷崎潤一郎の名著「陰翳礼讃」を待つまでもなく、ここいらでわれわれ自身の〝影〟を問うてみるのも、また観劇後の一興かも知れません。

第六回公演［影のない女］一九八三

さまざまな〝痩女〟

一九一〇年（明治四三年）に森鴎外が『中央公論』誌上に発表、同年五月自由劇場の第二回試演会のレパートリィとして市川左団次らによって演じられた「生田川」は、同じ作者の手になるもうひとつの戯曲「静」と共に、はじめて現代口語で書かれた史劇として世に知られています。同時に鴎外はこの「生田川」をメーテルリンク風の、いわゆる象徴劇として世に問おうとしたことは明らかで、果してその意図が成功したかどうかはおくとしても、執筆にあたって彼がその素材を「万葉集」巻九ならびに、「大和物語」所収の処女墓の伝説にもとめたことは、常にヨーロッパ文学を意識し、それらに対抗し得るわが国現代古典の樹立を悲願としたこの文豪の博識と聡明をうかがわせるに足りる事件だったといえましょう。このとき彼の念頭に、能楽「求塚」の存在があったかどうかはつまびらかにしませんが、戯曲では別に主人公の母親役が創造され、娘に言い寄る男ふたりに水扇射ちを条件とする提案をするのは彼女の発想であるのと、劇の進行自体も入水や男たちの死という悲劇的結末を匂わして幕を閉じるという、いかにも象徴劇風の終り方をさせています。

ところが観阿弥の「求塚」ではシテの扱いは、はるかに直截かつ強烈です。こゝでは水鳥競枝を示唆するのも本人のようですし、また後段生き霊となってあらわれる件りでは「生かんとすれば前は海、後は火焔」といった風に女の苦しむ描写もまこと迫真的です。いや、それはむしろ自ら求めてわれとわが身を焦熱地獄へおとし、猛獣鉄鳥によって切りさいなまれんとする殆んどマゾヒスティックな本人の意志といったものをすら感じとることが出来るほどです。

今回私がもっとも興を惹かれたのはその点でした。生前の罪に起因する単なる受け身の受苦ではなく、観阿弥のはげしい描写辞句の中から更に二歩ふみ込んで、自立したひとりの女のはげしい意志と運命をひき出したい。「彼方へ靡かば此方の恨みなるべしと、左右なう靡く事もなか」った内気で平凡な里の一女を、後段では世俗の規制やしがらみの一切をなげ捨て、開かれた強い女として己れの全官能と感覚を投げ打ってふたりの男に身をゆだねる自由な女に一転させる。そのめくるめくエロスと自虐の陶酔の果てに、三人が恍惚として救済され、昇天するといういわば唱婦マヤ的ともいうべき聖女をイメージしてみたのです。

以上、今回の作品は人名を鷗外戯曲から、構成を観阿弥能本から、そしてヒロインの新解釈――すなわちテーマをオリジナルなものとして創作してみました。また演出的にはあらたな能詞や説明句を挿入、あえて踏みきった音楽の生演奏では、発声、囃し法に新邦楽的解釈をほどこしつゝ、全体としてお面の使用など適宜能楽の様式をとり入れています。

果して新しい「痩女」が無事誕生するかどうか、毎度のことながら幕の上るまでは、それこそ〝焦熱地獄〟の連続です。

第八回公演　「新・生田川」　一九八四

サティが見えてくる

サティ本人が出てくる一九二四年の前衛映画「幕間」を見た。ピカビア＋ボルランのバレエ「本日休演」の幕間に上映される目的で作られたというから、本来舞踊と縁の深い作品だが、サティが例の燕尾服で、写真画家のマン・レイといっしょに、突然ビルの屋上に現われエッフェル塔へ大砲を打ち込むという何とも人を喰ったシーンがあらわれる。それもドイツ表現主義風のもったいぶったオーバーアクションでなく、子供のいたずらのようにコソコソ恥ずかし気にやってのけるところが、何ともサティの人柄と、ダダやシュールリアリズムを生んだ大戦間の空気を反映していておもしろい。

何でも第四次サティ・ブームだそうである。それも当初から彼の最良のインタープリターをもって任じて来たT氏一派の手によるものでなく、この夏には誰の目にもドイツ音楽界の正統としか考えられないK氏によるサティ特集のリサイタルまで用意されているからちょっとした驚きだ。きっかけがルイ・マルの「映画」にサティの〈ジムノペディ〉が主題曲として用いられたせいだったかどうか忘れたが、十年ほどまえ、たしかにあちこちでサティの作品を集めた小演奏会が次々と聞かれた。あれがひょっとして第一次ブームだというなら、では第二次、第三次はいつ、どのことを指すのか? どうやら第四次という呼称自体、何やらサティ的においがして、ひょっとすると物かげからこちらをのぞいてニヤニヤ悦に入っている仕掛人は、とっくに死んだ筈の彼自身ではないのかと錯覚したくなるほどだ。

とまれ持続するサティへの人気は、どうやら今日的時代状況と無関係ではなさそうだ。安定というにはいささか飽食に近く、人の心など片すみに追いやられて、日本の社会を動かすのは経済と二大国の政治パワーだけ。波風を立てるには対象を揶揄して笑いとばすか、三十六計逃げまくるより手のない装飾と遁走の時代。この時急に今まで片すみにいたサティの姿が浮かび上って来る。彼の音楽には何ひとつ大仰なものはない。しかしそれは一見〝家具のように〝つゝましやかにそこに存在するだけにみえて、実はおどろくほど高邁で純粋なある結晶体なのだ。譜面の上の、短かいパッサージュと並んでまき散らかされた無数のアフォリズム、奇矯なグラフィティ。反ワグネリアンの代表選手サティ最大の武器はユーモアとイロニーだった。それは音と言葉の間に、直覚という名の振り子を往復させながら、決定的瞬間における発火現象をねらった彼独自の方法と姿勢だったと言えよう。純粋であるがゆえに作品は息が短かく、アマチュアリズムと紙一重にみせかけて、実はこれほどピュアな音楽精神も珍らしい。およそ反劇的な彼のエッセンスを、あえて舞踊作品へ持ち込むことによって、いささかでも今日という時代の空気と交感してみたいというのが、今回のねらいでもあるのです。

第九回公演［奇妙なボンネット］一九八四

一〇年の意味するもの

十年ひと昔、という諺がある。以前から人口に多用されているが、万事がめまぐるしくスピード・アップしてしまった今日では、同じ歳月でも、その内容から言えばふた昔分は優にあるかも知れない。その短かからざる日月を、こんどは逆の表現で、十年一日のごとくダンス・シアター・キュービックはただひとつのことを目標に創作活動を続けて来た。そしてその理念とは、モダン・ダンスと他のジャンルの交流をはかることで前者に活力を与え、この芸術に原始の演劇性を蘇生させたいという意志に基ずいたものだ。

一方、この間、海外における舞踊界のトレンドにもさまざまな変化があった。モダン・ダンスの神様マーサー・グラームも次第にその始祖性をうすめ、やれエンバイラメンタル、ほらミニマル・アート、そしてポスト・モダンと、ジャーナリスティックな呼称は、つぎつぎとかしましかったが、要は今日的世界の反映とされる即物的表現への傾斜であり、反芸術的日常性と非プロフェショナリズムへの偏嗜好であった。一方、国内にあっても、アングラ演劇と平行して、いわゆる暗黒舞踏派の擡頭があり、これまた肉体への内面下降を目ざすその非運動性が、革命的であるとして話題の中心となった。

ところが八〇年代に入ってから、海の向うでもようやくそれ以前とは違ったひとつの変化が顕著にあらわれ始めた。ダンス・シアター〜タンツ・テアター精神の再評価だ。ヨーロッパでは第一次大戦後の、ドイツ表現主義運動の遺鉢をうけつぐP・バウシュやR・ホフマンらの劇的舞踊作品が注目され、また最近ではM・ベジャールの手がける多重構造的舞踊が、アメリカですら俄然評判を呼ぶようになったのである。

最近日本でワールド・プルミェされた『ザ・カブキ』など、その創作方法や精神を見ると、いささか口はばったいかも知れないが、ダンス・シアター・キュービックが発足以来試みて来たやり方と、基本的には全く規を一にしている。（違うのは制作条件だけである。それゆえ同作品の内容については全面的に首肯し、また強い感動を覚えたことを卒直に認めるが、ひるがえって国産の舞台芸術や文化に対するこの国の官民を通じての跛行的アプローチや偏見に関して言えば、あらためて強いいきどおりと失望を感ぜざるを得ない。)

　とまれ、一〇年という年月はたしかにひとつの区切りであり、ある種の感慨と反省を生むに充分な年月のようである。思えば文楽、能、オペラ、落語、そしてビデオ・アートまで、この間さまざまなジャンルとの接触交流を試みて来た。もちろん単なる技術主義レベルでのジョイントが、それ自体で意味のあるものだとは決して考えていない。だからこそ「トータル・アピール展」という指標をかかげているのだ。それにしても今、しきりと一〇年という歳月の流れが意識され、また〝ひと昔〟という成句の意味するところをよく吟味再考するとき、あるいはこの運動にもひとつの転機と飛躍が要求されているのかも知れない。ようやく巡って来た季節の到来を確認しよろこぶがゆえに、同時にわれわれは心の中にひとつの出発が準備され芽生えつゝあるのを感じている。なぜなら絶えざる新生こそ頭初から最も尊重され、持ち続けられて来たこの芸術運動の精神に他ならないからだ。この公演がすんだら、個人としても充分にじっくり考えてみたいと思っている。

第十回公演［体育館のペトルーシュカ］一九八六

舞踊×狂言

現代舞踊の活性化を唯一の指標に、他ジャンルの舞台芸術を多角的にとり入れるという方法をかゝげてちょうど一〇年。ふりかえると、文楽、オペラ、パーカッション、能楽、バレエ、電子映像、落語等々、およそひととおりの素材を扱って来たが、さて第二期に突入する今回からは、組み合わせ対象としてはもう一度最初からリピートしながら演出面での新機軸が勝負どころかなと漠然と考えていたところ、フト狂言という舞台芸術がまだ手つかずであることに気づいた。

能狂言という呼称が示すように、ふつう狂言は能番組の中間に導入して上演される。そのせいか一般に何となく息抜き的に軽く見られがちの傾向がなきにしもあらずだが、どっこい同じ猿楽から発達しても、一がひたすら幽玄・彼岸の怨霊修羅へと走ったのに比べ、こちらは猿楽本来の滑稽と批判の精神を失うことなく、常に健康な庶民生活と密着しながら、巧みにその事象をとり入れた此岸とリアリズムの産物である。

その意味で、能楽と狂言の交互編成という上演形式に、半日を舞台とつき合う見所の人たちの精神バランスを意識した先人の深い知恵を読みとると同時に、とかく笑いとユーモアに欠けるとされる日本人が、例えば西欧におけるオペラ・ブッファやソティなどに匹敵するこの種の伝統喜劇を、数百年にわたって保有して来たことにあらためて深い誇りと意義をおぼえる。

　しかしながらこれを舞踊に生かすとなると、はなしはまた別だ。そもそも狂言の笑いは七割方が言葉のかけ合いに、残りが扱う内容の矛盾と題材の誇張といったものに負っている。だから本来的に言葉を禁止され、肉体を限りなく畏敬することから出発する舞踊芸術が、これまで笑いの表現を最大の不得手として来たことは充分にうなずける。滑稽なためには、逆に肉体を蔑視し痛めつける必要すらあるからだ。だが、われわれの周辺には、肉体の深奥部をとり出して、これを顕在化してみせた暗黒舞踏という一派だってあるではないか。そしてこの種の試みこそが現代舞踊の存在理由であり、キュービックのモットーであるはずだ。
　といったわけで、今回は、特に〝動きのシンコペーション〟といった効果を採用、進行上「音のない空間」を多用した意図もそこにある。さあ、果して成果のほどは——　一〇年たってもやっぱりいちばんこわいのが、幕あきのこの一瞬だ。

第十一回公演［わわしい女たち］一九八七

日常はひき返せるか

　わずか一〇分そこそこで終わるP・ヒンデミットのミニ・オペラ「行きと戻り」(Hin und Zurück)は、まことに人を喰った作品である。中年夫婦の幸せな一日が、たまたま舞い込んだ一枚の手紙によって混乱を引き起こし、夫が妻を射殺してしまうが、ここで賢者（Der Weise）と称するあご髭の超現実次元の人物が現れ、〈人生は赤子の誕生から始まろうが、死の瞬間から逆に進行して行こうが、どっちだって同じことだ〉とのたもうて、もう一度死者を生き返らせる。かくしてすべては逆に進行し、ふたたび最初の平和な家庭に戻るという内容である。同時にここでは音楽自体も、前半と後半が全く逆に書きこまれ、演奏される仕組みになっている。

今から六〇年も前（一九二七年）に作られたこの奇妙なオペラの中で、ヒンデミットは一体なにを言いたかったのか。前衛的な音とコンストラクションの実験もさることながら、テキストの寓意としては、なにげない日常生活のうらに潜む危機――いま少しもったいをつけて表現するなら、ブルジョワ生活の偽善性、ないしは実存的不条理といった類のものであろう。ただし全体としては、ひとつのユーモアのようにこのオペラは作られている。

ところで現実問題として、日常とは果たしてひき返したりやり直しの効くものであるだろうか？そんなことはない。退屈な毎日の窓口事務も、サラリーマンの機械的な日々の通勤だって、一日としておなじことの繰り返しではあり得ないし、全く同じように前日の行動を再現してみることは出来ない。そこで今回の翻案にあたっては、Uターンの終わりに思わぬハプニングを設定することによって、もうひとつ作者としての寓意をつけ加えたつもりだ。何が起るかは、舞台をご覧になった上で、それぞれに感じとっていただきたい。

なお、演出上の処理で二、三の説明とお断りをしておくと、原作でいわば狂言まわしになっている手紙（Brief）が、ここでは電話（Anruf→Ruf）に変わっており、また編み物好きの耳の遠いお婆さんが消されていたり、妻と夫のシチュエーションが逆に設定されているところから、一部ドイツ語の歌詞が言い換えられている。また、蛇足になるかと思うが、デウス・エキス・マキーナ（Deus ex Machina）というのは、紀元前にギリシャ演劇で用いられた手法で、物語りが紛糾したり行き詰まったりすると、突然天上から現れて運命に介入する〝機械仕掛けの神〟のことである。その方がなにやらドイツ神秘主義めいた髭の賢者よりも、はるかに明快でアイロニカルな形象だと考えたからである。

第十二回公演［Uターン］一九八八

レトロスペクティヴ　――舞踊における振付と演出の役割――

テレビで言えばたった三ヶ月、いわゆる一クールで終結する一三回の作品を、実に一三年間かかってやって来たことになる。この年月、文楽からビデオアートに至るまで結構いろいろな企画を試みた。じゃ、回を追ってさだめし手際もよくなり、成果も上がったことでしょう、とうっかり声をかけられそうだが、どっこい、芸術に進化などという結構なオプティミズムは見当たらぬ。観客層が厚くなり、公演日数が増えた覚えもなし、批評はいつも冷たかったし、毎回々々が一からの出発で、なんともシンドイ仕事だった。その間、確実に増えたものと言えば、まあ制作費ぐらいのものだろう（それと反比例して不思議や、補助費は年々減って来た）。いや、もうひとつある。それは振付と演出との間に横たわる共同作業の難しさへの認識である。それが、やればやるだけ見えて来たのである。

本来、舞踊作品にあっては、振付と演出の作業は明確に分離することが出来ない。というより、振付を抜きにして演出は考えられないわけである。これは演劇との大きな違いだ。それでは舞踊作品に対し、なぜわざわざ振付の他に演出という分担をおくのか。それは単に踊りの巧拙ではなく、作品の質やテーマによっては、時間と空間芸術としての舞踊に、より複輳した劇的イデーが求められることがあり、そんなとき、振り付けとは別に複眼的視点を併在させる方が、もっと効果的な結果を得られることが期待されるからだ。木を見るのが振付家なら、演出家の役割は森を見ることにある。が、同時に後者はその森が多くの木から成立していることを充分知っていなければならない。ここに振付と演出の間のアンビバレントな付き合いが始まる。それは決してうるわしき協同作業といった底のものではなく、むしろ絶えざる意見の衝突——きびしいポレミークを通じての前進作業でなければならない。なぜならそれが一人の場合は、おそらく寝ても覚めてもひとつの脳のなかをピストン往復しながら、次々と止揚され解決されて行くであろう造形上の諸問題を、この場合は一々口にだして論議していかねばならず、しかも二つの個性は、究極完全に一致することはあり得ないからだ。作業を前進させるためには、常にポレミークから先へ先へと結論を引き出し、それを踏まえて行かねばならない。

これは実にやっかいな作業だ。相手を受け入れながら、おのれを通す。相互の人間的な信頼と同時に、徹底した厳しさが要求される所以だ。でなければ、あとは妥協か決裂しかない。ところが、毎年同じ手続きを繰り返していると、どうしてもその点が甘くなる。相手の個性の好みや癖、立場などを知りすぎてしまい、事を不問にして通過させようとするか、または謙虚さを失って相手の意見を受け入れない。ポレミークの消失だ。これは慣れによるプラスではなく、確実にマイナスの側面である。

似たような反省は、この一三年を通じて他にも多くあった。スタート時のマニフェストはどの項目も、どこかが汚され少しづつ歪んでいる。レパートリーのこと、運営のこと、組織のこと―。だが、何事にも波があり、神ならぬ人間には、いつか休止の時が必要なのかも知れない。

第十三回公演［虫めづる姫君］一九九〇

第5ラウンド　座談会

キュービック公演は毎回論議を読んだ

第5ラウンド　座談会

《詩と現代舞踊》をテーマに

横井茂
石井かほる
遠藤啄郎
日下四郎
藤本久徳
桜井勤

石井漠の舞踊詩

桜　井：日本における舞踊と詩の関係というようなことから話していただきたいと思うんですが、

日本のモダン・ダンスの発展の中で、石井漠の存在がクローズアップしてきます。その石井漠先生に舞踊詩の運動というのがあり、これはたまたま大正五年に小山内薫とか山田耕筰の新劇場というのがあって、帝劇でやったわけですけれども、その中で、初めて舞踊詩という名前で「日記の一頁」と「ものがたり」の二作を上演したということです。その時の入場者は僅か二十九人しかなくって、新聞の批評では西洋の酢豆腐とか言われ、また「演芸画報」では伊庭孝さんに「舞踊は体操ではない、身体の合理的操作が同時に舞踊になり得るならば観兵式は大芸術でなくてはならない」、というふうな評を書かれた、まあ酷評ですね。それで漠先生自身はそれに反発の論文を書いたりされているわけですけれども、そういうふうに東京では異端者として石井漠のスタートというものは非常に惨めだったんですが、その後浅草オペラ時代とかいろいろなものを経て、地方巡業に出、さらに舞踊詩運動というものを全生命を打ち込んでおやりになったというふうに聞いているわけです。それについては石井かほるさんが、一番若い方のお弟子でおられて、なにか見ておられるんじゃないかと思います。

石　井：ええ、いくつかの舞踊詩は見ておりますが、自分で踊ってる作品というのは割合少ないですね。「明暗」とか「失念」など漠先生ご自身で踊られたのを見ておりますが、先生が舞踊詩と言われてやっていらした頃の作品というのにはあまり接していないですね。

桜　井：漠先生のもので石井さんが踊ったのはどんなものがありますか。

石　井：ええ。「ソルベークの歌」とか、ペールギュントの一連の作品ですね。それから後は「人間釈迦」、戦後もずっと後になります。

桜　井：舞踊劇詩的なものですね。

石　井：舞踊劇ですね。だから、純粋に舞踊詩と言われて先生自身が踊ってらした頃の作品というものには、割合なじみがうすいんです。とても残念なことですが……。

桜　井：石井漠の死後も何回か追悼公演はありましたけれども、やはり漠さん自身がやらないと味が出ないものですから、それで舞踊詩的なものはあんまりやられていないように思うんです。とにかくそういった具合で舞踊詩の運動というものから、日本のモダン・ダンスがスタートしたというところに、何か今日いろいろお話しし合う土台というか、出発点があるような気がするんですけれどもね。ただ舞踊詩運動がそのままずっとすっきりした格好で貫ぬかれなかったということは言えると思うんです。いろいろ変わった形になってしまったんじゃないかという気がするんですがね。横井さん、何か御覧になってますか。あの頃のものは。

横　井：それはその頃のものかどうかよく分らないんですけどね、「山に登る」と、それから狂人の……

石　井：「狂える動き」。

横　井：漠先生のは、一回しか舞台を拝見したことがないのですけれども、それがその二つだったんです。

藤　本：僕は「狂える動き」だろうと思うんですけれども、稽古場で拝見したことがあります。僕は「人間釈迦」の照明のオペレートをやっていたんです。

石　井：そうですか。

藤　本：そういう関係で拝見した事があるのですが、大体舞踊詩なるものは、僕等の世代は最早あまり見ていないんじゃないかと思うんですけれどもね。

舞踊詩と現代

石　井：ただ先生が出発点で舞踊詩とつけられたということは、やはり私たちのこれから先、時点は違いますけれども、何か大事な意味を含んでいるのではないかなという気がするんですよね。今非常にいろんなものを通ってきちゃって、やっぱり何かもっと考えなきゃならないところにぶつかっているんじゃないかと思うんです。それは先生のぶつかったものと全く同質ではないんですが……、先生の場合には「輸入」やイミテーションでなく内発的な要素が随分あったんじゃないかという気がするんです。それらはモダン・ダンスとしてはやはり非常に何か純粋な考え方から出ていると思うんですね。「純粋」というのはつまり「トルドラの思い出」とか「アニトラの踊り」とか、そういうある既成の音楽から発想されたもの以外のものだということですね。そういうもの、さっきの「日記の一頁」、山田耕筰先生やなんかと共同作業なさって作った時点でのそういう舞踊詩というものは、全く純粋に先生の中から出てきたものであるという、そういうことはやっぱりもう一回考え直さなくてはならない大切なものを含んでいると思ってます。先生の初期の作品は見られなかったものが多いのですけれども、ある一つの作品と次の作品とそのまた次の作品と、つまりＡＢＣの作品があると、その三つの作品が全く違った様式を持っているんですね。これは私は考えなきゃならないことだと思うんです。特にモダン・ダンスというものは、動きの様式が一つのものを語るのでなければならないと思うんです。単にあるいろいろな動きが積み重ねられてきているんじゃなくて、この作品にはその動きの様式が必要であるということ、それがものすごく先生の初期の作品の中に出ていると思うんです。

藤　本：それは、非常に重要なことだと思いますね。

石　井：私なんか、今自分でこれから新しい言葉というか、記号というか、そういうものを探していかなきゃならない時だと思うと、先生のそこへ同じ時点じゃないところへ帰っていくんですね。ぶつかっちゃうんです。

藤　本：そうですね。それはいつもモダン・ダンスを見てますと、テーマは違うけれども動きは殆んど同じ動きを使って違った作品をおやりになる。動きというものが、舞踊家にとって非常に重要な事は解るのですが、動きのみを追求して、幾つかの作品をやっていくうちに動きが変っていく。動きのパターーンを追求していくことが自分の舞踊に対する作品のテーマは解らず、動きのみを表現しようとしているように受けとれるわけです、ですから今のお話を伺って非常に感じることがあるわけです。

日　下：この間「イスラエル現代舞踊展」が来ましたね。一日目と二日目にまたがって、初日の「変転」、「ワーリゴックス」というやつ、あれと二日目の「イン・ナ・クリアランス」、「開墾地」と訳しておりましたけれども、これが同じラール・ルボヴィッチという人の作品なんですね。同じ振り付け師だとあとで知ってびっくりしちゃったんですけれども、同じ人がこういう二つの違った感じの作品を同時に作れるという幅の広さですね。どうしてこう違うのかと向こうのマネージャーに聞きましたら、テーマとか作品のねらい方によってこういうふうに違った作品が出て来るというのは当然であるといって、むしろ質問した方がおかしいんじゃないかという言い方をされたんですけど、日本の表現というのは大体想像がついちゃうのが多いですね。何かこう一つの作品というか台本を書きましてもね、これはこういうふうにやられちゃう、やられちゃうというとおかしいですけれど何か一つのパターーン化した形がちょっとあり過ぎる、個性というものをあんまり性急にいろいろ考え過ぎているんじゃないかという邪推もしたくなるんですけれども。

石　井：私は舞踊台本というのを作って踊りを作ったことはないんですけれど、舞踊台本を書かれている方の側からすると、どういう期待を……

日　下：それは何ていうんですか、舞踊作品というのは舞踊作家自身のものだと思いますからね、いわば線路工夫みたいなものだと思っているんです。一つの地ならしですね。ある発想が、非常に幸運にも舞踊を作る人の内発的な理念と一致するということはちょっとあり得ないじゃないかと思う。アダプトしたものだと特にそうですけれども、何か一つの道をつけるみたいなところで一応役目は終わるんじゃないかと基本的にはそういうふうに考えて書いておりますけれども。

石　井：遠藤さんとは私二回ほどやってますね。だけど、台本としての役割をやっていただいているんですけど、結局何か……

遠　藤：僕の場合は台本と言えば台本だけれども、台本という形を取らないね、殆ど。

石　井：そうですね。

遠　藤：だから、発想というよりも、テーマみたいなもの、それを言葉で表現しておいて、それをあとで踊る人はどうぞ御勝手にというやり方なんです。それまでに振付けする人とのコミュニケーションが当然ありますけれど、それを渡して後はどうぞ御自由にと言って、あとこっちが行ってびっくりすればいいんですから（笑声）。びっくりしないと、つまらなかったということですね。

桜　井：遠藤さんの詩の舞踊化ではどんなものがありますか？

詩とモダン・ダンス

遠　藤：僕には詩から作品にしたっていうのが三つあるんですよ。芙二三枝子さんのところの「駈け込み」と「流氷に沈め」と、それからもう一つは「喪服」といって、これはもともとオペラに書いたものがあるんです。これは詩劇なんですけれども、かほるさんが作品にしているんです。この場合は、詩が先にあって、それを今度どういうふうに踊りにするかということです。又、「駈け込み」とか「流氷に沈め」の場合は、言葉も全部使ったんです。だからどっちかというと日本舞踊に近い要素を持つ、特に「駈け込み」は義太夫を使ったものです。

桜　井：そういう場合に、作者である遠藤さんの考えと、さっきかほるさんも言っていたけれども、舞踊化されたものと、どういう点で結びつくか、あるいは離反することがあると思うんですけれどもね。その辺はいかがですか。

遠　藤：そうですね。ですからケースによって違うわけで、例えば芙二三枝子さんがやった「駈け込み」というのは、完全に言葉が全編に流れている。これは要するに義太夫という語りものになっているわけですけれども、そういうふうに非常に日本舞踊に近い形でやったものと、それからかほるさんがなさった「喪服」というのは、全然言葉は取っちゃう。音楽も全然別なものを持ってきて、テーマと一種のストーリー性みたいなものだけがあるわけです。いっぺんにこれがどういうふうにというと申し上げにくいんだけれども……

桜　井：「喪服」っていうのは、どこかアンダーグラウンドでやった……

遠　藤：ええ、カフカの「変身」と一緒にやったものです。まあこっちから聞いた方がいいんだけど、かほるさんと話し合って作ったということじゃなくて。詩があってそれを作品にしたもんですから、かほるさんああいう場合はどうですか。

石　井：そうですね、やっぱり私は遠藤さんの詩の持つ世界を描きたかったんですね。それが、その時点での自分の生活とコミュニケーションすることが非常によく出来たんですね。だから、そこであの状況、すべての世界をとにかく動きで表現してみたいという気がしたんです。

遠　藤：そうですか。言葉でわれわれは書くわけですよね。言葉と動きというのは、僕もまだ分らないんですけれどもね、どこで結びついていくか、接点みたいなものっていうのは、踊りを作る側の人っていうのは、あくまでも言葉から……

石　井：言葉というのは、要するに遠藤さんが伝達したい一つのメッセージですよね。遠藤さんの伝達した詩を私が読んだ時に言葉に触発されて深層から浮かび上がるイメージの広がりがありますね、その時に自分が動きのメディアでこのイメージの広がりを確かめたいという、そういう欲望があるわけです。そういう気持ちが遠藤さんの「喪服」というものの世界を借りて自分がやる。だから言葉を入れるというのは……

遠　藤：現代舞踊の中で、言葉を舞台でそのまま出していっちゃうというやり方というのは殆ど少ないわけでしょう。

桜　井：ないことはないですね。

遠　藤：ないことはないけれど、非常に少なくて、どっちかというとその逆の方向へ来たんですね、日本の伝統的なものから比べて。だから、そういったものと全然意味が違うということですね。

「イエルマ」の舞踊化

桜　井：日下さんも幾つか書いていらっしゃるんだけれども、日下さんの場合は遠藤さんのあり方とはちょっと違っているように思うんです。ロルカの「イエルマ」だけではなくてほかのものもありますけれども、「イエルマ」の御経験をちょっとお話しいただくと問題が明確になると思いますが……。

日　下：言葉と舞踊というのは、いろいろなつながりがあると思うんですけれども、詩の場合は一つの言葉の持つイメージですね。意味じゃなくって、一つの広がりみたいな、そういったものが必ずあるわけですね。例えば丁度テレビなんかが、最初視覚的なものを電気的な要素に変えて、それをさらにもう一度光学的に視覚化してみんなに届けるみたいな、それに今の話はちょっと似ているんじゃないか。一つのイメージがあって、そこのところで言葉と舞踊とつながっていましてね、遠藤さんのお書きになった言葉でもってイメージを提出されると、それをかほるさんの方でそのイメージの方へ直接ぶつかって、これを具体的な動き、つまり舞踊に変えていくというふうな感じがするんです。ですから、詩も言葉を素材としていますけれども、単にコミュニケーションだけのための場合とは随分つかまえ方というか、使われ方が違うと思うんです。作品に言葉を沢山入れたのを見ていて考えますと、やはりどうしても何か舞踊作品としては、デメリットの方向で作用しているケースが多かったような気がしますね。やっぱり言葉をつかむことによって、どうしても意味というものが直接観客に伝わっちゃう。舞踊は肉体を使ってステージでやるんで、次元が違うというんですかね、そこのところで混乱が起こっちゃって、つまり舞踊作品として目指すものに非常にうまい工合に融合する場合もありますけれども、大変むずかしいんじゃないか。ロルカの「イエルマ」という作品は詩のエッセンスみたいな、極度まで行くと意味じゃなくって．一つのイマージュみたいなそういう部分が非常に強く彼の作品にあるんで、全日本芸術舞踊協会の公演で何か適当なものがないかという話だったもんですから原作物の舞踊化ということでは比較的うまくいくんじゃないかと思って舞踊化してみたというのが大体あれを取り上げた時のいきさつです。

桜　井：私がその場合問題にしたのは、当然日下さんの反論があったわけだけれども、原作のイメージと舞踊振り付けとの落差みたいなものを感じたということだったんです。こういうように原作があり、台本があって舞踊化するというのは、なかなかすっきり解決できない問題があるんではないだろうかという気は今でもあるんですけどね。シェークスピアを横井さんは随分やっていらっしゃるけれども、その場合はどういう観点でやったわけですか。

シェークスピア劇とバレエ

横　井：自分のやりたいものの、モチーフが丁度シェークスピアの中にあったということを利用したのです。僕自身のやり方としては、シェークスピア劇をそのまま舞台化するのではなくて、できるだけ行間の書かれてないところを自分の中で作って舞踊作品にしたいと思います。

遠　藤：別にシェークスピアでなくたって構わないわけですね。シェークスピアの場合は、ポピュラーなみんながある程度内容を知っているという一つの要素を持っているから、その事を利用する場合もあると思いますね。

横　井：乗せることが楽だという場合もあります。

遠　藤：又、その反面それをどう壊したかというところに興味もあるわけだし、だから僕達が本を書いて、その本の通り出来るなんていうことはちっとも望まないです、基本的には。さっき言ったように本当にこっちが驚きたいわけで、言葉では絶対書けないわけですから。

日　下：そうですね、シェークスピアぐらいの古典的な作品になると、それに対して自分流の解釈だとかパロディだとかいろんな作業が可能だし許されると思うんです。新しいものになるとやはり神経質になる。

横　井：そうなんですよね。

日　下：まあシェークスピアなんか、今行間とおっしゃいましたけれども、おそらくそこに面白さがあっておやりになっているんだろうと思います。それにしても劇場芸術は、その辺があまり前衛に走っちゃっても駄目だけれども、やはりいろいろやってみる可能性が高いんではないかと。

横　井：しかし、ある意味のバレエの世界の持っている宿命みたいなものがありましてね。

桜　井：一昨年やった「ロミオとジュリエット」になると、それは文化庁の主催公演で横井さんに委嘱する場合の注文があったとは思うんです。男性路線を売物にしたそれまでの横井のシェークスピアのものとちょっと違うように思ったんですけれども。でも日本バレエ協会がリバイバルでやった今度の貝谷さんの「ロミオとジュリエット」と比べて見た場合、非常な相違というものがそこにあるし、横井茂の「ロミオとジュリエット」の方により共感が持てたこと、これははっきりしていると思うんです。

横　井：あれは芝居でみると登場数から言ってもやっぱりロミオの方が遙かに多いんですよ。ジュリエットは要するに付属的な扱い方をされていますね。しかしバレエの場合だと、どうしてもプリマ・バレリーナの場が必要なんで、どうしても女性が中心になってきますから。べジャールは別として、あとはプロコフィエフによって作られたものにしても、女性中心ですね。それでああいうふうにだらだらと長くなると思うんですけれども。非常にシェークスピアのプロット自体は単純ですからね、表面上は。

藤　本：けれども、シェークスピアの場合、小さな役が出てくれば、その役の中にも人間を語っているものが非常に多いわけですよ。それを全部舞踊にしようとしても僕は絶対無理だと思うんです。要らないものはどんどん舞踊の場合は捨てていかなくちゃ意味ないと思うんですよ。そしてやはり全然別な形がとられてないとお客に表現が伝わって来ないということですね。

桜　井：原作があり台本があって舞踊化された落差みたいなものを遠藤さんはどう思われますか？

台本と舞踊化の差

遠　藤：まず違うわけですよね。どうやったって違うんです、書いたものとやられているものとは。それは当然なんです。おそらく書く側と振り付けを作られる方との間に、要するにすごい反発というんですか、闘争があると思うんです。字で書いてあるんで、それに捉われるなと言ったって、これは絶対に捉われるんです。これはね。それで字で書いたものを抜きにすれば、これは全然違うわけで、字に僕等捉われていたら、絶対に頭に来るものが幾つかあるわけです。そういうふうに、どうしたって接点というものが絶対つかめない部分を持っていると思うんです、言葉と踊りというものは。だから、その相反するみたいなもの、対立しちゃうもの、矛盾しちゃうものを両方が持ってて、その矛盾しちゃうところを舞台の上で全体のものとしてどこまでエネルギー化するというか、闘争化したみたいなもの、そういうものの接点みたいなところが僕は面白いというふうに逆に思うわけで、だから両方がなぞり合っちゃったり、寄り合っちゃったらもう詰まらないと思うんです。シェークスピアを乗り越えるということは大変なことだと思うんですよ、これは。シェークスピア自身が持っているもの、それと踊る方との闘争のエネルギーみたいなものが、僕は強きゃ強いほど面白いというふうに思うわけです。それがどっちかにずっこけていると、おそらく本も詰まんないだろうし踊りも詰まらないだろうと僕は思うんです。当然相矛盾するものを僕は最初に抱えていると思うんです、言葉と踊りというものは。それをどこで喧嘩し合い、その火花みたいなものが、ある一つの踊りでも詩でもない一つの作品としての面白さみたいなものを作り上げているんじゃないかっていうふうに、台本と舞踊の関係というのは、そんなふうに思うんですがね。だけど、往々にしてどうもなぞり合っちゃってるものが多いような気がします。

桜　井：横井さんの場合は、台本は誰かが書いているわけ？

横　井：今その話をしようと思ったんですが、一回目初めてシェークスピアをやった時に、「ハムレット」だったんですが、それをやる何年か前に福田恆存さんにお目にかかりまして、台本を書いていただけないかとお願いに上がったんですけれども、横井君、言葉で全部出来上がってニュアンスを持っている「ハムレット」をどうやって踊りにするんだ、そういう点において俺は書けないぞとおっしゃったんですよ。それともう一つの面白い経験があったんですけれども、例の三好君の「オンディーヌ」、あれをテレビで視覚化したときのことですが、非常に言葉が出てくるのは不自由でしたね。「そこにいるのかオンディーヌ、ここにいるのかオンディーヌ」と、これを画面の上で言いますと完全に一致しなければいけないわけです。これは困りました。つまり人物の内的心情あるいは状況の説明の為の台本であり動作の説明は舞踊作品には必要ない訳です。

遠　藤：だから台本のあるものというのは、あるむずかしさを逆に背負い込んじゃうということは僕はあると思いますね。

詩と踊りのイメージ

石　井：はっきりとした言葉で書かれている場合には何か与えるイメージというのは非常に的確ですよね。ただ、それが詩の場合ですと、詩人が使う場合の言葉は、詩人の中では的確であるかもしれないけれども、非常に振幅の大きい測度、深さを持っていると思うんですね。その深さの中での世界を、例えば肉体で使った言葉が同じようにその深さを表わすことが出来たとしたら、それはある意味では共通の言語を持ち得たみたいなことになるんじゃないかと思うんです。そういう意味で、私は詩というものの方が遙かに輪廓のはっきりしたイメージをピンと言葉で表わすと思うんです。「そこにいるのか、ここにいるのか」ということを言ってしまえば、もうそれだけでもって完全にイメージが定着しちゃう。そういうものからもうちょっと広がりがあるものという意味で、私はやはり台本というのは大変やりにくいし、詩の方が、と言うとおかしいかもしれないけれども、詩の世界の方へより惹かれるものがあるんです。

横　井：シェークスピアの場合は、一応筋みたいなものを書いていたんですけれども、結局それは例えば美術の藤本さんとか照明家とか、あるいは主な役者に、シェークスピアの中のどこの部分を読み込んでほしいかということのためにしか書いてないんです。けっしてそれのみで、バレエが出来上るわけではありませんが。

遠　藤：それはまあ逆に言えば、台本として純粋な一つのシステム化していくための方法論ですね。出来れば、なくたっていいわけですから。

横　井：青写真みたいなものですから。

遠　藤：そうですね。だから僕達が踊りの台本を書く場合、こちらが要するに字書きであるという要素があるために、僕には出来ないし、それは、やっぱり振り付けの方がすることの方が一番のような気がするんです。それは僕の場合ですけれども、僕はどうかというと詩に近いもの、ある場合は記号化しちゃったものですね。例えば「コンポジション五」という作品をかほるさんと組んでやった時に、僕は章に分けまして、そこではデータと記号とそれから数式みたいなもんだけで組み立てた。人物がどこから出て入るということは一切書いてないわけです。それを渡しまして、彼女が作っていく段階でまた話し合いをしながら作っていくというふうにしたんですけれども、だから僕の場合はそういうふうな形にしちゃうか、それとも完全に踊りのことなんか一切考えないで詩を書いていく……

横　井：その方が面白いですね。

遠　藤：そしてそれをお渡しするというふうなことのやり方をとっているわけで、どうしても僕は踊りの今おっしゃったような台本というのは書けない。だからほかの方はどうやって書いているんだろうとよく思うんですよ（笑声）。

日　下：そこんところはむずかしいですよ。ですから、本当は完璧なものが出来れば自分で作りゃいいんですけれどもね。横井さんなんか御自身でおやりになっているから、その辺はうまく行っているんじゃないかと思うんですけれども、台本が、今の話じゃありませんが、邪魔になっちゃ何のためにやっているか分らないんでね。そのためには台本作者はある点まで勿論踊りを知っていなければならないだろうし、そしてどういう点まで踏み込んでどうやるのがいいかということを始終考えてなきゃならない。そうでなければやはり一つの発想としてテーマを提出する、つまり詩のようなものを提出するか、そのどちらかなんですね。

桜　井：大変へんな話なんですけれども、日下さんも遠藤さんも、そういうものをお書きになって、勿論いろいろあると思うんですけれどもね、概略的に言ったら失望なさる方が多いんですか、それとも喜こぶ方が多いんですか。

遠　藤：喧嘩するのが多いですね（笑声）。

日　下：まあ、先ほどおっしゃったように火花が散っていいものが出来るのが一番書いた方としては幸せと言いますかね、はり合いがあるんですけれども、これは全然違うぞとか、全くひっくり返っちゃって、何だということになると、驚きじゃなくて怒りみたいな気持の場合もありますね。

遠　藤：だから、なるたけ無責任に本を書いて渡して、あとは行かない方がいいみたいですね。つい行っちゃってやると必ずこれは喧嘩になるんです。かほるさんとは今まで喧嘩はないんですけれどもね、ほかの方とは大分喧嘩しているんですよ。そういった作品を何本か作ると、もう二度とやるもんかと思っちゃうんですけれどもね、そういうことはありますよね。それでいいんだろうと思うんですよ。だから慣れ合っちゃって作品作っちゃったら、僕は芝居をやっているわけですけれども、芝居でも同じだと思うんです、脚本というものは。

日　下：例えば私が「影をつかむ男」という作品を書いて最後の章を三輝容子さんの振り付けでかほるさんも踊っていただきましたね。ダブルキャストでたまたま組まれたものだから、牧野京子さんとかほるさんと同じエウロペという役をやりましたが、ああいうのを作者として見ていると、やはり踊りというのはどういうふうに作り、それを又踊り手によっていかにこなすかというのがよくわかって実に楽しいですよ。火花が散って、つまり驚きが楽しみみたいなことで返ってくる例ですね。ただ全体のいろんな作品の咀嚼の問題になってくると、これはいろいろむずかしい問題が出てくるんで、喧嘩をしてうまく火花が散り合って出ていくというのは、大変いいケースだけれども、何か全然違っちゃったみたいなケースがやはり最近もありました。

遠　藤：だから、ある場合にはやれるものならやってみろという気があるんです、こっちは。そういう本の渡し方をするんです（笑声）。踊りに出来るものならやってみろという、そういうことでいいという気がするんです（笑声）。が場合によってはですよ、すべてがそうはいかないですから。でもそういうものがなくなっちゃうと、やっぱりお互いに相反するものを持っていながら、そこでなぞり合ってまあまあ結構でございますっていうことになっちゃうと、やっぱりその作品は弱くなるんじゃないかというふうに思います。

「トゥネラの白鳥」

桜　井：この間の谷桃子さんの「トゥネラの白鳥」というのですか、あれなんか前に谷さんがやっているのとは違うわけですね。

遠　藤：全然違うようですね、僕前のは見てませんので……

桜　井：私も前のを知らないんですが、八分ということはあるんだけれども、時間だけの問題じゃなくて、あっけないうちに終わっちゃったふうな気がしたんですけれども、ああいうのは作者として遠藤さん御覧になってどう思いますか。

遠　藤：そうですね、正直に言うとあまり一生懸命やっていないんです（笑声）。というのは、僕はクラシック・バレエというのはどうもよく分らないんですよ（笑声）。分らないのに何故やったと言われると困るんですけれどもね。一生懸命やっていないなんていうのは困るかもしれないけれども、何というんですか、ちょっと違う部分での作品を作る、例えばかほるさんなんかと作品作る時とどうも接点が違うんです。そこら辺でこっちが非常におとなしくなりまして、非常に柔軟に作るというふうなところじゃないかと思います（笑声）。だから、僕が今考えているようなものをあそこへぶつけてしまっては、谷さん自身とは完全に接点を失っちゃうという部分があると思うんです。そういう点は、やっぱりそこでほじくり返しちゃった方がいい場合と、ナイーブに作るということだってあっていいと思いますんでね。だから今自分が考えているような世界とか舞台のものというふうに押しつけてしまったら、おそらく作品にならなかったろうという事があります。

横　井：谷さんの前の時も拝見したんですけれども、猟師の登場を決めたのは谷さんの方なんですか、それとも遠藤さんの発想ですか。

遠　藤：あの作品はもともと最初の形があって、彼女の中に相当はっきりそれがあるわけですね。本当はお母さんまで出てくるわけです。「トゥネラ」の方の物語りは、お母さんがばらばらになった体をくっつけて助ける。お母さんまで出てくるというものは、厳として自分の中にあるわけです。それに音楽も最初からある。こういう音楽でこういう話なんだけど、それを何とか少し変えてやりたいがということで、お互いが歩み寄りみたいなことで、さっき言ったのと逆なんですけど（笑声）、そういうところと、それからクラシック・バレエというものに対する一つの僕なりの反発があるわけです。それをわざわざそこまでむき出しにしてしまうことは、やっぱり僕は半分の作品だったということもあって避けたわけですけれども、両方を出すということは、あるところを削りに削って行って残ってきた、というふうに考えていただいた方がいいかもしれません。

横井：あれを拝見していて非常に残念だったんですよ。もう一つ削ってしまえば、「トゥネラ」の持っている一つの世界とか、あるいは空間の悲しみとかあのバレエの音楽は出しやすいはずのものですよね。やはり冷い形で表出したところで終わったんじゃないかなと思ったんです。

遠藤：どうしても何かあの物語性に、谷さん自身が自分の中に最初から持ってて捉われているということがありますね。だから、あれでもいろいろ取ったつもりなんですけども、まあそれは出来上がった作品ではその辺がはっきりしていないということで、まあだんだんにだろうと思うんです。だから、僕も谷さんと話すんですが、何でバレエやるんですかと、僕バレエやるというのは詳しく分らないんですよ、何故やるのかということが。それなもんだから谷さんに何故やるんですかなんて聞くんですけどね。そういう点からあの作品にぶつけるということじゃなくて、両方の持っている接点みたいなのが寄って行った、それで少し何か変わればいいんじゃないかと……

横　井：確かに変わったとは思いますね。

遠　藤：だからそういうふうな自分の気持ちであの作品は作ったわけです。ですから、問い詰められると困っちゃうわけですよね（笑声）。

「雪女」と「ユキオンナ」

桜　井：日下さんも幾つかお作りになっていらっしゃるけれども、どうも私の見るところでは日下さんのイメージと舞踊化したもののイメージのくいちがいがあるように思うんです。「影をつかむ男」は一番いい方で、そのほかいろいろなものお作りになっているけど、どうもぴったりいかないんですね。そこに同情もしているですが、批評を書く場合には、台本が悪いとか振付がよくないとかいうことになったけれども。

日　下：本田重春さんのははじめに「暁への序曲」、これは座付作者みたいな感じで、本田さんの考えを一応舞台効果上お手伝いするみたいなつもりで書いたんです。結局本田さん自身のパーソナリティと言いますか、キャラクターをいま一つ食い込んでないという反省がありまして、二度目の「ヤプー正伝」、これはあまりPRされなかったんで見た方も少なかったと思いますが、そこで一つの日本人のテンペラメントと言いますか、そういうようなものを書いたのですが、これは本田さんのパーソナリティと非常に一致する面があって比較的私の意図はよく出ていたように思いました。その後本田作品では昨年の春、都の助成公演で「黒の署名」というのを書いています。それから最近「ユキオンナ」というのがあったんですが、これは私の意図したところとかなりかけ離れたものになりましてね、一番最初に舞踊家の癖みたいなことを申し上げましたけれども、一つのパターンみたいなものがまず先行しちゃって、一つの台本なり脚本みたいなものの意図は勿論だけれども、提出した意味があるのかなというような疑問さえ出てきちゃう。まあいつもその問題のくり返しに過ぎないわけですけれども、これは永久にむずかしい問題だろうと思います。ですから、台本を書いた方としては、つまり具体的に今遠藤さんがおっしゃったように突っぱなしてしまう方法もあれば、やはり喧嘩をしながら執拗に追っかけていってそして出来上がっていく方法といろいろあるんですけれども、これも舞踊家の個性もありますし、いろいろ置かれた状況とか作品にもよるという非常にむずかしい問題だという実感を始終持っています。今申し上げた「ユキオンナ」の例もそうだと思うんですけれども、およそ意図したところを、意図してつかまえてないのか、ミス・アンダースタンドされたのか、とにかくかなりのギャップがありましたね。

桜　井：「ユキオンナ」というのは折田克子の作品で文化庁主催ですが、これは私も見てね、非常にびっくりしちゃったんです。

石　井：あれは台本があったんですか。

桜　井：日下さんの台本なんですけれども、全然違うんですね。

日　下：まあ私はトランスフィギュレーションと言いますかね、変容ということを、女の情念のいろいろなとらえ方でつかまえましてね。雪女というのもやっぱり一つのお化けですわね、情念の一つの現われだと思いますが、それが洋の東西いろんなケースでもって現われる。つまりその変容ということをテーマにしてやったんですけれども、実は変容じゃなくて、変質されて、およそ逆さまの方へ走っていったんじゃないかと思う。最初申し上げたパターンと言いますか、個性みたいなものにあまりこだわり過ぎて、作品なりテーマというものがそっちのけになっているケースがあり得るんじゃないかと思うんです。最初の話題で出た石井漠さんのそういう多様性と言いますか、一つの作品でいろんなものに行ける方向ね、これは実力と大いに相関関係があると思うんです。そういう意味で、モダン・ダンスは特に柔軟性に富んでいるもんですからね、飛んでもないところに行っちゃうケースがあるなという実感を持ちました。

石　井：でも、手法としては折田さんのは分るんですね、多様性を持たせるというのは。ただ、それが結果として出なかったというのは、何でしょうね。ダンサーとか振り付けとか、そういうものが非常にうまくかみ合っていかなかったという……

日　下：何というんですか、情念排斥みたいな一つの傾向がありますね。舞台化する場合にどうしてもいろんな舞台効果みたいなものを、これは本質的なものじゃないけれども、うまくテーマに沿ってふくらませるみたいな、そういう作業で出来上がる部分があると思うんです。抽象性と言うか。それは一つの振り付けのパターンだとは思いますけれども、非常に情念を切り離していくみたいなことを意識し過ぎて、それを全体の作品の解釈や演出にも広げすぎちゃったんじゃないか、あれは台本が出来てから殆んどおまかせしたようなスタイルで、さっき言ったように渡しちゃったケースだったんですけれども、ふたを開けてびっくりしちゃったんです（笑声）。

藤　本：僕は、あれは題をお変えになった方がもっと理解が出来たんじゃないかという気がしましたね。要するに全く題とテーマと僕等の受け取ったものがちぐはぐに感じられたんです。

日　下：そうですね。折田さんも意識して片仮名で「ユキオンナ」ということにしたいと事後に了解を求められましたけれども、もともとやはり漢字なんですよ、「雪女」という。「変容」という副題がついたんですけれども。

桜　井：でもあれなんか、私も台本を読んだんですけれども、台本と全く違うものだという感じがしたんです。出ているダンス自体がね。あれだったら極端に言うと台本は不在というのか、不要のような感じも受けましたね。勿論漢字の「雪女」が電報文の「ユキオンナ」になったということはあるでしょうけれども、それは題名の問題で、折田さん自身の考え方がやはり台本に沿ってやるという考え方ではなかったような気がしたんですけれども。

石　井：最初の作品の発想というのはどなたがおやりになったんですか。

日　下：それは話し合いみたいなことでですね、そういう女の怨念みたいなもので、雪女というテーマでどうだろうかというようなことは共同で発想してきたんですよ。

石　井：では、その発想の時点からもうすでに作者の方と振付家との間で、相違があったんですか……

日　下：それはそうでもなかったように思うんですけれどもね。作品を具体的にやっていくということは、つまりは考え方とか、思想の問題にまでなってきますからね、そこでやっぱり出発は同じでも、こういうふうになっちゃったケースではないかと思うんですけれども……。出来上がった作品を見て、やはり最初話し合った時は、変容という形に見られる女の情念を、いろんなケースでもってつかまえていこうというふうなことであったのが、その意図が明らかに変わっちゃっているんです。

石　井：その時もうすでに作者の中に舞台の視覚化の様式、パターンがはっきりと決まっているという場合がありますね。

日　下：それはね、ですから先ほどの台本を作る場合の技術上の問題なんですけれども、出来るだけ避けているんです。舞踊家が出来るだけしやすいような形で提出するという、それはそれなりの僕の経験である程度一つのやり方を心得ておるつもりなんですけれども、これはドラマの脚本と違いまして、細部まで、規定することはこれは受け取った方も非常にやりにくいだろうと思いますしね。一番先に言った線路工夫の心構えとして、それなりの方法論というものを持っているつもりなんで、作者のパターンが非常に邪魔になって意識的に崩していかれたというふうには思えないんですけれどもね。

桜　井：あの場合は根本の発想が違っちゃったんじゃないですか。書かれたものと、折田さんが振り付けるイメージと変わっちゃったんじゃないかという気はするんですけれどね、最初からかあるいは途中からか、その辺のところはよく分りませんが。

日　下：大変根本的なところでこうなったケースですわ。

ポアントと裸足

桜　井：横井さんはバレエなんだけれども、かなりモダン・ダンスの人を使って、そのモダン・ダンスが良く生きている作品が多いと思うんですよ。「ロミオとジュリエット」もそうだった。あれは誰だっけ。

横　井：亀ヶ谷環。

桜　井：それから去年の場合は「オンディーヌ」の竹屋啓子、あれもうまく使っていたように思うんですけれどもね。その辺は横井さんとしては何か一つの方針があるわけですか、一方にバレリーナを使ってトゥシューズはいて、一方にモダン・ダンスを導入するという狙いですね。

横　井：バレエのポワント、トゥシューズですね、そのポワントの踊りというのは、変革をもたらすことは出来ると思うんですけど、力学的に絶対出来ないという動きはあるわけですね。ですから、そこからの脱却というのは僕にとっては非常に苦しいんです、自分の中で。そんなことを言うとかほるさんに怒られるかもしれないんですけれども、モダン・ダンスの動きというのは考える方としては非常にフリーでしょう。自分がこうしたいと思ったら、その通り出来るわけですよね。それとの組み合わせということで、モダン・ダンスをどうしても自分のバレエの作品の中にも持ち込みたいという気持ちがあるんです。

桜　井：根本の基準は、やっぱりバレエに置いているわけですね、作品を見ると。

横　井：これはすごく問題がむずかしくなるんですが、モダン・ダンスっていうのは何ですかと聞きたくなるんです。

藤　本：僕の見たところでは、非常に対象的な地位に置いてるから成功してるんだと思うんですよね。

桜　井：バレエいわゆるトゥシューズはいた人間と、はかない人間とね。

藤　本：両方同じ次元で捉えてたら、やはりこれは何が何だか分らぬというふうになると思うんですけれどもね。

石　井：私は横井さんの作品、ポワントをはかせなくてもいいと思う。

横　井：そうですか。

桜　井：石井かほるさんが「リア王」に出た時は、はいてた……？

石　井：私、はかされました（笑声）。

横　井：私の作品に「交響曲」という作品があって、「ロミオとジュリエット」と一緒にやったのですが、あの時は藤井友子と竹屋啓子にどうしてもトゥシューズはいてくれ、はいてくれるなら出てもらおうということで、はいてもらいました。面白かったですよ。バレエの出身者が持っていないものを持っているんですよね。ですから、その点では面白い使い方が出来たなと思いましたけれどもね。

石　井：でも、やっぱり私は問題はポワントの問題じゃないと思うんですよね。だから横井さんが作られる時点でも、すでにポワントなんかはかなくてもいいんじゃないか、ポワントをはくのは横井さんが何か観客の、何と言うのかしらね、バレエ優位みたいな、エリート意識みたいな、そんなものを案外くすぐっているんじゃないかという気がするんですよね（笑声）。

横井：観客ですか。

石井：ええ。

藤本：僕はこう思うんだがな、彼がバレエ・ダンサーから出てきたから、というふうにしか取らないんですけれどもね。

石井：ああそう。私はそうじゃなくて、もうちょっと横井さんのあれがあると思うんですよ。

藤本：今彼が言ってた「交響曲」は、本当はモダン・ダンスでもバレエでも、どちらでも僕はいい。

石井：だから、ポワントはかしてもはかさなくても私は別段変わりないと思う。

藤本：ええ、そうですね。そうとも言えますね。

石井：だから区切ることもないしね。私は別にモダン・ダンサーが出ているということも感じないし、そういう落差みたいなものを感じないし、ただ非常に巧みにモダン・ダンスのところだけは使っていらっしゃるという感じはしますけれどもね。

藤本：僕は「交響曲」は、その接点みたいな感じがしますね。あれ全部、要するにポワントしないで踊られても、それはそれなりに面白いと思いますけどね。

バレエとモダンのテクニック

横　井：「ソドムとゴモラ」という作品を作ったんですけれども、これはモダン族とバレエ族の大喧嘩をやったわけです。そういう意味じゃなくて「交響曲」は使ったんですがね。ただ、僕自身がバレエでトゥシューズに固執しているということ、これは一つには綱渡りの踊りは要するに裸足では出来ないんですね。スリリングさを感じさせることは不可能なんですよ、テクニック的に。綱渡りというか、一本のピアノ線でもいいから、その上を渡っているみたいなあれは裸足じゃ出ないですね。もう少し引き上げたところに出て来るんだろうと思うんですけどね。

藤　本：そうかな（笑声）。

石　井：私もそうかな、って言う方。

横　井：僕は裸足の踊りでそういう踊りを見せてもらったら、驚嘆しますよ。

桜　井：あれなんか完全にモダンでしょう、「カウノスとビュブリス」は。ギリシャ神話の兄妹の愛をあつかった……。

横　井：ええ。あれはどっちかといえば、下へ穴を掘ってもぐっていっちゃうみたいな踊りですからね。今の空中曲芸とは大変違うんですがね。

石　井：非常に厳密にバレエとモダンというふうに分けて考えるということは、むずかしいんじゃないかと思うんですよ。横井さんの場合は考えていらっしゃるんじゃないかと思うんですが。

横　井：ええ。考えています。考えていないともいえますが、これは作品によっての問題点です。

石　井：私は考えなくてもいいと思うんですよ、元来。だけど、横井さんの場合は案外それを考えてやっていらっしゃるんじゃないかな。

横　井：そういう考え方ではなくて、バレエというのは、どうしてもモダニズムですよね。ですから、モダン・ダンスというのは僕にとって何なんだというと、それが、モダニズムという場所だというふうに自分のバレエの世界を置いちゃっている人間にとって、驚嘆するような世界を見せてもらっている時に、ああこれはモダン・ダンスだと思うんですけれどもね。何人かいいバレエの振り付け師がいますよね。そうすると、その人の仕事の方がむしろモダンという意味においていわゆるモダン・ダンスより先に行っている場合が多いわけですよね。そういう意味で、例えば厚木凡人だとか土方巽君だとか、これは見ている僕が引っ繰り返っちゃいますよ。そういうようなものが出て来た時には、僕自身の中では、これはモダン・ダンスと言えるんじゃないかしら、というふうに見るんで、ほかのことは全部一緒の世界であるみたいな気がしてます。作品によって、トゥシューズが必要ならトゥシューズ、裸足が必要なら裸足、もし必要ならハイヒールでも使えばいいんじゃないか。というふうに僕は思っています。一番よい表現が出来るテクニックをそこに持ってくりゃいいじゃないか。で、かほるさんにはどうしても必要なんでトゥシューズをはいてもらったと（笑声）。

日　下：何かそういう考え方みたいなのがあったような気がしたんです、この間のイスラエルの……

石　井：私もあれトゥシューズなんてはく必要もないし、はいてもいいけれども……

横　井：あれは多少感じましたね。それはポアント・テクニックがローレベルであるためと思いますが。ポワントの問題じゃないんだな。

第三のバレエ

桜　井：第三のバレエなんてテレビに出ていたけれども、あれは向こうで言っているわけですか。

日　下：いや、つまりコンテンポラリー・ダンスといっていたわけですけれども、バレエもやるモダン・ダンスもやる、という点を狙っているんで、それを結局分りやすくこちらでプロデュースする場合に、第三のバレエという言葉を使ってみたわけです。向こうの発想ではないんです。まあ向こうの言葉でコンテンポラリー・ダンスというのを直訳すれば、現代舞踊という事になっちゃうわけなんで、そうしますと、結局日本ではモダン・ダンスの事ですね。日本語の訳語の特殊性もありまして、第三のバレエという言葉を使ってみたわけです。

横　井：バレエの場合でも、何かそういうものから脱却する、例えばジェローム・ロビンスなんていうのは極端に違いますよね。ロビンスはいわゆるモダニズムのバレエではないです。これは演出家の世界、大きさというものに全部ひっかかってきちゃう問題じゃないかと思うんですけれども。

石　井：バレエとモダン・ダンスがどういうふうに違うかって横井さんおっしゃったけど、私はモダン・ダンスはダンスだと思ってますけれどもね。結局バレエの場合だと非常にはっきりとしたボディの記号がありますよね。その記号が作者なり演出家なりによっていろいろ変化させられる。そういう意味で、今までの限られた範囲の記号の中でもって振り付けされているものは、やはりバレエだと思うんですよ。それが裸足であろうと靴をはこうと。モダン・ダンスでは、私は今つくづく感じていることなんですけど、一番最初に言った動き、様式それ自体が何かを語り得るような、そういうものがモダン・ダンスじゃないかと思うんですよ。だから、そういうものがやっぱり抽出されて来なければ駄目なんだと思う。今非常にぶつかってる問題、訓練方法からぶつかって来る問題だと思うし、そこのところが今のモダン・ダンスもやっぱりいわゆるクラシック・ダンスになっちゃっていると思うんです。

横　井：こんなこと言って怒らないで下さいね。要するに肉体訓練ということ、肉体の訓練の段階の中で、結果的にいえば今日本の現状だけで考えて何人かのモダン・ダンサーは別として、みっともいいのはバレエ・ダンサーの方が筋肉的にみっともよくありませんか。

石　井：それは分らないと思いますよ。みっともいいとかみっとも悪いとかいうのは、今私の言った言葉の問題ね、非常に的確に自分の言葉を発する、そういうものであれば、みっとも悪いものがみっともよくなるかも分らない。そのいい悪いという基準がどこにあるか分りませんけれども、今までの私なりの主観的な美的感覚で云えば、やっぱり訓練不足はみっとも悪いと感じます。だけど、そうじゃないと思う。

横　井：要するに、筋肉的に観客に対して不快感を与える筋肉、体というのはありますわね。

石　井：でもそれは一様に言えないいんじゃないかしら。

横　井：例えば「ユキオンナ」の中でね、一人だけ非常に肥った人がいたんですよ。あれをね、意図してやってるのか……

石　井：意図です。

横　井：それとも、要するに人数が必要なんで並べたのか、とも思って見てたんですよ。それともなにか考えがあるのかと思っていましたが、でも結果的に動きを見ると、それを押し出す動きというのはないいんですよ。全部統一的な動きをやっているわけです。それを克子ちゃんが意識したのかしらどうかしらと……

石　井：あれは彼女は意識している。
藤　本：僕も意識したと思うな。
石　井：勿論ですわ。要するに、いわゆる訓練された体に対する挑戦みたいな、そういう意図があったんじゃないかと思いますね。そういうことをやっぱりやりたくなると思うんですよ。
横　井：それは僕の世界観にはないんだ。だから僕はバレエだと……
石　井：それがあると思うの、そういうところが、的確に自分の言いたい言葉がはっきりと出て来た時には、あの肉体すらもね、汚らしいとか醜いとかということにはならないかもしれない。
藤　本：僕にあの場合には醜いというふうにはなっていないと思う。意図と感じるね。非常に明確な意図と受け取りますね。
横　井：僕のなかではそれが明確さまでは行かなかったですね、あれ見ていて。
藤　本：僕はあそこの部分だけ取れば非常に明確な意図だと思う。
石　井：成功してたかしてなかったかは別として、非常に明確ですね。
藤　本：ある程度明確であるということにおいては、僕は成功してたと思う。
遠　藤：あれはテレビで見てたけど、肥った人出ていましたね。あの人ばっかり見てた。どこへ行ったかなって（笑声）。
石　井：でも、それはやはり遠藤さんがね、割合バレエというものに対するアウトサイダー的な立場で、肉体の動きとか肉体そのものを見ていらっしゃるから、やはり何だ汚い人どこへ行ったかというふうには見なかったと思うんですよね。

遠藤：ある面白さというもの……

石井：そう、非常に面白さを感じた。

横井：僕ね、舞台にダンサーが上った場合、不快感を観客に与えるんでも、それはやっぱりテクニックでなければいけないと思うんですね。その辺が非常に古いバレエ屋だというふうに思いますけれども。

遠藤：僕この間初めてクラシック・バレエの谷さんのとこのに係わった。これが初めてなんです。それは幾つかの作品見てますけれども、見ててね。僕は怖くなった。というのは、とてもきれいなんです。そのことが怖いんです。

横井：はい、分りますね。

遠藤：それにのめり込みそうになっちゃう。その説得力というのか、クラシックというのはそういうものを持ってますよね。非常に長い間鍛えられたもの、そういうものがこっちへ来ちゃって、これは避けとけ避けとけというふうに思いながら見てました。この間の「ユキオンナ」ですか、あれをテレビで見たんでは、大変申し訳ないんですが、あれも何かそれに感じが似て来ているんですね。どうしてあんなに何でもきれいに形というものを整えていくのか。それは整えていく方法もあるだろうけれども、あれで果たして何か現代みたいなものが語れるだろうか。特にモダン・ダンスの中には現代というテーマが大きくあると思うんです。それが果たして語れるだろうかという気がするんです。これはもっと話せば面倒くさい事になりますけれども、そういう事での疑問は感じましたね。

石　井：私なんかいつもあれを捨てたいこれも捨てたいと思いながら、捨て切れないんですよね。捨てちゃったら。自分がちゃんと立てるかどうかっていう不安があるわけです、いつもね。でも、やっぱり捨てなきゃいけないんだという気が、今痛切にしているわけです。そして一番先の問題に戻っていくわけですよね。そこへやっぱりぶつからなきゃいけないんじゃないかって、自分が痛切にそう思うんです。ところが捨てられないの、おっかなくて。

遠　藤：二つあると思うんですわ。非常にシャープに純粋に求めていくのと、さっきのバレエ・シューズと素足を要所々々で使っていけばいいという一種の混合方法もあることはある。つまり今までの幾つかの様式定義みたいなものがあって、それをぶつけ合うことによって一つのものを作っていくという方法というのは、僕はないとは言えないと思う。それから、あなたのように非常に純粋に一つの型というか、さっき言ったように個々の作品においてはそれなりの形式、様式が必要だというふうな、これも僕ちょっと疑問があるんですけれども、そういうふうにしていくのと、僕は両方あっていいような気がするんです。

横井：それがバレエとモダンみたいな気がするんですけれどもね。いわゆるバレエとモダンね。

遠藤：だから、ある意味で両方から反発を食うってことが出てくると思うんですよね。だけれども、そういうぶつかり合いと言うか、そういう一つの混ぜてしまうというやり方、バレエにはそういう要素は強いんじゃないですか、バレエ全体の持っているものに。物語性とかいろんな、そちらの方を見せるという、どっちかというと見世物という……

桜井：スペクタクル。

遠藤：ええ。そういう意味のものを狙った場合には。そういうものを狙っていく方法というものは僕はあると思う。だから、僕はとてもバレエの本書けないということを思いますね、そういう意味では。これは僕の資質の問題でしょう。そうじゃなくて、モダンの中のある人達というのは、純粋に純粋にと求めている。それは両方がはっきりそれを主張してやって欲しい。それが方向がばらばらになって行っちゃうと、またおかしいだろうというふうに思うんです。

藤本：僕はやっぱりいろんな形があっていいと思うんです。はっきり分かれているものもあっていいし、融合していくものもあっていいと思うんだね。

遠藤：そうそう。目的意識が違うわけだからね、そこでは。目的意識を混同されてしまうと、それはもうどうにもならなくなっちゃう。

桜　井：モダン・ダンスとバレエの問題が出ましたが、これはまたこれで一つの座談会が出来るくらい大きなテーマなんですわ。今日のテーマは、詩と現代舞踊ということで、日下さんと遠藤さんに来ていただいたわけですが、詩の抽象性と言っていいかどうか分りませんが、それといわゆる詩を肉体で表わすところのダンス、これはモダン・ダンスもバレエもひっくるめて、肉体の問題ですね。それをほり下げたいと思います。

言葉と踊り

遠　藤：僕達は日本語で書いているわけですよね。その中で詩の抽象性というようなものを求めていくわけです。そこで踊りの仕事をしていていつも出てくるずれというのは、モダン・ダンスの中にもあるバレエの中にもありますけど、言葉がないんです。彼等日本語で踊ってない人が多いんです。要するにそれはヨーロッパから来たものの言葉なんですよね。その言葉のずれというのは、いつもひっかかって来るんです。これは文章やしゃべる言葉をどうこうするの問題ではない。僕は日本語で考えるし、英語でもフランス語でも考えないわけです。その問題を、踊っている人達はどう考えているのか。言葉の問題、その言葉というのは、僕達どうしても捨て切れない。捨てるものでもない。そういう一つのナショナルな底辺みたいなものがある。往々にして見ていますと、その底辺になる抽象化していくもの自身を、踊りの人達は何を持っているのか、という疑問を時々持つんです。それは要するにヨーロッパから来たパであったりメソードであったりするものが多く、そういうものが移植している段階ではあるにしても、今のがすべてだとは言いませんけれども、バレエにしてもモダン・ダンスにしても、抽象化なんかしていないと思うんです。あれは抽象化ではない。要するに根底がなければ抽象というのは出来ないわけで、僕はどちらかというと、そういうふうにいつもその問題でひっかかっています。

桜　井：そうすると、遠藤さんのお考えからすれば、日本語で書いた日本語の言葉というものは、要するに日本の伝統芸能の中でならば問題なく出来るという……

遠　藤：いや、そうじゃないです。やっぱりわれわれ自身のパであり、われわれ自身のものを作らなければいけない。われわれの言語の構造というものは、生活その他いろんなものから来ているわけですけれども、その言語の構造というものを僕は踏まえて書かないと人にもわからないわけですから、そういうものの底辺にあるものは、別に伝統とか何とかいうんじゃなくてそうすると、つまりダンスの上ではまだ実際にその域に達して……

桜　井：ないということを言っておられるわけですね。

ダンスの抽象性

遠　藤：日本人だって踊りはずうっと長い歴史でやって来た。ただ、今言われている、あるジャンルとして分けた場合、バレエとかモダン・ダンスとかいろいろあるわけですけれども、その中でどこまで言語化というところまで行っているかと、僕達が踊りの本を書いていつもひっかかるのはその問題なんです。往々にして、ダンサーの方達の持っている抽象性というのは、観念の抽象ではないかという気がするんです。これはモダンも含めてです。僕達はそうじゃない。詩の中でやらなければならないのは、やっぱり底辺のものからいって、それを抽象化していくということですから、いつもそういう問題でがたがたしてしまうということを、仕事をしていて感じるんです。

横　井：バレエは外来芸術だということが一番大きな問題なんですけれども、ヨーロッパへ行ったとき、ベジャールと大分話して、結局今ヨーロッパの機械文明はもう行くところまで行っちゃった、だから踊りにおいてメカニックの線は行くところまで行ったと。今ベジャール達の欲しがっているのは、東洋の哲学が欲しい。で、あんた日本人なのに何やってんだというようなことだったんです。

遠　藤：だから、僕達本を書く場合に、観念化された抽象性の方へつい目を向けがちになる。さっき申し上げたように、変に歩み寄っちゃう。この間の谷さんの時なんていうのは、一番その問題があったんですよね。そこで歩み寄らないと作品にならない。それでいて喧嘩にならない。喧嘩したらこれは決裂しなければならないという問題をいつも僕達はらんでいるし、言葉でものを書く場合には、それは作家の中には非常にヨーロッパの観念みたいなものから発想して作っちゃうという人もいるでしょうけれども、僕はやはりそうじゃないっていうふうに自分は思っています。そこら辺の接点、ぶつかるところでもって、本当の踊りの人達とものを作る場とか、そういう考え方というものをやって行かなければしようがないというふうに思うんですね。

横井：それはやらなければ無国籍で終わってしまいますからね。

遠藤：そうです。

桜井：日下さん、いかがですか。

日下：そうですね、やはり同じことになるかと思うんですけれども、まあ特にモダン・ダンスの方で仕事をしておりまして、意味とか抽象性みたいなことを、台本なり脚本の方で提出した場合に、それを単に観念的に咀嚼して、それで作品みたいなことで通用しているケースがわりと多いんじゃないか。やはり舞踊は厳然として次元の違う肉体というものを根底に置いてやっている芸術で、肉体というものをもっと見詰めると同時に訓練していっていただきたい。ただその一方に、作品に入り込んで読み取る力みたいなものもやはり持っていただかなきゃいけないんだけれども、それ以前に非常に次元の浅い解釈、観念性みたいなものが少し横行しているんじゃないか。これは主としてモダン・ダンスの方のことになるかもしれませんけれども、肉体を見詰めていって、一方ではやはり根底を読み取る力を持ってもらいたい。それには、自分の唯一の拠りどころである肉体をもっと見詰めてこれをねり上げていくことによって、逆に根底を読み取る力も並行して出て来るんじゃないかという感想を持っています。

桜　井：藤本さんはどうお考えですか？

藤　本：非常にむずかしい問題なんでね、僕ちょっと明確な答え持ってないんですよ。というのはね、僕は芝居やってるんで、翻訳劇と創作劇の問題にも同じことが言えると思うんですよね。それで、僕なんかは今はそこまで追い求めることの困難さというのがよく分るわけだ。それと同時に、日本の今までやられてきたものと、それから現代われわれが生活している社会とのギャップね、それを非常に感じるんですよ。遠藤君なんかの場合には、それが比較的言葉と日本語という事で一つの密着した時点を見つけられるかもしれないけれども……いうふうには言ってませんよ。

ナショナルとインターナショナル

遠　藤：だから、今僕達の作っていかなければならないものというものは、インターナショナルなものに向けるべきだと思うんですよ。ナショナルなものではないと思うんです。往々にしてわれわれ日本人は、多くのヨーロッパの文化をインターナショナルと誤解している部分があると思うんです。だから、バレエがインターナショナルであると。確かにバレエというものをインターナショナルなものに持って行ったヨーロッパの力はありますけれどもね、われわれは割合外来文化というものを簡単に信じ込んじゃっている。そうじゃなくて、自分達当然ナショナルなものが底辺にあって、それでインターナショナルなものを作っていくということなんであって、今のやり方というのは、僕はやっぱりこれは明治以後の大きな間違いだと思うんですよ。外来文化をただ性急に入れていくということのためのみにいろんなことが動いてしまったという点でね。別にこれは伝統に戻され、そういうことを言っているわけじゃなくてね。要するに時々こう思うんですけれどもね、バレエにしてもモダンの人達にしても、何で作品を作るのかと思うときがあるんですよ。あこがれなんですかと言うんですよ。あこがれでお勉強してあこがれのお客さんを集めて見せるんですかと。あこがれだけでは僕はものは作れないというふうに思うわけです。そうすると、今日からでも明日からでもいいけれども、やはり自分達の言葉を作る、というよりも持つこと、それはやっぱり無意識では出来ないものでしょう。そういうことを、すくなくともどんな作品のなかでも試していくなり、やっていくことの持続がない限り出来ないと思うんですよ。だから向こうのものを入れるということは、永遠に入れることで終わっちゃうと思うんですよ。ということは、向こうも進みますからね。彼等は東洋のものをどんどん入れていくというようなことをさっきのお話じゃないけどやっているわけです。だからって自分達のものを捨ててしまってるわけじゃない、その中で例えばアメリカがミュージカルで独自なものを作った。僕はあまりミュージカルは好きではないんですけれどもね、そういうものに匹敵するものをわれわれは今ここで作っているかどうか。アメリカの方がもっと歴史の浅い国ですがね、だから逆に出来たっていうことがあるかもしれませんね。しかしやっぱりそっちに向かっているものがあって、その中でいろんなものをやっていくということなら分るけど、その姿勢自身を崩してしまったところでは、僕はものは作れない。それは無駄だと思うんです。例えばクラシックの音楽にもその問題があるし、バレエにもある。これはやっぱり体制が明治以後ヨーロッパの文化を体制の側に入れて国民を教育してしまった、そこでもって芸術までやっていったために、要するに体制側の見栄やあこがれみたいなことで、どうもバレエとかオペラというものが、そういうふうなところしか存在しなかった、というきらいがある。……

様式と心

藤　本：それは僕は様式を取り入れたという一つの欠点があると思うんですよ。ところが、僕が言っているのは、その様式のことを言っているんではないんだな。

石　井：心は全然取り入れなかった。形式を取り入れちゃったんじゃないですか。非常に心とフォルムとを別にしたものを取り入れ過ぎたんじゃないかと思うんですよ。

藤　本：それを形式と言うならば、それはそうですね。

遠　藤：だから、求めていって、ある実態を失っていってるということが僕は大きいような気がする。

藤　本：そうですね。

遠　藤：それはやっぱりものを作るということの根底から――根底と言うと大袈裟ですけれども――言えば、それは明らかに間違いですよ。

藤　本：そういうことは作っていないということですよね。

遠　藤：そうです。

藤　本：何も作ってない。

遠　藤：輸入しているんです。しかし芸術、創造に輸入の時代などというものはないと思うんです。影響というのはあっても。

藤　本：これから作らなければならないという時代に来ていると……

遠　藤：それにやっぱり他のジャンルの芸術には明治から作っている人もいるわけですよ。そういう人達もいるわけで……

日　下：歴史的な大きな観点から、ある芸術観みたいなものにどうしてもたって行くんですが、例えば僕は日本の現代音楽なんかは、そういう意味であるインターナショナルな共有感と言いますか、今おっしゃった様式から飛び越えたクリエーティヴのところへ日本のものは来ていると思うんですよ。いろいろの芸術のジャンルがあって、俗な表現で言うと非常にお金のかかるものとか、たくさんの人が集まらないと出来ないものとか、いろいろなケースがありましてね、そういう意味ではやはりどうしても最初は形、様式みたいなものを踏まえて入って行かざるを得ない。特に洋舞の人はそうだと思いますが、しかしまあいつまでもそういう抽象的な形の文化じゃなくて、やっぱり根底から入って行ったクリエーティヴなものというのは言葉を代えて言うと非常に具体的なものだということを、僕はさっき肉体をという言葉で言ったつもりなんです。輸入じゃなくて、自分の一番足元を見詰めるところから、少しでもクリエーティヴなものへ入っていくという事は、洋舞界を歴史的に見ると、特に今の時点で非常に望まれている事じゃないかという感じがしますね。

桜　井：お話がこれから発展するんですけれども、この辺で閉じたいと思うんです。詩を書かれる方、台本を書かれる方、舞踊活動する方と、喧嘩してもいいんですけれども、お互いにやっていくということが、日本の舞踊の発展になるという事を今日のお話しで感じました。どうもありがとうございました。

旺文社　雑誌　「心」　一九七二

《ザ・ユニーク　D・ナグリン》を語る

若松美黄（舞踊家）前田哲彦（美術家）日下四郎（演出家）

日　下：てい談といっても、わたくしはナグリンの舞台を見たことがないので、自然聞き役になりますが、まず彼の人間乃至は芸術との出合いから、若松さん、いかがですか。

若　松：僕はアメリカに行ったときクリフ・クイーター（Cliff Keuter）という友達がスタジオパフォーマンスをやろう、といって僕にさそいかけた。その時ナグリンといっしょにということで彼を呼んだんです。そこで彼に紹介されて知り合いました。

日　下：いっしょに公演をされた仲というわけですね。

若　松：ええ、最初ナグリンにあったのは雨の日のニューヨークだったからよく覚えています。レインコートを着て、トントンとドアをノックして入って来た。踊りをやっている人とは誰も思えないほど地味な、そして年格好の不明な――僕は五十六とは知らなかったんで、四十そこそこかなと思っていた、もっとも名前はよく知っていました、というのはその時代は彼のブームだった。今から三年前で若い人たちに人気があり、ニューヨーク・タイムスにも大きくとりあげていたころだったんです。

日　下：ベトナム戦争を暗喩したといわれる『ペロポネソス戦争』が当った時ですね、前田さんは

前　田：僕は三条さんに連れて行ってもらった

若　松：万里子さんにナグリンを引き合したのは僕なんです。

日　下：三題噺みたいだけど、クリフクイーターが若松さんに、若松さんが三条さんに、そして三条さんが前田さんに紹介したと、こういうことになりますね、前田さんはニューヨークで三条さんと組んで、作品発表をされていますが、その前後のこと?

前　田：その前です、ナグリンのスタヂオ、パフォーマンスがあって、向うでは終るとあとでいろいろミーティングをやるのね。そのときと、後日彼の家へも行った、話をすると必らず美黄の話が出るんだ。美黄はどうしてるって聞くんだな、あなたは僕と入れ違いに日本に帰ったから

若　松：その後も手紙のやりとりをしています。

日　下：ナグリンの人となりといったことでは前田さんはどうですか

前　田：やはりさっきもちょっと出たように芸術家の派手さといったものとは遠い、実に質素でま

じめな人といった感じを受けました。

日　下：同じ舞踊家として若松さんはナグリンの芸術をどのようにごらんになっていますか。

若　松：デボラ・ジョウィット（Deborah Jowitt）というすぐれた批評家がいます。自分でも踊りを作るんですが、彼女の物の見方は非常にすばらしくて、その批評を読みながら僕はなるほど舞踊とはこのように見るべきかということを教えられたんですが、この人の「ヴィレッジ・ヴォイス」誌に書いた文章の中に、今の踊り手はだんだん女性化して行く、つまり男性が女性舞踊手のテクニックをみんなこなして、男性としての自主性をどんどん失って行くと書いて、ただし、ダニエル・ナグリンだけはそうでない時代の踊り手だと形容していた。

日　下：僕もちょっと読みました。たしか over emphatic mascnlinity（実に力強い男らしさ）といった、表現をしていたな

若　松：不器用な男の人のもっている独特の詩だとかね、そういうものを踊る踊り手としては、ナグリンは最後の人だという意見でなるほどと思いながら、大へん興味をもった。実はその前に僕は、チャールズ・ウイドマン（Charles Weidman）の踊った最後の公演を見ているんです。七十二才だったから初日とか特別の日しか彼は踊らない。それでその日は切符がとれなくて困ったのですが、幸い何とかその舞台を見ることが出来た、ところがその時僕は実は大へんなショックを受けたんだ。それは何かというと、大体アメリカのモダン・ダンスと

いうのは現代性と社会性という二つの軸があって、何だかいつも肩をいからしているような感じがつきまとうのね、そのほかのことは全部捨象しちゃってサ、ところがワイドマンなんか見ていると全然そんな要素がない。そのときは『ユニコーン』という作品を踊ったんですが、これは或日主人公が朝おきると、庭にユニコーンがいて、バラかなんかをたべている、びっくりして彼が奥さんを起しに行くと、このレージーな奥さんは眠いもんだから〝何を云ってるの〟ととりあわない。主人公がもう一度見ると今度はキャベツをたべ始めている、さあ大変だ、どうしょうユニコーンがたしかにいるんだいくら呼んでも奥さんはてんで頭から馬鹿にしてとり合わない。そして警察と消防署に電話をするんです。〝うちの人が何か変なことを云って、気がふれたみたいだから病院へ連れてって下さい〟って。そこで警察と消防署がやって来て〝何だか、わめき散らしておかしな人がいるそうだが誰だ〟というと彼は自分の奥さんを指さす、そこで奥さんの方が連れ去られてしまう、あとに残った主人公が庭を見ると本当にユニコーンが一匹――サスの照明効果で見えるといった作品なんですがね。

日　下：イオネスコの『犀』みたいだな

若　松：いやそんな寓意性はない、もっと次元の低い、ブロードウエイ的な作品で、女性をちょっと皮肉ったワイドマンの古い作品なんですがね。そこで僕が注目したのは、内容とか主題とかでなく、舞踊的な体のうごかし方の感銘なんですね。およそテンションといったものがない。水が流れて行くように、右の脚と左の脚を交互に出す。例えばマーサー・グラハムなんかだと直線的に、天地神明に誓って、われは決意して一歩出でんといった感じなんだけど、七十二才のワイドマンは凡そそうではなくて、まるで風が吹くように、トットッと出て、フワーッと動く、僕はその体のこなし方に大へん感銘をうけたんです。それがあって次に今度はナグリンの踊りを見ると共通性がある。

日　下：ナグリンはたしかワイドマンのところでソリストをして活躍していた時期がありますね。

若　松：先ず現代性がどこにあるかと正面切って問いかけても直接には出て来ない、第二に社会性、抑圧された人種の悲哀との問題といったものをがんばって表面には出して来ない、第三にきらびやかに跳躍したり、人並みはずれた高い技術、バランスをみせるわけでもない、それでいてなおかつ非常に美しい。

前　田：何本か見た中にナチとかベトナムに関係したものもあるんだが、それらがみんな諷刺的なとらえ方で表現している

日　下：肩を張った、観念的なものでなくね

若　松：何しろ面白くなくっちゃいけない

前　田：とにかく面白いんですよ、物語り的にね、今の『ユニコーン』でもそう、出て来る肉体のヴ

ォキャブラリーが豊富なの、そして自然に出て来る、それがナグリンの特色だと思うな

日　下：なるほど、実はひとあし先に見えてる三条さんにお聞きしたら、今度来る作品の、例えば、Indeterminate Figure、が『未決の形象』と訳してあるのは大分違うというんですね。つまり感触の点でです。モダン・ダンス的あまりにもモダン・ダンス的というか、若松さんのおっしゃる今までの肩を張った直線形のとらえ方にすぎたようで、これはプログラムでは早速『宙ぶらりんなやつ』という題にかえます。踊りというのは実物を知らないで、観念で処理するとやっぱり危険ですね。

前　田：ちょっと冒険的な云い方かも知れないけれど、悲哀やペーソスに連なるマルソーのゼスチュアと全く人間的感情を排して、抽象化したカニングハムの動きとのちょうど中間にナグリンは位置するように思う、アクションを遊戯的にとらえているというかな、その意味ではモダン・ダンスの古典的継承者とは全く違う次元の、今の人だな

若　松：テクニック―つまりすばらしい踊り手という言い方では、或いは日本人の方が、そうかも知れない、僕なんかでも向うの批評では、ストライキングダンサーとか、ハイ・パワー・テクニックとか形容されるんだからな、しかしナグリンというのはそうじゃなくて、いつも小脇にケイコ着を抱えてね、テニス帽をかぶってサ、やぶれたタイツ姿でこっちが〝やろう〟というと〝よし、やろう〟とすぐ応じる人なんだ、日本のモダン・ダンスが早すぎ、あせ

りすぎ、何か負けないで社会的テーマというのでなく、全くその辺にころがっている題材で、誰もが考えていることを丁寧に踊るだけなんだ

前田：そう、その丁寧という言葉がいい、彼には全く粗雑さがないよ

若松：そのくせ顔をひきつらせて表現の深測に迫るなんてことはやらない。彼は赤ちゃんと同じ、子供と同じ純粋さを持っている

日下：がんばらないところー、それが今のアメリカの若い人たちの心に触れている大きな理由なんだな、きっと。（七月六日ミック・ダンス・アートにて）

ナグリン公演　パンフレット一九七六

《歴史を学ぶ、歴史を語る》

現代舞踊の歴史がわかるビデオ全六巻、完成記念座談会

日本において、二〇世紀の現代舞踊は何だったか？

現在の舞踊の先鞭をつけた舞踊家たちの足跡をたどることは、現在を知る上でも、またその活動の意義をさらに深く知るためにも、その重要性は今後ますます高くなるでしょう。資料としても、歴史を

学ぶ上でも、貴重なこのビデオシリーズがいかにして生まれ、完成していったか、さらには今後の課題について語っていただきました。

〈会議出席者〉うらわまこと、日下四郎、三輝容子、渥美利奈、花輪洋治（敬称略）

〈司会〉　安田敬

発端

一世を風靡した舞踊家の存在を後世に残したい

――ビデオ制作はどんなところから？

日　下：伊藤道郎の一番弟子の真木龍子さんの発言がきっかけかと思います。伊藤道郎は、ヨーロッパ時代から戦後までいろいろと活動されたのにもかかわらず、同じ時代の石井漠さんに比べて、日本ではあまり知られておらず、弟子として非常に残念だ、一世を風靡した舞踊家として、記録をまとめておく必要があるのではないか、ということだった。ビデオ制作では、非常に熱心に協力されて、真木さんの情熱も強かったと思います。

三　輝：企画のきっかけは真木龍子さんのお話だったのですけど、資料を保存するためにも、ビデオか何かできっちり撮っておいた方がいいのではないか、ビデオにするなら日本の現代舞踊の歴史を作った方が良いのではないか、ということになり、亡くなった先生方の資料を集め始めました。費用の関係から理事会にかけたところ、皆様ぜひやってほしいということで決まり、メンバーは、当時国際部の担当常務だった私と、芙二三枝子さん、渥見さん、花輪さんでした。

花　輪：もともとの発端には、これからの時代には、プロモーションビデオのような宣伝するものも必要なのではないか、という話もあったんです。ただそれなら舞踊史関係のものを全然撮ってないから、歴史ものが先なのではないか、という話になっていったと記憶してます。

資料収集、撮影の苦労

ビデオという動くアートなのにもかかわらず、動く材料なんて一つもないわけですよ、最初は。

三　輝：資料自体を集めるのが苦労だったのですけど、撮影にも苦労しました。全然動かない写真ばかりなもんですから、動くようにして撮った方がいいのではないかということで、技術面での苦労がありました。費用も大変だけど、なんとか皆で捻出しましょう、ということでしたね。

日　下：資料集めは確かに大変でした。第一巻は、取り上げる方は亡くなった人ばかり。ただ今と違って逆に同門意識が強かったので、いざやろうということになると、各派閥、系列の方が一生懸命集めてくれました。材料のマイナス点といえば、ビデオという動くメディアなのにもかかわらず、動く材料なんて一つもないわけですよ、最初は。後から探し出しますが、被写体として集めることは大変でした。当時の方が迅速で、みんな熱意を込めて集めてくれましたね。それから比べると、最終の第六巻は集まりが悪くてね、一番時間がかかりました。二〇〇三年に完成させるつもりが、二〇〇五年になる程。一巻制作当時の方が、ある意味では作りやすかった。

花　輪：今の人たちは、資料を持ちすぎているからでしょうね。

日　下：昔の方がもっと歴史に関心があり、そういうものを残しておきたい、という意欲もあった。同門の人は、先生の業績を残したい、いろいろ記録にして残すという発想がその頃から出てきた。一にも二にも、熱意はあったけど、写真も大変だったけど、なんとか動く材料を手に入れたい、と苦労しました。一番価値もあり、レベルも良いフィルムは、ドイツのウファーという映画会社のもので、石井漠と小波さんがドイツに行ったとき作ったものです。原題が、『美と力』という文化映画で、東洋のものを入れたいということで、ドイツで踊ったのを撮った。それが唯一動く絵で、あとは八ミリで映したものがひとつふたつあった。山田五郎さんの一連の能舞もの、その中の『猩猩』という作品、これを取り巻きの素人が八ミリで写していたのを探し出して、ビデオにダビングして使ってます。また江口隆哉さんが、『スカラ座のマリ使い』という有名な作品の映像があるんですが、トーキーで音がないんです。この作品の音楽は誰も知らなくて、サイレントで出すわけにもいかない。さんざん聞きまわって、最後にやっと教えてくれたのは、市毛玲子さんでした。シューベルトの『アンプロンプチュ』、と言われて探してきてはめたら合うじゃないですか。こういう話はたくさんあります。高田先生の戦前のフィルムがあるのは知ってたのだけど、戦争中で疎開するというので、地下室に入れておいたら、可燃性のクロロフィルムで熱に弱いから、夏の熱気で溶けちゃった。せっかくフィルムがあるとわかりながらとうとう使えなかった。八ミリから転換したり、フィルムアルカイーヴからドイツの映画を借りたり、その時期のお弟子さんに同じ作品を踊ってもらったり、とやっと八箇所に動きを入れてビデオにできた、という思い出があります。

渥　見：今回改めて見てみて、撮影の苦労というので言えば、地球儀をよく使いましたね。小道具として、地球儀を回転させることで動きを出そうということで、ぐうっと手で回したのですが、撮影の苦労がありました。

日　下：撮影の技術ですら、そういう苦労があった。立派なターンテーブルなんてないわけですよ。

「では渥見さん、まわしてください」とか、他の人には「ページをめくってください」とか、そんなことをさかんにやっていただいたのです。つけ加えると、渥見さんは、江口・津田系列の材料を随分集めてくださいました。撮影にはカメラ持ち込んで、引き伸ばした写真を一枚ずつ、交互に写しながら切り替えでつないで行った。ビデオテープの編集なんて簡単にできない時代ですよ、ましてや電子編集などありえない。当時はテレビ局でもハサミで切ってつなぐと、一ケ所につき一万円かかった。それを藤沢かなにかの農家の一室みたいな小さなスタジオへ、二台のカメラを持ち込んでやった。今思うと懐かしい。現在の作り方とは天と地の違いがあります。

渥見：そこの部屋だって、六畳か八畳くらい、上下させるときは、皆で持ち上げました。

日下：そこで一生懸命やって、渥見さんが炊き出しをやってくれました。おにぎりを食べながらやった、泊り込みです。たかが八十年代後半でもそんな状態でした。

花輪：僕は、その後を引き継いだのですが、二回目くらいから一括して会社に頼もうということになった。予算はぜんぜん変わってしまいましたが。一回目は本当に大変でしたね。

日下：今でも残ってると思うけど、イサムノグチが作った、伊藤道郎の石膏像があるんです。大きいものではないけど、真木さんが風呂敷に包んで、撮影現場に運んだりしました。

花輪：資料集めに一年か二年くらいゆうにかかったですね。

人選の厳しさ

なるべくフェアに行きたいから、歴史の流れで作っているので、全体としてそういった非協会員のも多くなってるのです。

――三巻以降はどんな苦労がありましたか？

日　下：花輪さんが一番苦労された時代なのですが、その時代は動く資料はあるのですが、誰をやるかという問題で頭を悩ませました。

花　輪：人選の責任を誰がとるか、ということです。日下先生に任せたからそれで行こう、理事会で承認取ったからそれで行こうということになった。うらわ一、二巻は歴史だし、三、四巻は評価が定まった方たちですからまだ選びやすいですね。最近の五巻六巻の人選の方が大変だったと思います。

日　下：五巻六巻になって非常に困ったのは、非協会員がたくさん出てきたことです。協会から資金が出てるのだから、その意向に沿うのが普通の考え方なのだけど、なるべくフェアに行きたいから、歴史の流れで作っているので、全体としてそういった非協会員のものが最近では多くなってるのです。うらわその点については二つの考え方があると思います。社団法人ですから、協会内部に限らず全体を網羅する、という考え方でいく。これは、本当は国からでも助成が出るべきだと思う。それはそれとして自分たちの資金でやっているのだから、まず自分たちの中で、というのも現実にはわかります。現代舞踊系を取り上げるにしても、もう少し地方で頑張っている方々を取り上げることがあってもよかったのではないか。またコンテンポラリーの場合は、新しい人がでてくるでしょう。ですから勅使川原三郎など、それを築き上げた人をもう少し大きく取り上げても良かったかな、とも思います。でも全体としては公平客観的に選ばれていると思います。

花　輪：五、六巻は、どちらかと言えば、これから売っていこうという、プロモーション的なビデオですね。

日　下：数値的なことを言えば、三、四巻までは協会員の比率が断然高かった。うらわ逆に言えば、その年代は現代舞踊協会系が中心でしたよ。今はいわゆるコンテンポラリーダンスも出てきたけれど。

日　下：半分エクスキューズさせてもらうと、あまり目立ちませんが、五巻目の内容は地方の協会員をポイントというか目玉の一つにして作ってます。あちこちわたり歩いて、対象を地方へ移しながらピックアップしたものだから、逆に中央の人には不満があったかと思います。逆に東京の方が少なくなるじゃないですか。バランスの問題が作る側として大変だった。

日　下：逆に僕は協会に怒られるかな、と思いながら作ったんですよ。協会に絞ると、全体像がゆがんでいると言われるのではないか、ということで。意識的に非協会員を取り上げた、という経緯があります。

六巻めは、スペイン舞踊が舞踊協会に所属してますから、項目として取り上げています。作っていてもそういった条件的な苦労がいろいろあるんですよ、見ていてそういうことがわかるかどうか別ですけれども。うらわ問題は現在にかかわる六巻ですね。

三　輝：昔はプロはみな協会員しかいなかったから、もとはバレエも皆ここから出て行った。

日　下：舞踏を四巻に入れました。舞踏は、政治的にも舞踊的にも、ある意味、反旗を翻して出ていったという経緯があるから、ここの取材も大変でした。渥見さんにご苦労願ってますが。日本の舞踊のなかで、おおきな楔を打ち込んだことは間違いありませんが、最初の時点ではまだ未知の部分があって、どういうようになっていくのかわからない、という結び方をしているところがあります。

花　輪：第四巻に土方さんと大野さんを入れたのは大きいですね。うらわ土方の『禁色』は現代舞踊協会から出て、いわゆる舞踏のスタイルを築いたのですから。

花　輪：最初はビデオが精一杯で、ノートの小誌まで作ろうというのはなかったですね。

日　下：解説を書こうと思ったのは、材料が集まらなかったのもあるし、言葉で補おうという意識もあった。

著作権問題
販売できない

――なぜ販売できないのですか？

三　輝：ＮＨＫで保存している映像を借りてくると、いろいろな著作権がいっぱいあって、それを全部きれいにしないと販売できないのです。その著作権をクリアできないため、売ることができず非売品になりました。そのため舞踊協会に寄付をしてくれた人に渡すことになりました。うらわ定価いくら、ということではなく、舞踊協会のために寄付をしてください、そしたら差し上げます、という形にしましたね。

日　下・最初の頃は、このようなビデオは一〇，〇〇〇円位が常識という時代もあったんです。今は二〜三，〇〇〇円になってますけどね。

花　輪：最初の頃は、門下生に先生が出てるんだから、と強制的に買ってもらったりして。だんだんそうもいかなくなってきましたけど。

日　下：できあがってからも、お金集めに苦労しましたね。先を続けるために。

英語版やビデオ形式のこと

うらわ：協会の中でも、国際部で企画したのはどうしてだったのですか？

三　輝：事業部とか研究部とかでやっても良かったのでしょうけど、結局国際部にやりたがる人がいっぱいいいたんですね。苦労してもやりたい、という積極性のある人が多かった

日　下：第一巻は開拓精神の強い人が多くて、全員外国に行っている。当然向こうの材料が出てくる。将来外国に宣伝するという意識があった。また国際部だから英語版も、ということになりました。

花　輪：英語版も大変でしたよね。よくやったと思います。

渥　見：評価もされたけど、日本のＮＴＳＣから海外の様式のＰＡＬにダビングするのが非常に大変でした。

日　下：最初はベータ版のもので宣伝したのだけど、だんだんＶＨＳくださいという人が増え、そのうちＶＨＳだけになった。いまはＶＨＳでなくＤＶＤでください、という時代になりました。おにぎりの話とはだいぶ違いますね（笑）英語版のナレーションも、ただ英語読めればいいというのではなくて、ある程度舞踊を知っていないとダメなので、お金もなくて人選

に苦労しました。

予算問題

「おたくはすごいですね、バレエ協会もやってないのに、ちゃんと作って」

うらわ：その頃は文化庁から助成はなかったのですか？
協会の予算だけだったのですか？

三　輝：今ならいろいろなものに出してますけど、昔は舞台にしか出さなかった。

日　下：途中で一、二回そういう話は出たのですが、条件が悪くて出してもらえなかった。もう始まっている企画には出せない、これからの企画しか考慮の対象になりません、社団法人には援助を出しません、とのことでした。

うらわ：こういうものは本来、国でやるべきなんですけどね。

三　輝：途中になって「おたくはすごいですね、バレエ協会もやってないのにちゃんと作って」と。誉めてくれるなら、助成金を出してくれればいいのに。（笑）

うらわ：日本の場合は、全部戦前から民間でしょ。舞踊芸術に対して国は主体的には全然やってないですね。そういうところで、資料なんかも個人個人でしか持ってないから、集めるのは大変だったろうな、と思います。

日　下：公演の場合よく耳にするのは、赤字の三分の一を補填する。わざわざ持ち出しで作品を作って、三分の一もらって、非常にやりにくいんですね。うらわ舞踊年鑑などは、文化庁から予算はかなり出てるんでしょう。

花　輪：これは全部協会の予算だったんですよ。一年間の予算で二〇〇万が限度。二年にしても、四〇〇万越すんですよ。そこが一番大変なんですね。うらわ第一巻だけについて言うと、もう故人になった方ばかり。第二巻でも、故人になられている方もいる。このときやらなければ資料がなくなっていました。このような仕事は本当に貴重なことです。われわれが知らないこともあって、非常に勉強になります。

日　下：今でも、これをどういう風に活用していくか、大きなリスクとしての問題が残っています。

今後の課題

現代舞踊協会は、もっとPRして、スターとしての個人が知られていかないと、なかなか取り上げられないです。

——六巻完成したので、今後の利用法で何か提案がございますか。

うらわ：夏の舞踊大学などで、参加者にまず最初の一巻を見せるのが大事だと思います。先輩達が頑張っているし、海外で評価されている。もっと自信をもってほしい。

日　下：啓蒙の意味でも、自分たちの作品の創造の上でも、見るのは必要だと思います。何かの機会に昔のことをもっと知ってもらいたい。うらわ新国立劇場あたりで、誰でも見られるというスペースを用意して、常に出入りできるようにしたらいいのではないか。資料スペース、アーカイブがあるといいですね。

三　輝：最初、あの資料室でも、オペラ、バレエ、演劇しかなかったのです。私が舞踊はモダンダンスもあると言いまして、やっと入ったのです。他でもいまだにそういうことがあります。うらわ日本の舞踊界は、世界とは逆で、バレエより現代舞踊が先に活発になったんです。一九〇〇年に欧米でイザドラ・ダンカンなどフリーダンスが始まったとすると、日本は一九一〇年頃からだから、一〇年後位に現代舞踊が始まっていて、大して差がないんです。昔のモダンダンスの舞踊家は海外で活躍されていたから、世界のあちこちに日本人の名前が残ってるんです。

三　輝：今有名なポーリン・コーナーは伊藤道郎さんのお弟子さんですし。

渥　見：現代舞踊はその国その国で始まっているから、引けをとることはまったくない。うらわたとえば戦前からの歴史があって土方が生まれている、ゼロから生まれているのではないんですね。

日　下：それは外国人が舞踏をすごく扱って、外国の文献がすごく多いから、逆反響というか逆輸入でもてはやされるんですよ。うらわそういう意味では現代舞踊協会は、もっと作品やダンサーをＰＲした方が良い。スターとしての個人が知られていかないと、マスコミでもなかなか取り上げられないです。土方とか最近では勅使川原三郎、Ｈ．Ｒ．カオスの大島早紀子とかそういった個人の名前が必要です。

三　輝：それが協会の一番の欠点です。たとえばバレエで言えば、森下洋子といえば、誰でも集まるように、協会で誰かぽんとスターでも出せば、それでお客さんが寄ってきて、現代舞踊がだんだん広がるのですが、先生は自分のお弟子さんを出したいから、よそのお弟子さんはとんでもない、ということになる。だから今まで出なかったんです。私は随分言ったのですが。

うらわ：もっと開かれていくべきですね。

三　輝：そういう人を協会が盛り立てていく、ということがあったらいいんですけど。

日　下：外からアクセスしやすいことが大事。存在すら知られてない。

うらわ：このビデオの活用もまず協会の中でできるだけやって、それから外へ広げていくというのが大事。

花　輪：いろいろな所に配って資料として残してもらうということの他に、フォローも必要ですね。どのように使われているかということです。こんな風に使ってください、ということまでしないと、配って終わってしまうだけになってしまう。見せ方も工夫が必要ですね。

うらわ理想を言えば、高校あたりで教材に使ってもらうといいですね。

三　輝：そうですね。

うらわ：とりあえず若い人たちに歴史的なところだけでもいいので、利用して欲しいですね。

――教えられる方としては、歴史というのはなかなかとっかかりがなくて難しいです。こういうビデオがあれば、一つのきっかけになるのでぜひ利用してほしいですね。ただ見せるだけでは難しいので解説付にした方がいいのでは。

渥見：これからターゲットをどこに持っていくか、方向性を考えていかないといけない、と最近すごく感じています。

――皆さんの熱い心なくしては、ビデオが完成することはなかったでしょう。長時間ありがとうございました。

二〇〇五年一〇月八日（社）現代舞踊協会事務局にて

《コンテンポラリーダンスの二〇年間》対談

舞踊評論家：日下四郎×望月辰夫：新国立劇場制作担当
司会：安田敬

シリーズ二回目の一九八〇年代からの現代舞踊史：コンテンポラリーダンスが登場して約二〇年がたち、前回に引き続き、舞踊評論家日下四郎、新国立劇場の制作を担当している望月辰夫の両氏を招き、コンテンポラリーダンスの流れを語っていただきました。新国立劇場が設立一〇周年を迎えるにあたって。その一〇周年の記念行事が開催されるとき、その矢先に二〇〇七年五月三輝容子氏がなくなりました、創立当時から身を削って舞踊の啓蒙に努め、奮闘した人でした。さてその後の新国立劇場は…。

モダンとコンテンポラリーダンスの谷間

司会：早速ですが日頃、ダンスへの現状を憂いていると……
日下：ダンスもバレエも最初はこれまでのダンス創世記の頃の振付家の舞台作品が主流を占めてい

ました。戦後舞踏の台頭などいろいろあり、後半から一九八〇年代に登場したコンテンポラリーダンスの旗頭として勅使川原三郎が、前回でも取り上げられ、そこで舞踊協会が批判されていたように思えるが、いかがなものか。モダンダンスという時代からコンテンポラリーダンスと云われるようになったのは最近の出来事。なにかモダンと対決したテクニックのようにいわれているが、それは危険だと思います。コンテンポラリーダンスをモダンのテクニックでやるとか、アサヒスクエアでの公演のキャッチフレーズにもあった。これなにか誤解をしているのでは？

望月：誰でも出来るコンテンポラリーダンスが沢山でてきたのは、ダンスを身近に感じてもらうのには、多いに良かったわけですが、昨今二〜三年で消えてしまうものがかなり多いのと、熟成する前に高評価が先行し、伸び悩んでいる振付家をよく見かけますね。

司会：モダンの危機といわれて〜コンテンポラリーダンスが誕生してきました。舞踏の興隆も見逃してはいけません。いわゆる歴史の中の新しい動きとしてコンテンポラリーダンスの登場を見てみるといかがですか。

日下：江口隆哉さんがノイエタンツをドイツから持ちかえってこられましたが、伝統に対してのノイエードイツ語で新しいという意味ですが、古い形と発想に対して異論を唱えていたのです。ヨーロッパにはバレエクラシックに対して意義を称えるだけの思想があったのです。それを伝えた点がいちばんのポイントでした。

司会：三五年程前に写真の世界に入ったのですがその頃、アメリカからコンテンポラリーフォトグラフィーという動きが伝わってきました。それまではサロンの写真やリアリズム写真（土門拳）が主流でした。それに反発した動きであったと思っています。一九七〇年当時、写真界はコンポラといって流行語も誕生し、隆盛でした。今の森山大道、東松照明、奈良原一高、細江英公、アラーキー、そして商業写真の篠山紀信、立木義浩らが登場した頃です。舞踊の世界では何故、コンポラというものが遅れて登場したのですか？　しまったのか？

日下：モダンダンスからコンテンポラリーダンスが生まれてきたのは、実はモダンダンスという以上、主題・表現の進化はきわめて自然であたりまえ。モダンダンスはクラシックに対して誕生してきた。そしてゼネラルで共有の形容詞として、そのあとコンポラという言葉が出てきた。問題なのは今やるのがコンテンポラリーでないといけないとかいう作為が生まれてきていのは危険ですね。

望月：ダンスクラシックに対して、現代のダンスは人々の思考、視点がどうやって時代の感性で表現していくか、それがいちばんの問題と思う。

日下：欧米ではクラシックバレエも創作が重点におかれていて現代に密接です。今ここの感性をダンス芸術として接点に持っている。古典のレパートリーは別として、バレエも究極は現在もの、今と接点を考えての表現であるべきだと思います。

望月：何が最も新しいのかではなく、今との接点の中で普遍の真理をどのように捉えるかが問題だと思います。その中で個人の違いがあり、それが面白さであり、個性だといえます。

日下：身体を用いた表現とは何か？　フランスやアメリカで流行れば、日本にきてその動きを真似することがよいとされている。自分の身体はアメリカと同じものではないと考えるべきですね。新しいとか古いとかそういう問題ではないはずです。外国のイミテーションではない、向こうの持ってきているものを、そのままやる傾向があるので困っているのです。クラシックのレパートリーはあるでしょう、歌舞伎の出しものに十八番があるように。新しいダンスでもそれぐらいの意欲がほしい。もっと挑戦していい。

司会：一観客も未だ既成のダンスの枠を広げないで、バレエという古典作品を見ることに限っている。パリのオペラ座（ガルニエ）は伝統もあるが、勅使川原三郎など新作を上演しています。パリなどの欧米の国立の劇場の作品は現在活躍している振付家の創作を発表していることが多いですね。

望月：本当の意味で活躍している振付家は、舞踊家として土台がしっかりしてますね。新たなものに挑戦という意味でも、若い時に基礎をしっかり身につけてほしい。アメリカのダンス教育は素晴らしいと思います。私が学んだジュリアードでは、ダンス全般、音楽などオーソドックスなカリキュラムを習えるだけでなく、次世代の感性を取り込んでいたりしていて、多いに学ぶことができます。今の日本の舞踊を見ると、面白いものはなんだろうかとか、奇抜さとはなど、演出の手段に走りがちで創作されているのではという場面に多く出くわします。そこに陥りかちでありますが、もっと身体と向き合いテクニックや発想を総合的にとらえてほしい。ダンスは総合芸術なので、多いにアート全般を学び、芸術上の回り道をしてほしいと思います。

芸術としての舞踊の学校、あるいはバレエ専門の学校は必要?

司会：演出だけの面白さで舞台に上っている作品もあり、ダンスでなくても舞台はつくられる危険性がある。

日下：欧米ではダンスが、より幅広くなるっているのがわかる。

望月：これがダンスか、ダンス作品とは何かと、最近よく考えさせられることがあります。

日下：いい絵を見ればいいと思う。鑑賞力を持つしかないですが、ダンスが美術か芸術かどうかもありうる。一生懸命作っているダンス作品はわかるが、単なる物真似がなくなり、ダンスが生まれてくることを望む。すごいダンサーも登場しているし、外で勉強することは大切だと思います。

司会：日本でダンスを志す人は何処で学ぶのがよいのか？　今でもグラハムやエイリー等海外で学ぶことが必要ですね？

望月：ピナ・バウシュはジュリアードでも学び、アンジュラン・プレルジョカージュもカニングハムの門をたたいたということを考えても、（ダンステクニックだけが大切ということはありませんが）グラハム、リモン、カニングハムなどのダンステクニックを学ぶことは舞踊家としての一つのいきかたとしては、間違いがないし、また大切です。何よりもそれを正しく習うことが大切なのです。日本ではそれらの直属の学校がありません。もちろん新国立劇場の中にもありません。その学校が必要かどうかは、いまここでは問題にするのはやめますが、現在はダンスクラシックを学ぶにも、バレエだけではなく、さらにコンテンポラリーも学ぶ必要があります。新国立劇場のバレエ研修の中でも、そういったカリキュラムが入っています。

日下：バレエの裾野が広がってきたことは事実です。モダンはクラシック技術も必要だと思います。時代、社会の接点を持つべきだ思います。江口さんは、派閥意識が厳しかったが、今は時代が違うので学ぶことが出来ます。そうでないと未来はないでしょう。しかしモダンだけの学校が必要なのか？　時代とか、社会とかに関係しているので闇雲にテクニックだけ学ぶ場所が必要なのかどうかは、むしろ疑問に思う。

司会：日本では育てることは出来ないのか？　それはなぜなのか？　金森穣や熊川哲也のように海

外で学び経験をつんで日本で活躍しているアーティストたちは、確かにつよく見えるが、それだけではないと思いますが？

望月：金森穣はりゅーとぴあ新潟市民芸術文化会館のＮｏｉｓｍ芸術監督として、彼のダンススタイルのカンパニーを創り上げ、実績をあげていると思います。

司会：やはり海外で学ぶことの方がいいのでしょうか

望月：いや、海外に行けば良いというものではなく、何処でやるにも何を、どうやって学ぶかがポイントです。来年四月公演は、新国立劇場、富山市オーバードホール、まつもと市民芸術館との三館共同制作による勅使川原三郎ディレクション「空気のダンス」です。これを制作するに当たり、新たな身体表現に向かう既存のダンスにとらわれない才能豊かな若者を選考、彼の明確なダンスメソッドを学び、一〇月からワークショップを開始しました。私はすでに彼らの確かな変化と成長を実感しています。日本のダンス界の中で勅使川原の役割は大きい、彼の存在は大きいですよ。現在活躍中の振付家の中にもワークショップに参加し影響された人は多いと思います。問題なのはどこまで本質を学べているかです。学ぶということはスタイルを模倣することではありません。

日下：二見一幸も昔はパリ留学から戻ってきたときはヌーベルダンスであった。しかし、今では自分のスタイルを見出しつつあると思う。

望月：二見もパリの留学から帰国したころとくらべて、作品にもすごい変化がありましたね。
日下：変化の点では、白井剛のもそうです。イデビアンもそうでしょうね。
司会：イデビアンの登場も衝撃的でした。
望月：この人も始めから他とは違うなと思っていました。作品タイトルも個性的で、今日的で、今までなかったタイプで、興味を持ちました。井手茂太（イデビアン）は、若き頃、ジャズダンス、モダンダンス、バレエなどを渋谷の専門学校で学んでいます。既成の概念に縛られない個性はこの時に培われたものかもしれません。この今はなきヘルススポーツ学院の卒業生の中には、能美健志、マース・カニンガム舞踊団の水田浩二、元ポール・テイラー舞踊団の植山武博、などもここの卒業生ですよ。
日下：最近では吉祥寺で見ました。そういえば、かもねぎショット、キノコ舞踊団とか当時、演劇性をもったダンスが次々にうまれてきた。コンテンポラリーダンスのジャンルの一つだが、枠を拡げたことに意義があると思う。井手茂太の個性には興味を持っているが、最初のダンスの頃は面白く感じたが、前回の作品『政治的』（吉祥寺シアター二〇〇七．九．一四）はよくなかった。性急に振付の特徴だけで勝負をしようとして、作品に奥行きがなくなった。
望月：珍しいキノコ舞踊団も、イデビアンクルーも、すでにコンテンポラリー界での位置を確保していて、ちゃんと観客も持っている。この間の「政治的」は賛否両論がありますね？　私はいいと思いましたが……。

日下：この二〇年がダンスの幅を拡げたことは確かです。イデビアンの登場は象徴的だと思います。主流になるかはわからないが、ダンスの仕組みを作ったのはよいことだと思う。

司会：でももっとさらに枠が広がってもよいのではないかと思います。海外ではNONダンスとかの動きも見えてきているのではありませんか。ダンスとは何かをいつも考えさせる新しいものが登場しないと発展はありません。

日下：意味がなければモダンダンスではないとは言わない。しかし重要なことは、ダンス作品としての確かな手ごたえがあること。それだけの作品、振付家が出てこなくてはならない！　だが危険なのは、コンテンポラリーダンスでなければ今のダンスではないというのも、発想が逆でおかしいと思う。

新国立劇場への期待

司会：新国立劇場での新しい動きはあるのでしょうか？　勅使川原はパリオペラ座での発表ができる唯一、日本を代表する振付家であると思います。日本のバレエ団ではできないことをグローバルにやっていることがすばらしい。又作品のなかで、これまでにもダンサーを育てているのではないでしょうか？

望月：確かにNDTや、元フォーサイスの舞踊団のダンサーの中にも、勅使川原三郎に多いに影響を受け、現在コレオグラファーとして成果を上げている者も何人かいます。一方新国立劇場現代舞踊では、今まで木佐貫邦子、伊藤キム、森山開次など、多くの舞踊家が登場しています。この一〇周年企画では勅使川原や平山素子などを中心に展開しています。

司会：これまでは中ホールで上演されていたものが、勅使川原は、今回は一〇月、一二月に分けて公演がありました。この企画は勅使川原の発想なのでしょうか？

望月：一〇周年ということで新国立劇場からの提案で、勅使川原三郎公演を、中劇場から小劇場に場を移し、客席と舞台の距離を近くし、最先端のダンスを肌で味わえるように試みました。新国立劇場現代舞踊の今後ですが、劇場企画を前面に押し出したものにも積極的にトライしてゆく予定です。また他の劇場との共同制作なども視野に入れ、より多くの上演機会ができ、文化普及に繋がればと考えています。

司会：どうも有難う御座いました。

ダンス・カフェ　「DANCART」　二〇〇八

第6ラウンド　創作戯曲

東京大学同窓会演劇公演の楽屋裏スナップ

第6ラウンド　創作戯曲

歴史劇『近衛公の死』　四幕十二場

その才あるもその時に逢わずんば才と雖も用いられず
苟も時に会わば何の難き事があらん孔子

〔人物〕

近衛文麿　　公爵
富田健三　　近衛内閣書記官長
細川護隆　　近衛の秘書
高木惣一　　海軍少将
酒井鍋市　　陸軍中将

伊藤述伍　外交官
牛場友久　近衛内閣秘書官
山本有五　小説家
後藤清之助　友人
松前重行　工学博士
内田信介　東条内閣鉄道大臣
東条英機　首相
狛子　近衛の愛人
千津子　〃　夫人
道隆　〃　次男
竹子　〃　異母妹
英麿　〃　異母弟
由子　市井の娘
その他、芸者、出陣兵、その母親、夜の女、警防団長、新聞記者、老婆、パトロール、闇市の男、米兵医師、浮浪児、政治家、ブローカー、通行人、由子の父親、その女房等々。

第一幕

ある待合

近衛と細川、芸者狛子その他

狛　子：主の姿を
　　たゝみの土に
　　とめておきたい今日の月、
　あら、御前様、どうかなすつて？　急にむつつり考え込んでしまつたわね。都々逸はもう飽
　きちやつた？

近　衛：……。

狛　子：それとも飽きちやつたのはこのあたし？

近　衛：……。

狛　子：そう、そうなの。だまつてたつてちやんと顔に書いてあるんだから。
　　暇じやと云うて

差櫛くれた
心とけとの解櫛を、
ねえ、ちよいと、御前様、何とかおつしやいな。
近　衛：君、こんな歌知つてるかい？
十五夜の月はまんまる冴ゆれども
私の心は真の闇真の闇
せめて今宵は訪れを
一声きかせよほととぎす
鳴いてね。
細　川：（芸者たちと花札をやっている）こいつめ！　またわつたな、全く悪い女だ！
芸者一：どう、ちよいとしたもんでしよう。あたしのお手並よ！
細　川：見ろ、可愛いそうに。ぼたんの奴が目を真つ赤に泣きはらしてるじやないか。
芸者二：じや一つ、坊主にお経でもあげてもらいましよう。（坊主をすてる）
芸者一：おあいにくさま。抹香くさいもんには縁がないんだから、あたしは。
細　川：ならこちとらで、坊主丸もうけと戴いて——　ついでにもう一つ。（札をめくる）
芸者二：あら、ずるい！　両手に花じやないの。何て、色気の多い人！

細　川：こう、場におきれいどころが、揃つてちや、人間色気を出さずにや、いられますかつてんだ。
芸者一：だつて、かすばかりですわよ。
細　川：察つしがわるいわね。君達のことを云つてるのさ。
芸　者二：あら！　何も出ないわよ。（笑い声）
近　衛：（盃をつぎながら）ねえ、狛坊。自殺する一番いい方法つてのは、何だろうね。
狛　子：いやだわ縁起でもない。
近　衛：おれは死ぬことは、なんともないが、痛い思いをするのが嫌でね。まあ、その上もう一つぜいたく云えばだ、血を流したり死んだあと顔がみにくくならないような、何かそんないい死に方つてないもんかね。
狛　子：なら、やつぱり青酸カリが一番でしよ。
近　衛：青酸カリ？　だつて君あれは劇薬だから相当苦しまなきやならないんだろう？
狛　子：ところが、実際はちつともそうじやないらしいの。実は二年前に、あたしの友達で、失恋から自殺した子がいるんだけど、息を引きとる時の、その子の顔付きつたら、さあ、何と云つたらいいかしら、まるで春の雪が音もなく、ひとりでに溶けて行くみたいだつたわ。
近　衛：ほう、春の雪が音もなくとけて行くみたいにね。
芸者一：そうなの。待合もあと一ケ月したら閉鎖でしよう。あたし達どうすればいいのかしら。

細　川：モンペをはいて出かせぎに行くさ。

芸者二：ねえ、細川さん、あなた世話してよ。あなたとなら、例え火の中水の中――。細　川：桑原、々々、こう見えてもおれは昔から極端な女性恐怖病患者でね。いや、実際君たちにあつちやかなわんよ。花札と同じさ、まつまつと見せかけて、その実用意してるものは桜、きりをはつてさつさと姿をくらましちやうんだから。

芸者二：あら、どういう意味、それ？

細　川：目的のためには、人をちよろまかすことなど、何とも思つちやいないつてことさ。

芸者一：いー、おつしやいましたわね。（立つて追いかける、この時富田、高木登場）

細　川：おや、われら神風連の御到来だぞ！　これはようこそ！　どうしました富田さん、その憂鬱そうな目は。どうみたつて色街に足をふみ入れる時の顔付じやありませんて！

富　田：君こそ、どうしたんだ。まるで雷が雲から足をふみはずした時のような騒きようじやないか。色恋つてのは、もつとしんみりやるもんだよ。ましてやこの非常時に於てをや！　つて東条ならそう云うぜ。

高　木：実際うかうかしてられんよ。イタリヤが屈服したのはもう昔話だ。今後ドニエプルを突破された場合のドイツには、ただ将棋倒しの退却が残されているだけだろう。そしてわが国はと云えば、南方資源確保のためにあれほど必要だと叫んでいた最後の拠点、ブーゲンビル島もとうとう敵の配下にゆだねてしまつたらしい。一体これでどこから勝算が出て来るというんだね。

富　田：しかるに、日々の新聞のあの苦々しい謳いよう騒ぎ立てようはどうだ！　大平洋を掩う大戦果、焦慮が生んだ敵の出血、わが艦隊の進路に敵なし――。

高　木：それも発表された数字が正確ならともかく、事実はミユンヒハウゼンも顔まけの大法螺貝の羅列なんだからな。知つてるかね、第五次ブーゲンビル島沖航空戦の真相を？　僅か五機の損失で空母三隻を含む軍艦七隻を抹殺したなんて、そりやそれが事実なら確かに〝真珠湾以来の大戦果〟だろうさ。ところが実際は飛行機三十五機を失つて、たつた一隻の駆逐艦を沈めただけなんだから。

細　川：万事その調子さ。〝国民は赤いものを白だとさえ云えばついて来る〟これが東条のあわれな政治学のすべてなんだ。全く悪い趣味だよ。この世におれより強い奴はいないと云うくだらぬ快楽を貪らんが為に、聖人ずらを下げて、天地の間をかけずり廻つてるなんて。奴つこさん、ついこの間も路傍である婆さんを介抱してやつたそうだがね、それでいい気になつてる国民と祖国こそいい面の皮さ。

富　田：奴のほしいのは政権だけなんだ。つまり公爵が二千年かかつて得たものを、たつた一二年で手に入れようと云うんだ。そりや、クズ拾いだつて何だつてしようさ。だが、おれたちは一体いつまで、子供みたいにポカンと口をあけて、奴の狂言を眺めてなくちゃならないんだね。おれたちの目標ははっきりしてるんだ。一刻も早く正常な政治機関を作りあげ、もつてわれら大和民族をこの不幸な戦争から救い出さなくちや。

高　木：そうだ、和平会談の機を逸するな——これが、今じや心ある人々の切実な欲望であり、叫びでもあるんだ。おれ達は、過去の甘い汁を夢みて、ついいい気になりすぎていたんだ。相手国の仇つぽい姿に、われにもあらず目がくらんでしまつたんだ。だがどつこい、この奔放なアメリカ女こそ実は手におえないほどのあばずれだつたのさ。ぐずぐずしてちやどうなるものかね。かくしどころのかさぶた一枚位ですむなら、大いに多としなくちやならん。今に手足からドロドロ腐り始めて水銀硬膚じやどうにも仕様がなくなるぜ。一日も早く話をつけて、きれいに身を引いちまわんことには——蛇鳥公爵、さしずめ君がその長い脚で、かけずり廻る時が来たんだよ。今こそデモステネスの勇をふるい、昭和の大久保を買つて出るんだ。

近　衛：えらい地響きだな。そうがなりたてんでくれ。おれの皮膚は極く感じ易いたちに出来るんだ。今に破けて血が吹き出さんとも限らんて。

高　木：なんだつて！

近　衛：血が吹き出しや痛いと云つてるのさ。そして、痛いのは、おれ大嫌いなんだよ。

高　木：又はじまつた！　はぐらかすのはよし給え。のんきにかまえてちや元も子もなくなつちまうんだぜ。おれ達まで、みんな道連れにしてしまうんだ――。

富　田：いや、公爵自身の問題にしたつてそうさ。いつまでもこんな所に入り浸つて、後世史家から、近衛家四十五代はアクチオノミコーゼで死んだが、四十六代目の命とりはスピロヘータだつたなんて云われるようじや目も当てられんからな。少し真面目に考えてくれたらどうだね。

近　衛：おれが不真面だというのかい？　こいつは手きびしいね。じや云おう、そもそもおれが二年前、あらゆる国内の主戦論に反対して、日米交渉に打開を見出そうとしたのは一体何のためかね？　お上がウイルムヘルム二世なら、おれはベートマン・ホルウエヒになつた覚悟で、まるで盛りのついた牡牛みたいに荒れ狂うエンジンを一人逆転させようと、あらゆる手段を試みたのは何のためだつたかね？　だが政界はおれが退陣を余儀なくされても、さざ波一つあげなかつたじやないか、おれにしてみりや、何を今更つて云いたい所さ。おれは疲れた。疲れた時は誰だつてわが身を労る権利位あるだろう。（立上る）

狛　子：あら、お出かけ？

近　衛：お先に。こいつらの政治論で、すつかり酔いもさめちまつた――　諸君、十日後の年賀式でまたお目にかかろう。（廊下の方へ歩む、途中で立ち止つて）だが、みんな注意しろよ。中

野の例もある。勝利の二日酔いはまださめちゃいないんだ。下手にさわいで逆手をとられないようにな。（去る）
富　田：困ったもんだね、こんな時世で、関白の気まぐれにも。
高　木：なあーに、こんな時世で、ちょいとつむじをまげてるだけの話さ。蔵之助だよ、奴は。いざという時には、どうしてだまってるもんか。
細　川：そうとも。さあ、更めて一杯飲み直しだ。（手をたたく）おい、酒々！
声　：はーい、唯今。

街頭

東条が演説をぶっている。
東　条：……　そうです、わが大和魂は、その怒りと叫びを実戦に応用した一区切、一区切りごとに、何万という敵、何千という敵機をその熱い血潮の中に焼き亡して来たのであります。みなさん、われわれ大和民族は人類解放の絶対的選民であり、わが大日本帝国は世界革命の旋風的渦心である。従ってわれわれがこの度の戦争に勝ちぬくことは、とりも直さず、かかる崇高な目的のための、神そのものの事業に他ならないのであります。もとよりこの輝かしい大目的への道は必ずしも平坦とは申されない。途中、峨々たる岩石はわれわれの進行をさまたげ、突然のなだれはわれわれの少なからざる仲間を、はるか谷底へとつき落すことでありましよう。しかし乍ら昔から極めて簡単な生物学上の発見や、数学的原理に達するにも幾百万という人命が必要だつたのである。歴史は、その小さな歩みの街角毎に、われわれ人類の血肉でもつて築かれた幾多の墓石を立てているのである。ましてや、全地球の形態を一変させるべきこの度の大事業が、例え一民族全部の命を要したとしても、そもそも何の不思議がありましよう、みなさん、だが何もこう云つたからといつて別に怖れる必要はありません。又そんな卑怯な、意気地のないみなさんでもないとわたしは信ずる。わが日本の国体は万邦無比であります。世界のどこにもない唯一独特の神の国であります。要は皇運を扶翼し奉り、日々の国民の義務を果しておればそれでいいのである。その他に何の不安も危惧も要らないのです。みなさんの一挙手一投足が、そのまま新しい世界のいしずえとなるのだ！　みなさんの積む、日常の小石の一つ一つが、やがて巨大なピラミツドを築くのだ！　遠からずわれわれはアジア民族を開放するでありましよう！　否、数年を経ずして八紘一宇の大精神は、燦然として、全世界の上に輝くことでありましよう！　天皇陛下万才！　大日本帝国万才！

一　同：東条さん万才！　大日本帝国万才！　（一同興奮して去る。反対側から女房とその娘由子）

女　房：（娘をつかまえて）さあ、とうとうつかまえた、この親不孝娘が。二十日鼠めが！　あきれ

たよ全く、油断もすきもありやしない。（ぶつ）
由　子：痛い！　痛いつたら――。
人　々：（かけよつて来る）待つた、待つた！
女　房：いいかい、あたしやね、お前がすつかり泥をはくまで、金輪際このえり首を離さないから――。
由　子：だつて、そうきつくしめつけちや、へどしか吐けないわよ。
女　房：何だつて！　まだ、ぬけぬけとそんなことを、このガラガラ雀が！　舌をお出し。
女　一：（仲に入つて）どうしたのさ？
女　房：いいえ、ほうつておいて下さいよ、この子つたら、親を見殺しにするつもりなんだから。（ぶつ）
由　子：あれ、助けて！　あたしの方こそ、よつぽど殺されそうだわ。
女　二：まあ、まあ、落ちついて（二人離される）一体、どうしたのよ。
女　房：大体、この子の心掛けが間違つてるんですよ。だつてさ、ごらんの通り、あたしや、妊娠八ケ月のこんな体だからね――。
女　一：それが、娘のせいだつて云うの？
女　房：いいえ。でね、あたしや云つたんでさ。由子、すまないが勤労奉仕にや、おまえが出ておくれ。何でも今日の仕事は家倒しだそうだ。まあお前だつて、皆さんにまじつて、綱を引いてりや、少しはお役に立つだろう。何といつてもお父さんを徴用にとられた今じや、お前がたつた一人の相談相手なんだからねつて。すると、どう？　この罰あたりめの返事と来たら、あら、あたし、あたしなら、今日は約束があるからだめよ、とこうなのさ。ええ？　何てふらちな！　あたしやあきれて、物も云えなかつたよ。

女二：年頃だからね。でも約束はよかつたわ。一体何の約束なの？

女房：それそれ、それさ、あたしがいくら云つても、口をわらないのは。わらないどころか、あげくの果てにや、こうやつて、人のすきをみてこそ泥みたいに逃げ出す仕末だから！

女一：大方、いい人にでも逢いに行くんでしようて。

由子：だつて、お母さん、困るものはどうしても困るんだもの。

女房：困る？　困るのは一体どつちなんだよ。考えてもごらんな。うちは今週隣組の配給当番に当つているんだよ。おまけに家じや、餓鬼の奴らが出もしないあたしのお乳をほしがつて、火がついたようにわめき散らしている。でなくとも、今にも破けそうなこのお腹さ。家倒しなんかやつて、あたしの方が倒れなかつたら不思議な話じやないか！　大体、今時そんなわがままを云うのは、親不孝以上にお国に対して申訳けないというもんだよ、いいかい、アメリカの飛行機は、もう、九州までやつて来てるんだ！　ぼやぼやしてちやどうなるもんかね。子供だからつて決して勝手は許されちやいないんだから。わかつたかい、この非国民めが！　ろくでなしが！　（又ぶたんとする）

女　二：まあ、放しておやりよ、可哀そうに！　たかが娘つ子じやないか。あたし達なら、この子一人位、いてもいなくても大した変りはないんだから。

女　三：そうよ。丁度遊びたい盛りなんだよ。それより、あたし達の文句を云わなきやならないのは、他にたんといるんだもの。娘子供にまで、こんなつらい思いをさせて、自分は、うまい汁をすつている非国民が、もぐらもちみたいにかくれてるんだもの。いいかい、みんな目を光らしたがいいよ。何でも近頃は、愛国者という仮面を正札に、こそこそ物資の横流しがはやつているというからね。玄関には滅私奉公の標札をかけ、奥の間じや、米枕、砂糖ぶとんでねそべつているけしからんのがいるというからね。

女　四：おまけに、奴らの云い草がふるつてるんだつてさ。あたしのおあしで、あたしが買うんだ、どこかわるいつてよ。畜生め！　何だつて、あたし達は、毎日こんなつらい思いをしてるのさ。亭主や息子のいない家を女手一つできり廻し、それが常会だ、防空演習だ、勤労奉仕だと、何だつて一つしかない体を、千手観音みたいに使いわけてるのさ。みんな戦争に勝つためじやないか！　だのに奴らと来た日にや、あたし達の苦しみを座ぶとんにして、花火大会を見物してるような調子なんだ。この額から流れる汗をお茶代りに、火事騒ぎを眺めてるような調子なんだ。いいかい、あたし達は、おべんとうのおにぎりの塩にだつて、不自由してるんだよ。くやし涙でもなめておけと云うの！　お国のために金歯まで供出してるんだよ。虫にくわれて死んじまえと云うの！　奴らこそ非国民だよ！

二三の声：そうさ、戦争泥棒だよ！　アメリカのスパイだよ！　断じてやっつけろだ！

半　数：戦争に協力しない非国民はやっつけろだ！

半　数：戦争を商売と思つている非国民はやっつけろだ！

女一：おや、あの女、モンペをはいてないよ。非国民だ！

女二：おや、あの男、ゲートルをつけてないよ。非国民だ！

女三：（通行人をつかまえて）あんた、髪の毛がちぢれてるよ。きつとこつそりパーマをかけてるんだろう？

通行人：いいえ、今日うちのママがね……。

二三の声：ママだつて！　英語をつかつてるよ、非国民だ！

半　数：進め一億火の玉だ。水をさす非国民はやっつけろ！

半　数：ほしがりません勝つまでは。一日三合以上たべる非国民はやっつけろ！

一　同：やっつけろ！　やっつけろ！　（一同興奮して去る）

女　房：わかつたろ、由子。このお母さんを見るがいい。苦しい生活に耐えながら、お前たち八人もの子供を生んだのは一体何のためだね？　みんなうめよふやせよの、お国の方針に協力すればこそじゃないか！

由　子：あら、あんなうまいこと云って！　ちゃんと知ってるわよ。

女　房：知ってるって、何をさ？

由　子：この秋頃には、あたしも、お国の方針に協力出来そうなの。

女　房：（顔色をかえて）何だって！　由子！　ちょいとお待ち！　（娘すばやく逃げる）あーあ、何てことだ！　あたしゃ、自分の耳が、つんぼでなかったことを後悔するよ。これお待ちったらお待ち！　（追いかける、入れ換りに反対側から出陣兵）

人　々：勝って来るぞと勇ましく誓って国を出たからにゃ……

出陣兵：（母に）もう、この辺で結構です。随分来ましたから。

母　親：まあ、お前そう云わないで。せめてあの赤いポストの見える四ツ角まで……。

出　陣：兵きりがありませんよ。

母　親：だってさ……。

人　々：進軍ラッパ聞くたびにまぶたに浮ぶ母の顔……

細　川：（近衛と共に登場）ほら、又一人、学徒兵ですよ。

近　衛：世の中が逆立ちをしてるんだ。戦争を学んだ軍人が銃後にあって政治経済にたずさわり、政治経済を勉強した学徒が、戦地にあつて、交戦に従事する。これじや、まるつきり、あべこべじやないか!

母　親：じや、どうしても、ここでというのかいお前?　ああ、あたしや生き地獄を見る思いだよ。

出陣兵：悲しむのは、やめて下さい、お母さん。何事にも終りというものがあるんだ。戦争だつて同じですよ。いずれは、きつと、勉強と仕事に打ち込める、そんな平和な時代もやつて来るでしよう。

母　親：ああ、心もとない。その細腕で、重い鉄砲をかつがされるのかと思うとねえ――。

出陣兵：(見送り人に)皆さん!　長々とお見送りありがとうございました。それでは元気で行つて参ります。どうか、くれぐれも健康に御留意さなつて、わたくしの分まで長生きして下さいますよう。

人　々：吉岡君万歳!　天皇陛下万歳!

近　衛：どうして、静まらないんだ!　どうしてこの日の光も消えて、まつくらになつちまわないんだ!　この先、うるさい足音や、せわしい軍歌で、さわぎ立てるのはもうたくさんだ。お互無意味な殺戮をくり返して、希望のない戦争を続けて行くなんてもうたくさんだ。

細　川：しツ!　変な男がこつちをにらんでますよ。きつと又憲兵だろう。さわらぬ神にたたりなしだ。さあ、早々に引き上げましようよ。(二人去る)

輕井沢の別荘

狛子と近衛

近　衛：いいかい。でね、おれの生れた時、五匹の亀が、よちよち庭から這い出して来たというんだ。

狛　子：まあ、五匹の亀？　お目出度い話だわ。

近　衛：ところが、実はちつともそうじやなかつたのさ。家の系図によると、何でもおれは二百五十年ぶりに正室の腹に生れた世嗣だそうだ。二百五十年！　べらぼうな数字だよ。こいつからして何か不吉な予感がするじやないか。何か事が起らずにはすまないような嫌な匂いがするじやないか。果してその通りだつた。おれの母親は、おれを生んだ産褥熱のためになくなつた。おれがこの世に出る為には、何と一人の人間の命が必要だつたんだ。而もよりにもよつて、かけがえのない自分の母のね。勿論、おれは少しもそんなことは知らなかつた。おれは大切な赤子だというので、大勢の奥女中達から、下にもおかぬ丁重な取扱いをうけた。取扱い――　何でおれがこんな妙な言葉を使うか。おれはヨチヨチ歩くようになると、転んで怪我をしないようにと、体の端に紐をつけて、それを彼女らが御殿中もち歩いていたんだ。犬ころでなきや、こわれ物さ。こいつは神の摂理への背反というもんだよ。何故つて子供は転んでも、めつたに大怪我をしないもんだからな。物心つく年頃になつた。人間の幸不幸はこの時分から始まる。おれは、何一つ、不自由のない身でありながら、又にぎやかにはしやぐ弟や妹達を、心から愛しながら、何となく取残された、妙にうつろな気持だつた。無論、それは今目の前にいる母が本当の母でないなどと、疑つていたせいじやない。まあ、いわば、こいつはもつて生れたおれの天性だつたんだな。丁度その頃突然父が病でこの世を去つた。おれはますますつきつめた考えを愛するようになつた。父や母は勿論、おれはこの世の中に一人としてよるべのない天涯孤独の人間であると思い出した。この考えは、おれを苦しめた。おれは子供心に真剣に死というものを考えた。或日、とうとうこの恐ろしい妄想は、事実となって現れた。それはどんより曇った父の墓参の日だつた。何気なく立ち並ぶ白い破壊しのうしろに廻ったおれは、そこにはつきりとおれの生みの母の名を読みとつたんだ。やっぱり本当だ。おれは足の下の大地がぐらぐらと揺れるのを感じた。と同時に、おれはその時はじめて人間が嘘をつくということを骨身に沁みて知つたのだ。これがおれの、子供時代に関する思い出のすべてさ。五匹の亀なんてきつと何かの間違いだつたんだよ。

狛　子：感じ易いヒヤシンスには、きつと外の風が冷たすぎたのね。

近　衛：何だつて？

狛　子：あなたのことよ。でも、あたしだけは信じて下さるでしよう？

近　衛：わかるもんか！　人間の感覚なんて、実に他愛ないもんだからな。人口を開けば、いとも簡単にあなたを知つてるだの、信じてるだのと云ぅ。だが、その実てんでんばらばらに自分勝手な想像や感情に浸つて、それで相手がわかつたと思い込んでるだけの話さ。

狛　子：でも、世の中には心から愛し合つてる人達つているもんだわ。

近　衛：人は、憎み合いながら、愛の真似事だつて出来るさ。誰が知るものか！　もえるような瞳が、たつた一秒後にその女をしめ殺そうという押えきれない歓喜のせいであることを。お互同志知るためには、まず相手の脳味噌を引ずり出して、顕微鏡ででもよく調べてみんことには。（ベルの音、狛子去る）

狛　子：（再び顔を出して）あなた、富田さん達が見えましたわよ。

近　衛：ほう！

富　田：（酒井、細川と共に入つて来る）やあ、火喰鳥公爵、相かわらずお狛さん相手に、悠々自適の生活か。羨しい御身分だな。

近　衛：世間の方で、そうしろと云ぅんだ。別に反対する理由もないさ。

酒　井：ところが、そいつが大ありなんだ。実は今日来たのもそのことについてはなんだがね。いいかい、公爵、近々政変が起るかも知れないよ。

近　衛：何、政変？

細　川：東条がやめるのさ。打ち続く敗戦で、下度結核みたいに内攻していた奴に対する不評判が、やっと症状になって現れたってわけだよ。

近　衛：もっと、はっきり云い給え。

酒　井：海軍が、サイパン奪回に必要な飛行機を要求したところ、ていよく断わられたんで、統師部内で大問題が起っているんだ。省内到るところに、張り紙が出て、島田と東条を殺せって云うのさ。それかあらぬか昨日、松平侯のところへ、秘書の赤松がやって来て、東条に辞意のあることを、はっきり告げたというんだがね。

近　衛：じや、奴は自分から申し出たんかね？

酒　井：そうなんだ。東条にしちや大出来だよ。まあ、どっちみち、結果は同じことだろうが……

近　衛：だが、やめたいというのは一体どんな理由でなんだ？

細　川：理由？　理由なんて、高尚なものが今更あってたまるもんか。だってさ、東条のやってることなんぞ、始めから支離滅裂なんだから。まあ、要するに、戦況が不利になった上、周囲が騒ぎ出したので、急に自信をなくしたんだろうね。

近　衛：けしからん奴だな！

富　田：けしからん？

近　衛：だってそうじゃないか！　われわれが制止するのもきかず、自分勝手に戦争を始めておきながら、いざ自信がなくなったからって途中でなげ出すなんて、実際無責任きわまる話だよ。

富田：じゃ、何かい？　君は東条がやめるのが不服だとでも云うのかい。

近衛：大不服だよ。

富田：こいつは驚ろいた！　一体どうしてなんだ？

近衛：どうしても、こうしてもあるもんか。今奴に内閣を投げ出されちゃ、政局は拾收のつかない困乱に陥ること請合いだからな。いいかい軍部の奴らが騒いでいるのは、決して戦争をやめようというんじゃないんだ。作戦が思わしくはかどらないので、その責をなじって東条個人をやめさせようというんだよ。つまり奴らは現状に喰い足りなくて、もっともっと多くの血を見なけりゃ承知しないのさ。政局はますます気狂いじみて来るだろう。東条が戦争を作ったんじゃない、戦争が東条を作ったんだから——。

細川：だから、われわれはこの混乱を逆に利用して、戦争を喰いとめるんだよ。全く今度のことは、願ってもない機会だと思うんだ。

近衛：おれなら、とても自信がないね。

酒井：ぜいたく云ってる場合じゃないよ。とにかく、しゃにむに和平工作にとりかからなくちゃ不可ないんだ。みんながそれをあなたに期待してるんだ。

近衛：みんな？　おいおいみんなとは一体誰の事だね。

酒　井：勿論おれ達愛国の士さ。

近　衛：愛国の士――　だが、そいつは一体わが国人口の何百万分の一に当たるんだ！　残念ながら、一億國民は何一つ知らされていない。彼らは必ず日本が勝つと思ってるんだ、又勝たなきゃ承知しないんだ。今頃おれがのこのこ出かけたところが、何の亡霊かと首をひねる位のもんだろうよ。そして最後はちりあくた同様、彼らの大洪水に流されちまうんだ。例え君たち愛国の士が、あちこち棒杭代りに立ってくれたところでね。戦争――　こいつは丁度モーローツホの神みたいなもんさ。あくことを知らない本能にまかせ、一人残らずわれわれをたべちまわずには満足しないんだ。

細　川：公爵、あなたは、まるで和製ハムレットだよ。そんな弱気でどうします。弱気があなたに被害妄想を起させているんだ。

近　衛：妄想？　そう思うのは、君の若さささ。

富　田：じゃ、一体どうしろと云うんだ？

近　衛：どうしろなんて、そんな確かな方法がありゃ誰も苦労しませんよ。まずまあ、とにかく当分このまま東条にやらせておくんだな。勿論、戦局が好転するなんて思いもよらないことさ。ふた月とたたず、敵は本格的な本土空襲を開始するだろう。祖国は一歩一歩と廃墟へ近づいて行く。次で九州あたりへの上陸だ。しかしそうなりや、どうやら国民の夢もさめ始めるに違いない。おれ達は軍部にだまされていたんだ、おれ達のほしいのは実は平和だつたんだと。その時、始めて方向転換の内閣を作るんだね。

細　川：何てことを聞くんだ！　公爵、はつきり云おう、あなたは重大な誤解をしている。将来国民が実情を知り、最悪の事態が来たら、東条は勿論、公だつて恐らくはベリアスみたいに八つ裂きにされるに違いない。そうなつてから、あわててみたところが、どうしようもないんだよ。祖国にとつちや何一つ益するところはないんです。坐するも、死をまぬがれず、進むも亦死を免れないとすれば、この際大勇をふるって全面に出るべきじやありませんか！

近　衛：記憶の悪い奴だな。おれのことをたつた今ハムレットを呼んだのは君じやないか。

細　川：ええ？

近　衛：このデンマーク王子にとつちや、例え世界が、どうなろうと、生きるか死ぬかが先ず深刻な自己の問題だつたのさ。

細　川：ええ、それで？

近　衛：それだけさ――　さあ、無駄な話はやめて食事でもしないかね。（立上つて隣の部屋へ行きかける）昨日、卵が十ケ手に入つたんだ。遠来の客だ、サービスさせるよ。

第二幕

ある部屋

近衛、富田、細川、伊藤

富　田：どうしたんだ、公爵、君は一体何を考えているんだ？

近　衛：いや、えらく退屈なこつたよ。朝起きると、先ず顔を洗う。シヤツに着がえて、ズボンをはく。日に三度めしをくらつて、夜になると、また床にもぐり込む。目をさますと朝だ。そこでまたやおら床をはなれて前日と同じことを、おつぱじめる——考えてみりやなさけない限りさ。今日まで何千回何万回そうやつて来たか知らんが、これから先だつて、やつぱり変りはなかろうからな。例えあと半年の寿命だとしても、少くとも二百回近くは同じことを繰り返さなきやならん仕末だ。憂鬱極まる。

富　田：馬鹿なことを云うもんじやないよ。

伊　藤：とにかく、一刻もぐずぐずしちやいられんよ。役者は次々と舞台を去つて行く。ルーズベルトの急死、ムツソニーニの逮捕、そして旦夕に迫つたベルリン陥落とヒムラーの降伏申し入れと——　大戦の一幕はカタストロフをひかえてのクライマックスに達している。このまま、成り行きまかしといちや、おれ達が陽の目をみることに永久にあるまい。

富　田：一体、誰だつたかね、公爵、わが国が本格的な空襲をうけるようになれば、その時こそ、真剣に和平工作にとり掛るべきだと云つたのは？　ところで、敵機はここ半年、毎日、日課のようにお出ましだ。全国の都市は、次々と玩具のように破壊されつつある。現にこう云つてる間にも、何千何万という国民があたら尊い命を失つてるかしれやしない。もうたくさんだと云いたいよ。

近　衛：もうたくさん？　そりや、誰だつて同じ気持さ。だが、そいつが不可能なんだ。大体、君、和平工作と云つても、何をよりどころにするんだね？　国民は相かわらず日本の勝利を信じているし、軍部はますます取締りの網の目をきびしくするし——。ちよつとでも身を動かせば、忽ち吉田らの二の舞さ。勿論次のことは、新しい徴候だ——　政府は、表面徹底抗戦を叫びながらも、最近ようやくロシヤ筋へ秋波を投げかけたつてことね。何でも先月来、東郷外相の要請で広田が実際に動きはじめているという話だ。しかし、これとてはつきり仲介申入れの性格をとつたものじやなく、あくまで、軍部には、内密の行動なんだからやり切れん。上奏文の一件だけでもあれだけ騒ぎ出したんだ。若しこの事が知れたら、奴らだつて、おめおめだまつちやいまいよ。とすると、やつぱり駄目だろうな。おれ達は、目にみえない鉄の環でかんじがらめにされちまつているんだ。戦争末期の状態はおれの考えていたのと、大分様子がちがうね。

伊藤：何故、こうなるまで打棄いといたんだ？

近衛：打棄つといた？　おいおいそいつはちよつと違うんじやないか？　おれ達が、反対に、打棄らかされたんだ。今や地球は急角度の廻転を始めつつある。いくらじたばたしてみたところが、歴史の方で、どんどん先を越しちやうんだから。

細川：（入つて来る）いや、全くひどい目にあつたぜ。

近衛：どうしたんだ、細川？　えらくしよげかえつているじやないか？　ゲートルに虫でもくつたのかい？　途中、焼夷弾の雨にでもふられたかい？　それとも、昨夜の夢見がわるかつたせいかね？

細川：夢見どころか、昨夜はとうとう一睡もせずじまいさ。

近衛：一睡も？　おやおや先生いつから又、恋を始めたんだ？

細川：憲兵にひひかつたんだよ。昨日、君たちからの連絡をうけて、軽井沢を下ろうとした矢先。仕方がない、旅仕度のまま買出し人よろしく分遣隊に出頭したがね。

富田：ほう、何だつて云うんだい？

細川：公爵、あなたの起草した〝三国同盟に就て〟つて論文だよ。どこの家宅捜査で手に入れたんだか、この目の前へ、札びらのように見せびらかして曰く、これについて知れるところを述べよ！　まるで入学試験さ。そして合格しなけりや娑婆の門をくぐらせないつて訳だよ。奴つこさん達、躍起なんだね、何とか和平運動の証拠を発見し、ひいては、おれ達一派を魚みたいにつるし上げようと。だが、まあ幸い明け方までとうとう知らぬ存ぜぬて押し通しちまつたが――。

伊藤：よくだまつて釈放したもんだな。

細川：ちよいと、わさびが効いたのさ。らちがあかぬと思つたから、最後になつて、逆手に出てやつたんだ。「どうせ、あなた方はわれわれが嫌いなんだろう、一そ死刑にしたらどうですか」つてね。すると、どうだ、奴らの正直なこと、俄然キリストみたいに、苦悩に満ちた顔付きで答えたよ「そうしたいのは山々だ！　しかし、法治国の悲しさ、それが出来ない！」

伊藤：何だか、ぞつとさせる科白じやないか。首のあたりが、きりきり痛むぜ。

近衛：はつきりしたもんさ。ミノアタウルスも顔負けの奴らの飢餓本能にとつちや、祖国なんてない方がいいんだよ。

細川：みんな、日本法治国に感謝をしなくちやな。おかげで無事関門通過と来たんだから。（近衛外へ呼び出される）

富田：聞きましたかね、お狛坊、今の話？

狛　子：あら、もちろんよ。
富　田：何て道徳的な連中だ。実際われながらほれぼれするよ。
狛　子：あたしには、わからないわ。みなさん家に帰れば、ちゃんと奥さん子供があるんでしょうに。
細　川：そこが、男と女の生理の違いさ。男つてのはね、つまりその自らの肉体をもつて、一つの思想たらしめんとするんだ、あとのことは、すべて第二義的な意味しかないんだよ。妻も子も――思想が行動となるかならないか、いわばこの賭けのために男は一生をシジフォスの神話みたいに空しい努力の中に費やしているのさ（近衛戻ってくる）
伊　藤：どうした？
近　衛：木戸からの伝言でね、近々おれが、陛下の御親書を奉じて、ロシヤへ行くことになるかも知れないというんだ。
伊　藤：何だつて！　ロシヤへ？
近　衛：仲介依頼のためだよ。従来の外務省のやり方じや、とても駄目だというんで、直接、陛下御自身がお申し出になつたらしい。で、おれにその意志があるかどうかを、たしかめに来たのさ。
富　田：それで？

近　衛：引き受けることにしたよ。日本国民として、陛下の勅諚をうける事は、最高の名誉だからな。
富　田：(かけよつて) ありがとう！　公爵、正に天祐だよ、その節は、是非、おれも随員の一人に加えてくれ給え。
近　衛：だが、喜ぶのはまだ早いぜ。この計画が、果して筋書き通り進行するかどうか、こいつは、ちよいとした富くじみたいなもんだからな。何しろ、一切は先方の出方如何にかかつているんだ。相手がノーといえばそれまでさ。まあ、それはともかくとしてだ、政府は早速今夜外相に命じてモスコーへ打電するらしい。他ならぬ陛下御自身の御言葉をね。
細　川：陛下御自身の御言葉？
近　衛：これが、そのメモだよ。
細　川：(読む)「余は、今次大戦が、交戦各国を通じ、国民の惨禍と犠牲とを、日々に増大せしめつつあるを憂え、戦争が速かに終結せんことを念願するものなるが、大平洋戦争に於て、米英が無条件降伏を固執する限り、帝国は祖国の名誉と生存との一切をあげて、戦い抜くの外なく、是がため彼我交戦國民の流血を大ならしむるは、誠に不本意にして、人類の幸福のため、なるべく速かに平和の克服せられんことを希望してやまない」ああ、実際国民の一人として有難いような、情けないような気持で一杯だよ。大の男が大勢集りながら、とうとう陛下御自身の手をわずらわさなくつちや、一歩も和平工作をすすめられなかつたなんてね。
近　衛：しかし、君、若し幸いにロシヤが、早速承諾の返事をよこしたとしてもだよ、それから先は、更に大変さ。何しろ、今じやどんな交渉も、まるで廃屋を担保に、金をかりようとするに等しいんだから。おまけに、うかうかしちや、ミイラ取のミイラになり兼ねないだろうし……。
伊　藤：ぜいたく云つちやおれんよ。陛下すら、こんなにお悩みになつていらつしやるんだ。これ以上の破壊を防ぐためには、どんなことでもしなくつちや。乞食だつて、何だつて――。
近　衛：皮肉なもんさ、全く。とつくにお払い箱になつた筈のおれが、ここでもう一度舞台へ引つぱり出されようとはね。だが、果しておれに、うまく、昔のカナリヤの歌が思い出せるかな？
(戸口で)じや、諸君、失敬、早速、宮中へ顔出ししなくちや。(去る)
狛　子：行つてしまつたわ。
富　田：これで、何とか、祖国が救えるもんならな。
伊藤：大丈夫だよ。今度こそ、公爵も、ヘスの決断を固めたらしいし――。
狛子：あの人、もう帰つて来ないんじやないかしら？
細川：どうした、お狛坊？
狛子：何だか、とつても心配なの……だつて、あたしは、女ですもの。

共同防空壕

うすぐらい中に大勢の人間が待避している。最初飛行機の爆音しきり、ややあつて止む。

第一の男：急に静かになりましたね。

団　長：どうしたんかな？

第一の男：きつと、敵機が去つたんですよ。もうすぐ、警報解除になるに違いない。

団　長：さあ、どうだか。何しろ近頃は、敵も戦法がうまくなつて来ましたからな。われわれのスキをねらつて、いつ何時ドカンと来るか知れやしない。油断大敵、油断大敵。ま、もう少し情勢をみた方が安全ですよ。

老　婆：団長さん、戦争は、いつまで続くんだかね？

団　長：え？　何か云つたかね、婆さん？

老　婆：この戦争は、一体いつまで続くのかつて云つてるんですよ。

団　長：ちよ、そいつだけは、このあつしにもよくわからんよ。まずはお天道さまにでも、うかがいを立ててみん事には。

老　婆：お天道さま！　だが、団長さん、あたしやこれで、もう一週間もお天道さまを拝まないだよ。何しろ来る日も来る日も、こうやつて、もぐらもちみたいに、地下の生活が続いてるんだからね。

団　長：お前さんだけじゃないさ。みんながそうしてるんだ。文句は云えませんな。
第二の男：なるほど。だが団長さん、そいつは一体何の為なんで？
団　長：おいおい、妙な事を云うじゃないか、勝つため、勝つためにだよ。
第二の男：勝つためにね――。
団　長：どうしたんだ、何か不足でもあるんかね？
第二の男：とんでもない。勿論、勝つにこしたことはありませんや。ただ、われわれは本当にこの戦争に勝てるのかどうか……。
団　長：こいつは驚ろいた！　あんたにはわが国の実力を信じないとでも云うんかね？　わが神州日本国の不滅を！
第二の男：いや別にそういうわけは――。
団　長：じや、どういうわけで。
第二の男：ただ。何となく――。
団　長：何となく！　こいつがくせものさ。あんたは、今敵の心理戦法にひつかかつちよるんだ、まんまとね。そんなことでどうします。その気弱さが、わが国の敗戦を生むたつた一つの場合なんだよ。わが国は勝つ。どんなことがあつても必ず勝つ。云うまでもないことだ。戦況がわるくなつたからと云つて、不安がつたりするのは、所謂素人考えと云うもんさ。いいかね、そもそもあんたは、今日まで、わが大本営発表が、一度も連合艦隊の動勢にふれとらんことを、不思議に思つたことはなかつたかね？

第二の男：連合艦隊の？

団　長：そう、連合艦隊の。

第二の男：いや、そう云や、一度も聞きませんな。

団　長：だろう？　だからあんたの考えは甘いというんだ。実はね、これは最近さる筋から得た信ずべき情報だがね。

第二の男：ほう、どんな？

団　長：まあ、もつと近くへ寄んなさい。何しろ軍の機密で、敵方のスパイにでも洩れると大へんなことになるんだから、もつともつと——。

第二の男：これ以上はシヤムの双児ででもなきや、無理ですよ。

団　長：いや、壁に耳ありつて諺もある。油断大敵、油断大敵。（耳うちする）

第二の男：何ですつて！

団　長：そうれ、驚いたろう？　ね、明らかにオトリだよ。わざと敵を本土近くへおびきよせておいて、一挙にやつつけようと云う。大したもんさ。尤も若し今月中に……、アツこいつは不可ん。（あわてて身を引く）

第二の男：どうしました？
団　長：いや、あの紙切れだがね。ふむ、どうもみたところ、新型の焼夷弾か何かじや……。
第二の男：まさか！　これでしよう？　ただの紙切れですよ。ほら。（と投げすてる）
団　長：ありがとう。いや、とにかく油断大敵だからな――だがまあ、今の話、気をつけててみなさい。今月中にきつと目の廻るような、大戦果の発表があるから。（飛行機の爆音再び近ずく）
第一の男：おや、畜生め！　また来やがつた！　（一同沈黙。爆音しきり。ややあつて遠のく）
第一の男：波状攻撃つて奴ですな。
団　長：そう、当分警報解除にはなりますまい。
老　婆：あーあ戦争は、いつまで続くんだかね。
団　長：ちよ、又始めたのかい、婆さん。少しは静かにしたらどんなもんだね。
老　婆：だがな、団長さん、一体、この戦争は……。
団　長：ああ、この戦争は少くとも戦争が終るまでは続きますよ。
老　婆：終るまで！　じやその終るのは一体いつのことなんで……？
第一の男：きまつてるじやないか、どつちか一方が勝つたときさ。
第二の男：だがね、団長さん、万一つてこともありますからね。

団　長：え、何だつて、あんた？
第二の男：いや、今のお話ですよ。万一――　万一ですよ、わが連合艦隊が、その決戦に敗れたらどうします？　やつぱり負けつてことになるじやありませんか。
団　長：だから、あんたは救い難いと云うんだ。何のために、われわれは連日竹槍の猛訓練を行つて来たんかね？　一人必殺、一人必殺、狂奔する敵を迎えうつて、われわれ一億国民が、一人残らず、敵の一人々々と刺し違えて死ぬまでだ！
第二の男：なら、やつぱり敵の勝ちですね。だつてさ、アメリカの人口は一億四千万、こつちはただの一億でしよう。一人が必ず一人を殺すとしても差し引き四千万人のアメリカ人が生きのびるわけですからね。
団　長：言い間違い、言い間違いだよ。おれは一人が必ず敵の二人と刺し違えると云いたかつたんだ。
老　婆：あーあ、あたし達は一体いつになつたら、このじめじめした土蔵からぬけ出すことが出来るんだかね？　いつになつたら春の小鳥みたいに、明るい日光を何不自由なく呼吸することが出来るんだかね？
第一の男：だからさ、わかつてるじやないか。今すぐ爆弾がおつこちて、この防空壕の天井がふつとんじまうか、それとも思い切つて自分からここを飛び出すか――。

老　婆：だが、あなた、外は爆弾の雨あられですよ。
第一の男：それが、わかつてりや、最初からだまつてることさ。
第三の男：可哀そうに、婆さん、あの調子じや、相当参つてるね。
第四の男：まあ、愚痴を並べるのも今の中さ。本土上陸でも始まりや、軍部の手で、それこそ鶏みたいにしめ殺されちまうんだから。
第三の男：何だつて？　しめ殺される？
第四の男：おや、知らないのかい？　もつぱらの評判だぜ。年寄りと子供は、手あしまといになる上、手薄な食糧を喰いへらすからあらかじめわれわれの手で整理しちまうんだそうだ。
第三の男：ふーむ、だが、何だかさびしくなつちやうね。それまでして、この戦争に勝つたところが、一体どういう意味があるんだ！
第四の男：ぜいたく云つちや不可んよ。若し負けりや、男は全部一物をはぎとられた上で重労働、女という女は、一人残らず慰安婦にされちまうと云うじやないか。ま、どつちをとるか、要するに撰択の問題さ。
団　長：なら、丁度六千万だ。
第二の男：いや、三千万でしよう。
団　長：六千万だよ。

第二の男：どうして？
団　長：どうしてつて、いいかい。われわれ日本人の一人々々が、必ず敵の二人と刺し違えて死ぬわけだろう？　ということはだ、つまり一億人口の二倍、即ち二億の日本人が戦うのと同じ勘定になるから、従つて二億引く一億四千万は六千万……。
第二の男：でたらめでさ！　二人のアメリカ人がやつつけられる毎に、必ず一人の日本人が死んで行くんですよ。
団　長：そうだよ。
第二の男：ということは、一億四千万の半分、つまり七千万の同胞が犠牲になるんで、従つて、あとには、どうしたつて一億マイナス七千万、即ち三千万の日本人しか残らないわけじやありませんか！
団　長：おや、おかしいな？　一人のアメリカ人が、竹槍で——　いや、もとへ、二人の日本——二人の一億四千……　何だか頭がおかしくなつて来たよ。
第二の男：あ、こいつは、不可ん！　また返して来たぞ。（飛行機の爆音近ずく。轟々たる騒音、やや続いた後遠ざかる）
第一の男：大分はげしかつたですね、今度のは——。
団　長：うむ、さすがのあつしも、ちよいとばかり度ぎもをぬかれましたよ。

老　婆：あツ、光だ、光だ！
団　長：何だつて？
老　婆：あー、まつ赤な光がもれて来る。万才！　一週間ぶりにみる日の光だ！（かけ出す）
団　長：（さしとめて）おい、待て、どうしたんだ婆さん？　日の光？　何だか様子が変だぞ？
第二の男：団長さん、いやに、こげくさい臭いがしませんか？
団　長：あつしが、ちよいとのぞいてみる。（戸をあける）あー、大変だ！　あたり一面火の海だ、街がやけてるんだ！　まつ赤にもえ上つているんだ！　みんな、大急ぎで逃げなきや！
（一同あわて、飛び出そうとする。その時急激に爆音が近ずいてきて機銃掃射の音、一同ばたばたとうちぬかれる）

ある部屋

伊藤、酒井、富田、細川、高木

酒　井：ええ、どうだい、細川？　何だかこう腹の底がジリジリと焼けつくような気持じやないかね？

細　川：全くだよ。公爵がロシヤ行きの勅諚をうけてから、もうかれこれ一ケ月だ。時は容赦なくすぎて行く、ロシヤからの返答はまだ来ない。一体どうしてくれるんだと叫びたくなるよ。

酒　井：しかも、この状態たるや、いつなんどき、新型爆弾でドカンとやられるかわからないんだからな。

富　田：ああ、例の広島の？　何でもあれはひどいんだつてね。

酒　井：ひどいの何のつて、とにかく二日たつた昨日でさえ、やつと市街から六里離れた地点の消息がわかつたきりだつたんだ。内務省御自慢の無電を含む一切の通信が杜絶しちまつたのさ。しかもそれが、B二九一機の運んだ、たつた一個の爆弾によつてだぜ。

富　田：西部軍司令部は、どうなんだろう？

酒　井：全滅らしい。畑元帥一人を残し、あとは塵を吹いたように、きれいさつぱりやられちまつたそうだ。

富　田：まるで、夢みたいな話だな！

伊　藤：トルーマンが、この新型爆弾についてステートメントを発表して曰くだ。対独戦のとき、英国にて発明。一九四〇年、チヤーチル、ルーズベルトの話合いで、予算廿九億ドル、十二万人の労働者を使用し、メキシコ近辺に於て製作に着手、現在六万人を使用せり……。

富　田：えツ、原子爆弾？

細　川：だってさ、そんな大がかりな兵器はちよっと原子爆弾以外には考えられないじゃないか。それに、アメリカじゃ原子力の研究が既に実用の域に達しているという話は大分前から聞いていたし――　きっと今度のが、その初実験だったんだよ。

伊　藤：なるほど、読めたよ。これこそ奴らがポツダム宣言の中で、日本をドイツ以上に徹底的に破壊するであろうと称している根拠なんだ！

酒　井：ふむ、だとするとこれはますます大へんな事になるぞ。恐らく地球上から日本列島を抹殺してしまう事位わけないかも知れん。

富　田：何のことはない、おれ達は生きながら棺桶の中に、ほうり込まれているみたいなもんだよ。手足から腐って行くのをわが目で眺めながらどうすることも出来ないんだ。一体神様はこんな悲惨な状態をいつまでだまって眺めていらっしやるおつもりかね？

高　木：こいつは驚ろいた！　君までが神風の到来を信じる素朴な民衆の一人だったのかい？

富　田：だってさ、こうなりや、神の愛だけが最後の心のよりどころだもの。

高　木：待て富田、いいかね、昔から哲学者は神の存在を証明しようとしてあらゆる努力を続けて来た。彼らは、その証明の形として、先ず超越というものを求めた。丁度詩人が夢を追うように。だが超越とは、そもそも論理的に証明されるものじやないんだ。つまり夢が現実的に手につかめないのと同じにだよ。まだある哲学者は、この世界がいかにして神から現れるかを論証しようとした。しかし何故神がわざわざ自らを否定して世界となるのか、或は何故アダム堕落が生じたか、こいつは決して論証出来ないんだ。何故つて君、若し創造が永遠なものならばだね、一体どんな理由で、君の中にも僕の中にもいる筈の神が、頭痛を起したり、淋病にかかつたり、生理になつたりするのかね？　こうなりやもう神の尊厳もへつたくれもないわけじやないか。

伊藤：しかし、神は存在せずとしてもだ。苦しい時に救いを求める気持、こいつは誰だつて変りはないと思うぜ。

高木：つまり感情が理性に反逆するんだ。悪は否定出来るが、苦痛は出来ない。何故おれ達は苦しむんか？　これこそ無神論の岩なんだよ――　だがそれはともかくとしてだ、今じやどんな信仰問答も結局一発の原子爆弾の前には何の力もない。こいつは考えてみたつていいことだぜ。ベルリンの廃墟の中で、大勢の子供達を前に、敬虔な祈りを捧げたカソリックの坊さんだけが、大空襲を奇蹟的に生きのびたなんて、ちよいと想像し得ない図だからな。要するに、現実は神よりも更に残酷だという事さ。

近衛：（入つて来る）いや、すつかり無駄足をくらつちまつたよ！

酒井：ああ、公爵、待ち兼ねたぜ。

近衛：途中で、またぞろ憲兵の車にひつかかつてね。そいつをくらますのに、えらく苦労したんだ。

伊藤：何だつて奴らはそうおれ達を執拗につけねらうんだろう？　まるでダニが血を追うみたいにさ。

細川：全くだ。実際奴らには、もはや自分達のやつてる事がよくわからないんだよ。半ばやけつぱちなんだ。気違いに刃物とはあのことさ。危つかしくて、うつかり近寄れやしない。

酒井：ところで、公爵、ロシヤからの返答は？

近衛：（首をふる）

酒井：駄目か、やつぱり――。

近衛：佐藤大使が、モロトフに会見を申込んだ筈だが、その後何の連絡もないというんだ。

細川：じや、どうする？

近衛：どうするつて、どうしようもないじやないか、先方が何の反応も示さないんだから。

高木：だが、情勢は切羽つまつているんだぜ。足元からはい上つた火は、もうメラメラと胸のあたりまでもえ上つてるんだ。苦しくつて息も出来かねる仕末だよ。

伊藤：いつそ、この際、ポツダム宣言をのんだらどうだね？　グルー国務次官の覚え書きも「日本の社会経済組織は、日本国民の好む所によつて決せられる」とはつきり云つているし、アメリカの世論もこの宣言を「驚くべき寛大さ」と批評してるんだ。小田原評定をくり返しているに、もつと苛酷な条件を押しつけられちやおしまいだよ。

近衛：娘なら、さしずめ婚期を逸しちまうつてとこかね？

高木：婚期どころか、祖国という御本人がいなくなつちまうかもしれないんだから。あれか、これか問題は実にはつきりしたもんだ。

近衛：だが、政府の方針は、今のところロシヤにすべてをかけて、他の場合は全然考えていないんだよ。

酒井：それならそれで、もつと色んな手段を講じなくちやな。とにかくあのポツダム宣言が出た以上、仲介依頼の交渉だつて、多少なりとも性格が変つている筈だよ。つまり枢軸側が明らかに降伏の条件を示しているにも拘らず、こつちがそれについて一言半句もふれないで、相かわらず最初からのたのむ、たのむのおうむ返しを繰り返していたところが、果して交渉が進展するかどうか甚だ疑わしいと云わざるを得んという事さ。

伊藤：それに、仮りに向うからうまく返答がとどくとしてもだ、そのポツダム宣言を受けるかどうかを更に聞いて来ることも考えられるからな。

高木：そればかりじやないさ。はつきり仲介を拒絶して来る場合だつてあり得るんだから。そうなつてから周章てみたところが、どうなるもんか。要するに、ロシヤ回りのいい道を選んだつもりが、とんだ木炭車に乗つかつたつてわけさ。これじや生れおちたままの二本の足で、まつすぐ露路をかけぬけた方が結局先に目的地へついただろう。その方がよつぽど時間の経済だよ。そして、公爵——　これが大事なことなんだが、この時間こそ、今じや祖国と国民を救つてくれる唯一人のメシヤなんだ。

近衛：そうさ。みんなわかり切つた話さ。

富田：何だつて？

近衛：凡そロシヤの腹がどんなものか、そいつはこの春奴らが中立条約不延長を通告して来たことを見てもはつきりしてるよ。或はポツダム会談を機会に、既に奴らとアメリカとの間には、何らかの申し合せが出来てるのかも知れん。又気温の低い北国のことだ、日露戦争当時の痛々しい傷あとがまだうずいてることだつて大いにあり得るだろう。そのロシヤから春めいた色よい返事をもらおうなんて、所詮虫がよすぎたんだ。最初からおれの云つてた通りさ。

富田：じや、それを承知で何故またロシヤ行きを引受けたんだ？

近衛：万一つてことだつてあり得るからな。実を云うと、おれはロシヤというこの仇し女にもう一度勝負をいどんでみたかつたんだ。そして、かつてはおれのものだつたという証拠に、そのあらわな白い肩の上に、せめておれの爪あとだけでも残しておきたかつたんだ。だがそいつは、結局、往生際のわるい年寄りの、助平つたらしい執着にすぎなかつたらしい。

細　川：じゃ、祖国はこのままアメリカの嬲り物にしておくんかね？　近衛お互もう未練たらしく、棺桶の蓋をひつ掻くことはよそうや。そもそもおれ達はこの戦争が始まつた時から、こうなることはわかり切つていたんだ。勝負はいわばそれ以前にあつたのさ。そしてその点についちや、幸いおれに思い残す事はないようだしね。実際人生は少し早い目に切りあけるがいいんだ。酒宴の席が長すぎたんで、座がすつかりだれちまつたのさ。おれはもううるさいことには飽き飽きした。この上は一刻も早くおさらばと願いたいもんだよ。そうだ、人生が一つの流れ星となる——　こいつはいいや。そして出来ることなら、その光りのように、静かに透明な水の流れに埋もれて行きたいもんだ。

富　田：公爵、まだ間に合うぜ。

近　衛：今更！

富　田：今すぐ君が日本のバドリオを買つて出るんだ。

近　衛：だめだよ——　だが、まさかこうなるとはなあ。

高　木：君の怠けくせだよ。

近　衛：おれは怠け者じやないよ。ただ疲れているんだ。おれの欲しいのは安息だけさ。（去らんとする）

酒　井：どこへ行く？

近　衛：さあねえ、そいつがわかればねえ。
伊　藤：おい、真面目な話だよ、どこへ行くんだ。
近　衛：散歩だよ、外へ出る。垣根ごしにありし日の祖国日本の最後の夕焼けを眺めとくなんざあ、悪くないからねえ。（出て行く）

第三幕

駅前広場

上手に闇市、下手は駅の玄関につづく

闇市の男：旦那々々、寄つていきませんか？　何でもありますぜ。煙草、石鹸、罐詰、下着、日用家具から自転車の類まで——さあさ戦後日本の名物闇市だ！　ないものはないという不思議な場所だ！　如何です一枚、この毛布？　ほかほか心まで暖まるまじりつけなしの純毛品——。
女　一：（男一に）入つてみましようか？

男　一：どうでも！　だが云つとくが、ボストンバッグ一杯の札束でも持つてなきや無意味だぜ。
女　一：大丈夫よ、物々交換もやつてるんだから。この銀カンザシでお饅頭でも買つてたべましようよ。
闇市の男：さあ、いらつしやい。アラジンの住む魔法の国だ。甘いものから、からいもの、乙なものから、味なもの——。
男　一：だが、お前どうして今時それを？
女　一：戦争中、供出の時かくして出さなかつたの。おかげで思わぬ得をしたわ。
男　一：ちよ、だから女は油断がならんと云うんだ。
女　一：男が馬鹿正直すぎるのよ。（入つて行く）
闇市の男：闇市などと、おつかながることはありませんよ。あつしに云わせりや光市だ、夢の国だよ。どうです旦那、この牛肉の赤くてうまそうなこと、まるでそつくりお噺話じやありませんか？
男　二：全くだ、百匁九十円なんてね。おれの月収の半分だよ。
闇市の男：御冗談でしよう、旦那のような御人が。何ならその立派なマントと引換えだつてようござんすぜ。
男　二：ブルル、聞いただけで寒気がするよ。こいつは、一週間前、復員軍人から血の出る思いで買

つたばかりの品――　おまけに今のところたつた一枚の外出着と来てるんだ。そう、あつさり手放せるもんか。（去る）

浮浪者A：（リンゴを噛りながら左手から仲間と共に現れる）ああ、うめえなあ、何しろこいつが朝つぱらから始めてありついたえさだからなあ――。（坐つて唱う）赤いリンゴに唇よせてだまつて見ている青い空――

浮浪者B：（横から）やい、トク、一人でいい気になつてないで、半分よこしな。

浮浪者A：いやなこつた、ほしけりや自分で探してこいよ。

浮浪者B：こいつめ！　もう戦争は終つたんだぜ。世の中はデモクラシーの時代なんだぜ。一人で食べ物を独占するなんて平等の精神に反するじやねえか！

浮浪者A：馬鹿の一つ覚えだね。二つ揃わなきや利口とはいえませんよ。あとの一つはどうしたい？

浮浪者B：あとの一つつて？

浮浪者A：知らねえのかい？　じや教えてやろう。自由つて奴だよ。自由と平等つて云うじやねえか。自由つてのはね、こうしてお陽さまが高いところからポカポカ照つてることさ。そして平等つてのは、夜になりや君もおれも、みんな同じ様に眠ることなんだよ。それだけさ。結局大人たちの云うむづかしいことなんか何もありやしねえんだ。（唱う）リンゴは何にも云わないけれどリンゴの気持ちはよくわかる……。あ、来た、来た！　（やにわにかけ出す、

他の浮浪者たちもまけまいとあとを追う）

浮浪者たち：（口々に）ヘイ、カモンジヨー、ギブミーシガレツトアンドチヨコレート、プリーズ（上手へ走り去る。入れ違いに駅頭から買い出しの人々、重いリユツク、ふろしきなどを背負つてはき出したように出て来る）

男　三：いや、全くひどい混みようだ。体が紙のようにペチヤンコになつたよ。芋の子を洗うがごとしとはあの事を云つたんだね。

女　二：逆だよ、お前さん！　あの買出し列車なら人の子を芋で洗うが如しつて云わなくちや。

ブローカー：（呼びとめて）どうです。おかみさん、高く買いますぜ。

女　二：いくらで？

ブローカー：一貫目五十円。

女　二：だめだめ、もつといい口があるんだから。（男と共に去る）

ブローカー：ちえツ。（男四に）旦那、手放しませんか？　一貫目五十円？

男　四：一貫目？　これは芋じやない、米だよ。

ブローカー：ほう、なら尚更のことだ。一升七十円位で如何です。

男　四：まあ、今はやめときましよう。半月後にたずねて来給え。

ブローカー：半月後？

男　四：そう、何しろものすごいインフレだからね。十日と待たず物価が倍にはね上ること受合いだ。しばらくあつためときや、買出しの二重手間が、そつくりそのまま省けるつてもんさ。

（去る）

近　衛：（登場）国破れて山河ありか。全く民衆の生活力の強さには驚くの他ないて。この健康さはどうだ、この図太さは！　まるでこの五年間何事も起らなかつたかのような——だが、おれには耐えられない。何かこう、はびこつた木の根つ子を思わすこのみだらさが、おれには到底我慢出来ないいんだ。

ブローカー：（男五と取引きしていたが）おつと、不可ねえ、ポリ公だ、鶴亀々々。（あわてて逃げ出す）

男　五：（同じくあわてる）畜生！　今日は珍らしく張り込みかないと思つていたのに——。

警　官：おい待て！　（男五をつかまえる）

男　五：痛い！　——暴力を用いると、傷害罪でうつたえますぞ！

警　官：何を生意気な！　じや何故逃げる？

男　五：逃げちやいませんよ、行こうと思つただけだ。

警　官：言い抜け無用、ちよつとこつちへ来い！

男　五：来いとは何ですか、来いとは！　それが民主化されたお巡りの使う言葉ですか？　忘れちや不可ませんぜ、リンカーンの格言を。民衆のための、民衆による、民衆の政治——もつと、人権を尊重してもらいたいもんだよ、人権を！

警　官：（むかむかしながら）失礼！　ちよつとこちらへ来て戴きたい。

男　五：よろしい、参りましよう。（下手へ去る）

近　衛：要するに、おれはこの地上と縁なき衆生なんだ。答えは簡単だよ。ただ、そいつが仲々出来ないばつかりに、こうやつて醜い肉体をさらけ出して、ほつつき廻つてるんだ。全くなさけないこつたよ！　いつまでたつても死の女神に秋波を送るだけで、一向に手出しをしない臆病な恋人でいるなんて。

米　兵：（上手から由子と手をくんで）ねえ、ヨシ子さん、これ Present、あなたの Happy birthday のための。もらつて下さいますか？

由　子：サンキユー。

米　兵：ありがとう、ヨシ子さん！　あなたいい人、うつくしい人。わたしコーフクです、とつても、とつても。わたし、こころ、Spring のようにおどてます。

由　子：（もらつた香水をみて）「ベゼー」つて云うのね。まあ何ていい香り。身も心もとろけそうよ。

由子の父親：（下手で由子を目にとめて）おや、気の迷いかな！　あれはたしかに——　由子じゃないか！（目をこする）違いない！　正真正銘うちの娘だ！　ちくしよう、いつの間に——

（飛び出す）おい、由子！

由　子：あら、お父さん。

父　親：お前、どこへ行くんだ！

由　子：どこへつて——　足の向く方だわ。それがどうしたの？

父　親：どうしたも、こうしたもあるものか！　てめえ親の目をかすめて、よくも——　よくも——

——。

由　子：よくも？

父　親：パンパンになり下りやがつたな、けがらわしい！

由　子：まあ、失礼ねパンパンだなんて。言葉をつつしんでよ。こちら、あたしのフイアンセですから

らね。

父　親：ヒヤンセ？

由　子：フイアンセ！

父　親：ヒヤンセだか、ヒヤシンスだかは知らんが、いずれ似たりよつたりの代物だろう。恥かしい

と思わんか！

由　子：まあ、あきれた！　この人つたら万事この調子なんだから、困つちまうわ——　とにかく、

　　　世の中は変つたんですからね。恋愛は自由よ。余計な口出しは止して丁戴！
米　兵：What's the matter?　ヨシ子さん、この方だれです？
由　子：アイドントノウアバウトヒム。レッツゴウデイア！
米　兵：あなたLadyに対して失礼ですよ。（父親をつきとばして二人行く）ヨシ子さん、わたしアメリカ帰つたら、Wifeリコンしてあなた呼びます。どんなRival来てもダメ、ヒジテツたのみます。待つてて下さい。（去る）
人　々：（飛んで来る）どうした禿与市のおつさん、傷は残いぞ！　しつかりしろ！
父　親：ちくしよう！　なぜ、おれの頭がこんなに禿げ上つたかだ！　娘め！　いや、娘じやねえ、女、かみさん、いやもう一つの名前だ！　ああ胸がつまつて声も出ねえ。やい、勘平、鉄砲だ、鉄砲をよこせ、お軽め！　尻軽め！　さあどこへ行きよつた！　おれの娘はどこへ行きよつた！　（追いかける）
近　衛：それにしても滑稽な話だよ。何だつてみんなこう馬鹿らしくもなく、忙がしそうにしてられるんだ。まるでそうしなくちや夜も日も明けないかのように、真面目くさつた顔付で。さしずめおれがこの世を作つた神さまなら、ゲラゲラ笑い出さずにやおられんところだがな。
　（去る）
政治家：（駅前の台上でさきほどから演説をぶつている）ということはだ、皆さん！　善良にして偉大なる民衆の皆さん！　一体どういうことを意味するか？　即ち、平和は来たが、われわれの周囲には、まだまだ当然ほうむるべき古き因襲、悪しき人間が巧妙なベールにくるまつて、かくれているということに他ならない。既に去る十二日、第一次の戦犯容疑者逮捕令は発せられた。おろかなる東条は自ら命をたちかねて、目下聖ロカ病院に衆目の笑いのまとである。続いて第二次、第三次にわたる逮捕令の発せられるのも遠くはないであろう。だが皆さん！　永久に歴史の担い手である民衆の皆さん！　一番危険なのは、たまたまこれら法の目をのがれたからといつて、恰もかつては反戦論者であつたが如き口吻をもらし、巧みに時流におもねらんとする憎むべき輩である。われわれは常に監視の眼を怠つてはならない。そしてこれらオポチユニストを徹底的に追追する手は、ただ一つ。来るべき総選挙に於て、すべからく、わが民産党にその清き一票を投ぜられんことあるのみ！（拍手）

軽井沢の別荘

暮れ方

近　衛：（窓際で一人つぶやいている）そうだ！　あれはたしか大正六年だつたな、おれが大学を卒考えてみりや遠い昔の話だ。だがほんの昨日の出来事のようにも思える。忘れもしない。この年だつた、ロシヤに革命の起つたのは。ケレンスキーが倒れてレーニンが登場したんだ。いわば、これが手始めだつた。何というあわただしい半生だつたろう。色んな事件が次々と息つぐ暇もなく、相次いで起つた。シベリヤ出兵、ヴエルサイユ条約、戦後のパニツク、ワシントン会議、プロレタリア攻勢――。おれはまた、思想的にもさまざまの洗礼をうけた。無産党運動にもひかれた。社会主義にも、国粋主義にも、フアツシヨにも心を寄せた。各種のイデオロギー、色んな党派の人々とも交りをもつた。だが世の中はそんな個人的な精神遍歴などおかまいなしに、どんどん進んで行くもんなんだ。

昭和六年、満州事変が起つた。続いて国際連盟よりの離脱――おれがアメリカ訪問から帰つた年には、もう日本は、ワシントン条約廃棄の腹を決めていた。世間はますます騒然さを加えて行つた。翌年、永田鉄山が殺され、この騒ぎは遂に例の二・二六事件にまで発展する。そうだ！　丁度、この事件の直後だつた、おれが初めて組閣の勅命をうけたのは。二・二六事件――実に不気味な出来事だつた。三日前から大雪が降り続き、あの朝世界はまるで死んだように静まり返つていた。と、突然人々は寒空をつんざく不吉な銃声を耳にした。あつという間に、犠牲者の鮮血は、路上の雪を点々と染めた。

思えばあれが烽火だつた。あの事件以後日本はせきを切つた水のように、まつしぐらに世界大戦へと突入して行く――。運命―― おれはつくづく思わずにはいられない。痛いほど、その重みを、この両肩に感ぜずにはいられない。一体歴史に於ける人間の努力なんて、果して茶番狂言以上に意味のあるものだろうか？ おれの政界登場は、激流の中に投げ込まれた一枚の木の葉以上の何ものかだつたろうか？ そして木の葉ならいくらがんばつてみたところで、滔々たる奔流の前にひとたまりもなく押し流されちまうのは当り前の話だ。そんな馬鹿な！ と人々は云うだろう。いやしくもお前は一国の首相だつたんじゃないか！ 一国の首相―― だが、こいつはほんの名義上の問題にすぎなかつた。統帥と国務はバラバラだつた。それらは恰も別世界の生き物のように、勝手に棲息し、勝手に怪気焔を上げる、気味わるい二匹の動物だつた。おれはこの漢として、捕捉し難い化物の正体をつきとめずにはおかないと思つた。おれは屡々軍部大臣に、事の真相を問いなじつた。ところが、驚ろいたことに、彼ら自身にすら、正確なことは何一つわかつちやいないのだ。おかしな話さ、おれがじつとしているのに、おれの影だけのこのこ勝手に歩き出すなんて！一体、誰が支那事変なんてものを始めたんだ！ 始めなきやならなかつたんだ！

事変の解決は、このおれに課せられた焦眉の問題だつた。近衛三原則、新体制、大政翼賛会――、あらゆる政策は、いわば、この目的のために、おれが骨身をけずつて築いた防波堤に他ならなかつた。だが、一度びせきを切つた奔流は容易な事で収まるもんじやない。荒れ狂う洪水と化した彼らは、何一つ知らない国民もろとも、あたかもこのおれの誠実の空しさをあざ笑うがごとく、轟々たる地響きと共に、これらの上を狂奔して流れた。残された手段は一つだつた。今や紛糾打開は国際的なスケールの大きさを必要とした。毒には毒を――　そこでおれはあの三国同盟を、――　おお三国同盟――。

狛　子：（奥から呼ぶ）あなた！　あなた！

近　衛：ええ？

狛　子：（入つて来る）何をどなつてらつしやるの？

近　衛：ああ狛子か。どなるつて？

狛　子：毒には毒をとかおつしやつてたわよ。それからすぐわめくように、三国同盟つて。何だか様子がおかしいわ。

近　衛：様子がおかしい？　この着物のどこかに穴でもあいていると云うのかい？　それとも、おれの額のあたりに脳溢血の前兆でも――　別に鼻が欠けおちた筈もなし、目が二つ、口が一つありや、様子がおかしいなんてあり得べからざる話じやないか！

狛　子：駄目よ、強がりおつしやつたつて。ふるえているじやないの、あなた。

近　衛：ああ、こうまざまざと目のあたりに歴史のからくりを見せつけられちや、人間ふるえ出さずにいられるかってんだ。周囲の壁が口を開いて、ゲラゲラおれの阿呆さ加減を笑っていやがる。

狛　子：あなたってば！　しっかりして頂戴！

近　衛：しっかりしてるとも。何でもない、何でもないさ。こいつはただそっと心に秘めたおれの思想だったんだから——　（窓際にすすむ）見ろよ、狛子、静かな夕暮だ。沈み行く神々の姿にも似た雲が、あちこちぽつかり浮いている——。

狛　子：夕映えが、まるで波の中をゆらめく金髪のようだわ。

近　衛：全く静かな夕暮れだ。物音一つ聞えやしない——　だが、おかしなこともあるもんだなあ。一体何だっておれは突然そんな言葉をどなり出したんだ、三国同盟だなんて、よりにもよってそんな言葉を。

狛　子：きつと夢でもみていたんだわ。

近　衛：夢？　夢か。なるほどそうだ。そうに違いない。おれは夢をみていたんだ。何故って三国同盟は、決してはじめから、あんなつもりのものじやなかつたからな。

狛　子：あんなつもり？

近　衛：そう、あんな——　おい、狛子、助けてくれ。また感覚がぼやけて来たぞ！　あれはたしか三国同盟のことじやなかつたかね！　わが国とドイツ、そして——　そして——。

狛　子：そしてイタリヤが手を結んだのよ。

近　衛：そうだ、イタリヤだつた。それはロシヤじやなかつたんだ――　だが、支那大陸のド真ん中におつこちた厄介な石を持ち上げるには、どうしてももう一つ大きな分銅が必要だつた。ロシヤという決定的なおもしがね。つまりおれはテコの原理を応用しようとしたんだ。両方に下つた皿が丁度同じ重さになつた時、はじめて天秤は不安な動揺を止めるもんだよ。そうじゃないか。

狛　子：ええ、そうよ

近　衛：ところが翌年、突然ドイツはロシヤへの侵攻を開始した。おれはあわてて、二足の草靴をはかざるを得なくなつたんだ。だが今更とつてつけたような日米交渉がうまく行こう筈はない。船は暗礁に乗り上げたまま一歩も進まなかつた。

狛　子：あなたは、祖国を救おうとしたんだわ。

近　衛：おれのしたことは無謀な冒険だつたろうか？　たしかにある意味でおれは運命のかけ橋を渡つた。だが少くともそれには充分な確信と勝算があつたんだ。何故なら当時独ソは不可浸条約を結ぶほどの仲であり、おれ達とロシヤとの間にもまたはつきり中立条約が成立していたんだから――　だが、夢は無残にもくつがえされた。まるで一枚の反古か何ぞのようにーー。

古えの賢人は、楽々と云つてのけてるよ。その才あるも、その時にあわずんば、才と雖も用いられず、苟も時に会わば何の難きことかあらんと――　その時にあわずんば――　その時つていうやつだよ。この時つていう呪いのかかつた手を一体誰が呪おうというんだ！　誰がこの時の支配者なんだ？　すべての人に与えられ、しかも誰にも与えられていない、この避くべからざる時とは何だ！　おれ達はいわば波の上の泡沫だ！　偉大さというものはただの偶然だ！　メニカニズムの玩具だ！　おれ自身は無だ、ゼロだ！　亡霊ともがたわむれに振りまわす剣だ――　人形芝居のように、ただその手が見えないだけの話さ――ああやつとすべてがはつきりしたよ。

狛　子：何とか落着いて、あなた？

近　衛：うむ、何とかね。さあ、これであとは待つばかりだ。狛子、待つばかりだよ。（去る）

狛　子：待つばかり？　あの人つたら何を考えてるんだろう？　すつかりしよげちやつて。あたしにはよくわからなかつたけど、きつとさつきから云つたことと何か関係があるんだわ。それにしても世の中のひどいこと。新聞は毎日のようにあの人を攻撃してるわ。まるで目の仇みたいに。友達だつて誰も来やしない。あの人が、あの優しい人がそんな大それた罪を犯したなんて、そんなことがあり得るかしら？　そんな馬鹿なことが？　きつとあの人の胸の中には今悲しみが星屑のようにつまつているのよ。髪の毛は春でも、心は冬というわけね。ああ世の中にはただ生きているということだけで、もう恐ろしいほど不幸な人がいるものだわ。（外を眺めて）いつの間にやらお日様も沈んでしまつた。たそがれが部屋の中まで流れ込んで来て、まるで海の中にいるみたい――。

（唱う）君と別れて松原ゆけば松の露やら涙やら。

ああいやだ！　どうしてこんな唄が出て来たのかしら――　それにこの部屋の寒いこと、まだ十月だというのに。何だかゾクゾクして来たわ。とてもこんなとこにいられやしない。あの人つたらどこへ行つたのかしら？（去る）

或る部屋

近衛がベットにねている、牛場そのそばに坐つて読書。

近　衛：（突然目をさまし）おお、月が！　（手で宙をかく）
牛　場：（気がついて）どうした近衛？
近　衛：おお、おお！　（同じ動作）
牛　場：何だね、その手つきは？　抜手の練習でも始めたのかい？

近衛：夢だつたのかな？
牛場：夢をみたのか！　いつの間にか静かになつたと思つたら、やつぱり眠つていたんだね。（近ずく）おや！　君、震えてるじやないか？　おまけに額にビツシヨリ汗までかいて！
近衛：ちよつと待つてくれ。そこに立つてるのは、たしかに君なんだね？　あの世の死神じやないんだろうね？
牛場：馬鹿な、お伽話じやあるまいし。
近衛：これがベツトで、ここは――　こうつとここは――。
牛場：世田ケ谷の長尾邸さ。
近衛：そうだ、長尾の家だつた――　だんだんわかつて来たぞ。ああ牛場、恐ろしかつたぜ――。
牛場：どうしたんだ？
近衛：うとうとまどろんでいたんだ。突然おれは地球から足をふみはずして、どす黒い奈落の底へまつさかさま。目にもとまらぬスピードだつたよ。グングン加速度が加わつて行くのかかわかるんだ。落ち行く先は月の世界さ。そいつが、まるで真つ白い、巨大な唇のように、この目の前へ拡がつた時、おれは恐ろしさのあまり目がさめたんだが……。
牛場：近衛、心の迷いだよ。
近衛：うむ、或はね。

牛　場：無理もないさ。全く藪から棒の仕打ちだつたからな。ひどいもんだよ。憲法改正まで依頼した御本人が、その同じ日から今度は逮捕状を吐き出すなんて。結局いくら胸の辺りをピカピカ光らしていたつて、奴も亦ホワイトハウスで床みがきに余念のないブラックサーヴァントの一人にすぎないんだね。

近　衛：だが、おれにはこうなることはとつくにわかつていたよ。

牛　場：何だつて？

近　衛：そもそも先月一日、GHQが例の声明文を出した時、こりや何かあるなと思つたんだ。果せる哉、翌日から新聞は待つてましたとばかり、このおれに対して猛烈な攻撃を開始したじやないか！　キスリンクやラヴアルにたとえられて、全く名誉この上もないことだつたよ。ところがどつこい、こちとらにしてみりや改正案の作製は、はじめから病人の手なぐさみのようなもんだつたんだから。

牛　場：おや、君は今までそんな事はおくびにも出さなかつたぜ。

近　衛：出して何になる——　おれ達は放り出された哀れなヴアイヨリンだよ。舞踏会なんかもうとつくに終つちまつてるんだ。あるものは飲み干したワイングラスと、無惨にふみにじられた色テープ位のもんさ。間もなく明りも消えるだろう。そしたら後はどんなにあがこうと、すり切れた雑布のように、ゴミ箱へすてられるだけの話だよ。

牛　場：なさけないことを云うな。逮捕令が出たからつて、必ずしも有罪とは決つていないんだ。今度の事は何かの間違いかも知れんさ。だから君は堂々と法廷に立つて、事の黒白を論じなくちや……。

近　衛：死ぬ前にやつぱり医者に病名を聞いておきたいかね？　それともそれで我慢出来なきや、思い切つてわれとわが肉体を切り開いてみるか——　大した度胸だよ。だが云つとくが、いずれ中味は悪嗅吩々たる臓物ばかりだぜ。君達の考えてるような真珠の玉なんか出て来つこないんだ。

牛　場：じや、おれ達はさしずめ身動きも叫ぶことも出来ないで、ただ無が朽ちて行く墓場のような存在だとでも云うのかい？

近　衛：そうとも——　アメリカ世論の下にトルーマン、トルーマンの下にマッカーサー、マッカーサーの下に陛下がおられて、そのまた下にわれわれの政府が、青息吐息でようやく息をついているんだ。身動きなんか出来るもんかね。おれ達はさなぎのように生きながら何重にもしばられているんだ。大空の下、家の中、上着とシヤツという具合にね——　どうだい、こいつは見事な無限小数じやないか！

牛　場：だが、さなぎだつていつかは蝶になるんだろう？　おれとしては君が、冬を耐えしのんでようやく実を結ぶサフランの花であつてほしいと思うんだ！

近　衛：今はそんな長い抒情詩を読む気力なんか誰にあるものか！　実を結ぶには、もう色気がネ——って婆さんならそう云うぜ。おれはこれ以上肥え車を引きずつて歩くのはもうごめんだ。ましてやその臭気で誰かが迷惑しなきやならないとしたら尚更のことだよ。おれの政治的生命はとつくに終つている。あとはほんの一行詩で充分さ——　だが、弱つたことに、その最後の名文句が仲々頭に浮んで来ないんだ。

牛　場：こんな宗教的な場所にいるんだ、心の悟りにはもつて来いの筈だがねえ。

近　衛：ところが、この俺は無神論者と来てるんだよ。いまいましい。一体、無神論者にとつての神とは何だろう？　そいつは即ち無さ。無になり切るほどの安息がどこにあるもんか！　だが、このおれは有だからやり切れない！　無は有になり得ず。やつぱり最後は同じところへ帰つて来るんだ。

牛　場：とにかく出頭の日まであと三日だぜ。何とか心をきめなくちやな。

近　衛：わかつてるとも。あと五日、あと四日——　ここんところうんざりするほどくり返して来た言葉だ。全く時間つて奴はどうして止まる気にはならんのかね？　そいつがカチカチ言う毎に、周囲の壁が何だか次第ににちちまつて来るような気がする——　といつてまさかおれの都合で、世界中のカレンダーから一ケ月おくらすわけにも行くまいし。

牛　場：但しこつちがカレンダーを一ケ月おくれることは出来るぜ。

近衛：どうして？
牛場：何かの理由をつけて、出頭延期願いを出すんだ。例えば医師の診断で体がここ当分獄中生活には耐えられないだろうからといつた風なね。どうだい！　こいつは仲々いい思い付きじやないか！
近衛：出頭延期願いか！　助命歎願書と似たりよつたりさね。
牛場：どうして！　まるつきり違うよ。若しこの措置によつて、その間に君の気持がはつきりすれば、おれ達としてもこんなに喜こばしい事はないんだ。そしてその為には例え犬馬の労だつて厭わないつもりだよ。
近衛：ありがとうその言葉は肝に銘じてしまつておこう。
牛場：よし、この考えは是非実行するよ。明日、早速行つて話して来る。それはそうと君はいつ荻外荘へ帰るんかね。
近衛：さあ、そいつがおれにもよくわからないんだよ。
牛場：でも、おそくともあさつてには帰つてるんだろう？
近衛：恐らくね。
牛場：なら、その時きつと話のわかる医者を一人連れて行くよ。君もそれまで是非もう一度よく考えといてくれ給え。じや今日はこれでおやすみだ。これ以上余計な神経を使わしちや悪い

からな。おやすみ、おやすみ。（去る）

近　衛：（長い間の沈黙、突然つぶやくように）ああもういやだ！　これ以上おれのせわしい息ずかいやうるさい記憶で、この静けさを引つかき廻すのはたくさんだ！　ああ思い切つてすべてを一瞬に立ち切ることが出来たら、どんなにせいせいすることだろう――　そうすりゃもうみんなに余計な心配をかけなくてもすむんだし――。だが、考えてみりゃまつたく悲惨なことだよ。死なきゃならんというのは、死は単なる腐敗で、生はも少しこみ入つた複雑な腐敗にすぎないんだからな。生死の違いがただそれだけとしたら一体どこに破滅なんかを信じられるものがあろう？　あればその人は救われたんだが――ああなんていまわしい考えだ！　ああ、おれは狂気がほしい、すべてのものを焼き尽すような狂気が！　――。星だ！　涙の光るように、夜空に星がちる。あの涙ぐんでじつとこつちをみている大きな眼は、きつとおれのおふくろに違いない。ああ、お母さん、どうしたらぼくはあなたの側へ行けるんです？　どうしたらぼくを生んでくれた時と同じように、もう一度あなたのそのあたたかいふところの中に抱かれることが出来るんです？　そしたらぼくは赤ん坊のように、おいおい泣きだすことが出来るだろう――　あツお母さん、行つちや不可ない！　どこへ行くんです？　ぼくの願いは聞いてくれたんですか？　お母さん！　お母さん！　―

――

だめだ！　無慈悲な雲が、ぼくとお母さんの間をへだててしまつた！　ああ万事この調子だ。いつもおれは最後には一人つき突されて、白々しく地上に立つてなきやならないんだ。畜生！　一体どこまでみんなしてこのおれをいじめぬこうと云うんだ――。だが、これじやまるで堂々巡りじやないか。いつになつたららちがあくんだ！　そうだ、もうたくさんだ、これ以上地上の屈辱と苦痛をたえしのぶのは！　奴らは今後とも苛酷な占領政策の鉄の環をじりじりしめつけて来るだろう。おれの手足から、生命の血の一滴一滴を奪いとらねば承知しないのだ。勇気だ、勇気だ、やつぱり結論は一つだ――。（歩き廻る）おお狛子、許しておくれ、おれがこのまま一人で往くとしたら――　美しい屍よ、お前だけが、この地上におけるたつた一人の天使だつた！　お前の唇を天使の翼のようにこのおれの瞼に口ずけておくれ！　おれは決して無駄には死なないだろう。そして例えおれの肉体が一握りの土、一かけらの原子になつても、いつかきつとお前のそばで安らかに眠る日が来るだろう。

第四幕

荻外荘　一

応接室と廊下つづきになつた居間と。居間では近衛公が医師と何か話し合つている。応接室には山本、後藤、牛場、富田その他。邸中あわただしく人の出入りが続いている。

記　者：（千津子夫人に）どうですか、奥さん？　今度の発表があつてからの公爵の様子は――。
千津子：別にどうつて事はございません。淡々としたもんですわ。
記　者：でもやつぱり、最初は相当なシヨツクを受けたんでしようね？
千津子：さあ、あの逮捕令が出た時は丁度軽井沢に行つておりましたから――。
記　者：なるほど――　じや、お帰りになつてからの事で結構です。公爵の言動に何かこれといつた――。
富　田：君、君、下らん質問にやめたまえ。そんなこと云つても奥さんはお答えにならんよ。
記　者：しかしですね、先生人間公爵に一番近しい存在としてのその御夫人が……。
富　田：やめ給えと云うのに！　奥さんは今訪問客の接待で何かとお忙しいんだ。余計なインターヴユでわずらわすのは、こっちから御免を蒙る。
山本：（後藤に）だが何だな後藤君、おれ達としても、どうもまだ公爵のためにしておかなくちゃならんことが一杯残つてるように思えて仕方がないんだがね。
後藤：だから是非ともこの際出頭延期という考えを押し通すんだな。そうすりゃ又更めてじつくり色んな相談も出来るんだから。万事はそれからだよ。
松前：（内田と話している）ほら、梨本宮さまが巣鴨に出頭される写真ですよ。
内田：ああ、あの蒲団包みを下げた——　それがどうしたんです？
松前：少し反省したらと思いますがね。いくら何でもわれわれ同じ日本の新聞じゃありませんか。ああいう写真を大ぴらに掲載することは、いわば自分の恥部をさらけ出してるのと同じですよ。
通隆：（後藤に）一体どうなんでしようか、後藤さん？　父は本当に明日出頭するつもりなんでしようか？　ぼくはどうしてもその事が気にかかつて——。
後藤：ミミーつまらんことを考えちや不可んよ。決してそんな心配はないんだから——どうだね、山本君、そろそろ終る頃だ。ちよつと行つてみようじやないか。
山本：うむ。（後藤と二人して居間の方へ行く）
内田：しかしそれが歴史的現実なら、また何をかいわんやですよ、冷酷だろうと何だろうと。新聞なんてものはね、まあいわばこの点で芸術家の仕事と共通しているんです。いいですか、かのフランス革命当時、牢獄から放り出された連中をスケッチしながら、ダヴイドは何と云つたか？　「おれはこの悪党どもの断末魔のあがきを捉えるんだ」。ね、全く同じ精神ですよ。ただ時代が移つて、絵筆がカメラに代つたという相違はありますがね。
山本：(居間で) 公爵！　随分、突然だつたな。
近衛：やあ、山本か。それに後藤も。入れよ。
山本：驚ろいたね。まさかだしぬけにこう来ようとは。
近衛：なーに、はじめから予想してたさ、歴史というものは、こういうもんだよ。
牛場：(医師と廊下で) いかがでした？　先生――。
医師：いえ、それがね――　どうしても駄目なんです。
牛場：駄目と云いますと？
近衛：(居間で) 医師は入院の証明書をかくと云う。だが、おれは病院行きはやめにしたよ。
山本：じやどうする？
近衛：裁判を拒否するつもりだ！
山本：拒否？　――それは一体どういう意味だ！
近衛：……。

山　本：公爵、君は最後の場合を考えているんじやないか……。（この時居間の入口に道隆が心配そうな顔をして立つているのに気がついて口をとざす）

近　衛：ミミーどうした？　……お前とはあとでゆつくり話す、あつちへ行つてなさい。

通　隆：でもお父さん！

近　衛：（おだやかにしかしきつぱりと）行けといつたら行くんだ！

道　隆：はい。（悄然と去る）

後藤：政治家としての公爵は、ペダン元帥のように、堂々と法廷に立つて所信を披瀝するのが、やはり取るべき態度ではないかね。

近　衛：それで一人の人間が救われるもんなら。それでこのおれが幸福になれるとでもいうんなら。だがどの道行きつく所はきまつているんだ。立つ鳥はあとを濁さずつて諺もあるぜ。

後　藤：何故それがあとを濁すことになるんだ？

近　衛：だつてそうじやないか。おれが政治上の罪に問われているのは、主として三国同盟に先立つ日支事変の責任にあると思うが、この点で原因を追究して行けば、帰着点は統帥権の問題ということになつて、結局陛下を危地におとし入れる結果になる――。

医　師：（牛場と）とにかくわたしてしても、出来るだけおすすめしてみたつもりですがね。肝心の御本人がどうしてもいやだとおつしやるんだから――。

牛　場：いや、わかりました。どうも色々お手数をおかけしまして――。
後　藤：（居間で）決して東条のようなぶさまなことのないようにしてもらいたい。
近　衛：……。
山　本：それに出来るだけ色んなことを書き残しておいてもらいたい。
近　衛：もう書いてあるよ。
後　藤：それは日支事変や日米交渉の事か。
近　衛：そう。
後　藤：（強く）それではない！　何故死んで行くのか、その理由をはっきり書き残しておいてもらいたい。
近　衛：……。
後　藤：中野正剛は常日頃あれだけはつきり物を云つてながら、最後は淡々たる心境などというだけで、実にあいまい模糊としたまま世を去つた。一つ公爵の場合は、はつきり書き残しておいてもらいたい。
近　衛：（小間）みれんがましいのを嫌うのは日本人の通性かね。さ、みんな応接間で待つてるんだろうから、あつちへ行つて話そうよ。（三人立つ）
竹　子：（応接間で）那須から丸四時間半、ズーッと立ちずめだつたの。

千津子：そう、大変でしたわね。でも本当によくいらして戴けましたわ。
英麿：実際これだけ肉親のものが顔をあわせるなんて珍らしいよね
道隆：（富田に）ねえ富田さん、ぼくは一体どうすればいいんでしよう？
富田：まあ、心配する必要はないよ。だがどうだね、念のために――（耳うちをする）
道隆：（うなずいては居間の方へ行く）
竹子：（近衛の姿をみて）あら、お兄さま！
近衛：おお竹子じやないか。
竹子：お兄さま――。
近衛：何も云うな。わかつてる、わかつてる。よく来てくれた。おお、英麿、君もか――。
内田：（松前と）だからその暁には公爵自身が法廷で堂々と東条とわたり合うんですよ。
松前：ちよ、つまらない。ぼくに云わせりやそんなことはジヤーナリステイクな興味以外の何者でもありませんな。
竹子：でも、お兄さま、案外お元気そうで安心したわ。
近衛：そうかい？
竹子：とつても心配だつたんだけど。これなら、何とか新しい環境にも耐えて行けそうに思えて――
――。

近　衛：フフ、新しい環境にね。じゃ今夜はそのお別れにこのウイスキーでものみながらみんなで語り合おうじゃないか——。

道　隆：（居間で）ない！　ない！　（と必死になつて引出しやら衣桁にかかつた父の衣服の中をしらべている）

千津子：（通りかかつて）ミミーさんお前そこで何をしてるんです。

道　隆：（答えずにさがしつづける）

千津子：ミミー、お前何をしてるのかと聞いてるんですよ。

道　隆：見ればわかるでしよう。ぼくはお父さんのことが心配で心配でたまらないんだ。万一のことを考えると、とてもじつとしていられないんだ。あなただつてお父さんの妻です。平気でいられる筈はないでしよう。知らん顔をしてないで、一つぼくと一緒に探してくれたらどうですか！

千津子：通隆！　何という口のききようです。（ややあつて）あたしは、お考え通りなさるのがいいと思うから探しません。

道　隆：じや、ほうつておいて下さい。とめたりなんかしないで、ぼくにもぼくの考え通りさせてくれたらいいでしよう。（探し続ける）

竹　子：するとお兄さまが、真面目な顔をしておつしやるのよ。「大変なことをしたね。ぼくはだまつてあげてもいいが、今に葡萄の芽が出て、蔓がのび、口からズンズン出て耳にひつかかり、最後には頭にくるくるまきつくよ。そうなるといくら嘘をついても葡萄をたべたことがばれてしまう。困つたね」つて。あたし子供心にすつかりそれを真に受けちやつたもんですからね——。

道　隆：（相かわらず探しつづけていたが、ふと机の引出しから一冊の本を引つ張り出す）何だ、この本は？　（読む）オスカー・ワイルド、DeProfundis?　何だつてまたお父さんはこんな本を読んでらつしやるんだ！　（頁をめくる）

竹　子：そう夢にまで。おちおち眠れなかつたわ——　やつと朝が来てまつ先に鏡の前へ飛んで行つてたわ、そうして口の中を覗き込んだの。

道　隆：アンダーラインが引いてある。（読む）「ぼくはぼく自身を滅したと云わねばならぬ。偉人であるとないとに拘らず、人は誰でも自分の手によつてのみ滅され得るのである。ぼくは何らの憐愍もなく、この残酷なる告訴状をぼく自身に提出するものである——。

英　麿：すると、すましたものだよ。ああよかつたね、あの種はきつと古くて芽が出なかつたらしい」だつて！　（笑い声）

道　隆：——世間がぼくに加えた仕打ちは誠に戦慄すべきものがあつた。だがぼくがぼく自身に加えた仕打ちは、更に層倍にも戦慄すべきものであつた。世間はぼくを余りに個人的であると批評したものである。しかしぼくの滅亡はこの人生に於ける個人主義の過多によるものではなくて、むしろ過少から起つたものである。」むしろ過少から起つたものである——。

（茫然と笑い声の聞える応接間の方をうち眺める）

荻外荘　二

公爵の寝室

千津子：（公爵の枕元で）それでは、ごゆつくりおやすみなさい。
近　衛：（呼びとめて）あ、その前に水を一杯もつて来てくれんか。
千津子：お水？
近　衛：コップか何かに入れて、枕元においといてもらいたいんだ。
千津子：（しばらく夫の顔を凝視してから）はい。（出て行く。静寂と間）
道　隆：（戸口で低い声で）もう、おやすみですか？
近　衛：……。
道　隆：お父さん、もうおやすみになりましたか？

近　衛：ミミーか？　どうした。
道　隆：いえ、今、廊下を通りかかつたら、静かなのに明りがついていたもんですから。（入つて来る）
近　衛：何時かね？
道　隆：二時です――　お父さん。
近　衛：うむ？
道　隆：当分同じ家で寝起きすることもありますまい。若しおよろしかつたら今夜は御一緒にやすみましようか？
近　衛：ミミー、おれは昔から妙な癖があつてね、人がいるとどうしても眠れないんだ。悪いがいつもの通り一人でねかしてくれ。
道　隆：そうですか。いえ別にぼくは……。
近　衛：でもどうだ？　何なら少し話して行つたら――。
千津子：（水をもつて入つてくる）おやミミーさん、こんな所に――　お邪魔じやないの？
道　隆：しばらくお父さんと話していきます。お母さんはどうぞお先にお休みになつて下さい。
千津子：そう。（夫の枕元に水をおいて）じや、あまり長くならないようね。
道　隆：大丈夫です。（千津子去る）どうしたんですか、お父さん？　水なんかもつて来てもらつて――。

近　衛：なにウイスキーをのんだもんだからね、夜中に喉が乾いた時の用意さ。（ちよいとなめてみる。間）

道　隆：雨が降つて来ましたよ。

近　衛：そうかい。

道　隆：銀糸のような小雨ですがね。今、ここへ来る時、妙に外がザワザワ云つてるように思つたもんだから、雨戸をあけてみたんですよ。そしたらやつぱり――。（間）夜の雨つて寂しいもんですね。ぼくはしばらくじつとそこに立つていたんです。玄関の門燈も消え、窓から洩れる光りとてなく、時たま、さつと吹いて来る風に木々の枝からおちる雨だれの音が、そのまつ暗なしじまを破るばかり――　すべては森閑として自然の懐に抱かれたまま眠つていました――。

近　衛：荻外荘も昔の事を思うと随分静かになつたもんだよ。

道隆：ええ。ぼくも子供心にはつきり憶えています。以前はこんな時間だつてまだまだ人声が絶えなかつた。殊に組閣の時なんか大変でしたね。一晩中、新聞社の照明が、まるで映画のセットか何かのようにこの邸中を照らして――。

近　衛：わずらわしい話さ。これでやつと本来の姿に戻つたんだ。尤も今にもつと静かになるだろうがね。

道　隆：だが、ぼくはその事を思うたびに、はらわたがにえかえりそうだ。あれだけわいわい騒いでお父さんを担ぎ上げた同じ新聞が、同じ世の中が、今度の事に関してこれっぽっちの弁護も同情も示さないばかりか、いい気になって歩調をあわせ、あくどい攻撃をくり返すなんて——。

近　衛：止むを得んさ。いわばおれはそういう星の運りあわせに生れついてるんだろうから。戦争前は軟弱だと侮られ、戦争中は敗戦論者、そして戦争が終れば直ちに戦争犯罪者として指弾される——　だが考えてみりやおかしな話だよ、ジキルとハイドじやあるまいし一人の人間がそんな色んな名称をきせられるなんて。——　若しそうなら一そ救われたろうがね。おれがおれ自身でなくなれるなら、こんな愉快な話はなかろうがね。早速天女か何かに早変りして、この馬鹿げた人生を三保の松原で打ち寄せる波とたわむれて暮したことだろう。又は一層波自身となつて、美しい天女の肉体のまにまにエーテルみたいに砕けちつちまつたことだろう。

道　隆：お父さん！

近　衛：おれは近頃つくづく歴史家になるんだつたと思つている。運命の支配が不可能なら、せめて図書館の片すみで、山とつまれた文献の中から、この歴史のからくりを引きずり出して、腹をかかえて笑つてやるんだつたと。丁度三保の天女が日がな一日、打ち寄せる波をみて意

道　隆：味もなく笑いこけてるようにね。

近　衛：ミミー何て顔をするんだ。おれがそんなにみじめに見えるかね？　安心していいんだよ。若し運命というものがたしかに存在するなら、それに対する報復の手段だって又ちゃんとあるんだから。

道　隆：報復の手段ですって？

近　衛：おれ自身の純粋の意志さ——。

道　隆：純粋の意志……？

近　衛：どうだね、一つおれの今の心境を書いてみようか？（道隆うなずく）紙と筆をたのむよ。

道　隆：（部屋をさがしてありあわせの紙と鉛筆をわたす）筆がありませんから、これで……。

近　衛：鉛筆はいいが……　もっといい紙はないか。（二人ともどもにさがす）

道　隆：（近衛家の便箋を見つけて）近衛家の便箋がありました。

近　衛：（うけとって）うむ、これならいい。（サラサラと書く、道隆だまってみている書きおわるとちぎって道隆にわたす）

道　隆：（読む）「ぼくは支那事変以来、多くの政治上の過誤を犯した。これに対し深く責任を感じているが、いわゆる戦争犯罪人として、米国の法廷において裁判をうけることは、堪えがたいことである。殊にぼくは、日華事変に責任を感ずればこそ、この事変解決を最大の使命とした。そしてこの解決の唯一の途は、米国との諒解にありとの結論に達し、日米交渉に全力を尽したのである。その米国から今犯罪人として指名を受けることは、誠に残念に思う。しかしぼくの志は知る人ぞ知る。ぼくは米国に於てさえ、そこに多少の知己が存在することを確信する。戦争に伴う昂奮と激情と、勝てる者の行きすぎた増長と、敗れた者の過度の卑屈と故意の中傷と、誤解に基く流言蜚語と、これら一切の所謂世論なるものも、いつかは冷静を取り戻し、正常に復する時も来よう。その時はじめて神の法廷に於て、正義の判決が下されよう。」（読み終ってじつと父の顔をみる、近衛顔をそむける）

近衛：（沈黙の後）おつつけ三時だろう？　そろそろ寝た方がいいんじやないか。夜ふかしは体に毒だから。

道隆：ええ――　若しかまわなければ、もう一つだけ質問をさせて下さい。

近衛：何だね？

道隆：日本はこれから一体どうなるんでしよう？

近衛：……このまま行けばまず赤化はまぬがれまいな。

道隆：赤化ですつて？

近衛：お前は知るまいが、この春おれは許されて陛下に上奏文を提出したことがある。その中でおれはその事にふれておいたが、そもそも今度の戦争そのものが、すでに軍部を利用する隠れた左翼分子によつて起された疑いが充分あるんだ。幸い戦争は聖意によつて、国体崩壊一歩手前で喰いとめられた。しかしアメリカの占領政策をみていると、まるで自ら音頭をとつて共産主義を奨励しているとしか思われない。

道　隆：資本主義国家のアメリカがそんな事をのぞんでいるんでしようか？

近　衛：いや、奴らが勝利者の栄光をかさに着た現在の矯慢な態度をすてない限りそうなり兼ねないと云うんだ。もう一度謙虚に己れを反省しない限り、共産主義化への滔々たる波は、そりくり返つた奴らの足もとをさらつて、どこまでも拡がつて行くだろう。だが道隆、このことだけは是非知つておいてもらいたい。例え気まぐれな世の中のなり行きがどうあろうともだ。近衛家に生れたものとしては、あくまで国体護持のために努力すべきだということ——いや、親子の特権を利用してこういう事をいうのは少し酷かな？　だが少くともそれがお父さんの希望なんだ。

道　隆：わかります。

近　衛：わかるか。お父さんは或は敗北者かもしれん。だが若いお前はもう一度色んなことをよく考えて、決して自己の途を誤るような事のないようにしてもらいたい。

道　隆：（抱きつつ）お父さん！

近衛：じや、いい、もう大分おそい。ねようじやないか。

道隆：はい。（立ち上つて）お父さん、今まで色々と御心配をおかけしておきながら、これと云つて親孝行することも出来ず、まことに申訳ありませんでした。

近衛：（じつと道隆の顔をみて）親孝行つて一体何だね？　（と吐き出すように云つて向うを向く）

道隆：（その空気をもてあつかいかねてしばらく沈黙）では、明日はきつと行つて下さいますね。

近衛：（うなずいたかのようである）

道隆：隣りの部屋に寝んでいます。若し夜中に御用がおありでしたら、いつでもお呼び下さい……ではお休みなさい。

近衛：（しばらく返事がない）お休み。（道隆その声に安心して出て行く）

近衛：（長い間じつと横になつて天井をみている。やがて）われわれが構成しているこの社会には、おれを容れる余地もなく、招くところもない。しかし正しい者にも不正の者にも、かわりなく慈雨をふりそそぐ自然は、おれの隠れ得る岩の隙間や、静寂にかこまれてただ一人泣くことの出来るひそやかな谷間を持つていることだろう。（ふとん下から茶色の小瓶をとり出しじつとみつめてから錠剤を手のひらにうつす）おれが軟弱な唾棄すべき人間であり、敗戦と和平の事しか考えない国賊であり、そして同時に戦争を誘発した恐るべき犯罪人だつたんだつて？　ふん何とでも云うがいい一人の人間の命が、自分の名誉と生命を守る人間の声が、そんな雑音でかき消されてたまるものか！　例え世間がどのように云おうとも、おれはおれの拙ない運命に対して、自分を断ち切る最後の自由をもつている。これこそおのれ自身の残酷な運命に対する唯一の報復手段なのだ！　おれはこの辻褄の合わない話を、ちやんと辻褄の合うように自分自身を証明せずにはおかないぞ！　（錠剤をのむ。たふれるように伏す。静寂――　やがて幕）

或る公園内

近衛公の葬儀の日夕暮

通行人一：さびしい葬儀でしたねえ。これで世が世ならば、恐らく弔問客は万と下らなかつたでしように。

通行人二：何人位来てましたかね？

通行人一：さあ、二百……三百人位いたかな？

通行人二：まあ一つには、交通難や疎開のためもあるんでしようけど――。

通行人一：中で一人、アメリカの将校が玉串を捧げていましたね。
通行人二：ええあの背の高い。何でしょうね、あの人は。
通行人一：爆撃調査団員とか云つてましたよ。多分近衛家とは個人的な知り合いがあるんでしょう。
そうでもなきゃ何で今どき、あなた――。
通行人二：「大廈の覆らんとするや、一木のよく支うるところにあらず」ですか。結局時世ですな。
（去る）
通行人三：丁度頼朝だよ、近衛さんは。
通行人四：いや、例えるならむしろ慶喜だろう。
通行人三：ケーキ？
通行人四：徳川慶喜だよ、ほら大政奉還の。
通行人三：ああ、あれ。でもどうして？
通行人四：つまり幕府を維持しようとする諸大名及び旗本に誤られた点ね。諸大名は軍閥で旗本は
その幕僚だよ。奴らの蒙を説きあかさんとした真情が認められず――。
通行人三：真情か。さぁ、そこまではどうかな？　そりゃたしかにあの人に運のなかつた事は認める
がね。しかも少くとも自分で大政翼賛会なんてものを作つているんだから――（去る）
通行人五：でもあたしは近衛さんて人好きだつたわ。ノーブルで、エレガントで――。

通行人六：それに仲々の色男だつたといぅわね。
通行人五：ええ、そりやもぅ。戦前なんか新橋の芸者連が一人残らずお熱だつたんですもの。こういぅ話もあるのよ。（耳ぅちする）
通行人六：ホホホ、ほんとかしら。こつちの顔が赤くなるじやないの。
通行人五：とにかくあの道にかけちや、相当なものだつたんですつて。
通行人六：英雄豪傑色を好むつてとこ？　でもあの人豪傑つて柄じやないわ。
通行人五：だから余計に好きなのよ。
通行人六：そう云や近衛さんには、お狛さんとかいぅ二号さんがいたといぅけど、どうしたかしら。
通行人五：さあ、そこまでは……。
通行人六：案外、今度の自殺なんてそんな所にも原因があるんじやないの？
通行人五：まさか！
通行人六：わからないわよ。人生つて応々そうなんだから。
通行人五：だとすると、ますますロマンチツクね。すばらしいわ！　まさに黄チヨツキに青ズボンの物語以上よ。（去る）
通行人七：「良心の苛責なきものは恐れず」か、なるほどね！
通行人八：何を一人でそんなに感心してるんです。

通行人七：いや、ぼくは目下「自殺者の心理」を考察中なんですよ。
通行人八：「自殺者の心理」？
通行人七：ええつまりですね、死は誰にとつても恐ろしいもんです。ところがその恐ろしい死を敢て自ら選ぶということは、他に必ずそれ以上の恐ろしい何物かがなくてはならない。そのより以上に恐ろしい何物とは何か？　これを究明することが即ち近衛さんの自殺の謎をとく鍵になるんです。
通行人八：馬鹿々々しい！　もうそんなことはすんだことだ。どうだつていいじゃありませんか。
通行人七：しかしですね君――。
通行人八：この忙しい世の中に誰が自殺などしている暇があるもんか！　ましてやその考察など。失敬しますよ。（去る）
通行人七：あれ、行つちまつた。もしあなた！　あなた！　（追つかけて去る夕暮次第に深まる。人影もまたまばらになつて来る）
狛　子：（登場）そうよ、神さまなんて実際いい加減なもんだわ。あの人が勝手に死んだなんて、そりやあんまりよ――。あの人はね――　あの人はもともと赤ん坊のように感じ易いたちだつたんです。それは誰よりもこのあたしがよく知つてるわ。そのあの人にまるで兇悪犯人のような仕打を加えるなんて――。人は誰だつて苦しくなれば叫び出すもんよそれをどうして死んじゃ不可ないわけがあるんでしよう。そしてあの人をそれだけ苦しめたのが、神さま、あなただとすれば、あの人を殺したのも結局あなたつてことになるわけじやありませんか。――おかしいかしらこの考え――　でもどこかほんとのとこがあるようだわ――。あれだけ人が来ていたのに、もう殆んど誰もいやしない。お義理のように焼香をすませて、さつさと帰つて行くんだわ。みんな自分達のことでいそがしいのね。家に帰れば桶屋さんはやつぱり桶を作るだろうし、もち屋さんは相かわらずあんこをこね続けるだろうし――、そして三日もたてば、みんなあの人の事なんかきれいさつぱり忘れてしまうんだわ。たそがれね。――　空の色の何て冷たく澄んだこと！　まるで死んで行く女の頬みたい。きつと自分の悲しみを歯をくいしばつてこらえてるのよ。だのに誰一人そのことに気付いて、助けてやろうとするものはいない！　誰一人――。カラスが啼きながらねぐらへ急いでる。あんな広い大空にも、ちやんと自分の帰つて行くところがあるなんて、えらいわね――　だのに、あたしにはそれがないの！　どこを探してももうあの人は永久に帰つて来ないのよ！

涙さきだち

ただひと言も

云わで別れた

胸のうち、ああ、地球は広いし、人は沢山いるじゃないの！　それを人もあろうに——　あの人を、あの人をあたしから奪い去るなんて——　そんなことってあるかしら！　そりゃあんまりというものよ。（去る）

パトロール一：何だね、今のは？

パトロール二：地球は広いとか、どなってたな。大方生活苦から頭へでも来た女だろう。

パトロール一：それにしちゃ、身なりが整いすぎてたじゃないか！

パトロール二：時節柄、斜陽族ほどマークの必要があるんだぜ。

パトロール一：なるほど——まあいい、とにかく気をつけよう。何しろ天プラ鍋をひっくり返したような世の中だ。最近は思わぬ事件が上ってるからな。

パトロール二：上らないのは、日本の飛行機とおれ達のサラリーだけか！　人ごととは思えませんて。（別々に去る。あたり殆んど暗くなる）

夜の女一：（街燈の下に現れてまばらな通行人に呼びかける）ちよいと、あんた！　坊や！　いらっしゃい。内緒話があるんだから。（通行人あわてて去る）

夜の女二：（少し離れたところで）ねえちよいと先生！　いいとこ案内するわよ。

通行人九：いいとこつて？

夜の女二：とつても景色のいいとこ。山があつてね、草が一杯生えてるの。ねつころがるといい気持よ。
通行人九：フーン、でもまあよしとこ。うるしにかぶれるとこわいからな。（去る）
夜の女二：ちよ、云うわね。
夜の女一：（夜の女二のところへ来て）駄目ね、今夜は。昼間大勢人が来てたもんだから、てつきりかせげると思つたけど。
夜の女二：一体何があつたのかしら。
夜の女一：さあ、よく知らないけど、何でも近衛公の何とかだと云つてたわよ。
夜の女二：近衛公？　何、その人
夜の女一：知るもんですか。とにかくいやにシケくさいとこだわねここ。それに寒くて――　ショバかえした方がよさそうだ。
夜の女二：そうね。（二人して去る。静寂。満月が照つている）
狛　子：（登場）とつぷり暮れてしまつた。生き残りの虫が啼いている。あの声の心細いこと。何て云つてるのかしら？　あたしだけは殺さないでくれつてたのんでるのかしら？　だめだめ！　そんなこと、あの人だつて生きてられなかつたんですもの！　今はみんな死ななきゃ不可ない時なんだわ！　雲も風も時計も、みんなつかえて身動き一つしなくならなきやうそよ！

満月なのね、今夜は。
十五夜の月はまんまる冴ゆれども
私の心は真の闇、真の闇 ——
あの人のよく歌つてた歌だわ。でもあなた、今は死んで少しは心が明るくなれまして？ あのお月様みたいに ——
（ベンチに近よる）おとなしい、死の棺さま。少しあなたの膝の上に休ませて頂戴ね。あら、こんなにぬれて、夜露かしら今頃。いえ、きつとあたし達のために泣いてくれてるんだわ。（ハンカチでふいて腰かける）
月夜影にも
いとほし袖を
ぬらしましたよ
また絞るほど、
朝が来て、夜が来て、また朝が来て—— ああ、とてもそんなこと我慢出来ないわ！（突然思いついたように下手へ走り去る。静寂。ややあつて上手よりパトロール一歩みくる。殆ど同時に下手からあわただしき足音してパトロール二）

パトロール二：おい大変だ！ 自殺だ！

パトロール一：なに、自殺？
パトロール二：うん、さつきの女らしい、虫が知らしたんだな。（二人あわてて下手へ駈けて行く）

――幕――

同人誌「裸形」創刊号　一九五五

ドキュメンタリー・ドラマ『くらい星座』四幕

一九二一〜一九四五のドイツをめぐる人間たち
クロニクル構成による知と狂気のヒトラー劇導入とアントラクトを伴う四幕十六景

《梗概》

一九二一年のミュンヘン、そのころ駆け出しのドイツの劇作家、ベルト・ブレヒトは、ヴァライエテ一座のメンバーとしてクラリネットを吹いたり、端役で舞台に出たりしながら演劇人としての修行に余念がなかった。そのころドイツは第一次大戦後のインフレや失業など社会的不安になやまされながらも、一種妙に熱っぽい精神的自由と芸術的興隆の空気をたのしんでいた。いわゆる民主的理想国家ワイマール共和国のはじめである。

だが政治的には——莫大な賠償金をはじめとする連合国側の報復的制裁は恒常的不安と騒動をかもし出し、政界には極だつ共産革命グループと共存して、社会国家労働者党——いわゆるナチのごとき国家権力至上思想の右翼団体の誕生をもうながした。すなわちヒトラーの一味である。

ミュンヘン一揆は挫折したものの、天文学的数値を將来した経済的破綻と、それに続く世界恐慌のあふりで、結局最後に権力をにぎったのはそのヒトラーの側だった。かくして一九三三年ワイマール共和国はその短命の歴史を閉じてここに第三帝国の誕生を見る。

ナチス一党独裁によるその後のドイツ帝国主義の歴史はあまねく人の知るところである。というよりは地球上の少なくとも半分以上がその影響なしには生きることの出来なかった悪夢の十二年間である。思想弾圧、ユダヤ人迫害、流血惨事、そして強引な隣国への軍事介入と、ついに始まった破局的世界第二次大戦——その結果一千年帝国のヒトラーの夢はあまりにあっけなくつい え去ったものの、その爪あとが残した傷痕はあまりにも大きかった。

この作品はその間の歴史的事実に立脚し、ヒトラーを主軸にクロニクル風に構成されているが、主人公はあくまでも民衆であり、彼らと共にあったひとつの時代である。そしてその中には実在したさまざまな分野の人間、例えば劇作家ブレヒト、小説家フォィヒトヴァンガー、キャバレティストファレンティーン、またヒトラーの恋人ゲリやエヴァ、はては日本の政治家松岡洋右までもが登場する。もちろんこの時代の最大の犠牲者である大ぜいのユダヤ人たちも忘れずに——。

だがここで描こうとしたものは、一口に云えば人間の生き方である。その時代人間はどんな魂を、どのような形で胸に抱いていたか、その内面とモラルの問題である。そしてこの作品があえてこの時期書かれた動機は、古来歴史において往々発見される一種のアナロジーが、昨今わが国のおかれている状況と照らし合わせるとき、あながち無意味とは思われないその内包する今日性にある。そのようなこれは、人間を中心にすえたいわばドキュメンタリイ・ドラマとも呼ぶべき一種の新しい分野の戯曲であるかも知れない。

登場人物

リーゼル・カールシュタット（喜劇女優）
カルル・ファレンティーン（喜劇女優）
ベルトルト・ブレヒト（劇作家）
リオン・フォイヒトヴァンガー（小説家）
アドルフ・ヒトラー（独裁政治家）

ヨゼフ・ゲベルス（ナチ党員）
ヘルマン・ゲーリング（〃）
エルンスト・レーム（〃）
ユリウス・シュトライヒヤー（〃）
ハインリヒ・ヒムラー（〃）
ルドルフ・ヘス（〃）
アルフレート・ローゼンベルク（〃）
ゲリ・ラウバル（ヒトラーの初期の恋人）
エヴァ・ブラウン（〃後期〃）
街の女（売春婦）
ブリューニング首相（ドイツ共和国首相）
ウルリヒ・フォン・ハセル（もと駐伊大使）
松岡洋右（日本国外相）
大島浩（駐独大使）
ヨアヒム・フォン・リベントロープ（ドイツ外相）
ドイツ武官（兼通訳）

クラウス・フォン・シュタウフェンベルク（ドイツ陸軍大佐）
シュティーフ将軍（大本営総務）
空軍参謀長コルテン（ナチ将校）
将校・Ａ・Ｂ（〃）
フォン・シュプレティ伯爵（突撃隊副官）
市民（ａ〜ｉ）
Ｓ・Ａ（一〜三）
Ｓ・Ｓ（一〜二）
Ｓ・Ｓの隊員と連中
ユダヤ人（Ａ〜ｅ）
ゲシュタポ（(一)〜(二)）
護衛のＳ・Ａ
別の市民
警官（甲乙）と別の警官
ファレンティーンの一座のクラウン
パンフレットをくばる女

カムマーシュピーレ劇場の男・女
ナチの議員たち
国会の議長

〈第一幕への導入〉
音楽と共に、正面に以下のクロニクルが出る。
一八八九年四月二十日　オーストーリーアのブラウナウにおいて、史上最大の独裁者アドルフ・ヒトラー誕生。
一九〇八年　首都ウィーンに出る。一九才　美術学校入学失敗。二流の芸術家気質放浪癖。五年後ミュンヘンへ移住。
一九一四年　第一次世界大戦勃発。ヒトラー陸軍伍長兵として出征、負傷。
一九一八年十一月　終戦帰国。翌年ドイツ労働者党に入党。のちナチス（国家社会主義ドイツ労働者党）と改称。その党首となる時に三十一才。
ナチの二十五ヶ条からなる政治綱領に、突撃隊（S・A）と称する同党のおかかえ暴力団と共に極端な右翼至上主義を謳っていた。
敗戦国ドイツのひどいインフレと混乱。

一九二一年の年のくれ――。
文字が消えると同時に音楽も止み、幕あがる。

第一幕　一九二一年―一九二三年

(一)

ミュンヘン市の目抜き通り。音楽、ファレンティーン一座の連中が、道路わきの一角で、今かかっている自分たちの出しもの「ギャングワウワウ氏の栄光」と題するヴァラエティの宣伝につとめている。シルクハットをかぶりフロックコート姿で黄色い声をあげる呼び込みの女性、うしろにシンバルと太鼓をたたくピエロ山高帽でブラスを吹くひげづらと目鏡のコメディアン、ファレンティーンその横にハンチングをかぶってクラリネットを吹くのはベルト・ブレヒトであるチラシをまく若い女性道行く人々

シルクハットの女性：さあさいらっしゃい　ファレンティーン一座によります抱腹絶倒のコメディ「ギャングワウワウ氏の栄光」だよ見なきゃ　損々　笑いあり涙ありセクスあり　ミュンヘン一の臆病もののギャングワウワウ氏はいかにして貧乏画家からなり上り　今や肩で風切るギャングの親分

へと変身したか。その栄光とペテンのかずかず、それらがてんやわんやのコメディタッチで描かれた近来の傑作だとさすがのミュンヘン雀たちも口をそろえての大絶賛。見なきゃ損、知らなきゃ損、知っていかに生活をギャングから守るか、コツを知ることこそまず御肝要。さあお代は見てのおかえりと言いたいところだが、なにせ最近のひどいインフレだ朝三十マルクの新聞が、夕方には五十マルクにもなりかねん。あなたがファレンティーン座にいらっしゃる日には、入場料を三倍に価あげしなきゃならんとも限らんのです。ですからみなさん、今チケットをお買いになればたったの五百マルク、たったの五百マルクで今後一年あなたの生活のチエをそっくり買うってなもんだ。それも二時間うき世の苦しみは一切忘れてゲラゲラ笑いながらのうちにね。さあさ見にいらっしゃい見なきゃ損々、ファレンティーン一座演ずるところの「ギャングワウワウ氏の栄光」。入場料は今のところたったの五百マルク今前売りを買えばたった五百マルクで、抱腹絶倒。しかもあなたの生活にチエを授ける傑作コメディが見られるんだよ。

若い女、チラシをまく。音楽高揚。行きかえりの市民たちの何人かもチラシを手にして。

市民a　:（読む）「ギャングワウワウは七人の子分とともにミュンヘンにのり込み……。

市民b　:「S・Aと称する用心棒を組織。秩序回復と称して市民に暴力をふるうのみならず…。

市民c：ハハアこいつは最近評判のわるいナチ党のことを揶揄ったもんだね。
市民b：きっとそうよでも随分勇気があるわねこの御時世にそんな芝居をかけるなんて。
市民a：おまけに大声をはりあげて街中でのこの大宣伝だ（一座の連中に近づいて）もしもし、あんたたち、突撃隊の連中には気をつけた方がいいですよ。
市民c：例のナチの用心棒S・Aってやつ何をしでかすかわかりませんからね。
ブラスやクラリネットを吹きながら、「わかってますよ」という感じでファレンティーンとブレヒトが笑顔と共にうなずく。その時上手からちょっとしたさわぎ声。
市民c：あっうわさをすれば影だ！
S・Aが三人やって来る。何人かはさわらぬ神に祟りなしとその場から足早に立ち去る。中には好奇心で残っている人もいる。S・Aたち、一座の連中のところへ近づいて詰問。当然ながら音楽止む。
S・A一：お前たちここで何をやってるんだ。
ファレンティーン：ごらんのようにお芝居の宣伝です。
S・A二：（読む）ファレンティーン座公演「ギャングワウワウ氏の栄光」だって。
S・A三：ワウワウなんて名前は聞いたこともねえ。
ブレヒト：そりゃそうですよ。架空の作り話ですから。

S・A一：ならいいんだが。何でも今聞いたところによると、われわれナチ党のことを馬鹿にした出し物を宣伝しているというもんだから。
ブレヒト：とんでもない。
ファレンティーン：ワウワウってつまりブルドックにからんだ人間と犬の純愛物語ですよ。台本はこの私が書いたんだから間違っこなし。（と言いおわって再びブラスを吹きはじめようとする）
S・A二：待て待て。
S・A三：（乱暴にファレンティーンの手もとをすばやくおさえる）
S・A一：（気味わるくジロリと一同を見まわしてからシルクハットの女に）お前が口上を述べていたんだな。
シルクハットの女：ハイ。
S・A二：なんだ女じゃねえか気持悪い。
S・A一：（女に）この二人の男が今言ったことに間違いはないか。シルクハットの女：ございません。
一瞬緊張した空気がその場に流れる。いつの間にかかなりの人間が人垣をつくっている。

S・A一：ならまあ今日のところは大目に見てやろう。
S・A二：但し念のために発言者の名前をひかえておく。（ファレンティーンに）お前から答えろ。
ファレンティーン：（一瞬のみ込めずだまっている）
S・Aニ：お前、山高帽の男、名前を言うんだ。
ファレンティーン：ハイカルル・ファレンティーン。
S・A二：年齢。
ファレンティーン：三十才。
S・A一：近ごろ売り出しの喜劇役者だよ。
S・A二：一座の責任者だな。
ファレンティーン：そうです舞台ではワウワウ氏に扮しています。
S・A二：わかった次――。
S・A三：お前クラリネットを吹いていたお前だよ。
ブレヒト：ベルトルド・ブレヒトです
S・A二：ベルトルト？　何だ貴族みてえな名前だな。
ブレヒト：根っからの庶民出です。

S・A三：年齢と職業！

ブレヒト：クラリネット吹き。時々台本を手伝ってます。三十三才。

S・A一：目下見ならい修行中ってわけか。若いのにくだらんことはやめてナチ党員にでもなったらどうだい。

ブレヒト：余計なお世話です。

S・A三：（つめよる）何だとこの野郎。

S・A一：（わざと鷹揚に）よせ、いいだろう。生意気盛りだからな。まあこの次何かやらかすまで貸しということにしておこう。このままですむ筈もないだろうからな。

S・A三：お前らありがたく思え。

S・A二：参考までにこのチラシはもらっておく。

S・A一：さあ行こう。次の事件が待っている。

S・A二：突撃隊ってのは滅法いそがしいんだ。それ突撃！三人走り去る。人垣も散る。一座の連中首をすくめて。

ブレヒト：チェ、虫が好かねえ。暴力団だね、あれは。警官でもないのに。

ファレンティーン：やれやれ、今日はケチがついた。この辺で宣伝はやめにするか。（シルクハットの女に）ねえお前。

シルクハットの女：あいよ。
ファレンティーン：初日だから今から楽屋入りしたって早すぎることもないだろう。さあ片づけるんだ。一回ひろげたセットをおりたたみしまい込む。道化も帽子をとる。禿げたあたまが見える。
ブレヒト：（片づけながら）ナチ党、ナチオナーレ、ソチアリスティシェ・アルバイター・パルタイか。名前だけは一人前だが、やることといったらまるっきり喧嘩好きの鼻ったれ小僧の域を出ないんだから。
クラウン：小僧ってのはもっと愛嬌のあるもんでさあ。年はちがってもこのあっしと同じにね。
シルクハットの女：ほんとうよ。労働者の味方だという人ならまじめに働いてる連中の手助けでもして少しは物価の上昇をおさえてくれなきゃ。
ファレンティーン：チョビひげの親分ヒットラー先生、演説だけは滅法うまいらしいから、いっそおれたち一座の呼び込みでもやってもらいますかねえ。リーズお前とペアでいっちょどうだい。
シルクハットの女：まっぴらよ。あんな青筋立てたの気味がわるいわ。一座の連中ががやがや言いながら去る。入れちがいに二人連れの警官が通りかかる。
市民ｄ　：あ、おまわりさんね。あんたたち、国家の警察官でしょう。ひどかったわよ、いまの

S・Aたちの態度。

市民e：ちゃんと国家公務員がとりしまってくれなきゃ。

警官甲：なにS・Aナチの突撃隊だって。（と肩をすくめる）

警官乙：まっぴらごめん、さわらぬ神にたたりなしだ。

市民d：なんですって。

警　官：いやワイマール憲法では現行犯でないと事件は取締れないことになっていてね。（と足早に去る）

市民e：チョ、ならもっと足まめに歩きまわればいいんだ。（とプリプリする）

市民f：アッナチの幹部たちがやって来る。

市民g：ヒトラーだわ。どんな男かしら。

ヒトラー一行が隊をくんでやって来る　はじめ儀礼の形式的応答があってそののち演説をはじめる

護衛の（イ）：ハイル！　ヒットラー（一同挙手の礼）

ヒトラー：（挙手の返礼）ミュンヘン市民のみなさんわたしは二年まえ当地において発足した国民社会主義ドイツ労働者党――　いわゆるナチ・パルタイの党首アドルフ・ヒトラーであります。わが党はその名の通り、われらが祖国ドイツ並びに労働者の諸君のために存在する唯一つの輝かしい、未来への希望を意味する政党である。今日祖国ドイツはとどまるところを知らぬインフレと数百万を数える失業者の群れであふれ、しかもユダヤ人と共産主義者によって占められた無能なるベルリン連邦政府は、これらの現実に対し何一つ打つ手を知らない。欺瞞の民主国家ワイマール共和国は、いまや風前のともしびといえましょう。このときにおいてわがナチ労働党は、責任ある二十五の綱領をかかげて祖国ドイツ並びに諸君ら労働階層の救済に敢然と、あたかもイアソン率いる遠征隊のごとくのり出さんとするものである。幸なる哉わが党にはヘラクレステセウスオルペウスにまさるともおとらぬ多士済々のメンバーが時やおそしと待ちかまえておるのであります。

（二）

ゲリ・ラウバル。十五才。背の高い美しい眼とブロンドの思春期の少女。読んでいた手紙から目を放し、

ゲ　リ　‥まあアルフおじさんたらすっかり有頂天になってる姿が目に見えるようだわ。「党首が党を支配する。そして今日このわたしがナチ労働党一万五千人をひきいる党首で

あるわたしの方針にタテつく輩は即ちドイツ国家再建の柱をくいあらす白蟻に他ならない」ですって。これがお誕生日にウィーンのチョコレートを送ってあげたことに対するあの人のお礼の手紙なんだから。全くかわってるわ、昔から。でもおじさんの天の一角をにらんだ時のあの青いすきとおった目は何かこうすごく人を惑きつけるものをもっていた。タカが小鳥を威嚇した時のようなそうかと思うと目に見えない天使か女神とお話をしているみたいな。忘れもしないある夏の夕方だったわ。太陽がたった今地平線へ沈んだばかりで、空には金色の帯のような美しい雲が何本も何本もたなびいていた。その一角の空のきれ目にあたしはアドルフのあの透明な瞳を見たの。とたんに全身に稲妻のような感情が走ってあたしは身も心もすべてをその瞳孔の中へ溺れてしまいたい誘惑に駈られたわ。だってその向うには無限の海が續いているように思えたんですもの。事実それ以来あたしの生活は毎日が海だった視界がボーッと二重にかすんで体はフワフワとくらげのように流されて行くの。でもたったひとつあたしには人にゆずれない誇りというものがありました。それがあたしのアドルフなの。二週間に一度は必ず手紙を書きました。遠くオーストーリーアから。あの人の住んでいるドイツのミュンヘンへ。でも返事は一回もいただけなかった。一年間隔週によ。それが昨日はじめてあの人の便りがとどいたの。二週前三十二回目ノ――　多分そうだと思うわ――　あの人のお誕生日にいつもの手紙といっしょにチョコレートのプレゼントをそえて出したら、きっと今までは忙しすぎて、小さなあたしの手紙くらいじゃ目につかなかったのね。それとも、チョコレートがそんなにおじさんのお気に召したのかしら。もう四年にもなるわ、あの人に最後にお目にかかってから。今ではすっかりえらくなって、逢ってもまぶしくってとてもまともには見られないでしょうね。それよりかすっかり大きくなって胸をはずませているこのあたしが、あの泣き虫のアンケラと同一人物だってことアドルフに信じられるかしら。でも一生県命音楽を勉強していることを伝えたら、最後に一行だけうれしいことが書いてあったわ。政治のことがこんなに忙しくなくて、ミュンヘンで歌の個人レッスンをとらせてあげられればどんなにいいだろうですって。ほんとうかしら生きている中にそんなことが起るかしら。でも心のスミでチラとそんなことを考えてくれただけでも満足だわ。一生の夢として大事に胸にしまっておいてもいいんですもの。なんてったってアドルフ伯父さんはあたしたち一族のほこりよ。その彼があたしのことを気にかけてくれたんですもの。アドルフ。いつまでもいつまでもゲリはその日を待ってるわ～。

（三）

ナチ党本部エルンスト・レーム、ヘルマン・ゲーリング、ヨーゼフ・ゲペルス、ユリウス・シュトライヒャー、ハインリヒ・ヒムラー、アルフレート・ローゼンベルク、ルドルフ・ヘスの顔が見える。

ゲベルス：（びっこを引きひき部屋を歩きまわりながらローゼンベルクに話しかけている）いいかねアルフレート、君はわれわれ幹部のなかでただひとり、ロシア十月革命を経験している人間だ。考えてみるとこれはわが党にとって実に得がたい財産だよ。かてて加えて君のその神秘的な風貌と優秀な頭脳、どうしても君はナチ党のために哲学書を一冊書くべきだね。

ゲーリング：（冷やかしながら）「レームとシュトライヒャーを結ぶ、S・M的要因とわが党の立場」ってやつかね。

ゲベルス：（まじめに）そうじゃない、政治は力だだがそこにはどうしても一本の芯棒が必要だ誰もが安心してその力を行使出来るおまじないとしての理屈がさ

レーム　：わが党の綱領ははっきりしてるぜ第一条すべてのドイツ人を包含する大ドイツ国家の建設第二条悪名高きベルサイユ条約の破棄……。

シュトライヒャー：よせよせレームそいつは今や十才の子供だって暗記してらあ問題はなぜそうなのかというそれ以前の理論づけだろう。
ゲベルス：そうそう、それさえあればあたしの仕事はウンと楽になる。なにせ宣伝ってのは創ることじゃなく、創られてそこにあるものをただけしかけることだからね。（急に思い出して）あっいけない、きょう午前中のけしかけをひとつ忘れてた（とあわてて出てゆく）
ローゼンベルク：（肩をすくめて）相かわらず忙しい人だ。
ヒムラー：（うしろ姿を見送ってから）みなさん、おなぐさみに小さな賭けをひとついかがです。今出て行ったヨゼフの二本の脚のうち正常である方の脚は正常でない方の脚より長いのか短いのか。
ヘス：ハインリッヒ、また人をかつごうだって駄目だよ。君の言おうとしてることはわかってるさ。
ゲーリング：それはあいつがもともと背の高い人間か低い人間かによって決まるって言うんだろう。高ければ長い方が正常で短い方が発育不全、低ければ短い方が正常で長い方が異常発育——　ハハハ違いねえけどさ。
ヒムラー：参りました。なら第二問。では短い方の脚は左か右か。

ヘ　ス：左。
シュトライヒャー：右。
レーム　：いや左だったよ。
ローゼンベルク：おやわからなくなった。そう言や左だったような気もするし、右だったような気もする――。
ヘ　ス　：人の注意力ってあいまいなもんだな。毎日いっしょに生活していながら
ゲーリング：燈台もと暗し。
ローゼンベルク：いや言うなら兄弟なおくらしでしょう。
アドルフ・ヒトラーが入って来る。さすがに一瞬緊張の気配がながれる。何人かは靴のかかとを蹴って敬意をあらわす

ヒトラー：何だかダラけた空気が見える。あまりわたしの好みじゃないが――　何の話しをしとったんですか。
ヒムラー：いや別に。仲間同志ちょっとふざけ合っていただけで。ナゾときをやりながらね。
ローゼンベルク：つまり忙中閑ありって奴で。
ゲーリング：(さきほどの仕かえしをして) いや必要なのは〝壁に耳あり〟って奴さ。

ヒトラー：その通り。諸君、ゲーリングの言っていることは正しい。油断こそ大敵。なんでも今耳にしたことだが、われわれの遠大なプラン――（声をおとして）来月早々に計画していた例のミュンヘン一揆のことだが――いつの間にか土砂にしみわたる水のように噂となって市中にひろまり、バイエルンの国家総監の異常な警戒心を刺戟しているという。
ゲーリング：まさか。
ヒトラー：そのまさかがくわせものなんだ。われわれとしてはあれほど極秘裡に事をはこんだつもりだったのだが。
レーム：まさか仲間にうら切りものがいるわけじゃなかろうな。
シュトライヒャー：うらぎりと行かないまでも、つい親しい身うちのものにもらした一言がひろがるとか。
レームユリウス：お前いかがわしい女たちに対して絶対自信はあるだろうな。
シュトライヒャー：（かっとなって）なんだって！　この野郎。お前こそ妙にクネクネした若い男に毎晩何を吹き込んでやがることやら。（とつかみかかろうとする）
ヘス：まあまあ（中にわって入って）
ヒムラー：おいよせ！

ヒトラー‥私ごとの喧嘩はよしてもらおう。実際のんびりしていられる場合じゃない。若したれこみが本当だとすれば、クーデターは一時延期するなり、彼らを信用させるための何らかのカモフラージュを講じるなり、応急の対策が必要だ。ヘルマン、君はどう考えるかね。

ゲーリング‥さしあたり計画を一ヶ月先へのばすそしてその間にありったけの知恵をしぼってわれわれに対する一般市民のイメージをウンと高めることだな。つまりナチ労働党は他のどんな政党もとり得ない強力な社会政策を強引にすすめる力の政党であると同時に、秩序と平和を守らんとする愛すべき唯一の結社であるという信頼をかちとるそれ以外さしあたっての良薬はみつからんね。

ヒムラー‥良薬じゃ駄目だ。少なくとも麻薬とこなくっちゃね。

シュトライヒャー‥でなければ心をとろかす媚薬を用いるとかね。

レーム　‥(半ばひとり言) やつがいつも女に用いる手だ。

シュトライヒャー‥(わざと聞えぬふりをして) なるほど、政治は力だだがゲーリングの言うようにそいつを人にのませるには、砂糖でまぶして甘くすることが必要さ。その点昨今S・Aのやり口はあんまり感心出来んね。正義や気力の中味は演出によっては暴力と紙一重だからな。

レーム　：目的が手段を正当化する。たらしこまれて馬鹿を見るよりよっぽど正々堂々として
　いるさ。
シュトライヒャー：どっこいあんたらの姿を見かけてどこの良家の子女が近寄って来ますかね。
　クモの子を散らすみたいなもんだ。
ローゼンベルク：スカートをはいたヒゲ男以外はね。
ゲーリング：（冷ややかに）ところがわがナチ労働党のイメージは大方この突撃隊が代表してい
　る点が問題なんだな。とにかく乱暴や連行のやりすぎはよくない。たしかに今度の
　噂の責任の一部はこのS・Aのやり方にあるのかも知れん。
ヘ　ス　：そう言えば、あさってはマリエン広場で定期のナチ集会がありますね。
ローゼンベルク：絶好のチャンスですなイメージ修正のための。
ヒムラー：そう秩序と清潔これあるのみだ。ひとりの暴力者も出しちゃいかん。
ヘ　ス　：強制ではなく心からの賛同によって共鳴者を行進に参加させるんだ。
レーム　：突撃隊S・Aの最高責任者としてみんなによく伝えておきましょう。
ローゼンベルク：秩序と清潔を高めて美の意識にまで徹底させること。見事な隊列と一糸乱れ
　ぬ行進を期待します。
ゲーリング：それにアルフレート党首ヒトラーに演説させるための君の哲学もね。

ローゼンベルク：わかった。血の一滴のような濃い目のマクレムをね。ヨセフがそれを池の水面で何十倍もの大きな輪にまでひろげるだろう。ちょうど極彩色の孔雀の羽根が開くようにね。

ヒトラー：ありがとう諸君。諸君の熱意と党への忠誠をまことに多とする諸君ら七人の侍はわがナチ労働党の肉体を形成する七つの器官であり血液である。思えば四年前わたしが党の前身D・A・Pドイツ労働者党に入った時、演説会場への参加者はわずか十三名を数えるにすぎなかった。だが幸いD・A・Pはひとりのユダを出すことなく、伝道者の熱意と信念をもって努力を重ねた結果、二十年四月、ついにえりぬきの諸君ら七人を幹部とする新党、NSDAPわがナチ労働者党の誕生を見たのである。かつて混沌たるカオスのごとくアミーバーのごとき存在にすぎなかったわれらが党も。いまは見事な肉体をそなえた一人前のドイツ青年にまで成長した。発足当時二〇〇名を欠けた党員も今日百倍はおろか三万五〇〇〇名の多きに達し、突撃隊だけでも即時六〇〇〇名を動員することが可能の堂々たる結社である。その他当バイエルンにはナチの呼びかけに呼応していつでも立ち上ることの出来る右翼団体「オーバーランド団」や「帝国戦闘旗団」が待機している。そこで問題はだ、問題はいかに論ずることにではなく、いかに行動するかこの一点にかかっている。すでにこれだけの実力をそなえて来たわれわれが単に南ドイツの一政党としてではなくわが民族の繁栄と未来を制するに足る全ドイツ的存在たるために断じて行動を起さねばならないのだ。見よ驕れる戦勝国フランスは力の疲弊したわが祖国の足もとを見すかすかのごとくこの春不当にもルール地方占拠の暴挙に出た。巷には数百万の失業者があふれ、インフレはとどまることを知らず市民はウマの死骸をけずりとって肉を食べその日その日の飢えをしのいでいる。かかる時わが祖国の運命を担うワイマール国民議会は一体何をしておるのか。今やドイツは一人の共和党員もいない共和国——骨のないクラゲ女に他ならない。そんな無用の長物は速刻われわれの視界から退散してもらおう。ここに鉄の意志をもち、筋金（スジガネ）入りの筋肉をもったアーリア系のたくましい青年がいる。いたずらに彼をして一バイエルンの地方政党たるにとどましむるなかれ。立って国内より十一月の犯罪者どもをたたき出し、ただちにベルリンに向って進軍を開始せしめよ。これがわれわれのゆるがざる信念である。そしてその時諸君ら七人の仲間はわたしと共にこの純血の青年の頭であり手であり、心臓であるのだ。幸か不幸か、状況がわれわれにこの計画の決起を今しばらくのばすよう要請している。それもよかろう。知慧あるものは時をえらぶからだ。より全き行動の完遂のために、よりよき作戦のねり直しをわが身に課して。だがこれは決して決断の放棄を意味するものではないわれわれはやるだろう。近き将来、最良のチャンスをねらい、万全の準備姿勢をととのえ、鉄血の意志をもって！　ドイツ万才！　ナチ労働者党万才！

一同の半分：ハイル！

他の半分：ジーク！

一　同　：ヒトラー万才！　祖国ドイツ万才！

（四）

夜、「カムマーシュピーレ」劇場のロビー舞台稽古のはねたあと明日の初日をひかえ、雇われ人が床を掃除している　ブレヒトが事務所のドアをあけて出て来ると殆ど同時に反対側から作家のフォイヒトヴァンガーが姿を現す

フォイヒトヴァンガー：やあブレヒト君！

ブレヒト：あ誰かと思ったらフォイヒトヴァンガーさん。どうしたんです今ごろ。

フォイヒトヴァンガー：なにちょっとファルケンベルクに会いたいと思ってねいるかね先生は。

ブレヒト：ええ。さっき稽古のはねたあとは楽屋でした。多分まだいらっしゃるでしょう。

フォイヒトヴァンガー：お、そうだった、君。「夜打った太鼓のクライスト賞おめでとう、とうとうやったじゃないか。よかったねえ。
ブレヒト：ありがとうございます。こうなるには先生にすっかりお世話になって。
フォイヒトヴァンガー：いやいや、そりゃ君の実力というもんだよ。問題はむしろこれからさ。丁度いい、君少し話す時間はあるか。
ブレヒト：ええ。

ふたりソファに腰かける。掃除人去る

フォイヒトヴァンガー：マリアンネは元気かね。
ブレヒト：ええおかげさまで。産後少し体をこわしましたが今ではすっかり元気になってまた歌をうたいはじめています。
フォイヒトヴァンガー：おやそうかい。それを聞くと何だか言い出しにくいんだが。
ブレヒト：なんのことでしょう。
フォイヒトヴァンガー：いやね、今や君も一女の父親だ。大いにかせがにゃならんことはわかるが、そろそろキャバレー出演だけはやめにした方がよかないかと思ってね。

ブレヒト：ファレンティーン一座の楽隊にですか。
フォイヒトヴァンガー：そうだよ。金のために脚本を提供することはいいとしても、白粉ぬってピエロといっしょに笛を吹いている姿は、クライスト賞の劇作家としてもどうもあまり似つかわしいとはいえん。
ブレヒト：（少しムッとして）作家らしくもない見てくれを気にする考え方じゃありませんか。
フォイヒトヴァンガー：いやこれはわるかった。実は本音は別にあってね。ぼくが心配してるのはナチの手が君にまでのびて、折角の君のすばらしい才能の芽をつぶしてしまいやせんかというおそれからなんだ。
ブレヒト：何かあったんですか。
フォイヒトヴァンガー：さる友人がそっと耳うちしておしえてくれたんだが、どうやら君とぼくの名がナチの逮捕者リストに乗ってるらしいんだな。
ブレヒト：先生とわたしが？
フォイヒトヴァンガー：真偽のほどはわからない。だが昨今S・Aの人狩りと摘発のでたらめさは目にあまるものがあるからな。
ブレヒト：ナチはクラリネットまで気にくわないとでも言うんですか。
フォイヒトヴァンガー：まさか。ひとつには思想、いまひとつは血だ。われわれの作品や行動がコミュニズムの赤い絵具に染まっていてドイツ国家にとって有害かつ危険きわまる人物だというんだな。僕の場合はそこへ人種の問題が加わって来る。まあ所在をあいまいにして裏方として動くなり、本だけを出しているうちはまだいいさ。君のように堂々と舞台に出て名のりをあげているんじゃ、まるでつかまえて下さいと両手をさし出しているようなもんじゃないか。

ブレヒト：なるほど。

フォイヒトヴァンガー：コミュニズムとユダヤ人、ナチの連中に言わせるとこの二つはドイツ中にばらまかれたやっかいな毒入りマンジュウだそうだ。この地球上から徹底的に摘発し抹殺してしまわないうちは決して手をゆるめないと彼らは豪語している。

ブレヒト：あの目付きにはたしかに狂気が顔をのぞかせていますからね。

フォイヒトヴァンガー：気ちがいに刃物、S・Aはまさにその絶好の見本だよ。最近君がベルリンのドイツ座文芸部に籍をおいたのはよろこばしいことだが、実はそのことでも僕は心の底でいささか心配している。

ブレヒト：あ、ラインハルトのことですね。

フォイヒトヴァンガー：そうだよ彼は純然たるユダヤ人だからな。ナチは明らかにベルリンをねらっている。奴らにとっちゃラインハルトの支配するドイツ座全体はきっとミソクソつめ込んだブタ小屋みたいにけがらわしく見えるんだろう。出入りするには八方から銃口でにらまれているぐらいの覚悟が必要かも知れない。

ブレヒト：戦うんですよフォイヒトヴァンガーさんおそれずに。

フォイヒトヴァンガー：もちろんだ。それも出来るだけの用心を重ねてな僕だって決して敗けちゃいないよ。これからだって筆の続くかぎりユダヤ人問題をとりあげて書いて行くさ。だがお互い無意味な虚勢を張って、マンマと敵のアミにひっかかることだけはよそうぜ。

この時窓の外で銃声が二、三発聞こえる　ふたりソファから立ち上る

ブレヒト：おや何だあの音は。

フォイヒトヴァンガー：銃声だなまちがいなく。

共に窓ぎわにかけ寄る続いて銃声がとどろく　さきほどの掃除人がかけ込んで来る

掃除人　：たいへんだ。ナチがブロイケラーの政治会場に侵入して発砲した。

フォイヒトヴァンガー：なにナチが？
ブレヒト：さてはクーデターか。
掃除人　：カール総監を監禁して、ヒトラーはベルリンへの進撃をせまっているそうです。
フォイヒトヴァンガー：やったなナチのやくざめ。とうとうやりよったか。
事務室から一、二のひとがとび出して来て窓ぎわへ走る。窓外では叫び声や人の往来によるさわがしさが増す。遠く砲火とも野火ともわかちがたい赤いものがチラつく。
事務員の女：（仲間をふりかえって）この調子じゃあすの初日は開けないかも知れないわね。
事務員の男：（窓の外をのぞきながら）命あってのものダネさ。
更に一発銃声がひびいて街路からホルストヴェセルの歌おこる　うた声から曲のメロディだけがのこり、幕しまって次のアントラクトへと続く

〈アントラクトA〉　幕まえ

――ナレーション――

「一九二三年十一月八日の夜ヒトラーはビュルカーブロイケラーの政治会場に侵入発砲してクーデターを宣言した。翌朝市中で国防軍と警察を相手の攻防戦がくり返されたが結局十六名の命をおとしてナチは敗退、ミュンヘン一揆は失敗におわった。ヒトラーはとらえられ禁固五年の刑が言いわたされる。（ホルストベッセルの曲Ｆ・Ｏ）

だがランスベルグ刑務所内でのヒトラーの暮しは予想に反し自由だった。女性以外の一切の出入りは許され、毎朝新聞を読みコーヒーを飲みながら、彼はかつてない時間の余裕を楽しむことが出来た」

コーヒーポットをのせたテーブルわきの椅子に坐って新聞を読む。バイエルン風の革ズボン姿のヒトラーがうかび上る。ドアをノックする音。

ヒトラー‥どうぞ。

ルドルフ・ヘスが挙手の礼をして入って来る。手に花束をもっている。

ヒトラー：やあルドルフおはようごきげんいかが。

ヘ　ス：運動不足のせいかどうも早く目がさめましてなそれより党首今日はあなたの三十五回目の誕生日でしょうおめでとうございます。（と花束をさし出す）ヒトラー：すっかり忘れていた。そうだったか。三十五才のね。早いもんだ。三十五年か……、いやありがとう。それにしても君は女のようによく気がつくね。

ヘ　ス：女人禁制の独房ですからね。今晩はシャンペンでもあけましょう。たまには「わが闘争」の口述をお休みになってもいいでしょう。（新聞に気がついて）何かかわったニュースでもありましたか。

ヒトラー：ドイツ司法官の談話が出てるよ。中にわれわれに触れた箇所があるんだが、奴さんなかなかナチに対して好意的なんだね。あまりはっきりは言わんが「愛国的行為」などと言う言葉がチラリ出て来たりして。

ヘ　ス：そりゃ事実ですよ。だって禁固五年というのは反乱罪としては一番軽い刑ですからね。それに今度の措置には間違いなくバイエルン政府の中央に対する根強い不満が作用していると私は思う。

ヒトラー：そしてそのもうひとつ奥には民衆のわれわれに対するひそかな期待感、未知の魅力といったものがあったのさ。この調子でうまく行くと、案外一年もたたないうちに仮釈放なんてことにならないとも限らん。

ヘ　ス　：とにかくミュンヘン一揆が決して無駄じゃなかったことだけはたしかですよ。だって裁判のニュースを見ても国内はもちろん外国新聞にも毎日トップで世界中に報導されたんですからね。こんな結構なわが党の宣伝はめったなことで得られるもんじゃありませんや。

ヒトラー：そうだよ、ルドルフ。ここでへたばっちゃ今までの努力も水の泡だ。ただ今回の挙をふりかえるとわれわれのやり方がいささかせっかちだったかも知れんという反省はあるがね。

ヘ　ス　：理くつというのは最短距離が大好きですからな。情緒欠乏ってやつですよ。党首もここを出たらひとつ女の子とでもつき合われたらいかがです。

ヒトラー：馬鹿を言え。そんな暇などあったらこの本の続きでも考えた方がよっぽど気が効いてるさ。さ、午前中に少しとばすか。

ヘ　ス　：はい、いつでもどうぞ。（二人机に向かう）

ヒトラー：いいかね。昨日の続きだ。「打とうとしないものは打たれるのが歴史である。

ヘ　ス　：（書きながらくり返す）「打とうとしないものは打たれるのが歴史である。
ヒトラー：「かくして余は…
ヘ　ス　：「かくして余は…
ヒトラー：「虚偽と愚行と卑怯に対する果敢な…
ヘ　ス　：「虚偽と愚行と卑怯に対する果敢な…
ヒトラー：「闘争の末ドイツ国民の…
ヘ　ス　：「闘争の末ドイツ国民の…

バーデンヴァイラー行進曲がＦ・Ｉして来てふたりを照らしたスポット消える。再びナレーション又は字幕がとってかわる

「ヒトラーの予感どおり彼はたった八ヶ月半でランスベルクの刑務所を出ることが出来た。出所後因縁のヒェルカーフロイケラーで最初の集会を開いたとき、会場には約四千人の聴衆が集まった。インフレと貧困のために疲弊し、すっかり失ってしまった中産階級の老若男女だった。彼らにはこの絶望的なドイツの状況から抜け出す為に、ナチの強引とも思える力の政策がそれなりに真実であり、魅力あるものに見えた。過激な党活動を禁止されながらヒトラーたちは再建に余念がなかった

第二幕　一九三一年

（一）

チューリッヒにあるさるキャバレーの楽屋舞台袖から廊下ごしに客席のざわめきと音楽が聞えて来る。笑い声拍手が一段と高くなり何回目かのショウがおわったことがわかる。シルエットで二人の役者が戸口にあらわれスイッチをひねると部屋が明るくなる。カルル・ファレンティーンとリーゼル・カールシュタットである。カルルはトランクスに太い横縞のシャツ。あいかわらずのメガネとひげづらだが一種ピエロ風な役、リーゼルは例のシルクハットの男装

カルル・ファレンティーン‥（あごのつけひげをはずしながら）やれやれ、今日も無事でおわった。何だかつかれたよ。

リーゼル・カールシュタット‥ミュンヘンやベルリンとちがって、チューリッヒのお客さまは上品だからかえってくたびれるのね。

カルル　‥だしものを間違ったかな。

リーゼル‥いいえ、そうじゃないわ。ここにはまだそれだけナチの勢力が浸透していないって証

拠よ。つまりあたしたちのあてつけが毒になってあの人たちにはねかえらないってわけ。

カルル　：現実にいためつけられた覚えがないからね。考えてみりゃ幸せなことだが。もっともわれわれにとっちゃあの反応のしかたはチョッと物足りない気がしないでもない。

リーゼル：結構じゃないの、Ｓ・Ａの視線を気にしないでやれるだけでも全くホッとするわ。この都市はあたしのお気に入りよ。

カルル　：もともとわれわれの台本は別にナチにあてつけて書かれたものじゃない。人間全体に対するユーモアと皮肉をいわば漫画にしてやってるだけだが、どうしてもそれが諷刺にとられてしまう。

リーゼル：連中のやり方が自然じゃないからよ。（衣服をとりおわって鏡に向かう）まあ何だっていいわ。あたしたちは世の中がどうであろうと。庶民のかなしさと人情、弱いひとたちの泣き笑いを体のつづくかぎり演じ続けるだけ。そうでしょう、カルル。

カルル　：（同じく化粧をおとしながら）そうだよ。ウソやいつわりのないむき出しの人たちのね。

リーゼル：ウィーン、チューリッヒが終って、あさってからベルリンよ。

カルル　：なんだかかなしそうな声をするじゃないか。国へもどるのがいやなのかい。

リーゼル：そうじゃないんだけど……。折角クーデターの失敗でおしまいかと思ったナチが、反対に以前よりも力をぶりかえしたでしょう。S・Aの連中今じゃ堂々とベルリンにまで羽根をひろげてそっくり返ってるじゃない。

カルル　：世界恐慌がまずかったんだ。たしかにナチの反ユダヤ主義は、われわれドイツ人の心の盲点をついている。

リーゼル：あたしは弱い人間だけを信じているわ。ドイツ人だってユダヤ人だって。

カルル　：だがたったひとつの餌を前にして、誰かが退かねばならないとき、外からの命令で残る権利を与えられれば、誰だってそれを辞退する奴はいないだろう。

リーゼル：でもキリストはそれをしろとおっしゃったんでしょう

カルル　：ドイツ国民がみんなキリストだったらね。戦争のあとヨーロッパにはもうどこにも神さまがいなくなった。ワイマール共和国はそのあわれな犠牲の小半だったのかも知れない。

リーゼル：カルル。あなたもナチの思想に共鳴するって言うの。

カルル　：とんでもない。だからこそわれわれががんばらねばならないのさ。

リーゼル：(向き直って) ねえカルル。若しあたしがユダヤ人だったとしてもあたしのことを愛せて？

カルル　：（リーゼルの手をとり）もちろんだとも。われわれの作品がそれを証明している。リーズ、僕の愛している人間は、今目の前にいる君以外あり得ないんだ。
リーゼル：ありがとう、カルル。力がわいて来るわ。がんばりましょう。ドイツ語の通じるところならどこでだって。（ふたり笑顔をみせる）

（二）

ナチ党本部ヒトラー、ゲーリング、ゲペルス、レームなどの姿が見える。みんなの顔が輝いている。どうやら最近のナチ党の躍進に対する祝杯か何かのあとらしい

ゲーリング：「奇蹟のカムバック」この一語につきるね、ここ半年におけるわが党の目をみはるような躍進ぶりは。
レーム　：なにせ今まで国会でのたった十二の議席が、いっきょに百七にまでふくれ上ったんだからな。
ゲベルス：不死の白鳥いま波立つ水辺から華麗にとび立つってところかな。
ヒトラー：いや白じゃない褐色のだろう。
ゲベルス：そう白シャツ姿のナチ大会には参ったな。革靴はいたバレリーナじゃあるまいし。

レーム　：Ｓ・Ａだってそうさ。これで誰はばかることなく制服着用でまた街を歩ける。
ヒトラー：だがわたしに言わせれば、今日のことは奇蹟でも何でもないね。ミュンヘン一揆以来の臥薪嘗胆、血の出るような五年間の雌伏が、ようやくここに実を結んだんだ。
ゲーリング：時って奴は離婚した古女房みたいなもんさ。昔のよさを思い出してスキを見てはにじり寄って来る。
レーム　：五〇〇万におよぶ巷の失業者が今度こそはナチの力に信頼しはじめたんだ。
ゲベルス：「わが闘争」の売れゆきがナチの人気を証明しているね。出版以来最初の三年間はせいぜい四、五千部どまりだったが、この一年で何十万部にハネ上った。
ヒトラー：これからは一挙に駈け出すだけさ。失業、インフレ、分裂、暴力、全ドイツにわたって材料にはこと欠かない。利用出来るものは何だって利用して行く。それも政策とプロパガンダ、二人三脚の両面作戦でね。ヨーゼフ、宣伝担当としての君の任務は重大だよ。よろしくたのむぜ。それからもちろん、ほかのみんなにもな。
ゲーリング：もう一度わが党のために、あらためて乾杯だ。
一同乾杯して「ハイル！」「ジーク！」と歓声をあげる。
レーム　：では今日はこれで解散するか。

ヒトラー：さてと、わたしは今からあすの演説の草稿と状況分析に目を通さなきゃならん。ヨーゼフ、資料は？

ゲベルス：（ピョンとはねるようにして）ハイ、この通り。それこそローゼンベルクとの二人三脚の仕事でさ。ではお先に。

ヒトラー：おやすみ。

一同去る。ヒトラーひとり机に向って目をとおし時々加筆する。ややあって金髪の若い女性が静かに部屋に入って来て、ソファの上にもちものをおき、そっと彼に近づいてうしろから目かくしをしようとする

ヒトラー：（おどろき立ち上って叫ぶ）だ、だれだ！

女　　：（笑いながら）さすがねあたしよ。

ヒトラー：なんだゲリか。どうしたんだ今頃？

ゲ　リ・ラウバル：あなたこそどうなすったの。もう今夜で二週間もアパートへお帰りにならないのよ。

ヒトラー：ここんところ滅法忙しくてね。なにせナチは今度の選挙で国会での合法的な第二党

になったんだからな。

ゲ　リ：知ってるわ。でもあなたの足が遠のいたのは選挙以前の何ヶ月も前からよ。

ヒトラー：選挙前はある意味では結果が出たあとよりももっと大へんだからな。

ゲ　リ：じゃいつになったらヒマが出来るの。

ヒトラー：そんなことはわからん。

ゲ　リ：じゃ当分プリンツレーゲンデンへはお帰りにならないってことね。（間）あなたはまえにおっしゃったじゃありませんか。いつか政治目的を達したら、その時はこのあたしときっと結婚するだろうって。その言葉を信じてあたしはウィーンからはるばるこのドイツへ出て来たのよ。結婚はおろかあたしのことをふり向きもなさらないなんていったいあの時の約束はどうなってしまったの。

ヒトラー：（カンシャクを暴発させて）だまれ！　ここはお前のような女・子供の出る幕じゃない。（あとずさりするゲリをつめながら）いったいわたしがどんな約束を破ったというんだ。お前がピアノの習いたいといえばちゃんと習わせてやってるし、親元への仕送りも毎月欠かしたことはない。立派なアパートに住まわせ、買ものやお化粧に一回だって不自由な目をさせたことがあったか。（追いつめるのをやめる）だいたい以前のお前はな、もっと純心でかわいい、罪のないオーストーリーアの少女だった。

そんなお前をたしかにわたしは嫌いじゃなかった。そしてあの頃ミュンヘンへ出て来たてのお前はたしかに、ランスベルクから保釈され、党活動を禁止されて万事思うにまかせなかったわたしの、よきなぐさめでありたのしみでもあった。だがそんな可愛いかった時期も束の間さ。ちょっとゼイタクの味を知り、色気づき始めると、もう普通の女と同じだ。やれあれが不可ない、これが不服だ、欲望だけがふくれ上ってとたんに男を苦しめ、仕事の邪魔をしはじめる。イヤならさっさとウィーンへ帰ったっていいんだよ。今までどおり仕送りぐらい何とか続けられるから音楽の先生だってあっちでもっといい人を見つけりゃいいんだ。ついでに未来のおムコさんもね。

ゲ　リ：（泣きじゃくりながら）ひどいわ、ひどいわ。あたしの好きなアドルフは決してこんなじゃなかった。いえ少なくとも一年まえまでは。

ヒトラー：だからここのところ急に党活動がきつくなったからだと言ってるじゃないか。

ゲ　リ：いええらくなっていろんな階級の女の人たちとつき合うようになって、あたしのことがうとましくなったんだわ、きっと。

ヒトラー：だからお前はまだ子供だというんだ。みんな仕事を思えばこそじゃないか。全くたまったもんじゃない。わたしは明日の演説の準備で忙しいんだ。余けいな文句を吐くあい間に着替えのワイシャツの一枚でも持って来た方がどれだけ気が利いてるかしれやしない。

ゲリ　：(やや希望をもし直し、ソファのところへいってさきほどおいた持ちものをさし出す）持って来たの。それにこれはあなたの好物のチョコレートよ、ハイ。

ヒトラー：ホウ、多少は物がわかるようになったか。よし、わかった。君の用事はすんだだから、今すぐここからアパートのある町向うへ帰りたまえ。

ゲリ　：そしたら今夜はおかえりになって？

ヒトラー：多分駄目だろうね。少なくともここ二、三日は。ではおやすみ。

ゲリ　：(再びうなだれて）おやすみなさい。

ヒトラー机に向かう。ゲリしばらく下をむいてうなだれているが、最後に逃げるように走り去る。

ゲリ　：さようなら。

一間おいてヒトラー、ゲリの出て行った戸口の方をふり向く。ドアがあいたままである。手を

やすめて天井をみつめる

ヒトラー：(独白) 民衆という黒い獣それを制するには、黒い欲望をもってしなければならない。ネロのそれのようにどす黒く、サムソンのそれのようにねばっこい。第五回選挙にはともかく勝てた。だがほんとうの勝負はこれからだ

立ち上る。部屋を行きつもどりつする

ヒトラー：(独白) 女をよろこばすのはひどく骨の折れる作業だ。まるで手さぐりで洞窟の中を行ったり来たりするような。そんな婉曲さはわたしには耐え切れない。(立ちどまって) それは短く、直線形のものであることが必要だ。例えばトコトン肉体を切りないなむとか、殺すまで相手をムチ打つとか、その時はじめてわたしの愛は自足する。いやそれは愛の仮面をかぶったエロスに他ならない。そして――　創造的なのはエロスだけだ。

再び歩き出し、二、三回部屋をまわって立ちどまる

ヒトラー：（独白）政治目的を達したら結婚したいなど、ついありきたりのくどきを口にしてしまったものだ。將来、宰相の地位を手に入れたらわたしはあの女と結婚するだろうか。いや断じてそんなことはないだろう。新しいエロスがまたわたしを呼んでいる――。

（三）

ドイツ国会、答弁席、議長席と議員席の一部がみえる。右翼の大半を褐色の制服を着たナチス議員たち。中にゲッペルス、ゲーリングなどの顔がみえるそのうちの何人かは奇妙なことにうしろ向きに坐っている。答弁席ではブリューニング首相が話しをつづけている

ブリューニング首相：　ヨーロッパ情勢は依然逼迫し、アメリカは戦後わが国に投資したすべてのドルを引きあげました。ドイツの産業はかつてない危機を迎え、失業と不安のうちに国民は文字通り、どん底の生活を強いられています。だが打開と希望の道がなくなったわけではないことは、今までわたくしの縷々ご説明申しあげたとおりである。かかるがゆえにわたくしは、親愛なる七千万ドイツ国民のひとりひとりに、い

ましばらくの耐望生活と精神的忍耐をうけ入れられんことを切望しているのであり
ます。

以上のスピーチのうちに、ナチ党員は次々とうしろ向きに座席をすわりかえる。終るとはげし
く入り乱れる拍手と罵声、ナチ議員はひとりをのこして全員がうしろ向き、そのひとりは挙手の
上立って殆ど叫ぶような調子で反論する

ナチ議員：首相の答弁は馬鹿々々しいの一語につきる。そんな子供だましのような説明でいっ
たい誰が納得出来ると思うのか。われわれナチ党のまじめな提案を愚弄するのみな
らず、ドイツ国家の将来をあやまるものとしてわれわれナチ党員は全員断固この案
に反対する。

うしろ向きのナチ党員は拍子。野次と叫声

議　長　：(テーブルをたたき) それではここで採決に入りたいと思います。

ナチ議員：(叫ぶ) その必要なし。政府はこの無知厚顔の方策に対し、必ずやそれ相応の報いの
あることを今から承知おかれたい。そしてその日は間近いだろう。われわれはここ

に政府の考えに抗議して、即刻、議場を引きあげる。

議　長　‥ちょっと待ってもらいたい。採決を宣言するためにナチ党はじめ各議員は……。

騒然たるさわぎに声が聞えないその中を、ナチス議員は党歌（ホルスト・ヴェッセルの歌）をうたいながら退場をはじめる。「議長、発言」「あの態度は何だ」「四八条を再発動せよ」などの声が入りみだれて聞え、場内は総立ちとなる

（四）

窓ぎわくらい部屋の中にゲリ・ラウバルがひとり月あかりに半身を照らされて、ベッドの端に坐っている。いっそう青ざめた顔

ゲ　リ　‥（ひとりごと）もうおしまいだわ。どこにも抜け道はない。袋小路よ。あの人の心は遠くはなれてしまった。いえ心なんてすっかり消えてなくなってしまったのよ。深い霧のなかの瞬間のマッチみたいに――。以前はたしかにそれが感じられた。ふたりともあんなに遠くはなれていたのに、たった一枚のなにげない葉書の中からあの人の心がまるでヒースの花びらのようにひろがって、それがすっかりあたしの魂を

とりこにしてしまったの。十五才の春だったわ。あたしはまだなにも知らないオーストーリーアのおぼこ娘だった。あたしのまわりに無限のそれこそ闇のようにおそろしい世界の存在することなんて夢にも知らない。だのにそれがあの人のたったひとつの言葉である日突然花開いてしまったの。その言葉は〝愛〟だったわ。そうしてそれ以来あたしという肉体は、たったひとつの感情、たったひとつの存在に化けてしまったみたい。海の中をあてもなく流されてゆくクラゲのようなね。きっと何も知らないうちに、あまりにも早く目ざめすぎたのね。まわりは冬だったというのに―― 季節はずれの開花、それもあの人だけのための。

ゲリ立上って窓ぎわへ行き、外を眺める。

ゲリ：(ひとりごと) 透きとおってまっ青な海底を流されながら、あたしの体はまるで重さというものを感じなかった。夜と昼の区別もなかった。そのくせ来る日も来る日も苦しい夢をみてうなされながら眼をさますと、その度に手足が少しずつ溶けてなくなっているのに気がついた。おそろしかったわ。それだけじゃない。いままでは潮の流れのはるか向うに、かすかなあかりが見えていた。あたしはなんとなくそこへ向って流されて行くんだとばかり思っていたのよ。そこへたどりつけばどんな苦しみからも開放されて、最後にあたしは救われるんだと信じながらね。だのに今はもうそのあかりもなくなっているじゃありませんか。急に潮流が速くなって、あたしはどんどん引っぱられ始めたわ。底知れぬ奈落の奥の一点に向って。助けて――　大きな声を立てて眼をさました。体中汗びっしょり。たったさっきのことよ。でも夢でよかったとは少しも思えなかったの。いっそあのまま闇の中へ消えてしまっていたらどんなにさっぱりしただろうって。

もとのところへもどって来て苦しそうに椅子にもたれかかる

ゲリ　…でも大丈夫なの。ゲリは自分で責任が持てます。あなたから手に入れたこのワルサー銃があるんですもの。ただその前にひと言、あなたにさようならを言いたかった、それだけよ。アドルフ、聞えて？　どこにいるの。そんなにどんどん行ってしまわなくってもいいじゃありませんか。あたしがいなくなってからでも充分間にあうわ。もう一度、もう一度だけ姿を見せてちょうだい。お願い！　お願いよ、それも駄目なのア・ド・ル・フもう待てないわー。

心臓にあてて銃を打つ床の上に倒れる少し前から「エリカ」の曲がS・Iして舞台くらくなる。
（幕が下りる）と高潮する曲には軍靴の足音が混ざってリズムを踏んでいる

〈第三幕への導入〉

幕まえに次のクロニクルが掲示される

（音楽はあってもなくてもよい）

ゲリ・ラウバルの死後、ヒトラーの目標は国会でのナチ制破への夢へと向ってつっ走った

一九三二年三月大統領選挙に立候補するもヒンデンブルグに惜敗。だが同年十一月ナチは国会選挙で二三〇議席を確保、待望の第一党となる

一九三三年一月ワイマール共和国最後の内閣シュライヘル辞任

四月三〇日ヒトラーついにドイツ国首相に就任する

第三幕　一九三三〜一九三九年

（一）

幕あくとベルリン市中の街頭、ユダヤ人狩りがますますはげしくなり商店のショーウィンドウに「ユダヤ人の店、買うべからず」などの貼り紙、市民たちが往来する

市民h　：（市民・iと連れ立って）いよいよヒトラーが天下をとりましたな。これで何とかドイツは救われそうだ。

市民・i　：とんでもないますます悪くなる一方ですよ。

市民h　：どうして？　一度はナチに日頃主張している通りをやらしてみなくちゃ。

市民・i　：後悔先に立たずといいますよ。気がついたら地獄の三丁目なんて嫌だな。わたしはどうしても連中のやり方が好きになれない。

ふたり話しながら通りすぎようとすると、悲鳴が聞えて下半身は殆ど下着のくせに派手な帽子をつけた女が反対側からS・Aにつき出されてとび込んで来る　野次馬

女　　：（地上に倒れて）やめてよ、ひどいわ。
S・A：このバイタめ！　文句があるというのか。
市民i：（のぞき込んで）どうしたんですか。
別の市民：売春ですよしかもユダの男と通じたらしい。
市民h：そりゃまずいや、で、男の方は。
別の市民：雲をカスミと逃げちまった。
市民h：ユダはすばやいからね。
S・A：（女に）名前を言え。
女　　：オンナ。
S・A：なにー？
女　　：忘れたわ名前なんて。
S・A：おいお前、ふざけると承知しないぞ。
女　　：だってほんとうなんだものみんなあたいのことをハイザと呼んでるけど本名じゃないもん。
市民j：声がかれてるからか。
S・A：ひょっとするとこいつはコミュニストの一員かも知れないなお前そうだろう。

女　　：とんでもない、こう見えてもあたいは今までナチのシンパだったのよ。でももうやめたーと。

別の市民：ならお前もやっぱりユダか。

市民・j　：そうだきっとそうだよシオンの星だ。

S・A　：なるほど純粋なドイツ女ならそう言うふしだらなマネはしない筈だからなましてやユダヤ人相手に。

女　　：ふしだらですって！　やめて、これはあたしの仕事よ。

S・A　：なんだお前わるいことをしたとは思ってないのか。

女　　：考えて大工は腕をうるって家を建てる、郵便屋は足で郵便を配達する、歌手はノドをふるわせてきれいな声で人をたのしませるじゃないのなんであすこを使って人をたのしませちゃいけないんだよ、そしてたのしんだ人がお礼にお金を払うのはあたりまえの話じゃないの。

S・A　：チェ、これだからな。

別の市民：フウムでもたしかに一理はあるぞこれは。

この時プラカードを胸から下げた裸足の男が、別のS・Aと警官に引きまわされて道路のまん中

をゆっくり歩いて来る。うしろにつく人たち

警　官　：さっさと歩くんだ。
市民h　：何だね、こんどは。
市民j　：（遠くからプラカードを読んで）「わたしは豚です……」
別のS・A：（S・Aに近づいて）やあ、ごくろうさんいそがしいねおたがいに。
警　官　：（裸の男に）とまれ！　廻りの人にお前のザンゲを読んでもらうんだ。
裸足の男：正面を向いてプラカードを見せる。「わたしは豚です。二度と警官にタテはつきません」と書かれている

S・A　：（別のS・Aに）どうしたんだ。
別のS・A：警察関係のトラブルだがねごらんのようにS・Aものり出して、うるわしき協調といったところさ。ナチが天下をとった今では、何といっても両者は今や一心同体の身だからね。（警官に）ねえそうでしょう、あんた。
警　官　：俄然仕事がやりやすくなりました以前はよくにらみ合ってギクシャクしたもんです

が。

別のS・A：警察は国家の公僕である。国家はナチだ従って警察はナチに他ならない。明快な三段論法さ。

警　官：またこうも言えますね。S・Aはナチの武力であるナチは国家だ、だからS・Aは警察に他ならないとね。

市民h：ブラボー胸がスッとする。

市民j：挙国一致とは正にこのことだ。

警　官：しあわせなことですそしてこれらはみんなヒトラー首相のおかげだ

S・A：ドイツ万才！

別のS・A：ナチ万才！

群衆の過半はこれに和す市民・iをふくむ二、三の市民はだまって始終を見ている

S・A：(女に) さあ、立て行くんだ。

警　官：(男に) 左向け左！　前へすすめ！

男ノロノロと、女さからいながら二つのグループ反対方向へ去る

市民i　：（ひとり離れて）やれやれ！　これがドイツ国民の希望ってやつか。

（二）

首相官邸応接室レームが首相のヒトラーに呼び出されて対峙している

ヒトラー：いいかね、エルンスト、「過ぎたるはなお及ばざるがごとし」。わたしが君とのつき合いのこの十五年間、口を酸っぱくしてくりかえしている格言だ。突撃隊の隊長として君がS・Aにやらせて来たことは決して間違っちゃいない。だが問題はそのやり方だ。こう毎回赤い血を流さずには事がはこばないようじゃ、治安当局ならずとも考え込んでしまうね。

レーム　：隊員らはナチ二十五ヶ条の綱領を暗記し、信念をもって事にあたってます。曰く政党的見地。なかんずくコミュニズムの徹底排撃、曰く非民族同胞たるユダヤ人のドイツ国家よりの永久追放、これらはみんなあんたが連中に吹き込んだ考え方じゃなかったのか。

ヒトラー：だが殺傷事件をもってとはどこにも書いてないないまやナチは天下をとった。それらのことは堂々と政策をもって実行に移していけばいいんだ。ある意味ではもっと徹底的、かつ残酷にね。

レーム　：ほう、いつの間に君はユンカーたちも顔まけの成り上り貴族になっちまったんかね。教養を見せびらかし、口先だけは調子を合わせながら、その実ネズミ一匹も殺せない優柔不断の。

ヒトラー：おい、エルンスト、少しは口のきき方に気をくばったらどうだ。なるほど君とわたしは「ドイツ労働党」以来共に苦労をわかち合った刎頸の仲だ。お互いお前呼ばわりをしたってかまわないさ。だがそれもここだけの話だぜ。組織には規律というものがある。みんなの前でそういう態度をとるようじゃこちらも考えがある。

レーム　：問題は君が今になってもまだ、S・Aを国防軍に昇格させようとしない一点にあるのさ。どうしてだ、そうなりゃ身の危険を感じるとでも言うのかね。君のためにはああやってちゃんと別個に親衛隊まで作ったじゃないか。

ヒトラー：馬鹿を言え。合体についちゃ、今まであらゆる努力を重ねて来た。だが輿論というものがある。自重しろをくどいほどくり返し言ってるのはその意味さ。

レーム　：またぞろ去年の禁足だけはごめんだよ。

ヒトラー：あれだってわたしがパーペンといやな取引きをしたからこそ解けたんだ。心ならずもがなのね。まあ今じゃもうその心配もなくなったがー。

ゲーリングが入って来る

ゲーリング：やあおそくなった。無任所大臣というのは要するに何でも屋でね、雑用が多くてかなわん。おや隊長レーム君君もいたのか。

レーム　：（立ち上って）いや用件はすんだこっちは退室する。

ヒトラーに対して挙手の礼をして去る　ゲーリングそのうしろ姿を見送りながら

ゲーリング：顔色が青ざめてたぜ何かあったのか。

ヒトラー：いや昨夜もＳ・Ａの集会所襲撃事件があったろう。今後の計画にさしさわりがあるからと苦情を申しわたしたんだが、あいかわらずの石頭でね。

ゲーリング：奴さんにはうっかり冗談も言えんよ。すぐカーッとなって怒り出す人だから。

ヒトラー：自分じゃ今後の組閣で国防相ぐらいに任命されると考えてたかも知れん。

ゲーリング：冗談じゃないよやっとナチがつかんだ二つのイスあんな奴にかき廻されてたまるものか。「二十世紀の神話」を実現するには、道はまだまだ遠いんだからな。
ヒトラー：その通り。で、あなたに相談だがわたしの考えでは、近くヒンデンブルグにつめ寄って国会を解散し、総選挙をやる。もちろんナチが過半数をとるためさ。今度こそ絶対にやらねばらなん。そのために、当面の敵、共産党をそれとなく、だがしかし徹底的に敗北させる方法として（とゲーリングに近づくよう言って耳うちする）
ゲーリング：なるほどなるほど——そして（顔色が一瞬かわる）まさか！
ヒトラー　：（悪魔的な笑みをうかべて）虎穴に入らずんば虎児を得ずだよヘルマン。
ゲーリング：（ヒトラーをみつめながら）よし。

（三）

暗い舞台の三ケ所にブレヒト、フォイヒトヴァンガー、そしてファレンティーンとカールシュタットのペアが別々にサス・スポットの中に浮かび上る
ブレヒト：国会議事堂の焼打ち——二月二十七日の夜、はれんちで且つワイマール共和国の終焉を意味する決定的な事件が起りました。その原因と経過の詳細は依然不明です。近々ライプチ

ヒで人民裁判が行われるらしい。問われているのはファン・デル・ルッペとか言うオランダ人。当日の夜現場附近をうろついていた不審のものだというただそれだけの理由です。彼は満足に話すら出来ない浮浪者ですよ。馬鹿々々しい。はっきりした証拠をつかめないのが、わたしにはほんとうにくやしい。だがこの出来事に何らかの形でナチが、あの目的のためにはどんな悪魔的な手段だってえらびかねないナチの一味が噛んでいないとはどうしても思えないのです。証拠がないというなら、わたしの作品「母」の上演禁止。あれは何です。主人公が党員であり、彼女が世界というものに目ざめて行くのが非人間だというそういう理由からですか。そればかりじゃない。わたしの市民権剥奪、あれは何ですか。わたしがドイツ国籍をもった、ちゃんとした人間ではないとでも言うのですか。これらの不法な措置はすべてあのナチの連中がやったことですよ。それでも彼らは潔白を主張するつもりですか。ドイツ国家の生んだ立派は憲法、ワイマール共和国が保障する法律を明らかにふみにじって、彼らは平然たるギャングかならず者ですよ。焼打ち事件の翌日、わたしはベルリンを離れました。一刻も猶予出来ない身の危険を感じたからです。殆ど夜陰に乗じるようにしてプラハ、ウィーン、チューリッヒとまわり、十日前からこのデンマークに来ています。若し国会議事堂附近を歩いてでもいたらきっと、わたしだって犯人としてつかまえられたに違いありません。いえそうでなくても間違いなく四千人の党員逮捕の中に入っていたでしょう。祖国をはなれるというのがどういうことか。着のみ着のまま、明日の定めも知らない旅自体大へんなことです。ましてや文学を扱うことを職業とする作家が、ドイツ本国を離れて見知らぬ外国での生活をえらぶなど、誰が好んでするものですか。この仮住いの田舎屋の窓から遠くデンマークの海峡が見える。そこから北欧の初夏のなまあったかい風が吹いて来ます。あの同じ海の水が、美しい祖国ドイツの北岸をそのまま洗っているのかと思うと、わたしの胸はグッとしめつけられる思いに駆られるのです。

ブレヒト消える　かわってフォイヒトヴァンガーが浮かび上る　手紙を書いている

フォイヒトヴァンガー：いまアメリカの西海岸を移動中です。わたしの場合、家系はユダヤ系でした。だから千九百二十年代のナチの進出以来、わたしは身をもってそのユダヤ政策の非人道性と戦って来た。つまり「ユダヤ人ジュス」や「ユダヤ戦争」「成功」などいろいろな著作や小説、戯曲を通してです。それらの本も去る五月、大ぜいの仲間の作品といっしょに、街頭や大学の庭でうず高く積んで焼かれました。悪魔の申し子ゲベルスの仕わざです。ただわたしの場合、幸か不孝かユダヤ系の血が流れていたところから、身の危険を感じ昨年以来意識してアメリカへの講演旅行に出ていました。果せるかなこの三月ナチは留生の間に市民権を剥奪、わたしの全財産を没収する暴挙に出たのです。それもまるで引越し屋のような顔をしながらです。笑うと口の両はしから白い牙のような歯がのぞくフランケンシュタインの顔――わたしにはナチの容貌がどうしてもそのように思えて仕方がない。この三日の選挙で今一歩のところで過半数をとれなかった彼らは、とうとう本性をあらわして暴力的な政策を打ち出した。まるで人喰い人種が次々と平和な部落へ投げ込む毒矢みたいな。共産党幹部の逮捕、ゲシュタポの設置そして勝手きわまる全権委任法を強引に通して、完全な一党独裁体制を成立しました。あとは何もかももうナチの思うまま、放埒と残虐そのものです。講演旅行が終ったらどこかヨーロッパの安全な地域、南フランスにでも住めればと考えていますがどうなりますか。わりとのん気な言い方をしていると思われるかも知れませんが、心のうちはどうしてどうして、将来への不安とナチへの怒りに胸が張り裂けそうです。ただ敗けるのはいやです。そりゃドイツ語の使える国に住みたい。だがこの言葉を使って彼らナチの一党が人、を殺し文化を抹殺しているのかと思うと、何とも矛盾した気持におそわれる。今日ではむしろ流浪者こそが重要な、生存能力のある人間の唯一のタイプと言い得るのかも知れません。

フォイヒトヴァンガー消え、別のところにファレンティーン・カルルシュタットのベアがあらわれるカルルシュタット：駄目よカルル、絶対にドイツを離れちゃ。あたし達はドイツ人、どんなに苦しくとも祖国と運命を共にするのよ。

ファレンティーン：いや、言うならドイツ国民と共にだろう。

カルルシュタット：そう、そしてユダヤ人もまたドイツ人だってことね。

ファレンティーン：ところがヒトラーはユダヤ人と共産党員の市民権を剥奪している。

カルルシュタット：ひどいことだわ。絶対に賛成出来ないわ。だってあの人たちちゃんとした人間でしょう。血も涙もある。それが証據にあたしたちのキャバレーの作品を見ると同じように笑ったり怒ったりするもの。

ファレンティーン：われわれにとってお客は大ぜいであればあるほどいい。

カルルシュタット：もちろん。そうしてあたしに言わせると、世の中には二種類の人間だけがいるの。若し強いて区別するならよ。お金に苦労しながらニコニコ笑顔を忘れないで働く人、人を愛して子供を生み、スープの味見をしながら隣りのひとの病気を心配する人、つまり牛乳屋のおかみさんみたいに、毎日を明るい心で耐え、すべてを受け入れながら生きている人たちと、そんなことをしなくってもだまって、いや、世の中の方でどんどん事を運んで行ってくれる、ただソファに坐り切りの結構な人たちと、この二種類よ。あたしの仲間は前の方の人たち。そしてこの人たちがドイツに生き

てる限り、あたしはこの国に残りたいわ
ファレンティーン：われわれの芸の素材は彼らの世界のものだからね。
カルルシュタット：時々息ぐるしくなれば、チューリッヒやウィーンへ仕事で出かければいい。
ファレンティーン：そのウィーンもいずれナチのものだろうがね。
カルルシュタット：関係ないわ。みんなドイツ語を話しながら生きてる人たちでしょう、牛乳屋のおかみさんみたいに。
ファレンティーン：中にはすごい生えぬきのナチ党もきっといるぜ。
カルルシュタット：その人たちには外へ出て叫ばせておくのよ。あたしたちの芸に感じてくれる人が、暑い夏や寒い冬を耐えるように、すべてに耐えているドイツ人がひとりでも存在する限り、歌い、しゃべり、踊り続けてゆくの。それがあたし達にとって生きるってことの意味だわ。

（四）

早朝バハリア地方の保養地ビゼー温泉にあるホテルの一室　S・Aの隊長レームがベッドにねむっている。ドアを二度、三度強くノックする音がする

レーム　‥（ベッドに入ったまま）誰だ！

声　‥副官のシュプレティです。早朝からおそれ入りますが、緊急に御報告したいことがありまして。

レーム　‥入れ。まだベッドの中だが。

副官フォン・シュプレティ伯爵が入って来て、挙手の礼をとる　若く美貌の貴族将官

レーム‥（ベッドの中から）どうした、そんなにあわてて

シュプレティ‥はい、おたずねしますが、今日ヒトラー総統は何時にここへおみえになりますか。

レーム‥別に正確な時間は聞いとらん。いずれ午前中だろう。

シュプレティ‥たった今ホテルの外が妙にさわがしいので出てみましたところ、すでに親衛隊の一部が到着していました。

レーム‥先発のパトロールだろう、別に気にすることもあるまい。いま何時だ

シュプレティ‥六時四十五分です

レーム‥まさかこんな時間に、きのうからS・A全員に休暇を出してあることは総統も御存知だ。だから今日の会合はいわばアドルフとの非公式の話し合いさ。温泉にでもつかり

　ながらゆっくりとやるつもりだ。それとも今から君と……

シュプレティ：（さえぎって）ミュンヘン空港へはゆうべのうちにおつきになっていることは御存知です

レーム：知ってる、宣伝相といっしょだという連絡もな。それだけ総統も好意的に考えてくれてるんだろう。今日の結論如何は、われわれ二五〇万の突撃隊、いやドイツ全土の運命を左右する重大なものだろうからだ。だから多少は予定を早めてやって来ることはありうるだろう、そろそろ起きるか（と上体を起こす）

シュプレティ：世間では近々ナチスがきっとまた何かやるだろうとさわいでいますよ。

レーム：そうさ、いくらマルキストをやっつけたからってそれだけでは真の国家改革は出来上らん。まだあちこちに残っている貴族や財閥を根こそぎ絶滅させなくっちゃ、われわれの目的を達したことにはならんのだ。いわゆる第二革命が必要な所以さ

シュプレティ：考えてみればそのためにこそ、われわれ突撃隊S・Aは今日まで生長して来たんですからね。

レーム：大丈夫、おれとアドルフはいつだって気脈は通じてるさ。奴の決心ひとつで、国防軍をうまく乗っけるぐらいわけないことだからね（急に外がさわがしくなる）おや、何だ。外が急にさわがしい。

シュプレティ：（窓ぎわに寄って外を見る）

シュプレティ：（いささか驚いて）こりゃ変だ！　親衛隊が大ぜいホテルをとりまいている（あわてて部屋から出て行く）

レーム：（あわてて衣服をつけながら）なんだって！　アドルフの奴しのびの会談だから、警備は一切要らないと自分で言っておきながら

シュプレティが出て行ったあと、廊下で何かあわただしい気配がして、入れちがいにヒトラーとゲベルスがとび込んで来る。レームあわてて挙手の礼

レーム：ハイルヒトラー！　どうしたんだアドルフ、こんな朝早くからびっくりさせるじゃないか。

ヒトラー：（だまってにたみつける）

レーム：会談の席は別室に用意してある。そっちへ行こう。

ゲベルス：エルンスト・レーム君、軽々しくアドルフ呼ばわりはつつしんでもらいたい。ただ今から君に、ヒトラー総統の命令をお伝えする。

レーム：（まだ気がつかない）命令だって？

ヒトラー：宰相としてのわたしの結論だ。
レーム：なるほど突撃隊の処遇に関するな。どういう考えに落ちついた？
ゲベルス：廊下に向って相図を送る。するとゲシュタポとS・Sが数人銃を手にして部屋にとびこんでくる
レーム：（はじめて事態の異常に気づいて）何だ、これは？
ゲベルス：国事犯の疑いでここに突撃隊々長であるあなたを逮捕する。
　S・Sたちレームにとびかかり、手錠をはめる。それと同時に大勢のS・Sたちが入口を厳重警護。ヒトラーまばたきひとつしないでそれを見ている
レーム：おい説明してくれ一体どう言うことだ。
ゲベルス：説明は不要です。ナチとわが祖国にとってあなたが不要なように。
　ヒトラーはレームに対しだまって廊下を指さす。そこには顔面から血をたらしたシュプレティと殆ど丸裸の若もののエロチックな姿が見える。レーム抵抗して声を立てようとするが、S・Sたちによって強制的に連れ出される。続いて廊下で騒ぎと怒声。そして銃声音。それを聞いてから二人だけ部屋に残っていたヒトラーとゲベルス初めて姿勢をくずし、うまくいったという風に肩をすくめてお互いに顔を見あわす。同時に、「国民よ武器をとれ」の曲おこる。暗転曲にのって次のアントラクト

〈アントラクトB〉　幕まえ

《ナレーション》

「いわゆる第二革命のほこ先は、貴族や財閥ではなくナチ自身の内部、S・A突撃隊に向けられた。僚友レームは銃殺され、その他の幹部と共にシュライヒャー、シュトラサー、カールなど政治的な反ヒトラー分子もすべて残らず処刑された。その数は七十七名と発表されたが、実際はその十倍以上とされ、今日に至るもなお定説がない。同年八月大統領ヒンデンブルグが逝去する。ここにドイツ国内において名実ともに完全な独裁体制を確立したヒトラーは、九月、ニュールンベルクにおける第六回ナチ党大会で十五年間にわたる成果を披露、赫々たるその勝利のあとをふり返る」

演壇上のヒトラースポットの中に現われる

ヒトラー：おそらく諸君のうちの多くの者はこの堂々たる閲兵分列行進の偉容にもかかわらず、かつてナチ党員であることがいかに困難をきわめたか、あの古き時代を苦い思い出と共に思い出しておられることでありましょう。当時わが党はわずか七人でありましたが、すでに偉大な二つの原則を打ち出していました。第一にわれわれはゆるぎなき真の世界観の上に立つ政党であり、第二に露ほどの妥協も許さぬドイツにおける唯一の力たらんと欲したのであります。理念と運動とはわが民族の生命の現われであり、同時に永遠なるものの確たる象徴に他ならないのであります。ナチ労働者党に幸あれ。ドイツ万才（熱狂的拍手）

ヘスが歩み寄る。挙手の礼をしてヒトラーと聴衆へ半ば身をひらきながら絶叫する

ヘス：わが党はヒトラーである。だがヒトラーはドイツである。ドイツがヒトラーであるように。ヒトラー、ジーク、ハイル！

再びわれるような拍手に続いてホルスト・ヴェセルの大合唱がおこる。曲にのって次のナレーション又は字幕が続く「国内を統一し支配下においたヒトラーはこんどはその眼を外国に向ける。一九三五年一月、ザール地方のドイツ復帰が決定するや翌年三月には早速ラインランドへの進駐を開始した。ナチによって首相を暗殺されるという不孝に見舞われながら三年半を耐えぬいたオーストリーアも、ついにドイツへの併合を余儀なくされる。三九年一月、ヒトラーは国会においてヨーロッパに在住する全ユダヤ人の絶滅措置を宣言。四月イタリアによるアルバニア占領。世界情勢はようやく険悪の度を加えたが、戦争をおそれるイギリス、フランスは、これらの動きをただ手をこまね

いて見ているだけだった。そして九月一日、ヒトラーのポーランド攻撃発令と共に運命の第二次世界大戦が開始される。

曲おわりさかんな砲声がとどろく

第四幕　一九四一〜四五年

（一）

幕あくとヒトラー官邸の一室ハーゲンクロイツのナチツ党旗と日本の日の丸の旗がかざられている。アントラクトの砲声はそのまま祝砲へ移行する。正面がバルコニーへの出入口になっていて、ヒトラーとその左右に東洋人がふたり、官邸前の広場に集った群衆の歓声に手を振って応えているうしろ姿が見える。「ハイルヒトラー」「マツオカ」「ヤーパン」「バンザイ」などの声が入りまじって聞える。一段と大きい歌声と拍手があって〝聖なるドイツ〟の曲が流れ始める

ヒトラーと松岡、部屋へもどって来る。軍服の大島駐独大使がそれに従う。室内ではこれから簡単な祝杯があげられる感じで、急に人の動きが目立つ。通訳を兼ねたドイツ武官やリベントロ

ープ外相、ドイツ大使など

ヒトラー：（歩きながら）ヘル・マツオカ遠路日本からの長旅は大へんでした。心から歓迎します。

大島大使：（通訳して）遠いところをよくいらっしゃいましたと総統はおっしゃってます。

松　岡：（ひとりまくしたてる）ダンケ・シェーン、いやなになに、開戦以来のドイツ軍の破竹の進撃の前には、旅の苦労など物の数ではない。なにしろ強いですなあ、貴国は。ポーランドはまたたくま、オランダ、ベルギーを征服、一年もたたぬうちにパリへ入場して、さっさとフランスと休戦協定まで結んでしまった。しかも地方ではノルウェー、デンマークへ攻撃をしかけながらです。この調子でゆくと数年のうちに全地球はドイツ軍の指揮下に入ってしまいそうだ。

大　島：あなたは世界制覇をねらっておられるのではないかと。

ヒトラー：とんでもない、アジアには盟友日本がいるではありませんか

リベントロープ外相：シンガポールはいかがです。

武　官：（通訳して）アジアハスベテニッポンニマカセマスと。

松　岡：（とび上って）ヒァー何という感激。早速かえってその言葉を天皇陛下にお伝えしなく

っちゃ！

以上のあいだに祝杯用のシャンペンがくばられる

リベントロープ外相：ではみなさんで乾杯と参りましょう。
ヒトラー：日独両国のために！
一　同：ジーク、トイチュランド、ハイルヤーパン！

一同杯をあける　ドレス服のひとりの婦人が近づいて来るエヴァ・ブラウンである

ヒトラー：ヘル・マツオカ、御紹介しましょう。友人エヴァ・ブラウンです。
松岡：これはこれは、光栄です（とさし出された手をぎこちなく握る）いや総統、あなたは聞きしにまさる艶福家でいらっしゃる。
大島：（通訳して）たくさんのお友達がいてうらやましいと言ってます。
松岡：だが、いったいどうして一度も結婚をなさらないんですか？
大島：結婚されない理由は？

ヒトラー：なぜ？　わたしはドイツ大衆と結婚した。だからその必要をみとめない。それに女性
　　は元来、政治の世界にかかわるべきではないというのがわたしの信念です。
武官：総統がこういう席へ女性を呼ばれるのはまったく珍しいことです。
エヴァ：わたくしいつもは、たいていベルヒテスガーデン山荘におりますの。
大島：（松岡に）政治家と結婚して、やたら公開の席へ顔を出すべきではない、これが総統の意
　　見です。
松岡：大賛成、その考えはピタリわれわれ東洋人の思考に通じます。
エヴァ：アドルフったら山荘でわたくしが逆立ちをしたり水着を着て水泳するのを見るのが大
　　好きですこの前はカラーで八ミリを撮りましたわ。
ひとりの文官風ドイツ人が、リベントロープと武官につれられてやって来る
リベントロープ：失礼ヘル・マツオカ。あなたにハッセル郷を御紹介したい。
武　官：（通訳して）こちらは三年前までローマ大使をつとめられたフォン・ハッセル氏です。
松　岡：おお、それはそれは（握手する）。わたしはイタリアへあさって行く予定です。
ハッセル：ちょうど都合がいい。わたしもローマに用事があるので向うで何かのお役に立てれ

ばうれしく思います。
武　官：彼もまたイタリアへ行きます。お手伝いしたいと言っています。
松　岡：ありがとう。日独伊三国軍事同盟は、いまや世界を動かすテコの要ですからな。
武　官：三国が地球の運命をにぎっていると。
ハッセル：だがどんな運命なのか、それこそが問題です。
ヒトラー：（近づいて）おもしろそうだね、何のはなしかね？
武　官：ハッ、これから世界の状勢がどう変化するかについて話していました。
ヒトラー：どう変化する？　きまってるじゃないか。
ハッセル：とくにイギリスとロシアに対してどのように対応するか、われわれがテコならこの二国は天秤の重しです。
リベントロープ：そしていよいよバルカンにも火がつきましたよ。
ヒトラー：目じゃないね。ドイツ軍はどんどん勝ち進むんだ。戦争だろうが外交だろうが手段をえらばずにね。そうすれば少なくとも世界の西半球はゲルマン民族の支配するところとなり、ドイツ第三帝国は今後一千年にわたって繁栄を続けるだろう。これがこれから起り得る世界状勢の見とおしさ。
松　岡：すばらしい、何と遠大な理想だろう。総統、あなたの想像力は無限です。まるで芸術家のように。

ハッセル：（離れてひとりごと）とうとう狂いはじめたな。いそがねばならない。

にぎやかなパーティ、まだ続いている

（二）

ゲシュタポがふたり貧しい身なりの男を手あらく引きずり込んで来る　彼ははかなく抵抗するが、結局足げにされ傷をうけて地上に倒れ伏す

ゲシュタポ（一）：このユダ野郎！　まだ手向う気か。

ゲシュタポ（二）：観念しろ、ハゲタカにでも喰われてさっさと地上から消え失せるんだ！

ゲシュタポたち去る。男はポーランドのユダヤ人(Ａ)である

ユダヤ人(Ａ)：（力なく立ち上ってつぶやく）ゲットーで地下出版をやってました。ドイツ軍は東部戦線でどうしてもロシアをやっつけることが出来ず、その腹いせにますます占領地区のユダヤ人を虐待しています。飢え、病気、窮乏がわれわれの不断の友だちです。

だまっていやあとは死の訪問を待つばかり。仲間を勇気づけるためわたしはチラシを印刷し、そこに次のような言葉を書きました。陽気にやって冗談をいおう「ヒトラーが息をつまらせるとき、おれたちは徹夜で祝ってやる」って。また友だちを笑わせるためのナゾナゾも考えました、「太陽とヒトラーはどこが違う?」こたえ「太陽は西に沈むがヒトラーは東に沈む」。わたしの冗句はユダヤ人の希望を何日くらいのばせたでしょうか? タカの目をしたゲシュタポは印刷所をかぎつけ、たちまちわたしはとらえられてしまいました。明日はどこの強制収容所へ送り込まれるのだろう

彼を照らしていた明りが消える　同じ並びのはなれたところにユダヤ人(B)が浮かび上る縞模様の囚人服を着ている　胸に登録番号右手首がない

ユダヤ人(B):(右手首を左指で指し示して)見て下さい手首がちぎれていますちくしょうS・Sのやつらの仕わざです「アルバイト・マハト・フライ——　労働は自由をつくる」ウソつけ!　働いても働いても配給がふえる訳じゃない。毎日オガクズのような味のするまっ黒いパン一切れとわざと塩からくしたスープ一皿だけの生活。おかげでからだ全体を黒死病にかかったようなけだるい空腹感が巣喰い、夜はそれが原因ではてしなくユメを見続ける。それもたいていは、ジャガイモが鈴のように連なって部屋を訪ね

て来るという奇妙な幻想。ともあれその日、わたしはもう四日間も水を飲んでいなかった。朝いつものようにラーゲルのベッドで目をさますと、窓のところに軒からツララがぶら下がっている。シメタ！　手をのばしてそいつをへし折り、矢もたてもたまらず口のところへ持って来た――と思った瞬間、すでにわたしの手首はふっとんでいたんです。血しぶきが部屋中に飛び散って――親衛隊の連中がいつの間にか足を大股に広げ、わたしのうしろにまるで無関心な様子でつっ立っていました。

ユダヤ人（B）消える　少しはなれた同じ並びに（C）が浮かび上る　疲れきった初老の女性

ユダヤ人（C）：もう驚くのにも疲れた。（自分の足をみて）足の甲の化膿した傷、薬なぞつけたって簡単に口がふさぐもんか。このゲットーには死体を焼く煤煙と悪臭が立ちこめている。毎日夢をみる。あの霜で凍りついた夜、この居住区のまわりをS・Sがとりかこみ、「ユダ公をやっつけろ」と叫びまわると、半裸の男女、数千人が広場に集められ、血の出るまで殴りつけられた。あたし達がユダヤ人であるというただそれだけのことで。シナゴーグでは拷問や少女達への凌辱が始まった。地獄だ。地獄の下におちた。これから下はもうない。ユダヤ人はみんなギニョールのように壁からつるされていた。

胸につけた星のマークが血でまっ赤だった。不安が奴隷を、憎しみが主人を動かしている。こごえた子供たち、はだかの足、むき出しのひざ、ボロ服——何も考えず、何も望まず、あたし達は疲れ切ったケダモノ。一日も早く、ゲットーに残ったたった三本の木のどれかに首でもくくって死んでしまえというの。

ユダヤ人（C）消え、ユダヤ人（D）浮かび出る　まだ少女である

ユダヤ人（D）：思い出しただけでも、血管に血が凍りつきます。あたし達親子はファシスト軍にとらえられ、イタリアから四日間、貨物列車につみ込まれてこの収容所へ送られて来ました。ふたりは別々のところへ入れられ、毎日長靴をはいた背の低いドイツ人の女カポーに看視されています。何でももとは囚人だったとかで、みんなは彼女のことをモンスターと呼んでいます。着いた日、人の肉と体をつめ込んだ手押車が通りました。ダラリと外へたれた足がみえていました。一ヶ月たった頃、洗い場を通りかかると、床の上で水をもとめて苦しんでいる女の人がいます。母でした。思わず悲鳴をあげると例の女カポーがとんできて、鞭でわたしをブチ、何かののしりながらわたしを引き放してしまいました。あとで聞くと、母は実験に「白い薬」のようなものをのまされ、注射を打たれて苦しんでいたそうです。その日の夕方息をひきとりました。だのに

その現場を見たということでわたしは罰として朝からここに立たされている。

ユダヤ人（Ｄ）消え、最後にユダヤ人（Ｅ）があらわれる。本来なら働きざかりの年齢だろうが無惨に消耗している様子が見える。だが表情にはどこかに怒りの痕跡が残っている

ユダヤ人（Ｅ）：悪意の壁と鉄柵がわれわれのゲットーをかこんではりめぐらされている。だが水はどんな隙間をも見のがさない。われわれは見えない連帯を地下水のようにひろげるのだ。われわれにはもう武器がない。火のうなり、壁の崩れおちる轟音。ゲシュタポの部隊がゲットーを支配する。所詮われわれは水辺で風にゆれる昆虫の抜け殻か——タンタロスの苦しみ、おわることのない地獄の責苦。「ウジ虫チブス、なんでもたべろ——そして死んじまえ」これが奴らの口ぐせだ。だがほんとうにそうか。ゲットーの外は春だ。かすんだ夜空の向うにもう一度輝く星座を見ることは出来ないだろうか？

（歌う）ユダヤ部隊ってわしらのことだ
　着ているものはおんぼろで
　列を組んでは行き来する
　それでも嘆きは見せはせぬ

スターリングラードのドイツ軍が降服したという。ほんとうだろうか。若しそうだとすれば……


モシエ……

（うめくようにもうひとつ別のうたをうたう）

もう長くはかからない　まもなくその時の鐘が鳴り響くのだから……


ヒムラーの声：ナイン！

急に部隊が明るくなって、壁と鉄柵の前に立たされたユダヤ人（A）から（E）が並んでいる。

舞台下手にS・Sを従えてヒムラーがあらわれる

ヒムラー：この道を選ぼうが、あの道を選ぼうが、死は確実にお前たちを待ち受けている
S・Sの一：みんなそのままの位置でうしろを向け！
ユダヤ人の五人ノロノロとうしろを向く
S・S二：さっさとするんだ！

S・S一：両手を頭のうしろにあてろ！

五人そのようにする　（B）だけは片手

S・S二：両手のないのは片手だけでよろしい。

ヒムラー：ユダヤ人は寄生虫である。ユダヤ人の栄えるところでは、どこかで人が死んで行く。だからわれわれは吸血鬼ユダヤ人をこの地球上から根絶しなければならないのだ。われらがドイツ民族のため、アーリヤ人種のために。（S・Sに）とりかかれ

S・S二：（観客席正面に向って）用意—

S・S一：撃て！

銃声音いっせいに鳴りわたり、ユダヤ人五人は（A）から順に、チェスのコマのように倒れてゆく

（三）

東プロイセンの総統大本営わき、中庭つづきの一角で、一、二の将官たちが忙し気に行き来す

る。遠くで砲撃音。ヒトラーと空軍参謀長コルデンが話しながらあらわれる

ヒトラー：参謀長その後V一号の攻撃成果はどうかね
空軍参謀長コルテン：ロンドン市民は大さわぎ。ノルマンディの連合軍にしてみれば、留守宅に
　爆弾投げ込まれ、お尻に火のついたようないやな気持でしょう？
ヒトラー：問題は東部だな。制空権がしっかりしてるというなら、何もミンスクを撤退する必要
　などなかったんだが。
コルテン：若しこのV一号があと半年も早く実用化されていればね。
ヒトラー：V二号をいそごう。破壊力倍加の強力なやつだ。
コルテン：今日の議題は断然それですな。

ふたり話しながら部屋の方へ消える。将校A・Bひそひそ話しながらあらわれる

将校A：東部戦線、北アフリカ、ローマ、そして西からは上陸部隊の急迫、どこを見わたしても
　われわれにとってろくなニュースはない。
将校B：四面楚歌とはまさにこのことだな。

将校A：ドイツ第三帝国危うしいまのうちに何か手をうたなくちゃ。
将校B：シーッ声が高いそんなことが聞えてみろお前の方が先にうたれちまうわ。
建ものの方へ消える。ややあって眼光のするどい佐官級の将校が外から現われ、用心ぶかくあたりを見まわす。右手をポケットにつっこみ左手にかなり大きな鞄をもっている。クラウス・ファン・シュタウフェンベルクである。続いて反対側の建ものの陰から、ねこぜで小男の将校があらわれる。総統大本営総務シュティーフである
シュティーフ：シュタウフェンベルク！
シュタウフェンベルク：あ、シュティーフさん。
シュティーフ指を唇にあて、いそぎ将校に近づく。ふたりぴったりと体をつけ合って何か話し合う。物品のようなものを受け渡した様子もみえる
シュティーフ：いいか時限爆弾は総統のすぐ足もとの机の下へな。
シュタウフェンベルク：わかりました（腕時計を見て）会議の時間です。

シュティーフ：（ささやくように）成功を祈る大佐はいそいで建ものの中へ消える。シュティーフその後姿を見送ってから再び反対側の建ものの陰に姿を消す。中庭の向うに道衛についているS・Sが前方へやって来る。正体不明の危機感がただよう。しばらくしてシュタウフェンベルクもどって来る。手に鞄はない。S・Sに誰何され、手ぶりで釈明する。S・S納得し彼を行かせる。立ち去るとき一度立ちどまり、今いちど自分の出て来た建物をふりかえる。そしてそのあと脱兎のごとく走り去る

以上のS・Sとのやりとりはすべてパントマイムで行い、一切言葉がない

遠く砲撃音と飛行機の爆音、パトロールのS・Sふたり銃をかかえて遠のく。彼らがいちばん遠くまで去ったとき、下手の建物の内部から、すざましい爆発音ととび散るガラス、ついで窓から煙、同時に傷ついた将官たちが叫びながらとび出して来る

将官甲：ちくしょうやられた陰謀だ！

将官乙：誰かが爆弾をしかけた？

将官丙：空軍参謀長が亡くなられた！

S・Sたちが中へ駈け込む。混乱のうちにヒトラーが足をひきずりながら出て来る。ズボンが破れ、髪の毛の一部が焼けている。

ヒトラー：（絶叫する）誰だ！　うらぎりものは、祖国ドイツに対する反逆者は？　テーブルの下の鞄が爆発した。時限爆弾を仕かけたんだ。明らかにこのわたしの命をねらった悪質な陰謀だ！

S・Sが両わきから総統の体をささえる

ヒトラー：だが見ろ。ふっとんだのは天井と粉々にとび散ったガラス窓だけだ。このわたしはこうやってカスリ傷ひとつ受けず、ここにこうして立っている。なぜだ、正義がわたしと共にあるからだ。そして正義の存するところ、常に神は嘉し給うからだ誇り高い信念と鉄の意志、これがわたしの言う正義の中味だ。少しぐらい戦局が不利だからと言ってそれがどうしたんだ。勝ったり敗けたりする。だから戦いなんだだが最終的な勝利は、それを信ずるものの上にあるだろう。

（ヒトラーS・Sたちの手をふりはらい、ひとり前面へ出て来て絶叫する）

ヒトラー：わたしの役割りは——ことに一九四一年以降いかなる状況にあっても理性を失わぬことであった。この戦いを遂行するという唯一の任務にわたしは生きる。戦争はペリアスの娘みたいなものだ。人類を若がえらすため——　なかんずくわがドイツ民族を先導とする輝かしいアーリヤ民族の地球をもう一度再建するため、ユダヤ人やマルキストなど人間のクズ、不良分子を釜の中に投げ込んで煮殺してしまうんだ。戦争はまた芸術家の仕事と同じだ。画用紙に引かれたデッサンに従って、あらゆる形体と色彩が動員される。どんな現実も矯正され、ゆがめられて、決められた観念の中にピッタリ閉じ込められてしまうのだ。かくて人類は煮えたぎる釜の中からたくましい手足をもって、血の星座のごとくよみがえるだろう。その他のクズは本の表紙や石鹸になって再生され、そのひとりの人間のために奉仕すればそれで充分だ。彼らはそれだけの値うちしかないのだ。さあ、文句のある奴は今すぐ申し出てもらおう。いまただちにベントラーの街の人民裁判行きだ。今日このおぞましい陰謀をくわだてたすべての犯人といっしょに。前線は君たちの髪の毛や油を待ちこがれている。大砲を引き車を走らせるための。

異様な証明の色彩の中に、ひきつったヒトラーの形相がうごめいている。「国民よ、武器をとれ」の曲がオーバーラップし、やがて次の猛烈な爆撃音に続く

（四）

ベルリンの総統地下壕の一室。コンクリートの長い階段が斜に走って地上につながっている。市街は放火と硝煙につつまれ、絶え間なく爆音がなりひびく

中央テーブルにヒトラーと着飾ったエヴァ・ブラウンが坐り、ローソクを立てた昼食をとっている。左右にゲベルスとマルチン・ホルマンが坐っている

ヒトラー：もう充分だ。残念ながらあまり食欲はない。

エヴァアドルフ：新婚二日目の昼食よ。もっと召し上らなくちゃ。折角あたしが注文した献立てですもの。（ゲベルスに）ヨゼフ、いかが？

ゲベルス：コニャックで仕上げているところです。

ホルマン：（杯をあけ）ではもう一度あらためて乾杯とまいりましょうか。

エヴァ：そうね。

二　人：ドイツ帝国とお二人のために。

一　同　乾杯する

エヴァ：ありがとう。ヨゼフ、マルチン。

ヒトラー：長い間結婚はわたしの禁句だった。だが生涯でただ一度、そして最後にわたしは自分で自分を許したんだ。エヴァ、君のたっての願いを入れてね。

エヴァ：ありがとういまあたしはもう、ブラウンではなく、エヴァ・ヒトラーなのね。何も言うことはないわ。そして――このあとの覚悟も出来ています。

ゲベルス：（感動して）美しい、実に美しい。いまジークフリートは、燃えさかる炎の中からグリューネヒルトの愛によって、将によみがえらんとしている。

ヒトラー：ウィーン時代のなつかしいワグナーだ。だが現実はどうだ。ゲーリング、ヒムラー、フェーゲライン、みんな最後になってわたしをあざむいた。ロシア軍はこの地下壕からわずか数百メートルの地点にまで迫っている。いよいよ最後が近づいた。急がねばならない！

ホルマン：フリードリヒ街の前線が至急連絡をとりたがっています。

ヒトラー：その前にこれをタイプし給え。いっしょに届けるんだ（ホルマンに紙切れをわたす）
　今後のための政治決定がしたためてある。
ホルマン：（目を通して）全権はすべてデーニッツ提督に一任……
ゲベルス：総統！　するとやっぱり……
ヒトラー：かねての予定通りだ。そしてゲベルス、君が首相で、ホルマンはナチ党の党首に就任する。反対にヒムラーとゲーリングには断固として国家反逆罪を適応しなければならない。
ゲベルス：わかりましたこの線に沿ってわたしは、国民に告げるラジオ原稿の作成にとりかかりましょう。

ゲベルスとホルマン廊下へ続くドアから出て行く

エヴァ：アドルフ、やっとふたりきりの世界だわ。
ヒトラー：そして最後のねわれわれの祝宴は同時に死への途出の儀式だったすべての手続きはおわったバルハラ王宮が焼けおちる日も近いだろう。
エヴァ：神話が終るのねそして束の間のあたしたちのしあわせも。

ヒトラー：ムソリーニは愛人のクララ・ペッチとミラノで逆吊りの刑にあってるそうだ。少なくともわれわれはそういうみじめな目にだけは逢いたくない。わかるだろう？

エヴァ：もちろんよ（胸のポケットをおさえて）ちゃんと薬はここに持っています。

ヒトラー：ちくちょう「ドイツ一の働き手にあいさつを送る」か。十日まえ、わたしの誕生日に、焼けあとのビルにあがった垂れ幕のあの大きな文字——

エヴァ：何だか皮肉めいた表現だったわね。

ヒトラー：たしかにわたしは働きすぎた。五十六年の生涯ただもう無我夢中で——だがいったい何のために——もちろんドイツ帝国の栄光と名誉のために。自分でもそう言いつづけて来たじゃないか——しかしほんとうか？　お前にとってそんな栄光と名誉は実際に存在したのか？そしてその成果がこの穴だらけで住む場所もない焼あとのベルリンなのか。オーストリア人だったお前が何を好んでドイツという亡霊を相手に議論し、かけずり廻り格闘を続けて来たんだろう。そしてその挙句のはてが、すべてを失ってこの地下壕でいま死を迎えようとしているなんて。そうだ、ひょっとするとすべては夢で、わたしのひとり相撲だったのかも知れない。ウィーンで失業し、絵かきになり損なった穴うめに、一か八か敗戦国ドイツという何もなくなった白いキャンバスの上に、わたしはとてつもない巨大な絵を描いてみたかっただけなのかも知れない。十二年と四ヶ月、ドイツ第三帝国という空々しいゲームは終った。もとのもくあみだ。この前の戦争で、眼を病んだ元伍長兵としてわたしがミュンヘンの街頭に抛り出された時と、そっくり同じ敗戦国ドイツがそこにあるだけだ。夢だ。考えてみれば、現実はどこにも存在しなかったんだ！

エヴァ：でもアドルフ、死は現実よ。あたしたちがこれから迎えようとする――そしてあたしは満足なのあなたといっしょに死ねるなら――アドルフ……

エヴァ最後の抱擁を求めて身を寄せる。ヒトラーその手をはねのけて

ヒトラー：現実？　わたしにとってのただひとつの現実？　この一室でお前とふたりで抱き合ってとりかかる、この追いつめられた最後の行為がか？　ああ、いやだいやだ！死がすべての終わりだという逃げられない現実だとするなら。こんなちっぽけな二人っきりの現実なんて消えてしまえ！

エヴァ：アドルフひどいわ。

ヒトラー：アドルフ？　誰のことだ。総統と呼べ。

エヴァ：だってあたしたちは夫婦なんでしょう。

ヒトラー：関係ない。いくら肉体をこすり合っても、誰が人の心の奥まで裸でしのび込めるものか。

エヴァ：お願い。アドルフ、あたしはあなたと二人だけで死にたいの。このしあわせのさめないうちに。いつでも薬の用意は出来ているわ、おっしゃってちょうだい！

ヒトラー：（かまわず）死もまた夢であるためには——？　そうだ、死もまた夢であるためには、すべての現実がいっしょでなければならない。たとえみじめで小さくとも。現実がひとつひとつ集って、すべてがいっしょに起るなら、それはまたひとつの幻想ではないか。対比出来る現実がもうどこにも、なにひとつ残らないのだから。そうだ。そのためには世界がわたしといっしょに滅びればいいんだ。今まで考えて来た通りだ。滅びろ、滅びるがいい。創るのも、破壊するのも、結局は同じことだ。時よ断じて止るな。ああ炎よ吹き込め。ベルリンを焼いてしまえ。滅びろドイツも人間も、全地球もろとも永久に。

ピストルをこめかみにあてて撃つ。その音を聞いてエヴァただちに毒薬をのむ。即効的に倒れる。同時にすさまじい爆音と炎が外におこる誰も来ない部屋に、二人の死体が重なるように倒れ伏している。外ははげしい市街戦が続き、兵士の小走りに往来する姿が見える。再びはげしい爆発音がして、ひとりの若いドイツ兵、おそらくは国民突撃隊のひとりが、傷を受け半ば炎だるまのようになって階段からころがりおちて来る。突撃兵：（息たえだえに）ドイツ万才！　ヒトラー万才！　（死ぬ）
外では市街戦なおもはげしく、炎と砲弾がとび交っている。〝ドイツ国家〟の曲おこる。
――幕――

場面と状況の設定

〈第一幕への導入〉　字幕
第一幕（一九二一―一九二三）
一景　ミュンヘン街頭　一九二一年十二月
二景　ゲリ・ラウバル
三景　ナチ党本部
四景　カムマーシュピーレ劇場　一九二三年十一月八日

〈アントラクトA〉　ランスベルク独房

第二幕（一九二九―一九三一）
一景　チューリッヒのキャバレー楽屋
二景　ナチ党本部　一九三〇年十月
三景　ドイツ国会
四景　ミュンヘンのアパート　一九三一年九月十八日

――休憩――

〈第三幕への導入〉　字幕
第三幕（一九三三―一九三四）
一景　ベルリン街頭　一九三三年二月
二景　首相官邸
三景　ドイツ知識人
四景　レーム粛清　一九三四年六月三〇日

〈アントラクトB〉　第六回ナチ大会

第四幕（一九四一―一九四五）
一景　総統官邸　一九四一年三月二十七日
二景　ユダヤ人たち
三景　ヒトラー暗殺事件　一九四四年七月二〇日
四景　地下壕での最後　一九四五年四月三〇日

（使用既成曲）「バーデンヴァイラー行進曲」「ホルストヴェセルの歌（党歌）」「エリカ」「聖なるドイツ」「国民よ武器をとれ」「ドイツ国歌」

完成　一九八〇

第7ラウンド　平成そして令和へ

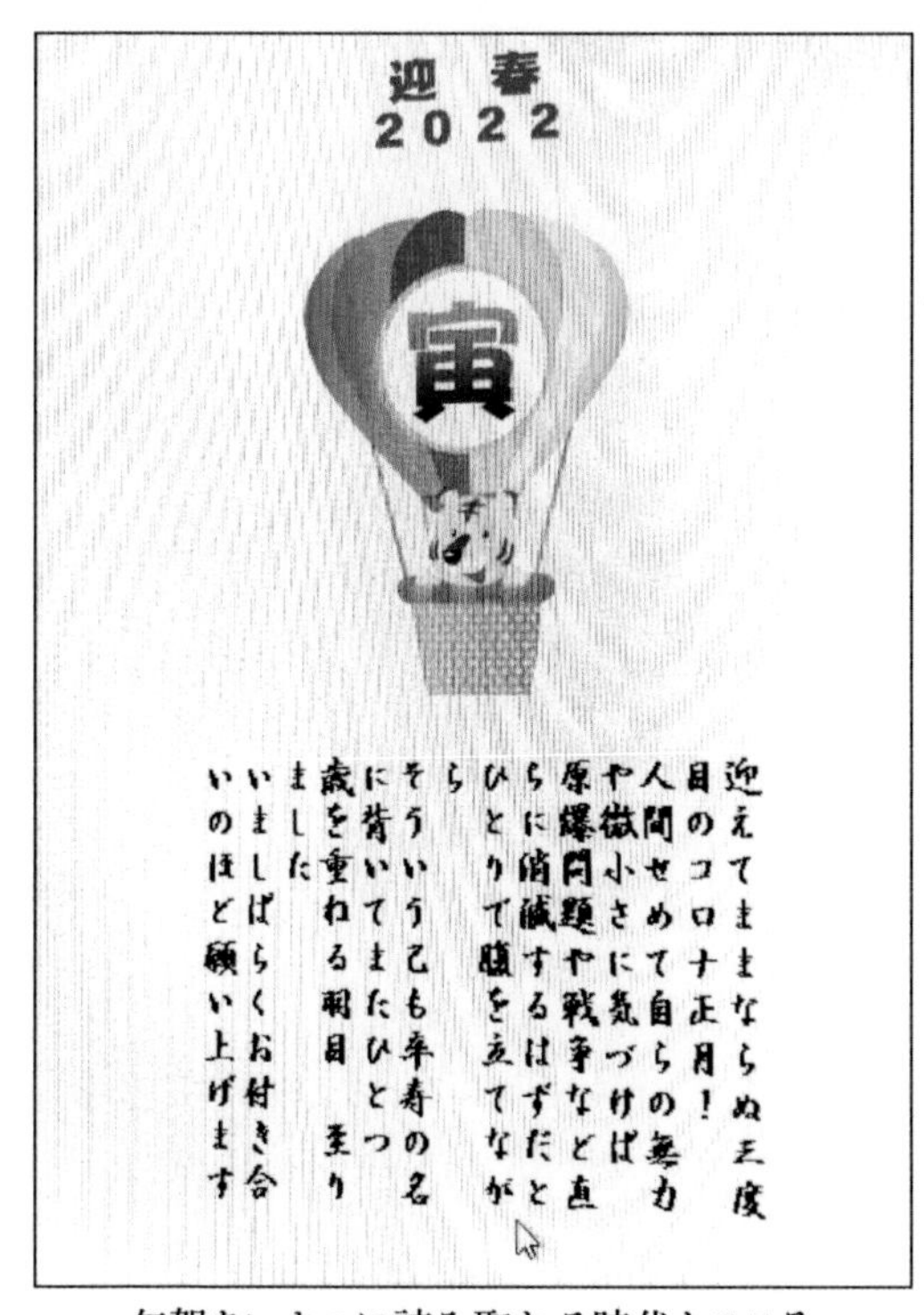

年賀あいさつに読み取れる時代とこころ

第7ラウンド　平成そして令和へ

時評とメモ（二〇一四―二〇二二）

二〇一四

アベさんの脳みそ

今日はもはや一月七日。九連休という長い年末年始の休日が終わって、昨日の月曜日から、世の中一斉にあわただしい動きを取り戻した気配。そんな中を先ず目立つのは、われらがアベちゃんの、記者たちを前にしての所信表明。談話中例の靖国参拝の真意を、時間をかけてよく説明すれば、世界中にわかってもらえる筈だと、いけシャーシャーと述べている。一日本人の心情がそのまま外国でも通用すると、本気で考えているのか。一国の代表者の行動が、外から見た場合どう映るものか。更に政治というやつは、それを巧みに利用し転用する怪物だ。そんなこともわからない単細胞頭のアタマでは、いかにも島国サイズの二流の政治家というほかはない。地球は日本を中心に回っているのではないのだ。（1月7日）

白熱化してきた都知事選

皮肉な某テレビ出演者の曰く…「前知事の唯一の業績は、思いがけない今回の都知事選を準備したこと」だとか。きついと言えばきついが、今日の新聞によれば問題の五〇〇〇万円は（手数料として）一割にあたる五〇〇万円が、仲介者である〈一水会〉の某氏に渡されていたことも判明。これまでの都議における同氏の証言が、いいかげんであったことがまたしてもバレた。政界に出て文人のイメージを著しく傷つけた、と芯から怒っていた同業作家Ｎ氏の発言ももっともだとうなずかれる。細川元首相の都知事選参入で、原発行政を筆頭に、憲法問題、秘密保護法案の対処など、一挙に波乱含みとなる今年の政界運営は、この国の将来を左右する意味で、後世真に歴史に残る一ページになることだけは間違いないだろう。きょう日曜日の正午現在、いますでに進行中である沖縄名護市の市長選の結果はどうころぶのだろう。その日その日の趨勢が、文字通り運命の一齣となって跳ね回るだろうこの二〇一四年という午年。それでも少しは希望をつなげたい。

（一月一九日）

愚かな三流国への兆候

冗談ではない。最近の安倍首相を主犯とする一連の発言と人事には、なにやら鳥肌の立つ危機感をすら覚える。特定秘密保護法の制定はもとより、集団自衛権解釈を巡る本人の反立憲主義的発言、一連のおともだち人事の結果登場したＮＨＫ会長の浅はかな言論思想、同じく経営委員メンバーの下劣な他人誹謗の暴言。すべてこれまでには考えられなかったシロウトレベルの人材登用であり、思考力の停止そのものだ。そこへまた内閣補佐官のＤＩＳＡＰＰＯＩＮＴＥＤ表現をめぐる迷論愚行が浮上した。ユウチュウブにＵＰして、次元の低い〝反ともだち〟発言だと米大使館へ陳情に行っていたという事実も明らかになった。どれもこれも何の国際感覚もない、何の勉強もしてこなかった超三流の人間・政治家と評する以外にない。そしてそのあとに続くのは、決まったように官房長官による〝個人的思考〟という逃げ口上と釈明。かくして奇怪なこの国の逆戻り立国で、この先安倍の言う〝美しい国ニッポン〟の再来が実現すると言うのであろうか。何ともイライラしてしまう。危ういかなニッポン！　（２月３日）

メディアの責任と最近の傾向

その昔大学を出て勤め口を探したとき、私はＮＨＫを避けてＴＢＳを選んだ。理由は簡単である。政府と密着した官制の放送局は、戦時中国策に奉仕して、みごと国を敗戦へ導いた。その点企業がスポンサーの民間放送には言論の自由があるから大丈夫だと。しかし現実にはそう簡単に事は運ばなかった。金の怖さを改めて知ったのである。同時に輿論の形成にとって、メディアの力がいかに大切かを、あらためて知らされた。その後故あって私は情報世界から足を洗い、いわばノンポリ世界といえる舞台関係の仕事に専念したのだが、最近戻ってみて、世の中がいかに狭いナショナリズムに陥り右傾化しているかに大いに危惧の念を抱いている。アベノミクスの行政に、楯突くメディアが次第に細っていくのだ。インターネットの世界はまだ五分五分だが、怖いのは出版系の週刊誌。「〝中国〟与太者の原理」だの、「利用される日本人売国学者」、「慰安婦デタラメ報告書」等々、口ぎたなく相手をののしることで、メディア信仰レベル層の無意識域を操作する。そこまで言えない放送局は、ひたすら衆愚をあおるゲラゲラ笑いの、エンタメ番組作りにもっぱら精を出している。（三月二一日）

三流国もまた良きかな

前々回のこの欄で、〝愚かな三流国への兆候〟と題して一文を記したが、最近内田樹氏のエッセー集「おじさん的思考」という文庫本を読んでいたら、その中に「老人国へ向けてのロールモデル」という文章に出合い、なるほどなるほどと思わず膝を叩いて感じ入ってしまった。彼は「日本は今〝弱小国〟になろうとしている」と断じた上で、それは栄枯盛衰、歴史上当たり前の現象であり、それゆえ今こそわれわれの知的努力は、「傾いた屋根の下で、雨漏りやすきま風に文句をつけながらも、快適に暮らせるような〝生活の知恵〟の涵養」にあると言う。「小さくてもほっこりした国」がほしいのだ。ある種の思想転換だということが出来るだろう。もちろんこの文章には多分にアイロニカルに説いた一面もある。しかしこれであのアベシンゾウさんの「美しい国ニッポン」が、いかに歴史と時代を読み違えたドンキホーテ的発想であり、そんな掛け声にリードされる必要など一切ないことがよくわかるではないか。とたんに胸のなかがスッキリしてくる。内田さん、どうもありがとう。(四月二七日)

迷走一路の集団的自衛権論

あっという間に過ぎ去った一ヵ月。春から夏への、例年になく乱調気味だったこの間の天候に似て、日本をとりまくアジア情勢もいよいよ慌ただしさを加えている。ミヤンマーの政変、タイのクーデタ、新疆ウイグル地区のテロ、中国とrosiaの接近などなど。その間隙を縫うように、わが安倍首相もいよいよ張り切って、世界各国の訪問を積み重ねている。その行動を貫くひそかな心情は、おそらく今後に見る日本の軍事力強化へのひそかな期待だろう。国会での答弁に見える、子供っぽいまでのその集団的自衛権の論理。「邦人なしでも米艦護衛」だって?「日本人を載せた船なら、どの国でも攻撃対象」だって？　一二のケースを並べたいわゆるグレゾーンの絵解き。軍国少年の育成ではあるまいし、戦争はいかなるはずみでも起こるという歴史の第一条もご存じない。やっぱりこの人は戦争をしたくてしようがないガキなのだ。それがカッコいい国の姿だと思っている古物なのだ。ところでここへ昨日また維新の会の分党騒ぎが起こった。どうなる国会の過半数あらそい。石原新党の与党参加？　こうなりゃ次はいよいよ公明党の歴史的役割りが問われる番だろう。もう一度くり返す、戦争と理屈の共生はあり得ない。ガンバレみんな！　ここが正念場だ（五月三〇日）

平和のための戦争展＠国分寺

市の中心にある本多公民館で、二四日二五日の両日、国分寺九条の会の主催で、平和と反戦のための催しが組まれ、時間を作って出向いた。メイン・イヴェントのひとつは、昨今のイラクを取材したドキュメンタリー映画「ファルージャ」で、戦争当時まだ高校生だった伊藤めぐみさんという女性が、当時〝自己責任〟の名の下に激しいバッシングを受けた高遠菜穂子さん・今井紀明さんらの、その後たどった苦難や活動の実際を追った力作篇。その他報道写真家広川隆一氏の現地での貴重な記録や、更に二日目には〝イラクの子供を救う会〟の制作になる「イラク民衆の闘い」「ＧＯＢＡＫＵ（誤爆）」など三本のＤＶＤの放映、さらにいわゆるＰＴＳＤ（戦争後遺症）に悩むアメリカ帰還兵の綴った手紙や文章の朗読（テアトルエコー所属の女優さん）など、なかなかに充実した内容の企画だった。例によってこれをここまで実現にこぎつけたのは、ここ一〇年来絶えることなく月刊《輝け憲法九条》の会報を発行されている国分寺事務局の増島高政さん。いつも口を開けば「ただ惰性でのろのろ続けているだけ」と、ひょうひょうと口少なげの御仁だが、内に秘めたその信念と情熱の激しさには、ただならぬものがあるに違いないと、密かに敬意を抱いている隣人市民のお一人だ（七月二六日）

二〇一五

戦争絡みの二本の映画

レギュラーの舞踊評論からの引退宣言いらい、現金なもので急に現代藝術としてのダンスに対する興味がなくなり、膝の疾患もからんでその種の劇場を訪れる回数が急激に減った。かわりに登場したのが映画行である。時間も場所も観る本人側で自由に選べる利点がある。しかし何を観るか、その選択はけっこう難しい―というか若い時と違って行き当たりばったりには出向かない。最近二本の戦争映画を観た。明らかに昨今に見るアベ行政への不安がどこかでからんでいるのかも。一本はかつて「父親たちの星条旗」や「硫黄島からの手紙」で気を吐いたC・イーストウッド監督の「アメリカン・スナイパー」、そして他の一本はチェチェン紛争の史実をバックに、両親を目の前で殺された子供の命数を追う「あの日の声を探して」。前作「アーティスト」でアカデミー賞をさらい、俄然国際的にクローズアップされたフランス国籍のM・アザナヴィシウス監督の作品。しかし同じ戦争という共通のテーマを扱いながら、そこには大きな隔たりがある。前者は部分的にセンティメントを誘う細工を駆使しながらも、しょせん狙撃兵を狂言回しにしたエンタメ作品への劣化がみられ、徹底的に戦争への嫌悪に徹した後者の真摯さには、ついに及ばなかったと私は審判したのだが。（五月十一日）

戦後政治の行方を占う正念場

このところ記録破りの猛暑日が続き、今日もまた朝からギラギラと、うだるような一日が始まろうとしている。そして毎年のことだが、これらの夏の天候は、私の頭の中で否応なくあの太平洋戦争の末期、敗戦の日へと繋がる暑い夏の連日を否応なく呼び戻すのだ。B二九による連日の空襲、ヒロシマ・ナガサキへの原爆投下、ソビエトの参戦。そしてその果てに運命の八月一五日はやって来た。中学三年生だった私が、動員先の工場で〝玉音放送〟を聴かされたのも、まるっきりおなじ耐え難い酷暑の正午だった。そして不気味なことに、いま国会で強行されようとしている安保法案をめぐる一連の立法が、なぜか敗戦に続く当時の、一連の出来事と見事に重なって見えるのだ。その行きつく先が、敗戦にも匹敵する運命の折り返し点、戦後七〇年間に亘って守り抜いた平和への努力を、一挙に吹き飛ばす戦後政治の大きな転換点、これまでの努力を一挙に無にして、再び戦争に巻き込まれるこの国の大きな転換点にならなければと、ハラハラとした思いで見守っている。一年前までのようにデモに参画することも出来なくなってしまった。一市民として一票の権利と義務だけは最大限行使しているつもりだが。（八月六日）

ついに結ぶか悪魔との契約

前半の猛暑を過ぎて、突然冷寒の台風シーズンがやってきた。ここ一週間列島各地には洪水だの竜巻、がけ崩れなど、ありがたくもない被害が続出している。そしてまたそれを反映するかのように、集団自衛権容認をめぐる地上政界の成り行きも、いよいよ急をつげてきた。連日のデモや学者、若者たち（SEALDS）の激しい抗議にもかかわらず、これに対抗する形で自民党の戦術もなかんかにしたたか。ピシャリ対抗馬を抑え込む形で、きのう無投票でアベシンゾウの総裁続投も決まり、その勢いでこの中旬にはもはや安保法案をどうしても裁決へ持ち込むと宣言している。これに対する野党の統一抵抗戦術は果たしてどこまで力を発揮できるのか。剣ヶ峰の勝負は、結局一般国民がアベ的思考のゴマカシを読み取り、どこまで戦争拒否の一点で団結を通せるかどうか、もっぱらその地力にかかっていると思われるのだが。あのおぞましいナチの歴史も、当初ヒットラーはすべて議会の合法的な議会のルールをたど利ながら権力を手中におさめ、そして最後はドイツ国民をあの悲惨のどん底へ突き落としたのである。当時人類の理想とされたあのワイマール憲法も、その過程の裡にいつしかナショナリズムの足下に、踏みにじられてあえなく消滅に至ったのだった。（九月九日）

二〇一六

恐るべきITネット時代の伝播力

引っ越し開始からほぼ一ヵ月、我が家の新しいメイン空間であるリビングキッチンに、二四インチ大のスマートテレビが置かれた。その大きな画面ではインターネット系の番組も楽しめるのである。その中でほとんど毎週欠かさず観るのは、もう一〇年以上の付き合いになる愛川欣也司会時代からのデモクラテレビ本会議だ。そしてその視聴ついでに新しい出会いもあった。例えばＹｏｕＴｕｂｅなどのアプリ経由で、あちこちサーフを試みてみると、あるある大小並んだ政治色の強いプログラム。地上デジタルの放送局では決して見られない風景だ。そしてその出演者なり番組の主張は、明らかにほとんどが右翼のスタンスに立っている。今や世の中はこれほど右傾化してしまっているのだろうか。いや決してそうは思わない。なにせ右翼の人はせっかちで声がでかいからだ。作る人も切り取ってアップするひとも、論理より情念のほうがはるかに秀でている。そしてそれがＳＮＳ時代の波に乗って勝手に伝播するのだ。そのとき怖いのは束になった時の情念の力。フランス革命以来、ナチのファシズムも、最近はアメリカのトランプ、そしてわがアベノミクスのドグマさえ、その根っこを揺すぶっているのは、理念でなく情念という怪物の仕業である。この事を今こそもう一度しっかり確認する必要があるのでは。（五月二四日）

あっという間の魔の一年だった

時評だのメモだのと恰好を付けながら、何とこの欄には今年たった一本のエッセーをしたためただけで、気が付けばもう世の中は師走に突入していた。ＢｒｅｘｉｔとやらいうイギリスのＥＵからの脱退、予期せぬ異傑トランプのアメリカ大統領当選など、地球上の出来事も波乱万丈だったが、私個人としても正月早々に妹の死に出合い、無理を通しての京都の墓地への埋葬、それが片付いたとたんに、今度は特養老ホーム生活七年目の妻が肺炎をこじらせ、あっという間にあの世へ旅立ってしまった。茫然自失、残された私としては妹が入居予定をしていた空き家の始末もあり、急に近隣マンションへの引越し騒ぎが決まって、にわかに身辺の大整理と、まるで空から三本の大型爆弾を落とされたような出来事の連続。秋口の納骨の後、せめて年末ぐらいはゆっくりしたいと、ひとりで年越しそばをゆでて、チビリチビリと盃を傾けながら今テレビでベートーベンの第九シンフォニー合唱を聴いている。八九歳にもなるスウェーデン人の指揮者ヘルベルト・ブロムシュテットの熱演ぶりに、ようやくこみ上げるような元気の糧をもらった気分。除夜の鐘は聴かないで今夜はゆっくり眠りたいと思って今これを書いているところだ。いやいやまるで三隣亡を絵にかいたようなこの一年であった（一二月三一日）

二〇一七

ますます縮まるこの国の言論活動

国際ＮＧＯである「国境なき記者団」の査定によると、昨今日本の報道の自由度は、対象一八〇ヶ国のうちなんと七二位なんだそうだ。二〇一〇年には、ベストテンに迫る一一位だった同じ国の報道陣がだ。世界は見ている。そういえばあの二〇一四年に就任したＮＨＫ籾井会長の「政府が右というのを左というわけにはいかない」の発言が象徴的だった。あれからこの国のマスコミは急激に精彩を欠きはじめ、テレビ局の報道番組からも、次々に骨のあるキャスターが姿を消して、今では視聴率稼ぎのニュース・ショーめかした似非番組だけが幅を利かせている。番組名は同じでも、中身は一変、「報道ステーション」しかり、「クローズアップ現代」しかり。そういえばこの前フト思い立って日曜早朝の「時事放談」にスイッチを入れてみた。そのむかしあの歯に物を着せぬ細川・藤原コンビがなつかしくてだ。だがやはり中身はただの〝爺いの雑談〟になり下っていた。もはやテレビにジャーナリズムを期待するのは無理。まだしもＹＯＵ－ＴＵＢＥなど自由なＳＮＳ基盤のネット空間をサーフしていた方が、よほど熱っぽく真実に迫る動画などに行き当たることが少なくない。ただし困ったことにそれら威勢のいい一派は、たいていが右よりの荒っぽいナショナリズムか、むき出しの愛国主義を押し立てるだけの一方的なレポートが多い点で参ってしまう。いよいよ周辺に息苦しさが立ち込めてきた。（四月二七日）

二〇一八

また一つ敷居を越えた

今ではほぼ私の全生活空間になったマンション三部屋の内の一つ、まっすぐ東の空に面した六階ベッドルームからみる毎朝の風景は、今でもなかなかの見ものだ。大仰にいえば一年を通して、その日の天候、雲の流れ、日の出時間の差などによって微妙にタッチの違う、自然が恵んでくれる三六五枚の芸術作品ともいえる。

その１枚、今朝も色づき始めた雲一つない空のアートを目にして、さて遅れてはならじと杖を片手にマンションを後にした。行く先は一五〇〇メートル先にある熊野神社。なーに、これが日課だなんてとんでもない。二〇一八年一月一日。元旦はこの初詣がいつしか我が家のしきたりなのだ。

ソロリソロリ。右、左と一歩づつ、杖にすがりながらゆっくり府中街道を南下する。大丈夫かな?自信はなかった。それでも途中一か所から見える雪渓の富士の雄姿に励まされ、ようやく社殿に柏手を打つことができて、往復一時間十五分、ふたたびマンションの我が家に帰って来ることができてホッとしたた。

思えば一昨年の暮、この書斎で喪中の賀状をしたためていた私に、さらに一年先の正月を迎える自信はほとんどなかった。だがいま私はこの日記をしたためている。そしてこのあと知人たちから受け取った年賀状に、あちこち返信の礼状をしたためることになるだろう、それが今日これからのわたしの日課だ。また敷居をひとつ超えてしまった想いにとらわれている。(一月一日)

物騒な1年の始まり

「いよいよぶっそうな平成の最後の一年が始まりますす」。これは私が今年出した年賀状にしたためた文中の一行である。昨年の選挙では野党がだらしないばっかりに、自民党は労せず議席を増やし、今年に入ってシンゾーさんはいよいよ改憲の時来ると胸を張って年頭のあいさつで述べた。

今や一触即発の北朝鮮問題。日米は百%意見を共にすると公言してはばからない政府は、アメリカを口実になんとか戦争をしたいと念じているとしか思えない。これらの動きに対しマスコミの反応はどうか。一部の新聞はだまって賛意を表し、リベラルをもって認ずる他の一般紙も、それなりにお行儀のいい異論を並べているが、そこにはあきらかに及び腰の空気が漂う。そしてテレビはといえば、どのチャンネルをひねってもわが身に迫るこの種の問題を、ただゲラゲラとお笑い番組の素材にオモチャにするだけで、まともな報道番組はほとんどゼロ。一体かれらの本心はどこにありや。そこで参考までにインターネットでYouTubeをのぞいてみて驚いた。目に飛び込んでくる投稿の大部分がすべてあの〝ネットウヨ〟と呼ばれる一派の手になるリベラル罵倒の大合唱ばかり。そこでは日頃マスコミで正論を吐く学者やジャーナリスト連中がすべて〝パヨク〟の蔑称でさげすまれ、「サンデーモーニング」や「報道ステーション」などごく一般的なニュースショウまでもが、すべて偏向番組として非難の対象になっている。なんという物騒でおぞましい風景。これはもしかして、既にいつか来たあの太平洋戦争前夜の不気味で息苦しい一時期、「もの言えぬ時代」が再来実現しているのではないだろうか。(一月十五日)

映画「ぼけますから、よろしくお願いします」

足腰の老化がますます進行して、外出がついおっくうになりこれではならじと、まずは映画行でもと目下話題の「華氏119」を探してみた。ところが近間の映画館ではどこも上映していない。そのとき発見したのがポレポレ東中野にかかっていたこの映画、両親の昨今を自分がらみで記録するこのドキュメンタリーだった。よしこれならと半ば教養啓蒙作品を観せられるつもりで出かけたのだが、これがとんでももハップンのド迫力。ひさびさにみる気力満点のドキュメンタリー作品なのだ。老化してゆくおのれの両親を追った女性ディレクターの覚悟満点の貴重な記録フィルム。なんでも「おっぱいと東京タワー」など信友直子さんというこの監督が世に問うたいくつかの最近作はいずれも斯界で評判と話題の対象となった秀作続きらしいのだが、近年は半ば隠居の身のこちとらとしてはちっとも知らなかったというお恥ずかしいお話。たまたま上映終了後に同女の挨拶があり、そこで署名サービス付きというパンフレットを買う気になって、その時二、三言葉を交わした。なんでもフジテレビ系のチャネルとバックアップの雰囲気で活動を続けている人らしいのだが、それはともかく久々に接したドキュメンタリー世界の雰囲気に浸った貴重な午後の映画鑑賞のひと時となった。（十一月四日）

二〇一九

全身これ施薬の対象

言葉の正確な定義では、施薬とは無料で人に薬を与えるという意味らしいが、後期高齢者の身としては、処方薬はすべて一割支払いの特権を行使しており、ある意味似たり寄ったりの身分と言えなくもない。そして昨今通院・受診している病気の種類は、眼科、歯科、心臓、整形外科、泌尿系、ペインクリニックと、まことに多肢多彩に亘っていて、毎日と言っていいぐらいそのどこかえ出向くのが日課となっているぐらい、この本人もいささかうんざりしている次第だ。

それでいてその効果といえば、完治といえるものは一つもない。ごく最近手術を受けた左眼の〝黄斑円孔〟とやらも、なるほど視界の中央にあったビー玉大の黒影はなくなったものの、代わって映像の歪みは逆にひどくなったようだ。執刀医にそれを言ったら、それはどうしようもない、それは治療の対象外でそれゆえ手術は成功したのだという。睡眠中に三、四度の夜尿に悩まされ、困って訪ねた泌尿病院だったが、二か月近く薬を飲まされ、結果それが四、五度に頻度が高まり、結論としてはここで薬をストップしたらどんな逆変化が現れるだろうかという合意で通院を止めたのだが結果はそのまま、馬鹿らしくなってそれ以後足を運んでいない。

いや医師を責めているのではない。責任はすべて私の方にある。もっと正確に言えば〝自然〟

こそが犯人と断じてもいいだろう。老化だ、すべての生き物は衰え、「死」にむかってまっすぐに突き進むだけだ。この大自然の法則に打ち克つ奴はどこにもいない。それを前提に老後の生き方はすべて考えるべし。「百年人生」など、どこの国のどこの鼻たれがうそぶき出した戯言だろうか。ましてやそのための貯金目標二〇〇〇万円とやらに至っては。（七月一日）

二〇二〇

久米ジョッキーの新鮮

radiko というアプリがあって、これを活用すると聴き落としたラジオ番組をもう一度呼び起こして耳でたしかめることが可能であることを最近知った。並行してその昔テレビ朝日の報道番組『ニュース・ステーション』で、名キャスターとしてその声価を高めた元アナウンサーの久米宏さんが、その後古巣のTBSで『久米宏のラジオなんですけど』という週一回の番組を出していることは早くから知っていたが、まだこれまで一度も聴いたことはなかった。

ところが最近友人からこの番組での久米の反オリンピック論が立派だと聞いて、きょう日曜日の午後、その気になって前日に生放送されたその中身を頭から聞いてみた。いや、さすが名刀いまだ衰えず。おもしろくて鋭く新鮮、でなくとも目下列島ともども世界中はコロナ騒動の真さい中、問題と料理ネタには事欠かない、あいまいで口先だけのその行政は、アベマスクの思い付き発想と十万円申請の書類未着が、いつわらざるそのタネアカシであると、パートナー堀井アナを巻き込んで、知的で皮肉、開放的かつおトボケ哄笑の連発だ。

ただしそのオモシロさは今や地上波テレビなどでそれがゲネラル・バスとなったわれらが放送界持病のゲラゲラ笑いとは違い、十分に知的で皮肉っぽく、そのくせその視点があくまで市民とお茶の間レベルから決して離れないところがこの番組の見事なレゾン・デートルとなっている。いやあ、ひさびさに鬱屈しないで自由闊達なおしゃべりが、そっくりそのまま批評言辞として通用する、あの自由で明るいかつての時代に立ち戻ったすがすがしさを覚え、とうとう丸2時間をノンストップで一気に聴き通してしまったという、以上ご報告まで。(五月一〇日)

わたしの「心の旅路」

二月以来の〝コロナ旋風〟のせいで、この国の放送番組に起こった異変――それは過去の番組の再放送である。大河ドラマの新作延期など、一見アナ埋めのように思えるこの措置だが、皮肉なことにこれが意外とプラスの一面を持っていて、テレビ文化も捨てたものではないと、もう一度思い直す気分にもなっている。〈映像の世紀〉や〈BSドキュメンタリー〉など、レパートリーの豊富なNHK系列はこの点断然有利なわけだが、先日その一つ〈プレミアム シネマ〉で、昔なつかしいグリア・ガースンの「心の旅路」に行き当たった。

　この映画は今から七十五年前ものむかし、当時まだ中学生だったわたしが、ディアナ・ダービンの「春の序曲」やビング・クロスビーの「わが道を往く」とともに、戦後最初に接したアメリカ映画の内の一本なのだが、中身はイギリス上流企業の紳士が、戦争のあおりで失った記憶を取り戻し、ショー・ガール出の女性と幸せを取り戻すロマン。

　当時何がショックだったといって、人間たちがこんなに自由に振舞う社会が海の向こうには存在したということ、そしてこの映画が戦争中の一九四二年に作られていたという事を知って、文字通りわたしの心は言葉を失い圧倒されていた。

　幼い心にとって一切の価値が見事に崩壊した終戦直後の数か月。先生や学校がこれまで教えてくれたことはみんなウソだった。泣きたいようで悔しい、あの時代への記憶がまざまざと脳裏によみがえったのである。これ、見事にわたしの「心の旅路」だったと言えないだろうか。（七月七日）

二〇二一

火のない第三次世界大戦??

年が明けた。だがコロナの感染肥大はあいかわずだ。死者二〇〇万を数えるアメリカを先頭に、文字通り Pandemic に状況は悪化の一方。アフリカをはじめ英国などには新異種のウイールスまで発生したという。そこへもってきて進行する政治レベルの混乱。ワシントン国会議事堂への親トランプ一派による乱入事件、いったいあれはなんだ。一週間後に迫った大統領交代式は、果たして無事に行われるのか?

一方、目を足元へ転じての私め個人の新年。そんな世界レベルの混乱のせいだとは言いたくないが、この新年はとうとう長年続いた年始の熊野神社への初詣を果たせずに終わった。いやもっと素直に白状すると、それはわたしの膝の悪化のせいだ。去年までは何とかこなしてきたが、もはや往復小一時間を徒歩でこなす自信は全くなし。とうとう形ばかりのお節料理を前に、ついに一歩も家を出ずに元日を過ごした。

それにしても今後一年、コロナのせいで世界はいったいどう代わってしまうのか。すでに国内だけでも大小の企業倒産数は九〇〇を超えたとか。医療崩壊も事実上すでに始まっている。あわてて出された区域拡大の第二次緊急事態宣言にもかかわらず、感染者数関連の数値は悪化の一方をたどるばかりだ。同じ傾向は同時に世界的に起こっている。

　これ、ひょっとして兵器を用いない事実上の第三次世界大戦ではないのか。いつかこれが終わるころ、世界の様相はきっと一変してしまっているに違いない。そう考えるとわたしは太平洋戦争が終わってから、ぴったり四分の三世紀という一つの時代を生き終えたことになる。（一月十六日）

五輪から何処へ

　朝から雨が降っている。五輪の閉幕を待っていたかのように、今週に入って列島には梅雨前線が停滞し、九州など西日本ではすでに豪雨による弊害も出始めているようだ。そしてきょうは八月十五日。いわずとしれた敗戦記念日であり、今年はその七十六周年目に当たるのだという。すでに四分の三世紀を終え、次なる第一年目を踏み出したというわけか。

　しかしいったいどんな明るい未来への第一歩というのか。

　同じ東京五輪を比べても、半世紀前の一九六四年のオリンピックの時は、全く国中の雰囲気が違っていた。国民はみんな前向きで、再建日本の意志と実力を世界に示そうと、一致して祭典の成果に集中した結果、実際にもこれを機に我が国の経済と文化は世界の一等国の仲間入りを果たすことが出来たのだった。

しかしこれと比較すると、今回の五輪をめぐるみじめさはどうだ。これを機にコロナ感染者の数は急増し、軽症患者はすべて在宅治療を専一にと、まるで国の厚生環境は開発途上国並みのレベルにダウンしたみたいだ。その前にそもそも今回の五輪強行の結果生じた、莫大な借金と赤字経済の後始末は、いったい何時どうして誰がその埋め合わせをするつもりなのか。

さらに翻って世界の政治状況を見ると、今後は日本の立ち位置や発言権もまた、ますます弱体化の一途をたどるとしか思えない。こちらもまたすべては五輪の開催をもぎとってきた、あのウソと不正で固めた安倍イズムの産物、つまりはここ十年にわたるこの国の行政レベルとモラルの劣化が、すべてコトの始まりだと思えてならない。

窓の外にはまだシトシトと雨が降り続いている。梅雨前線は少なくともここ一週間は列島を立ち去らないのだという。(八月十五日)

終わりの後ろには何が?

なんと気が付いたら今日はもう十一月二十六日。いや、別に特別の日がやってきたと言っているわけではない。今年もあと一ヶ月で終わるということ、つまりどうやら九〇才の大台を越した老輩こと小生が、あっという間に二度目の正月を迎えようとしている事実にいささか呆然としているという報告に過ぎない。

新コロナの襲来に耐えながら、なんとか二年越しの開催にこぎついた大相撲九州場所。今日十三日目の注目の対決、一敗同士の阿炎対貴景勝の一戦は、幕尻二枚目の後者がもろ手突きで大関を押し出した。その阿炎は明日全勝の照ノ富士との取り組みで横綱に挑戦する。果して何が待ち受けているのか？

一方プロ野球の日本シリーズは、神宮で勝ちを決められなかったヤクルトが、アウェイで敵地神戸へ引き返し、あした第六戦を迎える。両者にとって間違いなく命運を分ける大詰めの一戦だ。そしてそのあとには今現在誰もが知らないプロ野球地図の新局面がパッと開けてくるかもしれない。

以上すべては終結直前のうす暗い闇にくるまれた時間帯だ。何事も未知という不安のただ中にある。ホレホレ、この記事を書いている最中に、なんとテレビはアフリカ南部の各地で従来に倍する強い感染力を持つ新規のウイールス・オミクロンなる異種株が発生したことを伝えているではないか。

始まりの前の不気味さ。終末が漂わせるこの不安と杞憂こそは、すべて物ごとの始まりに隠された怖ろしさだと言っても過言ではあるまい。（十一月二十六日）

二〇二二

■ サービス密度の劣化

足・腰のリハビリを目的に、ここ3年近く週1回ないし2回のペースで電気治療に通い詰めていた市中のK整形外科から、きのう突然電話がかかってきた。聴けば院内勤務者のひとりにコロナ感染の陽性反応が出た、ついてはあしたから1週間はとりあえず外来受診をストップするという。

いよいよ来たか！の思いと共に、その時同時に私の頭をよぎったのは、長年この国の社会を満たしてきたよきサービス環境の劣化である。間違いなくこの列島には、これまで他国では見られぬ高い密度の社会環境、他人に対する暖かい思いやりや洞察に起因するよき風習とハイ・モラルの伝統があった。それがここ数年、まさに音を立てる位の勢いで崩れつつあるのではないか。その原因のいくばくかは、今なお猛威をふるうコロナの来襲と少なからぬ関連があることは確かだろう。しかしそれはさておき日々を生活する1市民の私には、間違いなくそれへの強い実感がある。

何処でどんな買い物をしても、今では決してそれを袋に入れたり外装で包んでくれようとはしなくなった。たとえ目の前のお客がそれらの商品を手でもちかねてどんなに困っていてもだ。

そこで入れ物をたのむと悪びれもせず別代金を要求する。また反対に余分の紙やごみを捨てる屑籠がどこにもない。ましてや昔はそんな公共環境によく置いてあった飲み物の無料サービスや、待ち合いソファ沿いに置かれた雑誌や読み物棚など何時しかきれいに消えてしまった。

問題はそれらモノの消失と共に、人間感情のデリカシーもまた容赦なく消滅への方向に向かいつつあることだ。これ21世紀に誇る輝かしい人類文化のサンプルなのであろうか。いささかならず寂しい思いだ。（二月十一日）

■ 地球ぐるみの凶事

タラリタラリ消え入りそうになりながら、何とか今も続いているこの私の個人サイトだが、ご承知トップページのイラストの下に、「今週の一行」という書き込みスペースがある。ここへは毎週金曜日に、それまでの一週間に私の身辺に起こったイヴェントや関心事を、一行の警句のような形でまとめて記しておく、いわば個人の眼を通した週単位の歴史メモである。

さて今年に入って2月25日の書き込みは、「ロシア軍がウクライナ東部領地へ侵入」だった。プーチンが国境付近の親ロシア領域に共和国の成立を承認したとかで、いわば北半球のローカル騒動ぐらいのつもりでメモしたのだったが、どっこいその後の1か月にわたる4回の「今週の一行」は、すべてこの紛争にかかわる項目ばかり。いや紛争ではない、今でははっきりとした戦争と呼んで差し支えない状況に移行しつつあり、しかもそれが次第に地球規模の東西陣営の対立にまで拡大しつつある雲行きを帯びてきた。それでも3月4日に「いよいよ第3次世界大戦か」と記入していた時点では、半ば戯言のつもりだったのだが、いやいや冗談じゃない、フィクションはおろか「人類滅亡」（3月4日）の形容すら生々しく現実味を帯びて来た。

そもそもここ3年近く、まるで目にも見えない新型コロナの攻撃にさらされ、世界中がただ逃げ惑うだけで一向に事態を収集できなかった現実を見るにつけ、人間はおのれが今さらながら卑小な自然の産物でしかないことを、あらためて厳しく自覚すべきであった。ところがそれも出来ないうちに、またまた性懲りもなくしでかしたこの騒動。まるでプーチンのやっていることは、第2次世界大戦前に至る、ヒットラーの足取りとあまりにも酷似しているではないか。（三月二十二日）

■ またしてもいつか来た道

令和4年4月27日の夕刻、うっすら西陽の差す書斎の一隅で、デスクのパソコンに向かっている。そう、今日は私の人生92回目の誕生日、すなわち私は地球上で過去365×92の日数を生き、明日からはなんと第93周年目の初日を踏み出すことになる。果たせるかな朝からパソコンにはあちこちの業者からの、あれこれ趣向を凝らした「おめでとう」「おめでとう」のメールが数本とどいた。なんのことはないすべてこれ商品やお薬を売るための、いじましい電子戦術による最新PRだ。朝から天気もくもりがち、それに知床沖での観光船の転覆事件があり、地球の北半分では今なお収束の兆しを見せないロシア・ウクライナ戦争が進行中。うんざりしていたら、その中に目黒在住の、むかしからのダンス仲間Y・UEDA女史からの祝電が一本入っていた。儀礼的だが、簡潔でおめでとうそのままの祝意が、いかにも身に染みてうれしい。さっそくに電話を入れたら、ちょうどこれから歯医者のアポで出かけるところだったとか。数分だったがウラのないしばらくぶりでの肉声での会話でようやく慰められた。

午後になってこんどは玄関になにやら贈りモノの荷物が届く。開けてみたら息子からの誕生祝の日本酒だった。追っかけるように懐のベルが鳴り、スマホ画面によるビデオ対話が始まる。国境越しの引っ越しで、まだ荷物が片付かず時間が作れない由。そのうち出会ってゆっくり一杯やろうということで対話を終えた。

かくしてあとは日課の晩酌へと移行し、ヤクルト対広島の野球中継でも見ながら夕食を楽しむことになりそう。まずは平穏にして孤独、凡々ながらきょう誕生日の一日としては文句を言う筋合いはどこにもない。ただ問題はひたすら世の中の空気だ。第二次世界大戦が終わって一世紀も立たないというのに、人間はまたしても同じ愚と過ちをくり返したいというのか。昨今の国際情勢には、まるでその時の、大戦発生の前夜とそっくりのキナ臭いがただよっている。ああ。（四月二十七日）

フィナーレ　いま卒寿の敷居に立って振り返る

わたしの三転人生、でもそれは一本の綱

「なんでまた急に会社を辞めるの?」「これから何をするつもり、いったい?」

その頃たまたま報道制作部長の席にあった私が、折から会社 の提示した優待退職の勧誘に乗って退社を申し出たとたん、いっせいに周辺から不審と質問の矢が飛んだ。TBS在社二十五年目、一九七八年秋の出来事である。ちょうどその少し前、私は「モダンダンス出航」という一冊の本を世に問うていた。著者名は日下四郎。それが実は私のペンネームだとわかり、これから私がその現代舞踊とやらの世界に跳び込むのだと知った時、驚きと不審の念は次に難詰に近い色彩に一転して、中には無謀な転身は今からでも撤回すべしと強く迫る知友などもいた。だが今では管理職の身、デスクにあって日々鬱積していた内心のエネルギーとモノ造りへの執着は、もはや私自身でどうしようにも抑えきれなくなっていたのである。

以来ほぼ四十年、いつしか九十歳の大台を目前に、ここ数年は心身の衰えを覚えるとともに脚を悪くし、やむなくダンス界からの引退を決意した。その間この世界との縁は様々な形をとって

続いてきた。まずはDance Theater Cubicという舞踊グループを結成、新しいダンス空間の創造に専念した最初の十三年間、次いで二つの大学を掛けもってもっぱら現代舞踊の何たるかを論じた教職時代の九十年代、さらに今世紀に入ってからはいわゆる舞踊評論家として、舞台作品を追いかけ批評と関連事項の執筆に専念するここ十数年間であった。

振り返ってみて我ながらまことに好き勝手に自由を追い求めた人生だったと思う。いま内心かえりみて何らの後悔はない。人は私のことを二つの名前を使い分け、折角の人生をテレビとダンスなど水と油のような二つの世界を駆けずり回り、どちらも中途半端な道楽に始終した奴だと思うかもしれない。しかしそれは違う。私の中では立派に一本の筋が通っていて、それなりの必然的な流れであり、オルガニックとさえ言える結びつきのある一生だったと自負している。

具体的な例で説明すると、私とダンスとの縁が生じたのはテレビ時代に「ロボッタン」という、ダンサーがぬいぐるみでストーリーを演じる児童番組を一年間作った時からである。また逆にダンスに関わってからは、過去の資料を映像で掘り起こし、放送時代の手法を借りて六巻に亘るビデオ版現代舞踊史を編纂した。その他「ダンスの窓から」のシリーズで、表現とコミュニケーションの問題を活字で論じるなど、両者を結ぶ底流と縁の深さには予想以上のものがあったことを、おわりに強調しておきたいと思う。

「塔友」一二四号　二〇一九

あとがき

同一人物による一冊の本でありながら、日下四郎と鵜飼宏明という二つの著者名を記した本。カバーには共著をうたいながら、中身はあきらかに同一人物による著作であることが明らかである奇妙な本。あまり前例のないケースゆえ、著作権の登録もさることながら、装丁上の著者の表記には、担当者と首を突き合わせ、ああでもないこうでもないと、決定に至るまでいろいろ議論したものだ。

それ以前に出発点の問題がある。そもそも今回の試みの初志は、その決定稿をAIの力に頼って一気に外国語に移し替え、広く海外の新たな読者層に訴えたいという出版サイドの強い申し出にあった。出版側は「AI＋人間による校正」を強調するが、そもそも言葉はそれ自体が文化であり、特に今回の場合《意味：What》を伝えることを一義とする（ジャーナル）の文章はともかく、《感情：How》を表現する（アート篇）の微妙なニュアンスや色彩は、果たしてどこまで翻訳を介して正確に伝えられるのだろうか、いささか心配のタネであったことも確かだ。

「だが最終稿として回されてきたゲラをみて、これは〝なかなかの出来栄え〟だと感じ入った。

例えばふつう翻訳者がいちばん敬遠しがちな詩や歌が、原意を損なうことなく巧みに新しいリズムを生み出すことで、ＡＩだけでは決して到達できない表現の域に達している。その仕上げと力量にあらためて感動を覚えながら、同時にその裏に制作サイドの文化への強いこだわりと熱意をあらためてしかと身に感じ取ることができた。

なんだか偉そうな言い方だが、しかしもともと言葉の持つ文化の個性には想像以上にしたたかなものがあり、さらにそれ以外の場所で原著者ならでは知りえない前後の事情や言葉のウラといったケースもあり、そのため何ヶ所かにわたって制作部へさまざまな修正やリクエストをお願いしたことも事実だ。そうしてその間何くれと気を使いお世話になったのも、誰あろうそもそもオリジナルの2冊本「市民と芸術」の生みの親である22世紀アート社の制作部中野裕次郎さんその人に他ならなかった。

こうして今ここにようやく英訳電子本をベースとした、ある意味めずらしいプロセスを経た一冊の本が陽の目をみることになる。そして同時にこの本は、たとえ《換骨奪胎》とまではいかぬにしても、その後の時評などを加え、そのため極めて刺激の強い新規の出版物としての完成を見たかと考える。原作者として関係者のみなさんにあらためて深い感謝を申し上げたい。

二〇二二年　秋

著者

著者略歴

鵜飼　宏明（うかい・ひろあき）
日下　四郎（くさか・しろう）

１９３０年　京都市に生まれる
１９４８年　旧制第三高等学校文科丙（フランス語科）を修了
１９５３年　新制東京大学第１期生として文学部ドイツ文学科を卒業
経歴：放送　ＪＯＫＲ（ラジオ）からＴＢＳテレビで番組制作　～１９７９年
　舞台　DANCE THEATER CUBIC で創作活動　台本&演出　～１９９１年
　教職　淑徳短期大学／日本女子体育大学の非常勤講師　１９９７年～２０００年
　評論　現代舞踊を中心とする創作作品の批評と審査　～２０１３年
以下ダンス関係の仕事にはペンネーム日下四郎（くさかしろう）を用いた。

【主な著作と作品】

●鵜飼宏明名の著作

『太陽と砂との対話：西アジアのシルクロード』（1983　里文出版）

『東京大学・学生演劇七十五年史：岡田嘉子から野田秀樹まで』（1997　清水書院）

『さすが舞踊、されど舞踊』（2005　文芸社）

●日下四郎名の著作

『モダンダンス出航』（1976　木耳社）

『竹久夢二の淡き女たち』（1994　近代文芸社）

『現代舞踊がみえてくる』（1997　沖積舎）

シリーズ『ダンスの窓から』（2003－2012全3冊　安楽城出版）

翻訳本『ルドルフ・ラバン』（2007　大修館書店）　その他

●ビデオ制作（全6巻　各1時間　台本・演出および解説パンフレット）

『第1巻　開拓期の人々』～『第6巻　戦後世代の展開』（1988-2005 CDAJ）

Eメール:peh03202@nifty.com
ウエブページ:〝市民と芸術〟http://ukaikusaka.net

市民と芸術
総合篇

2023年3月17日発行　　著　者　鵜飼宏明／日下四郎
発行者　向田翔一

発行所　株式会社 22 世紀アート
〒103-0007
東京都中央区日本橋浜町 3-23-1-5F
電話　03-5941-9774
Email: info@22art.net　ホームページ：www.22art.net

発売元　株式会社日興企画
〒104-0032
東京都中央区八丁堀 4-11-10 第 2SS ビル 6F
電話　03-6262-8127
Email: support@nikko-kikaku.com
ホームページ：https://nikko-kikaku.com/

印刷
製本　株式会社 PUBFUN

ISBN：978-4-88877-145-0